美人谋律

柳暗花溟/著

下

目 录

第三十五章　夜会 / 1

第三十六章　若要人不知，除非己莫为 / 13

第三十七章　台面下的交易 / 24

第三十八章　交易 / 35

第三十九章　悸动 / 47

第四十章　整个世界清静了 / 59

第四十一章　如果不是因为爱 / 71

第四十二章　参见皇上 / 82

第四十三章　陋习 / 94

第四十四章　奉旨辩护 / 105

第四十五章　深夜入宫 / 116

第四十六章　他的代价 / 128

第四十七章　罗大都督案的谜底 / 139

第四十八章　人生如戏 / 151

第四十九章　赐婚 / 163

第五十章　失去你，赢了世界又如何 / 174

第五十一章　条件 / 186

番外·现代启示录 / 192

第三十五章 夜会

他似乎融入了黑夜之中，呼吸轻浅到无法听闻，像是没有影子的人。

可是，他又让人能强烈地感受到他的存在，如黑暗中稳定的磐石。阴暗之中，他绿幽幽的眸色，像是唯一的光明。

他安静地站在那儿，看到春荼蘼醒了，却并不主动开口。

春荼蘼挪动了一下，却没有下床。她只穿着中衣，不能随便在男人面前露出身体。

她拥被而坐，也暂时没有开口，更没有点燃烛火。窗外月色还好，透过细纱所制的窗子透过来，她的眼睛适应了黑暗，能够视物，虽然并不清晰。

两人僵持着，倒像是对峙。

到底，还是春荼蘼坚持不住了，因为她没有底牌。

"有事？"她问，没有特意压低声音。

不是不怕他。事实上，她还没怕过谁，包括不怀好意但权势熏天的罗大都督。可她却有些害怕他，想到他就心里发毛。

但是，她觉得似乎又不怕他，敢跟他这样妖孽得不似人类的存在面对面，却没有被杀或者被伤害的觉悟。这感觉就是这么矛盾、不合理，没有她最在意的合理逻辑，可却真实无比。

而此刻，她不怕惊动别人，敢坦然地和他说话，是知道这神秘的绿眼男人既然能躲得开大萌、一刀的防守布置，就能让睡在外面隔间的小凤毫无反应，令最近睡得过多、晚上极浅眠的父亲，以及家里所有人都无法发觉，就这么轻松自如地摸进她的闺房，那些人必定都是处于醒不了却又没受伤害的状态。

既如此，她何必太小心？

"有事。"春荼蘼问得古怪，夜叉回答得坦诚。

只是那场面……特别奇怪，有点剑拔弩张，又像是交往颇深；在互相伤害的边缘，却又游离于其外。其实，对春荼蘼来讲，夜叉根本就是个陌生又危险的人，但那说不清的感觉从何而来，她弄不明白。

"什么事？"春荼蘼又问。

"我要你一个承诺。"夜叉没动地方，冷冰冰地答，"今天在冷浆店看到的一切，你都没有看到，从来没有看到过。"

大哥，我都装作不知道了，你不必特意来说！你这样，不是摆明知道我是目击者吗？您老人家是威胁啊，恐吓啊，还是威胁啊，恐吓啊，还是威胁啊，恐吓啊……

"我是救你的命。"见春荼蘼不语，夜叉加了一句。

这个姑娘，真的很特别。他本打算在她尖叫之前就阻止她，哪想到她那样镇定。再想到中午时她在冷浆店中的反应……只是她那些小狡猾、小算计，却又很茫然的表情，在夜视能力极佳的他的眼中，完全掩饰不掉，深刻地烙在了他的心上。

"从谁手中救我的命？"春荼蘼再问。

"我。"

他答得简单，但这个字中的信息量很大：第一，他是杀手组织的。第二，他和金一是认识的。第三，他可能是金一的上司。第四，他当时也许就在那间屋里。第五，死者说不定就是他下的手。第六，他是来灭口，却打算放过她。第七，他说话算话，只要她不多嘴。

"为什么？为什么要救我？"如果这次也算上，总共有三次了吧？一次在罗大都督府失窃案中，一次是在游春日的刺杀中。

而且，她为什么总是撞见他，这是什么样的孽缘啊。

"你也救过我。"他仍然惜字如金。

春荼蘼想起那场漫天大雪，那个雪人，那双毫无人类温度的绿色眼睛。还有，她几乎下意识地把被子下的手擦了擦。

他咬过她。

"金一是你的人？"可怕的安静中，她有一丝慌乱，这是不该问的事，她却没管住自己的嘴。

对他，她实在是太好奇了。照理，她不会这么莽撞。要知道状师这个职业，要求犀利聪明却又谨慎敏感，有的话，那是绝对不能说的，必须闷死在肚子里。

今晚她是怎么了？是因为这场夜会来得太突然吗？她发现，最近她的意志力有渐渐脆弱的趋势，大约是因为家庭氛围太友爱了，她的冷硬心肠迅速软化。

但这次，夜叉没有回答她，沉默了片刻，才道："他叫锦衣。"

这大约……就叫承认吧！她嘴真欠！知道了不该知道的，就等于自己往悬崖边上又踏了一步。这不是有毛病吗？人家来警告她，结果她还把脖子又往刀口上蹭了蹭。如果说他救她是因为那一点恩情，照她这么挥霍，很快也用完了吧？

可这男人怎么回事？也不说话，也不走，也不动，就站在那儿，什么意思呀？

春荼蘼坐不住了，裹紧被子，滚到床边，想找鞋子下地。

就在这时，夜叉突然欺身而进。

这样具有侵略性的动作，令春荼蘼像被人施了定身法，一动也不能动。夜叉的脸颊和她的脸颊，真的只差零点零一公分就贴在了一起。他的发梢拂上了她的脸，她甚至可以感觉到他男性皮肤的适度粗糙……

而他的双臂，缠过来，绕过她的腰与肩膀，却没有触碰她，像是把她圈住，占为己有。

"小心。"他在她耳边吐出两个字，呼出的热气令她半边身子都麻了。

她没说话，慢慢把身子往后缩，尽量不碰到对方。这样小的空间，居然被她做到了。再细看，见他手中抓着一个铃铛。从床梁顶上，垂下的铃铛。

铃铛一碰，就会响。难得的是，他居然扣着铃心，让那本该清脆的声音哑在黑夜中。

春荼蘼恍然大悟。

大萌在她房间里设置了机关，有一个就在床边。她只要踩上脚踏，触动机关，就能惊醒附近的人。这个男人既然要放过她，自然不会伤了她身边的人，那些人不知道他半夜潜了进来，大约只是浅浅"睡"了过去，若有大动静，肯定会恢复神志。

那样的话，绿眼男和他们会打起来，刀剑无眼，谁知道会伤了谁？另外，她一个姑娘家，半夜房间里钻出个男人，就算在家里，就算只是亲人看到，到底也尴尬，更加说不清楚了。

她有点庆幸，心里又加了一分惊惧。绿眼男到底有多恐怖的实力，不仅避过了武功很高的护卫和贴身丫头，还能避过类似于预警的机关。在刹那之间，还能把警铃灭掉！

她是不是应该调查一下？照说会很容易，有这样能耐的杀手组织必是顶尖的。这男人，等于把身家都暴露给她了。如果她不能保密，他真的会杀她灭口吗？

不过，她不打算尝试。她不是小孩子，更不是傻瓜。有些事，是不能试探的。

"别走侧墙。"她"好心"地提醒。

夜叉眯了下眼，似是想笑。不过那愉悦的表情还没有到达脸部，就像浮上水面的气泡，淡淡地消失了。

他觉得，这是荼蘼的逐客令。于是他放好铃铛，跃窗而出，轻得像一阵黑色的烟雾。

春荼蘼本来就稀缺的睡意，完全没有了。等冷静下来后，她不禁苦笑。杀手这种人，她从没想过会遇到，还以为只是传说中才有的。还好，因为她的一点善意，现在得到了宽大。那么，她还是不要惹事吧？把某些事、某些人，死死填埋在心里，以后有多远，跑多远。

而在她做出这个决定的时候，夜叉进入了离冷浆店一条巷远的棺材铺子。才进门，锦衣就迎了上来。一灯如豆，却足够两个目力强大的人看清楚对方。

"殿下，我还是不同意您这么做。"锦衣道，"春荼蘼撞到那件事，是她倒霉。按咱们的规矩，必须让她永远闭上嘴。"

"她不会说的。"夜叉有些疲惫地道。

"殿下，您明白我的意思。"锦衣很坚持。

"我说了，要救她三次命，以还她三次恩。"

"若被其他人知道，殿下，您如何服众？"

"不服？"夜叉的神情突然冷冽起来，"问问我的刀。"

"您不能这么做！殿下！我们努力了这么多年，经营了这么多年，不能为了一个女人就自毁前程。"锦衣有点急了，"还是……您看上她了？"

"这种话，我不想听到第二次！"夜叉绿眸顿时变成了墨黑。

锦衣闭紧了嘴，因为他知道，这是夜叉要暴怒的前兆。他们是从小到大的朋友，他知道夜叉不会背叛他们之间突破了地位的友情，但有些时候，他也只是夜叉的专属大夫和军师。

"她不会说的。"夜叉强调了一句,也不知道这信心从何处而来。或者,是因为她聪明,懂得分寸,还有股子天不怕、地不怕的气势。既然不怕,又何必拿着人家的把柄去威胁呢?

　　有时候,人们之间的了解,真的不在于相处的时间和机会。夜叉知道春荼蘼不会愚蠢地泄露他的事,也相信若有衙门找上门,她能应付自如。另一方面,春荼蘼第二天就撤掉了家里的层层护卫,因为她也相信,绿眼男既然放过了她,她的小命,她全家的安全,就保住了。

　　冷浆店的杀人案,第二天才被发现。

　　皆是因为那家店的老板懒,伙计也懒,因为没什么客人,更鲜有客人订雅间,就没有去打扫,直到第二天传来了异味才发现不对。

　　毕竟是夏天,再凉快的房间也保存不了尸体。死者是朝廷大员,没人知道他为什么从长安来到洛阳,据猜应该是有秘密使命的,不然,何必隐姓埋名,身边连一个部曲随扈也没带,还只身到了这家很平民化的小店?

　　是个理智正常的人就会知道,遇到这种事不能打破砂锅问到底,得过且过就好。于是县令也只是把大员的尸体尊敬地"请"走,然后派人询问有可能的知情人,显得低调又重视。春荼蘼作为唯一一个要了雅间的人,自然接受了调查。

　　当天,因为要伙计侍候马匹,看到了马鞍上的春大山的名字。不然,官府也不可能这么轻易找上门。但在春荼蘼看来这是好事,免得官府拿了她的画影图形四处寻人,那样她的坏名声就更洗不白了。要知道在大唐,姑娘家上街或者与男人出游是没什么问题,但画像随便给人看,就挺失礼的。既然早晚要面对,何必要躲呢?倒似心虚了。

　　不过,知道死者是朝廷大员,她有一种绿眼男是做大生意的人的感觉。当然,也更可怕。

　　整个问询过程,她都表现得很平静,除了开始的惊讶之外。毕竟她是上过公堂,在窦县令那里露过脸的,若是惊慌失措,反倒欲盖弥彰,令人觉得可疑。

　　好在,她所包下的雅间离出事地点相距较远,死者的死亡时间也不好确定。且从致死原因来看,八成是"专业人士"所为,所以远看近看与春荼蘼一个弱质女流也没有关系,问了问也就完事了。

　　因为她举止从容、反应得体,春氏父子并没有怀疑。至于她非要撤掉家中的层层防卫,那有武功的三人虽然疑惑不解,却都没说什么。昨夜,他们有一段时间睡得非常死,事后自然会觉得不对劲儿。但见春荼蘼很安心的样子,也就作罢。只有大萌暗中打量了春荼蘼好多回,皱紧了眉。

　　"我要一个人静静地想案件,你们先去睡吧。"晚上临睡前,春荼蘼打发过儿和小凤去休息。

　　"我帮小姐梳洗了再去。"过儿对一边端着水盆的小凤挥挥手。

　　"不用。"春荼蘼淡定地拒绝,"把水盆放在那儿,待会儿我自己来。"她一向有主意,又不喜欢人贴身侍候,过儿和小凤虽然觉得小姐今天有些奇怪,却还是乖巧地离开了。

春荼蘼坐了会儿，就吹了灯，衣着整齐地坐在床边。她在等。不知为什么，她有很强烈的预感，那个绿眼睛男人，今晚还会来。

不出所料，大约亥时末，他披着一身星光而来。虽然还是像融入在黑夜中的影子，却有着很强烈的逼近感。

他见到春荼蘼坐在床边，显然愣住了。

"等我？"他低沉着声音说。却并不问，她怎么知道他会来。

春荼蘼点点头："又是什么事？"语气中，有隐约拒人于千里之外的感觉。她已经决定了，要珍爱生命，远离危险事物，以及，人。

夜叉敏感地觉察到了，略怔了怔，身上就像冒出一股寒气似的，整个人冷淡起来。

本来，就不是一个世界的人，还是不要太接近。他来，只是怕离得太远，保护不了她而已。

"这是报酬。"他扔在桌上一个信封，转身就要走，片刻的迟疑也没有。

倒是春荼蘼叫住了他："什么报酬？"

"因为你没有多说什么。"说完，倏一下不见了人影，独留春荼蘼对着半开的窗子发愣。仿佛刚才那个片刻，根本没有人来过一样。

可是……什么叫报酬，这是传说中的封口费不好？这男人，还真古怪得很。

春荼蘼走上前去，犹豫了一下才拈起那个信封，信封入手感觉光滑，显然是高级纸张所制，而里面的东西轻轻薄薄，绝不是银子铜钱。难道是"飞钱"一类的票证？但，飞钱是要记录存入人的姓名和地址的，提的时候需要户籍证明，或者是特殊的信物。给她飞钱，她怎么提银子呢？就算能提，岂不是暴露了绿眼男的本尊或者真实地址？

这个太危险了！知道得越多，死得越快。她一贯冷情，除了家人，什么也不在意。她也一向谨慎多疑，不跟陌生人保持亲近的关系，对韩无畏、康正源都是这样，没道理绿眼男是例外。

心里是这么想的，她却还是点燃了蜡烛，很紧张郑重地坐到桌边看。果不其然，信封的档次很高，却没有封上。在反面的右下角，写着两个黄豆大小的字。不是中文，是她不认识的类似文字的东西。也许……是什么标志或者抽象图形？

她一向果断，却在此时发了会儿呆。约莫犹豫、静坐了半炷香的时间，才决定干脆再进一步，抽出信纸来看。

咦，上面不是任何事关她本人的话，也不是诗词歌赋，却与英潘两家争地有关，但里面的内容实在是……最后有一句话：原件在我手中。但，以你的本事，应该不会用到。

春荼蘼仰望屋顶，无语问苍天：绿眼先生，您可不可以别做这样没头没脑的事啊。再说，我是英家的代理状师，您要帮忙，不是应该拿出潘家的罪证吗？

想了想，她还是珍重地把那封信藏起来。不经意间，看了信封背面的图形两眼，只觉得蛮好看的，充满了野性的古意，还特别复杂苍劲。就像……美女跳舞，或者英雄舞剑。

收好信，她一边洗漱，一边思考，再度吹灯上床时，受到了那封信的启发，却突然灵机一动。她完全没想过，她这么多疑的人，却对一个不明身份的男人所给的证据完全信任和接受了。

几天来，为了英潘两家的争地案，她着手进行了调查，却完全没有特别有用的线索，全是前面打官司时用过的旧信息。原来，是她的思路进入了误区。大唐法律有很多漏洞，她调查的方向不能太局限于表面的东西。

谁说大户人家就不会玩小把戏来着？他们掌控着权力为自己的家族服务，却也有万事不称手，需要弄虚作假的时候。

一理通，百理明，她顿时高兴起来，因为想到了突破口，她兴奋得睡不着，把案情从头到尾顺了一遍。然后想到，潘家以势压人，潘德强打了他爹四十军棍；而英家，则在背后操纵了这一切；还有，那些开垦了荒地，使其变成良田的贫苦农民……

迷迷糊糊的，在快天亮时她才睡着，醒了吃过早饭后，她顶着一对熊猫眼，给三个武林高手分配任务。小凤留在家做护院，另两个人全天候跟踪潘家的代家主，其实也是族长，在潘家比久居长安的潘老将军还要有权力的潘十老爷。

"要盯他什么？"大萌莫名其妙地问。

一刀在范建之案上是帮春荼蘼最多的，因而倒了解她，拉着大萌说："事无巨细，都要留意。这些大户人家，所有人都有秘密。所谓苍蝇不叮无缝的蛋，哪怕是最微小的细节，小姐也能找出有用的东西来。"

"你那什么破比方？难道说小姐是苍蝇吗？"过儿立即不满道。这小辣椒，跟大萌和一刀都不客气。

一刀尴尬地抓了抓头发，不接过儿的话茬，只对大萌说："咱俩轮班，不分日夜。"

"你们想，英潘两家争地，他们又都没有切实证据，手脚更是不干净，所以，背后自然小动作不断。"春荼蘼忍着笑解释，"潘十老爷是潘家的族长，事关大局，必由他出马。所以你们要盯住他，对出入潘府的其他可疑人物，也要记下形貌和特征才行。"

"那小姐呢？"一刀又问，倒没有攀扯春荼蘼也要干活儿的意思，却仍遭到了过儿的白眼。

"我要负责卷宗的事，要写起诉状，还要查阅和准备相关的法条和法规。你们不会以为这么大部《大唐律》，我都能背下来吧？"

四个手下全是一副理所当然的样子，害得春荼蘼突然觉得压力好大。而这种投入工作的状态，令她把对绿眼男的奇怪感觉压了下去。

案头工作烦琐又枯燥，难得她是个坐得住的。倒是小凤，来来回回的，脚底下跟长了钉子似的立不住。春荼蘼干脆派她去找那些开荒的贱籍农民，让她把这些人一共有多少，开垦了多少荒地的数字都仔细问清楚写清楚。

而过了不到三天，大萌和一刀带来了很有用的消息。

"潘十老爷去了两趟里仁坊的一处隐蔽宅子,没过夜,但待了很长时间。"大萌道,"我看过,院子不大,但布置很精致,而且居然有护院,不容易接近的。"

"三天内去了两次?"春荼蘼的好奇心被高高吊了起来,"那里面住了什么人,对潘家一族之长这么重要?还是,藏了重要的东西?"

"那处院子的院墙很高,我们轻功不好,又没机会爬墙,没能进去看。"一刀大大咧咧地说,"可是从来往的仆女丫鬟看,里面住的应该是个女人吧?"

"潘十老爷有外室?"春荼蘼立即想到这个可能。

对一个有权有势的老男人来说,金屋藏娇什么的,不是很正常吗?

不过,据她的情报,潘十老爷的发妻早死,没有续弦,家里有四五个妾,倒也没有特别受宠爱的,有点雨露均沾的意思。

另外,潘老头为人严厉,在潘家极有威信,说话一言九鼎,所以收妾不用偷偷摸摸。再说这年头,一枝梨花压海棠的事是佳话,是风流雅事,所以潘老头为什么不直接抬家里去,非得往外跑那么麻烦?虽说潘家所居的集贤坊和里仁坊都在永通门大街附近,一左一右,中间隔着两坊的距离,算不得很远,但总归很麻烦不是吗?

是见不得人,还是另有秘密?常言道反常即为妖,有问题啊有问题。

"小凤,咱们今晚去探探。"她当机立断。

"是,小姐。"小凤应下,对春荼蘼的话,她一向是立即执行的,绝不多问半个字。但她话才出口,就惊讶地反问,"咱们?不是我一个人去?"

"你轻功不是挺好?可以背着我吧。到时候,一刀和大萌在外面策应就好了。"春荼蘼说得轻巧,"我又不胖,再说因为苦夏,其实还瘦了点的。"

"关键不是这个……"小凤为难道,因为她家小姐搞错了重点好不好?一个完全没有武功底子,不客气地说还有点笨手笨脚的人,玩夜探这种游戏,实在是不太安全。而且,累赘。

"你带得了我吗?"春荼蘼直接问。

"可以是可以,可是……"

"没什么可是,就这么定了。"春荼蘼拍板,因为很多事,她必须亲自观察,不然就可能错过最微小,却可能极有用的细节,"趁祖父给我爹换药的时候偷偷走,从墙上飞过去。过儿在家掩护,装成我在屋里睡觉的样子就成。"

小凤、大萌和一刀面面相觑,居然一时都没说出反对的意见。于是当天晚间戌时中,春荼蘼趴在了里仁坊那间隐蔽小院的房顶上。

世上的好事各有不同,可坏事却基本相似。春荼蘼所料不错,院内住着的,确实是潘十老爷的外室。但超出她想象的是,这女人不年轻了,看模样四十上下。不过也可能年龄更大,只是保养得好罢了。

春荼蘼潜入的时候,正巧撞到潘十老爷出门,差点被人发现,惊出了一身冷汗。躲在角落中的她,大气儿也不敢出,眼睛和耳朵却没闲着,看到潘十老爷的年纪和英老爷差不多,六十虽然不足,五十却已有余,因为个子高,腰杆直,头发虽然花白,却还浓密,显得很威严。

可对那个女人，他威严的脸上却满是温柔，说话轻声细语，而且还很真诚。当然，那女人对他也亲昵自然，一看就是很亲密的那种男女关系。

仆从丫鬟们，叫那个女人为安夫人。

这位安夫人纵然年纪大了，惊人的美貌却还隐约存在，皮肤极白，五官很深，显然是个胡人。鉴于胡人在大唐习惯以自己的国姓为姓，姓安的应该是布哈拉人。

最特别的是，安夫人气质非常出众，虽然她容色温婉，举止已经和大唐女子毫无区别，身上却凛然有一种难以让人忽略的贵气。那是成年后无法塑造出来的，而是出生在金窝中，从感受这个世界时就备受熏陶，之后刻在骨子里的东西。

由此可见，潘十老爷的外室夫人不简单，说不定有些来头。可话又说回来，虽然大唐有钱有势的男人多有以胡女为妾的，可贵族女人不在此列，何况还是做见不得光的外室呢？这位安夫人身上又有什么秘密呢？这秘密，是不是潘十老爷，甚至整个潘家的软肋？

而看潘老头和安夫人在大门口分别的情景，居然情意绵绵。想一个胡妇，却让一个在洛阳数得上号的大人物如此爱重，绝对是个奇迹。况且二人的年纪都不小了，难道是相处了几十年？

如此一来，春荼蘼就觉得更有必要进内院细探了，于是只好逼着小凤带她飞跃屋顶了。她是百无一用的女书生，目力还不太好，在屋顶瞄了一小会儿后，听小凤报告说院子内外都落了重锁，仆役们在外院，丫鬟婆子都回了屋，只有两个贴身丫鬟，侍候着安夫人进了浴房，就叫小凤带她跟过去。

"小姐，难道还要偷看人家洗澡？"小凤低声问。

越与春荼蘼相处，她就越觉得小姐做事无顾忌，时时挑战她的道德底线。要知道她可是从小在山里长大，只跟着一位师父，品性很纯良的。

"有什么关系？大家同是女人嘛。"春荼蘼同样低声答，"你不懂，人在洗澡和如厕的时候最没有防备。若此时说话做事，往往会露出破绽的。"

"难道小姐是要听窗根儿？"这是北方用语，听窗根儿，与听壁角是同种行为。

"连听带看。"春荼蘼催促，"快点，别磨蹭了。"

小凤没办法，只好照做。

如今天气热，窗子大多敞开着。因为内院没有男人，安夫人洗浴时，婆子丫鬟们又习惯不在院中乱走动，春荼蘼甚至不用做捅破窗纸的事，就能看到浴房内，十分方便。而且，她和小凤躲在窗下的阴影中，也不用怕被乱走的下人发现。

春荼蘼吸了吸鼻子，这下倒好，连嗅觉也用上了。闻起来有药味，看来是洗药浴。以潘家的财力和潘十老爷对这位安夫人的宠爱来看，应该是很高级的药材吧？

耳边，除了哗哗的水声，还听到一个丫鬟赞叹道："夫人的皮肤真好，连奴婢也比不上呢。"

"你啊，就会乱说话，逗人高兴。"安夫人嗔道，"我都快五十了，哪比得上你们二八好年华啊。"说着，叹了口气，不过语气中有一丝愉悦和自豪。

"年纪才不重要，老爷眼里全是夫人，看不到别人呢。"另一个丫鬟笑道。

"你这丫头也是个嘴上抹蜜的。"安夫人娇嗔道。她一把年纪了,声音软中带媚,竟然没有半点古怪的感觉。

主仆三人就此说笑起来,之后又说了一大堆关于保养的话题。正当春荼蘼听得心烦,脚也蹲得麻了的时候,第一个丫鬟忽然又叹了口气道:"可惜夫人不能入潘府,不然,定然是正房夫人。老爷这么多年不曾续弦,那位子就是给夫人空着的。"

照理,一个丫鬟说这些话,实在太逾矩了。谈论主人的私事,严苛一点的家主,说不定会打死她。可安夫人并没有呵斥,显然她胡人出身,没有这些汉人的忌讳,而这两个丫鬟又是她贴身的信任之人,彼此间说话很随便。

她只是叹了口气:"老爷对我有救命之恩,又对我好了三十多年,这辈子我就够了,什么正房夫人不夫人的,我也不在意。他许了我,死要同穴。所以这些话,以后还是不要说了,徒惹老爷伤怀,何必呢?"

这话,信息量很大。

现今是庆平十六年,此韩姓为天下之主的大唐,立国如今是三十二年,今上和其父,一人执政了一半时间。而安夫人和潘十老爷相好了三十多年,岂不是在立国初,或者前朝末的时候结的缘?

哎呀,英雄美人,乱世红尘,听起来很有故事啊。还有救命之恩?再考虑到安夫人与众不同的气质与美貌,还有与潘十老爷生不能同衾,死却要同穴的事情……为什么?难道安夫人的身份有禁忌之处?禁忌到以潘家族长之位,也不能在婚姻事上为所欲为?

而安夫人说完这一句,就突然沉默了起来。过了片刻,有出水的声音。

情不自禁地,春荼蘼略站起身子,往里偷看。

浴房很大,却没有修建池子,而是摆了个比普通人家用的更大更好的木桶。安夫人真当得起一句"侍儿扶起娇无力",快五十岁的人,身材保持得相当好。但春荼蘼是女人,再美丽的身段也吸引不了她的眼神。此时,她的目光牢牢被安夫人后颈上的一处文身所吸引。

像是八卦图,却不是圆的,而是方的,造型上又像文字,又像图画,野性中带着来自远古的优雅,和绿眼男人给她的那封信……确切地说是信封背面的字,十分相似。当然,图形是不一样的,就是感觉它们是同一系列。

她灵机一动,对小凤挥挥手,在安夫人出浴房之前,快速跃到屋顶,之后顺原路,退出了院子。大萌和一刀在外面都等急了,见她们主仆平安归来,才算放下心。

"我记得,上回韩大人寄给过我一本洛阳名人录?"大家静默无言地回到家,别人还没说话,春荼蘼就问。

韩无畏一直跟她通信来着,虽然也是通过驿馆,但每封信上都有特殊标记,假公济私的算作重要公文往返。

那本册子上,记录了洛阳的各大世家和显贵清流的简单情况。韩无畏此人外粗内细,很是体贴,怕她在洛阳遭遇地头蛇,所以先把他们的底透给她。知己知彼,才能百战百胜嘛。从这一点上看,韩无畏不反对她打官司,让她心头很熨帖。

"小姐，那本册子，奴婢替您收起来了。"过儿禀报道，"您现在要吗？"

"现在就要。"她说，因为她恍惚记得，离春家的荣业坊只有两坊之隔的道化坊，住着一位很有名的大学究。据说学贯中西，曾做过处理突厥事务的官。

此人姓白，名为金刚。很别扭的名字，却懂得几国文字，对突厥的历史文化更是了解得很深。名人录上还说明了他个人的兴趣爱好，以及知交好友。当春荼蘼在上面发现这个熟悉的名字时，顿时大为开心。

第二天一早，她备下几样既够档次又不太扎眼的礼物，只带着两个丫头登门求见，车夫由一刀担任。当然，这笔费用是算在诉讼费用中的。

"请问小姐是说……"门房有些不信地确认。

"康正源康大人。"春荼蘼撒谎撒得连眼睛也不眨，"是康大人托我来，拜见一下白先生的。"

他能不经过她同意，随便向人推荐她来做状师。那么，她自然可以利用他的名头，在案件的求证期间找人帮忙。

没错，白金刚大人的忘年交是康正源，韩无畏在册子中特意标注的。少年时的康正源曾游学洛阳，感受古都风采，英家的英离老爷和白金刚都是那时候结识的。想来，他少年有才，又是那样尊贵的身份，必是各大人物结交的对象吧？

巴结权贵很重要，巴结未来的权贵就更重要了，那是需要眼光的。当然，也有真正以心相交之人，但真心与假意，现在对春荼蘼来说并没有影响。关键是，说得上话。

果然，白府的大门很快打开了，一个管家模样的人迎了出来，对春荼蘼恭敬地道："春小姐，我们白老爷在书房候着呢，请您随小人来。"一边躬着身子施礼，一边用眼角余光偷瞄。

春荼蘼今天特意打扮得文雅素淡，努力塑造出"腹有诗书气自华"的神态举止来。她忍热戴了垂纱帷帽，遮盖住梳得整齐、只插了紫玉蝴蝶流苏簪的蝉髻。身上穿着月白色、颇具汉风的曲裾宽袖袍裙，樱草色线鞋，手腕上套着一对翠色如烟的玉镯。

首饰是从她亲娘白氏留下的盒子里找到的，连她这不懂珠宝的人都看出不一般了，可见品质是极佳的。因为她知道，这种自诩有学问的清流人士最爱低调的奢华、不露形迹的傲慢，所以她不能失了身份，却也不能太张扬。求人的事，当然要投其所好了。

只是，她到底不能把自家朴实的平民马车也为此装饰起来，所以门房才会小看她，直到她报出康正源的名字来。

白府不愧是清名闻天下的书香门第，与富豪之宅不同，而是闹中取静，内有乾坤。外面看着普通，但院内小桥流水，曲径通幽，虽占地不大，也没有北方那种规整大气的建筑风格，却处处透着雅意，显着别致的心思。

春荼蘼心中早有成算，因而举止神态都很平静，虽不轻佻地东张西望，却也大大方方地欣赏白府的美景，令那管家看得暗暗点头，心道真是有大家闺秀的风采，不愧是与康大人那样的人物相交的。只是自家老爷虽然还不到五十，却也是前年从长安致仕归隐的，没听过长安有姓春的望族小姐呀。而不等他猜测出春荼蘼的身份，外书房已经到了。

有年轻女子登门，白金刚尽管年纪一把，也谨守着规矩。偏春荼蘼是顶着康正源之名，拜访之举透着正式，所以会面之处就选在此地。对面就是一个极小的莲池，青玉为栏，几枝白莲开得正好，衬着碧水，真是凉爽又清雅，果然是好地方。

春荼蘼到的时候，白金刚站在书房前的台阶上迎接。他五官清癯，身着魏晋风格的宽袍大袖袍，头发绾起，却没有束冠，插着古松木发簪，浑身上下透着轻松惬意，儒雅风流，好像在说：我是大文学家，我好有学问的，功名富贵于我如粪土，我就是隐于闹市的隐士啊。

反正不管怎么说，这个名满天下的中年男子，无论人品如何，外形还真能唬人，想来也是有真才实学的。

"小女春荼蘼，拜见白先生。"她上前一步，敛衽，执晚辈礼。

既然不在官场了，自然称不上大人。而名人录中说得明白，白金刚特别不喜欢人家称他为老爷，嫌弃这称呼带着市侩俗气劲儿。而称先生，却很中他意，到底透着读书人的清高嘛。

而春荼蘼因为脱掉了帷帽，面容也露了出来。不算是顶美的，却也清丽秀气，令人很生好感。而且只要她注意些，举止也能优雅大方，行礼也非常标准流畅。

"春小姐客气了，里面请。"白金刚微笑点头。

虽与康正源平辈论交，但面前的女子太年轻了，白金刚也就坦然受礼了。反正站在门边迎客，也显出了足够的重视，事后不会令康正源不快。自然而然地，他认为面前女子与康正源有男女之间的某些特殊关系，只是看不透这女子的出身地位，但态度好些，总归将来没有亏吃的。

丫鬟上了清茶点心后，春荼蘼耐着性子与白金刚寒暄了几句，讨论了些诗词什么的。春荼蘼一通胡诌，竟然赢得白金刚的刮目相看，对她的态度愈发和蔼可亲了。

春荼蘼看时机挺好，立即直呈正事："白先生，我在幽州时与康大人相识，他言谈中对先生之学问，极度钦佩推崇。他又知道我会来洛阳，嘱咐我若遇到学问上的难题，就来向先生请教。所以，今日冒昧打扰。"

"学海浩瀚，谁人敢称明白？不知春小姐心中疑难为何呢？"白金刚抚了抚颌下黑须道。

话，虽然说得客气，但却并不反对康正源吹捧的话，可见是自傲之极的。其实，那哪里是康正源说的，不过是春荼蘼随口拍的马屁。

"其实我也说不清那难题是什么，就是从别处看到一个图形，或者说是文字，实在分辨不出来，分外好奇。若弄不明白，真是饭也吃不下，觉也睡不着。"春荼蘼进入主题，"听闻先生会好几国的文字，特地来请先生解惑。"

她说得夸张，但白金刚是做学问的人，特别理解那种有题而无解、心痒难耐的滋味，反倒对春荼蘼又增加了几分好感。

于是他问："那图形是什么样的？"

春荼蘼皱眉："非常复杂，像是古文字。我眼拙，心又笨，没能完全记下来，只约莫有个大概的印象。"

听她这样说，白金刚也热切起来。他在诗文一道上水准极高，书画上也是大家，但私下最爱的却是西域文化，以及古文字。闻此言，他顿时大感兴趣："不如春小姐在纸上画出来，我再来看。其实很多古文字、古图画本就是残破的，不必追求完整。"

春荼蘼大喜，当下就到书桌那边，凭借昨晚不睡，努力加强的记忆，画出那个图形来。可惜照猫画虎，实在是非常不像。

但白金刚却看得两眼放光，凝视了半晌后才道："这个，确实是个图形，却是由古文字组成，像是突厥那边的图腾或者徽章。"

"这个图形有什么特殊意义吗？"春荼蘼紧着问。

"春小姐稍待片刻，我去去就来。"沉吟了一下后，白金刚道。说着，快步走出屋子。

这一等，就有半个多时辰。春荼蘼不禁焦急起来，甚至以为她的问题难倒了这位白先生，导致他羞愧之下潜逃了的时候，白金刚终于回来了，手中捧着个两尺见方的木匣子，看起来颇为沉重的样子。

小凤想上前帮忙，被春荼蘼用眼神制止了。谁知道里面是什么宝贝，绝不可主动出手，不然出了问题就麻烦了。

"快来。"白金刚咚的一声把匣子放在书桌上，气喘吁吁地打开盖子，露出里面的一部书来。精装，非常厚、大，却不是刊印的，而是手写的。果然珍贵，因为手写的可能是孤本、绝本。

"人力有限，好多学问并不能记在脑子里，于是我经过多年研究，加上我老师的心得，写出了这部书，还没有给人看过。"白金刚颇为得意地说，小心翼翼地翻到一处，"这几页，主要记录了突厥的古老图腾，你来看看，哪个是你见过的？"

春荼蘼连忙上前，随着白金刚的手轻轻翻动书页，仔细辨别那几十上百种的图案。连看了三遍，她眼都花了，才终于有一个图形与她昨天从安夫人身上见到的，在脑海中重合了起来。

"就是这个。"她很肯定地指着那个图形，指尖却不敢触碰到纸上。

"你在哪儿看到的？"白金刚皱眉，却不见多兴奋，而是有些狐疑。

春荼蘼的话在舌尖上转了转，改道为："年前，我无意中在集市上看到一块织着这种花纹的挂毯，觉得形状奇特，与八卦图接近，却又不是，好奇之下就记住了。"

"这是突厥王族的徽印，也是他们的图腾。"白金刚道，"就是三十多年前，占据我汉人河山的突厥王族。据说，只有血统最纯的王族中人，才敢用这个。"

春荼蘼心头一凛，面上却只露出惊叹的样子来："多谢先生了，不然我还以为是什么文字，原来只是突厥王族的标志！"说到这儿，突然灵机一动，拿笔在纸上写下两个字，问，"先生，这个也是徽印吗？"

"不，这个是字。突厥古字。"白金刚辨认了一下说，"意思为：夜叉。"

第三十六章 若要人不知，除非己莫为

夜叉……

春茶蘼心里喃喃地念着。

她刚写的那两个字，是绿眼男留给她的信封上的。那么，这两个字是什么意思？杀手组织的名称？特殊的代号？随便写写？还是……他的名字？为什么要告诉她名字？她很清楚，如果两人之间不想有关系，就千万不要知道对方的名字，不然，就会记住，随后会生出感情。比如朋友，比如宠物，比如恋人。名字是一个人的符号，如果连符号也没有，就是虚无的存在，早晚会淡化。有了名字，就不容易了。

安夫人背上的符号她记不清，可那信封背面的两个字她每天晚上拿出来端详，想猜测出那是什么意思，所以才能提笔就写，不错分毫。

从白金刚家出来，她满心纠结的就是这两件事：突厥古文字"夜叉"和突厥王朝的徽印。不过到踏入家门时，她就把文字的事扔到了脑壳后头。英、潘两家的争产案迫在眉睫了，其他事都要靠边站。这一案，她要一举数得，不然不但不能为父亲报仇，还可能把自己陷于其中，以后的麻烦可就大了。甚至，可能连洛阳都无安身之所，不能再待下去。

"大萌，我要你去查潘十老爷的外室安夫人。"她静坐不动地想了一个时辰后，到外书房来召集人手开会，"不用靠近，就调查外围的情况。比如里仁坊的那处院子是什么时候置办下来的，三十年来有没有人口流动，就是换没换过主人。如果换过，都是谁？安夫人是何时入住的，平时的日常起居，与邻居有无来往，有什么兴趣爱好。最重要的是，有没有亲戚来往。"

"是。"

"一刀，你去潘府走动走动。怎么做，我不管，但你要套出潘府重要下仆的话，看他们知不知道安夫人的存在，族中重要的族老是个什么态度。还有，潘十老爷对安夫人如何，是不是真的如表面上看到的那般宠爱。"

"查这些和案子有关吗？"一刀虽然点头，但仍然忍不住问。

春茶蘼点点头，却没有解释。因为她没办法说明白，有些明面儿上用不了的手段，在官司上却是很有用的。

"小姐，我做什么？"小凤问。

她是个闲不住的，前些日子把那些开荒的农民记录做表的事情交给她后，她就做得很仔细认真，现在更是兴致勃勃地要再立新功。

春茶蘼却微笑道："和英家约定的十日之期就要到了，明天你跟我去衙门投状子。据我猜测，英老爷肯定在那边打好招呼了，也就是施过压了。咱们的状子一递上，窦县令八成会立即受理。这样的话，算上通知潘家应诉，让双方做准备，再开衙放告，需要

三四天时间。因为算是正式进入了诉讼程序，我们便可到衙门的书档房去查阅相关资料，到时候也是你陪我。"

小凤哦了一声，但样子不太热衷。一边的过儿怕点到她名，赶紧也往回缩，减少自身的存在感。这两个都是爱动不爱静的，所以案头工作对于她们来说特别困难。

"不能小看咱们的任务哦，看起来没有一刀和大萌的威风、刺激，可往往是起最关键的作用的。律法，本来就是很枯燥。可是一旦找到窍门，就是特别有意思的，像解谜一样。"春荼蘼循循善诱，"想想，在大海里捞针，成功了是多大的成就。"

"对啊。"小凤想到自己做的是那么重要的事，立即就高兴起来。

"小姐，我也要去？"过儿不比小凤单纯，没有被忽悠住，低声问。

"我人手够了，你就在家侍候我爹和爷爷，如果他们问起我的事……你知道怎么编出瞎话来，让他们既知道我的去处，也不必太过担心。"

"掩护！是掩护好不好！什么编瞎话！"过儿抗议道，惹得一刀张口挖苦，于是又是一顿没头没脑的乱战。

春荼蘼也不理他们吵成一团，自行回屋休息。脑子天天这么飞速地转，也很累的。躺在床上时，她忍不住又拿出压在枕头下的信封看。那个绿眼男叫夜叉吗？哪有人会给自己的孩子起这样的名字，是代号或者化名的可能性比较大吧？她突然很好奇，但理智告诉她，绝不能调查现下有名的杀手组织，若被有心人看到，她不是被灭口，就是会引来关注。罗大都督想解决她的事还不曾彻底解决，她不能再惹麻烦了。

想起才从白府出来时的情形，她不禁暗笑。问了白金刚那么多有关突厥的事后，她故意透露了一点自己想做生意的想法。所以，她才关心印有突厥王族徽章的东西，因为那样的东西收入后再转卖，获利是最大的。

事关王族的物件，自然精美华贵，再加上有一种战利品的特殊感觉，价钱是很高的，一转手就能赚大钱。毕竟，以韩姓为首的大唐人，到底夺回了汉土的大片江山，把凶残的突厥人赶到了阿尔泰山脉那边。即使韩家本就有胡人血统，但终究是汉人嘛。

看出她的商人嘴脸，白金刚立即失了好脸色。这也是春荼蘼的目的，白金刚鄙视她，就不会怀疑她的目的。他不怀疑，就不会多嘴去问，省得节外生枝。将来公堂上的事传来，以白家之清高，必然更不屑她这样的女状师，连她拜访过白府的事都成了污点。为了保护自家的清正名声，他们自然上下一心，绝口不提。

这，就是春荼蘼的目的。不过好巧，自家亲娘也姓白呢。

第二天一早，她穿了男装，打扮得清爽利索，到衙门递了状纸。果不其然，当天下午她就收到了衙门的告票，通知她三日后开审。仍然是三堂制，若掰扯不清，只能重新起告，再用同样的程序走一次。

春荼蘼是很理解的，程序错了，结果就会被推翻，所以程序很重要。

她上午回家后就没有换衣服，为的就是得到消息后到英府走一趟。虽然英大管家代表了英家，但她于情于理，也得见英离一面。

英家比白家又大得多了，在这寸土寸金之地，英府却像个园林，四处透着富贵，但毫无暴发户的感觉，而是充满着士家大族的气派。

春荼蘼照例当作是逛公园，拒绝乘坐软轿，就让英大管家亲自带着，沿着宽阔的风雨长廊步行，最终也被请进了外书房。她这种待遇在女性中是很少见的，毕竟很少有女客直接拜访男主人，何况她这还是为了正事，更为正式，也显出她的与众不同来。

"今天来，就是请问英老爷一件事。"见到英老爷后，她依然执晚辈礼，不卑不亢，落落大方，做起来毫不矫揉造作，自然而然，完全没有受雇佣于人者的那种低人一等感，倒令英离眯起虽然老了，却绝不昏花的眼来。

此女，大不同啊。

怪道康正源那种眼高于顶的天潢贵胄也放在心里，只可惜，到底是个女的。

"什么事，但说无妨。"英离客气地说，但长辈的架子，士族的骄傲还是摆了个十足。

面对这位英俊老年人，春荼蘼在暗赞一声后，直率地说："我想请问英老爷，对于这个争地案，什么样的结局不可接受？"

"输。"英离干脆利落。

借不上山川风水之力没关系，他英家底蕴浓厚，原也不是非得不可。但唯有一宗，绝不能让潘家成事，因为英家绝不能让潘家踩在脚下。

只一个字，他说得清楚，春荼蘼听得明白。

太浅显了，就是我得不到，你也不能得到，大家一拍两散。拼家世，拼根底？哼，一朝君子一朝臣，如今四海升平，突厥虽然贼心不死，终究难成气候，所以潘家军功有耗尽之时，英家的人才却是源源不断，慢慢就稳占上风了。

"做得到吗？"英离微微闭目，眼皮下的余光扫向春荼蘼。

春荼蘼笑笑，纯真无害的模样，完全是豆蔻年华的美丽少女，可她说出的话，却自信又嚣张，满是强硬的骄傲："英老爷，您既然找到我，就相信我能做到不是吗？英氏一族，屹立不倒数百年，在您的领导下又有腾飞之势，您的眼光，会差吗？"

英离被逗得哈哈大笑起来。

此女，大不同啊。

他又感叹了一句，那种骄傲毫不夸张，反而让人信服；那种嚣张，让人不讨厌，反而认为是应当的。他不明白，那就是所谓的自信，是在大唐，就算公主也不一定会有的气质。

离了集贤坊的英府，特意请英大管家送他们到衙门。她不想耽误一丝一毫的时间，直接进入放文书的记事房去，查阅她需要的契约资料。由英大管家相送，就是让衙门的人看到，她身后站着英家，免得她受刁难。

狐假虎威是贬义词，但用好了，实在挺方便的。

"小姐，您去挖山了？弄得一头一脸的土。"过儿一边给春荼蘼洗头发，一边抱怨。

春荼蘼倚在浴桶里，纵然平时不习惯洗澡有人侍候，今天也顾不得了。

太累了，跟做苦力似的。要知道文书类的东西是很沉的，从下午到晚上，她和小凤整整搬动和翻阅了两个多时辰，那工作量……

她现在跟瘫了差不多。但好在，还是有一点点收获的。至少，她要的东西找到了。

洛阳县的前任县令姓月，因为贪赃枉法而被处以斩刑，现任的窦县令接任不过五年。在长安，是权贵满地走，京官不如狗。在洛阳，一县之父母官也是很难做的。所有的。上面得过且过，下面就"当一天和尚撞一天钟"，谁也不找事，也就是谁也不做事。

就拿存放各类卷宗和文书、档案的记事房来说，卷宗堆满了各个书架和箱柜，却并没有分门别类地放好，而是全部混在一起。春茶蘼去查资料时都没地方下脚，文书小吏还告诉她，这是治罪前任月县令时，查案的官员给翻乱了，之后就没有好好整理，更没人进来过。

春茶蘼满身的灰尘就是从尘封的档案而来，她的两条胳膊要断掉般的痛，也是因为要从一片书海之中找出自己所要查的东西。之前英潘两家打官司时，潘家手中握有那片地的地契，但英家前面请的状师，居然没有从官府的造册中核实，也没查验过相关的鱼鳞图。

其实，状师这个行业要求极为严谨，不仅是上堂的侃侃而谈，意气风发，还需要大量案头上的细致工作。只是大唐人律法意识薄弱，倾向于道德教化，对潘家这样的新贵豪门，他们说出的话，所有人都会相信。

但春茶蘼生性多疑，任何事都要看到证据才能够确信。为此，她和小凤努力了很久，才把月县令执政时相关的地产契约文书录册和相对应的鱼鳞图找了出来，单独放置在了一处。

属于官府文书的册子是不允许带回家的，所以明天，她还得去衙门报到，在那里细致翻阅。今天她只是寻找这本录册就耽误了很长时间，根本没来得及看一眼。

魔鬼定律说得好：你要找的东西，永远在最后才找到的地方。

可对于衙门的小吏来说，那就是两个字：高兴。本以为会麻烦自己，看在英家的面子上又不敢拒绝，但实际上，相当于请了两个免费女工。为了找她们所要的东西，两个姑娘几乎把衙门积存堆放多年的档案和文书都整理了一遍。下回再有官员来查，露脸的是他们，多好。

为了这个，第二天春茶蘼带着小凤一早赶到的时候，衙门小吏的态度特别好，还提供了免费茶水。春茶蘼不是没眼色的人，中午就订了长青楼的饭菜，算是答谢。小凤忙前忙后地跟着打下手，她就一直坐在书吏单独辟给她的房间里，仔细地、反复地查阅潘家地契的资料。

结果，还真让她找到了一个很有意思的地方。

她先用纸笔把可疑之处誊录了一份，揣在袖子里，然后在有问题的那一页夹了个自制书签，最后又到县衙主簿那里，申请封存相关文书证据，准备上堂的时候再用。若是普通人，做此类申请会遭遇很多麻烦刁难，但春茶蘼的背后是英家，又有大把银子打赏，办理得就特别快。

当然，所有为办案所掏出腰包的银子，包括请客吃饭，上下打点，她都会算在委托费用中。

　　和县衙内当职超过五年的各类人等挨个散完小财，最重要的是充分聊天之后，当天晚上，她又是筋疲力尽地回家，但因为发现了蛛丝马迹，心情特别愉悦。吃了过儿精心烹饪的营养晚餐后，她穿着宽松舒适、半新不旧的家居服，到外书房去开会了。

　　大萌告诉她："潘十老爷的外室安夫人从洛阳城破后就一直住在那里了。"所谓的洛阳城破是指韩姓皇族赶走突厥人，建立大唐的时候。

　　"里仁坊本就是一个突厥贵族的产业，我大唐初立时，潘十老爷就拿下那处宅子，安置了人。据住在那里超过五十年的老住户讲，那宅子就没倒过手，但修缮过几次。那位安夫人为人安静，几乎不怎么出门，就算出门，也是脸戴重纱，更加不与人交往，在里仁坊住了三十多年，居然很少人见过安夫人的面。"

　　"真是金屋藏娇啊。"春荼蘼感叹。但一个女人能这般耐得住寂寞，被困在方寸之地，要么是极爱这个男人，要么就是要躲避什么，不能公开露面。

　　"那边全是深宅大院，若不特意登门拜访，邻里间绝少遇到，所以并无人知道安夫人的兴趣爱好，倒是隔壁时常听到有胡人歌舞声，想是安夫人思乡。"大萌继续说，"倒是几家下仆之间有些交往，因安夫人神秘，平时多有议论。"

　　"说不定就是主人好奇，借着仆人的嘴打听打听罢了。"过儿哼了一声，"这就是小姐教的四个字的说法：道貌岸然。"

　　"小丫头挺有学问。"大萌呵呵笑道，"无论如何，附近人家都知道，安夫人三十年来没有会过外客，别说亲戚了，只怕朋友也没有半个。"

　　这也"大门不出二门不迈"得太厉害了。春荼蘼暗想，看了看一刀。

　　一刀连忙清了清嗓子道："我在集贤坊的潘家主院也套了交情，请吃了好几顿酒，倒也套出了一些情况。所谓纸包不住火，何况还是个大活人？所以，主宅的人私下都知道潘十老爷有个外室。当然也有人好奇，可只要敢去那边打探的，三十年来不知打死了多少。有传，潘十老爷的正妻就是因此而没的，不过没有证据。后来，渐渐地就没人敢触那边的霉头了，包括族中比较有权力的族老们。"

　　咦，看来这位潘十老爷态度很强硬，手段很霸道啊。从这点上看，安夫人必定是不能摆在明面儿上的人，连族老都装作不知……难道安夫人的事情暴露，会影响全族？

　　可既然如此，潘十老爷为什么不想办法摆脱掉安夫人？想来想去，不是安夫人身上有重大利益，就是真心爱着这个西域胡人女子吧？

　　"潘家不用盯了。"她挥手，做了一个斩断的动作，"你们所打听到的事是谁说的、怎么说的，你们待会儿跟小凤报一下，尽量还原。为此请客吃饭的花费，也弄个明细出来。然后，明天还有一个任务，比较困难些。"

　　"什么事，小姐就说吧。"一刀很积极。在他看来，和以前当影子般的暗卫不同，跟春荼蘼破案、打官司可好玩多了。

　　春荼蘼从袖中拿出一张纸："这是我今天整个下午的劳动成果，上面记录了前任月县令在某段时间所做的事情。"

　　"因贪污被砍头的那个？"大萌问。

春茶蘼点点头："你们一一核实，特别是在他被查办前的一个月，想办法找出证人，证明当时他确实是在某地做什么。时间有点紧，后天就开第一堂了，不过我可以拖到第二堂再用这个证据。你们谁去办？最好今晚就开始。"

"分头去。"大萌看了看单子，"一刀的轻功不如小凤，却比我好些，而且他骑术又好，外差由他出。至于洛阳城内的事，我来负责。"

一刀也说："春家有一匹马，上回找英家借了两匹还没还，我一并带着，换马不换人，中间不用休息，假如那边顺利，两天内也能回来了。"

"好。"春茶蘼拍板。

她已经胸有成竹了。

第一堂开审时，她没叫祖父去。春大山的伤势虽然迅速好转，她也没让跟着。一刀没回来不要紧，她还有小凤和大萌，外加一个能跑腿的过儿，人员很整齐，不需要家人助威。

为了今后上公堂方便，她最近做了好几身男装，今天穿的是鸭蛋青的圆领襕衫，月白色的裤子，轻松透风的六合平底鞋，头戴浅灰色幞头。淡雅的色调，衬得她明眸皓齿，分外精神。

而这个公堂，和她以前上过的都不一样。因为除了县官、负责记录的主簿，三班衙役和双方的状师，原被告都亲自到了。鉴于这二位的身份，在下首还设了座。

说到底，只有倒霉的双方状师站着，倒像是两个犯人。

这是春茶蘼第一次见到潘十老爷，确切地说是正式场合的第一次。毕竟她在里仁坊，是偷看过的。而潘十老爷确确实实是第一次见到她，满眼只见一个唇红齿白，面容清秀娇柔的小姑娘，顶多十五六岁，不禁心中又恼又笑。

恼的是，英离老匹夫用这样的状师是轻贱他。笑的是，英家是疯了吧？所以演这出闹剧！

其实，春茶蘼在洛阳城恶名远扬，全靠春家大房和二房的好心传播。英老爷有意，自然听得到谣言。而潘大老爷作为潘家的最大BOSS（主人），这市井之语，却根本没人跟他提起过。

所以，他才那样轻视、鄙视和蔑视春茶蘼。

当然，不久后，他就会开始对这个小姑娘刮目相看、愤怒、恐惧、佩服了。

英离老爷和潘十老爷相对而坐。

两人不愧都是大家出身，尽管心里都想把对方掐死，然后脱光了鞭尸，但面上却半点不露，不说像好朋友般谈笑自若，却也保持着基本的礼貌，甚至，还互相点头致意。

潘家的状师姓冯，四十来岁，相貌普通，但一双眼睛冒着精光，是尖刻不饶人之相。冯状师身有功名，又是上次官司的潘家代理人。结果到头来，跪下行礼的只有春茶蘼一人。

虽然她马上就站起来了，却还是感觉……憋屈死了。

前面的程序和一般案子差不多，询问双方当事人及代理人的姓名，宣读状纸，阐述双方的基本诉求和所争之标的，摆出证据证明自己是有道理的。因为之前为此打过官司，堂上堂下并无异议，直接就进入了对推，也就是法庭辩论阶段。

在冯状师发言时，春荼蘼百忙之中往堂下瞄了几眼。发现看审之人寥寥，就几个来凑热闹的闲汉，可见普通百姓对大户争产毫无兴趣。但是那些开荒的贫苦农民，倒派了个半大孩子来听结果，畏畏缩缩地躲在一边，面色紧张、惶恐。到底，只有他们的命运是系在这桩案子之上。

还有，就是春家大房的春大娘，春家二房的江明。他们来看春荼蘼是输是赢，之后好把英家付的委托银子分走。所以，这两个人倒是真心希望春荼蘼获得胜利的。

也好，就怕他们不来，有的戏唱起来才费力呢。春荼蘼暗想。她这一场戏，要达到好几个目的才行，包括彻底摆脱那两房人。

她心中想着，待回神时，正好听到冯状师慷慨陈词、口沫横飞说了半天后的最后一句："常言说得好，空口无凭，立字为证。英家虽然世居洛阳，但对那边山地，却没有契约在手。而潘十老爷，却恰巧握着一张由官府备录，造册在案的地契。"

春荼蘼之所以走神，是知道就算冯状师说得口吐莲花，所依据的也不过如此。幸好，不管民事还是刑事诉讼程序，大唐律法都没有向对方提供证据，以供对方验证并做出反驳准备的这一条规定，倒是更考验临场的发挥和辩论。

于是，她拍了两下手掌，赞道："冯状师说得好！"巧妙地把话题接了过来，把注意力也吸引到自己的身上。

"既然是好，英家为什么不就此承认，那片地该归属于潘家呢？"冯状师打蛇随棍上。

两位老爷身后，各站着自家的管家。英大管家一听这话，脸色就有点不好看。倒是英老爷还稳坐钓鱼台，神情平静，定力十足，看不出半点心思。

他到底是一家之主，经历过无数大风大浪，哪能连面子上的宠辱不惊也做不到？况且他相信春荼蘼绝不是只有这么点本事。不然，康正源何必专门推荐？

果然，春荼蘼的脸上浮现出人畜无害的笑容，认真地道："凡事，应当讲求证据。白纸黑字，自然是证据中最重要的。可是，证据也容易被人动手脚呀。"

"你什么意思？"冯状师逮到理就不让人，大声道，"你居然敢说，潘十老爷作假骗人吗？"

"我什么也没说，只是有这么个道理。"春荼蘼摊开手，一脸无辜，"我不敢说潘十老爷就如何如何，毕竟这是在公堂之上，身为状师，要为自己说的每一个字负责。但，冯先生，你敢说这世上的所有证据，都没有被作假或者篡改过吗？"

一句话，冯状师就被噎住了。

春荼蘼暗笑：拍马屁没关系，拍在马脚上会挨踢的。她和冯状师最大的不同是，她没有长出"司法脸孔"来。所谓司法脸孔，就是肉纹都是横向长的，看着就厉害不好惹，让人敬而远之，自然也不会令人有好感，或者亲近感。

她长着一副天生甜美的讨喜相，特别容易让人不防备。所以，她咄咄逼人时，别人下意识以为她有理。她若采取后发制人的态度，别人会认为她被欺侮了。

可惜，今天看审的人少。但等到下一堂，洛阳人知道有女状师出马时，必定会有大量围观者，那样对她更有利。要知道群众的情绪，多少会影响到判官。上堂如打仗，能利用的资源，都要利用起来。

"我可以当堂发誓。"冯状师伸指向天，"此地契并无……"

"停停！这是公堂之上，不要做出市井之行可好？一切，应以大唐律法为准。"春荼蘼连忙拦住，仍然一脸认真，"冯先生，你接触刑律之事颇多，堂上窦大人也是经历广博之人，该知道但凡罪犯，没有不喊冤枉的。一个个上了堂，板子还没上身，就大喊大叫冤枉，赌咒发誓者更是多不胜数。为了能赢，把祖宗卖了也没关系。纵然，其中也确实有被人陷害的倒霉蛋，但大多最后都被定罪了。可见，被冤枉者是极少数。若都像冯先生这样，发个誓就能无罪释放，不乱套了吗？"她说得诙谐，有个衙役忍不住，乐了出来，就连英老爷，也不禁莞尔。

冯状师被气得一室，反应也快，当下板着脸，带着教训的口吻道："你说的是普通人，能代表潘十老爷吗？潘家世代忠良，那是什么品格，哪里是普通人可以企及的？我如今是潘家的状师，说的话就是潘家的话，你也敢置疑？好大胆子！小小年纪，却如此不知天高地厚。我看你还是回家吧，别学人家上公堂，等板子打在身上，你可就知道什么叫疼了。"打板子，可是要脱掉衣服打的。大庭广众之下，就连娼妓也不愿意丢这个脸。一个小姑娘？哼！

春荼蘼眼神一闪。

每个人都有自己的辩护风格，冯状师显然是属于那种咬到屎橛子，给根油条也不撒嘴的类型。他仗着背后是强横的潘家，所以处处以势压人，笃定春荼蘼不敢得罪人。可春荼蘼偏偏不怕这套，她就是要压潘家的势，然后等他们反弹起来才有的玩呢。

所以，春荼蘼当下傲然道："为什么不敢置疑？皇上之语、圣人之言还有说错的时候，更有英明之帝下罪己诏的情况，难道潘十老爷能越过圣人和皇上去？敢保证自己绝无错处？"

"我所说并非此意！"冯状师没料到春荼蘼居然就这么敢顶上来，有点生气。刚才第一次看到此女，他还很是轻视来着。没承想，她胆子倒大。可也就是胆子大吧？不知死活！

春荼蘼却不理他，而是面向窦县令。之前因为前房主的事，她跟这位县令打过交道，知道他是不爱在对推过程中插口的，喜欢一听到底，除非主动转向他说话。

"大人。"她略施一礼，"民女见识浅薄，却也认为，世上万事万物，脱不开'理法'与'情理'这两个词。何为理法？乃是非得失之标准。何又为法？法者，刑罚也，所以禁强暴。于法而言，其理之道在礼。而理字通礼，也就是说，律法的道理要先合乎情理。那什么是情理？说白了，就是人情与道理。从律法的角度来说，应表达案情和事理。古人有云，礼者禁于将然之前，而法者禁于已然之后。这就是说，凡事先适用情理，若不能，才涉及律法。理与法要有前有后，自然分出轻重。礼者情者为重，法者为轻。当今圣上也有言：德主，刑辅。"

"你到底是要说什么？"冯状师让春荼蘼一套古人云给绕晕了。

春荼蘼略略侧过头道："我在向大人陈情，认为凡事以应以情理为先。不合乎情理的，就算有白纸黑字，不顺应天地律法、人情世故，也是站不住脚的。"

她说着，走到英老爷身边，大声道："英家世居洛阳，至今已经有几百年了。不管在哪朝哪代，哪怕遭到前朝突厥人的迫害，英家人都不离故土，始终有人坚守。这件事，全洛阳的百姓都可以作证。所以，英家占住了情理二字。而潘家，虽然于国有功，是大大的忠臣良将，却是在本朝初立后才迁居而来，就算手握一纸地契，却只占了理法二字。论及先后和轻重，终究落了下风。"她又走回到堂正中，站在冯状师旁边道，"冯先生，我说的就是这个意思。既然双方都有证据，就要看哪个证据更重要。再者，情理之证据，是无法作假的。"

算是当头一棒，因为还没有人从这个角度讨论过证据问题。

公堂上诡异地安静下来，冯状师想狡辩，却被春荼蘼占住了理字，一时不知如何自辩。不过，春荼蘼的话终究不能在律法上找到明确的出处，因而公堂是不能采用的。所以，他干脆沉默，看的是窦县令的态度。

寂静，有一种无形的张力，没有片刻，主持公堂的窦县令就撑不住了。他肚子里连转了好几道弯，自然是谁也不想得罪的，若双方苦苦相逼，当他必须选一边时，他先不能惹的却是潘家。因为至少，英家还有道理好讲。他苦读出身，又是流内官，总能有说得上话的人。但是若走到秀才遇到兵的路上，那真是没办法转圜了。

于是他轻咳了两声："春状师说得很有道理，只是古人古言不能作为呈堂证供，也不能作为刑判的论据。咳咳……本县以为，还是需要一点点实际的证据。"

英老爷闻言眯了眯眼，倒是春荼蘼挺开心地笑了。这可是第一次，有人称她为状师，而且是堂上的老爷。那么，就让她好好发挥，不愧对这两个字。

"大人，民女有证据。"她举起白嫩的小手，脸上笑着，眼神却无比自信。

这自信在她身上似乎形成了一种光晕，不仅英老爷，就连潘十老爷也欠了欠身子，心里忽然有一种极为不祥的预感。

"冯先生，您是经验丰富的状师，想必知道诈伪官文书及增减，在我《大唐律》的诈伪篇中，是明令标示的犯罪行为吧？"春荼蘼问冯状师，但眼神却疾速瞄了一眼潘十老爷。见其一派镇静安然，可眼神中却闪过一缕不可名状的光芒，立即信心大增。

"自然是知道的。"冯状师傲然，还卖弄似的背诵，"诸诈伪官文书及增减者，杖一百。准所规避，徒罪以上，各加本罪二等。未施行，各减一等。"

春荼蘼大力点头，貌似钦佩："此官文书中，包括了符、移、解、牒、钞券、票证等，自然也包括各种契约，以及地契对吗？"

"没错。"冯状师目光闪烁，总觉得对面的姑娘在挖坑，却弄不明白在哪挖，且还让他不知不觉地走近了，"可是这与本案有什么关系？地契上白纸黑字，大红的官印，难道还能造假不成？再不济，官府的造册中有记录，你只管去查。可我念你年幼无知，奉劝你一句话：诬陷之罪，也在诈伪篇中有相应处罚条例。身为状师却还故意诬陷他人，那刑罚……哼，我怕你一个女流，承担不起！"

冯状师只会以势压人，狐假虎威，其水平还不如老徐氏一案中梅、吴两位状师。春茶蘼想着，对冯状师一再嘲笑她的年纪和女性的身份有点恼火。这人绝不是个清醒的，厉害只是在表面罢了。不然，换作一个聪明的，就该知道英离如此精明，在争地案上如何会儿戏，请来没有真才实学的人上公堂呢？演大戏还是扮小丑啊。

"谢谢冯先生，小女明白得很，所以没有根据的话，绝不会乱说！"春茶蘼没有提高声音，可字字掷地有声，中间还有些对冯状师讽刺的意味。

她猜，潘家耍的花样，冯状师也是被蒙在鼓里的。这又是双方不完全信任导致的恶果，当事人不对状师说实话，所隐瞒的瑕疵，在堂上就成了被对方攻击的弱点，只能被对方打个措手不及，问得哑口无言，最后彻底失败。

"这是民女昨日誊抄的一份记录。"她说着，从怀里拿出一张纸，恭敬地双手托住，高举。

窦县令略点了点头，立即有一名衙役上前，把那张纸呈送到公座上。

"写的什么？"他并没有打开，而是问春茶蘼。

两边当事人他都惹不起，有什么还是摆在明面儿上吧！若真有不法之事，大家还可做个见证，彼此心明眼亮，要被雷劈也有人比他个子高。

"自从大人决定重审英潘两家的争地案，民女应了英老爷所请，决定担任状师，之后就做了非常细致的调查工作。"她意有所指地说，"并没有想当然，也没有只看表面证据，而是深挖。"

"你倒是挖了什么？"因为她神色笃定，冯状师开始不安。

"民女在县衙存放各种文档和登录册子的记事房中忙活了两天，想找出与潘家地契对应的记录和相应的鱼鳞图谱。"春茶蘼仍然面向公座，并不看其他人，"结果……鱼鳞图上倒没看出什么，可那份地契的记录，却似乎是伪造的！"

什么？！

堂上的窦县令，堂下的英离和潘十，外加他们各自的管家和冯状师，都大吃一惊。

这个指控，罪名可大了。可能判得不重，但性质却恶劣。若坐实，对潘家在朝堂上的势力都有极大的影响。说轻了是伪造文书，若有心之人加以利用，夸大成是欺君之罪也可能。

而另一边，英离先是惊喜，之后又有点不确定。潘老十真敢这么做？怪不得之前从没有听过地契之事。不过，上一次官司打了那么久，其他状师都没有发现，为什么这一回这姑娘就发现了？不是……胡说八道吧？

潘十老爷坐在椅子上不动，面沉似水，看不出喜怒，只有掩藏在袍袖下的双手，紧握成了拳头。其实他的镇定，反而更显得他心虚。要知道他这样的身份平白被冤枉，并且是这样的罪名，算得上是极大的侮辱，再泰山崩于前而不变色，也不可能忍得住。

"你可有证据？"窦县令率先反应过来，大声问。

"证据就在您手中。"春茶蘼坦然而镇静，"所谓白纸黑字，是最佳证据。但谁都知道，纸与墨经历得久远的年代，就会相对失色，纸质变黄，墨色发灰。而这种失色，书写时的年份相近的，不容易分辨出，间隔越久，差别就越明显。潘家的地契是五年前所得，那时正是前任月县令被革职查办，依法斩首之前。民女特别找到那时的记录，对比了纸色与墨色……"

"你不会说，五年间的文书，纸色和墨色就有很大变化了吧？"全堂寂静，因为开口的居然是潘十老爷，"还是，你觉得那是我潘家找人新添上的记录？"

沉不住气吧？很好，能搭上话就好。要知道做贼的，都会心虚，再有城府，在事实面前又能如何呢？所谓若要人不知，除非己莫为。春荼蘼暗想，脸上却带出诧异之色来。

只听潘十老爷冷笑："潘家的地契正是五年前照章办理的，时间上，你没弄错。但你说纸墨有问题，誊写一份有什么用？该拿来原件，让大家一起看看，那纸色和墨色可与日期相差不多的其他记录有所区别？再者，我潘家若要在后来添上这么一条，难道要插录在册子之中？"

对啊。英离心中一凉，提高的心又落了下去。

"潘十老爷，我只说年代久远的话，纸墨会变色，何尝说过潘家地契的造册记录在这方面有问题？也没说过册子中有插录啊。您若反驳，也不必如此着忙吧？"春荼蘼瞪大"无辜"的眼睛，一副"你误会了，等我把话说完不行吗"的模样。

对啊，她就是要人，就是要姓潘的着急。急了，才能有漏洞可以抓住。

"但是……"接着，她话锋一转，"我发现，衙门关于潘家地契的记录确实有奇怪之处。"

窦县令再也忍耐不住，把春荼蘼呈上的那张纸打开，快速看了几眼后，表情变幻不停。

堂下的人都是看人眼色的好手，当即心里都敲起鼓来，有喜有忧，但都不知道春荼蘼葫芦里卖的是什么药。

"不知道窦县令是否知道，前任月县令有个怪癖，那就是文书的事，本来应该由衙门内专门的书吏，按照规章来办理。可月县令可能要贪赃枉法的地方太多，对到达一定数额的大宗交易文书，特别是票证和契约，喜欢自己来记录。"春荼蘼继续抛出重量级的证据，"我翻阅衙门的册子，又询问了县衙的老人，都能证明这一点。"

"那又如何？"潘十老爷冷着脸问。

"他还有个怪癖。"春荼蘼的目光清澈澄明，令潘十老爷突然不敢直视，"他每记录一件文书，就喜欢在旁边的空白处点几个黑点。很多人看到，会以为是不小心滴落的墨迹，实际上却是有规律的。我研究了一下，才发现其中的微妙……但凡是他自己亲手录入的，就每五个为一组，以序号为准。序号为几，就点几个点。比方三号，点三个点。而到了五号，就会从一点再开始。他这样做，不知是出于什么目的，大概是知道贪官早晚没活路，为自己将来勒索或者自保而留下的。毕竟，收的黑钱、做的坏事太多，得有个凭证呀。如此做，既算记号，又能快速总结出数目。再或者，就是干脆他觉得自己若不得好死，也要拿同流合污者垫背！"

潘十老爷突然放声大笑起来，声音中满是轻松之意，害得英老爷的心再度七上八下，就跟惊涛怒海中的小船似的，抛上抛下，没个停歇。

争地案罢了，不关人命，却因为双方的在意和此审的跌宕而生出动人心魄之感。春小姑娘难道找错方向了，为什么潘老匹夫如此自得？

"我潘家虽不才，却也不至于要向个小小的县官行贿。某敢送，姓月的敢收否？"潘十老爷站起来，向春荼蘼走过去，理直气壮地大声说，"春状师，你若拿不出证据，某可是要告你诽谤的。那时，别说英家，任谁也救不了你！我潘家，还没到谁都可以泼脏水的地步！"

第三十七章　台面下的交易

　　潘十老爷身材高大，气势汹汹，身上有行伍出身之人的煞烈之气。

　　此时，正有一道阳光从大堂门外照进来，他身体投下的阴影，把春荼蘼娇柔的身子完全笼罩住了，似乎要吞噬掉她年轻的生命一般。

　　所有人都心下发凉，认定这位大唐出现的第一位女状师，要就此消失，不伏在地上大哭或者哀求就不错了。在这般气势下，有品级的官员也受不住，何况一个年才十五的小姑娘。再聪明狡黠，在这乌云压顶之势下，也会受不住的。

　　哪想到春荼蘼也笑了，身子略向后退了半步，却不是示弱，而是为了能仰头平视，倒平添出一股对峙之感。而且……居然……不落一丝下风。

　　"潘老爷，有理不在声高。"她姿势俏皮地抚抚被震疼的耳朵，"我可曾说您行贿了？"

　　潘十老爷气得暴跳。

　　她提起纸墨，他质问，她就说其实与纸墨无关。她提起行贿，他再质问，她又道没说潘家行贿。那这是干什么？耍人玩？！

　　他却不知，这也是春荼蘼的辩护策略。她东拉西扯，几擒几纵，可不是为了好玩，而是为了打垮潘十老爷坚强的心理防线。一轻一重，一抓一放之间，不仅拖延了时间，还削弱了对方的意志，消耗了对方的耐心，轮到她进攻时，就能一举占据上风。要知道，打官司和打猎是一个道理：估量对方，然后再决定自己的方法。

　　"敢情你是消遣老夫和堂上大人来着。"潘十老爷微眯了眼，露了杀气。

　　"我的意思是……"春荼蘼还是不惧，既然走到这一步，各种情况就都要考虑在内，她没什么好怕的，"也许月县令根本就不知道地契的事呢？"

　　按照前任县令做事的规矩，这么大片地的地契记录，所涉金额庞大，必是他自己动手处理的。可潘家地契的那一项,却没有他做的记号。那么,若不是他,就肯定是其他能接触此事的人。比如,当时的负责书吏。所以说,要作假,不一定非得经正主儿的手。

那登记的册子上,有关潘家地契的记录条目,离后面月县令亲自做的其他记录又隔了好几页,字迹又模仿得一模一样,他未发现前面的插录也是可能的。于是,有人蒙混过关。若不是她特别注重细节,还发觉不了其中的猫腻。

而这道理看似复杂,但堂上几位主事者,都是熟知官场的人,略想想就明白了过来。

潘十老爷面色微变,瞪了一眼冯状师。在他看来,状师就是打嘴仗,来胡搅蛮缠的,还能有什么作用?春荼蘼明明知道他的意思,心中却是叹息。这时候状师就是无赖的代名词,没人尊重和理解的。

冯状师得到暗示,立即走上来,充分发挥讼棍的精神,大声道:"说一千,道一万,你只是推测和怀疑,却没有证据。如今月县令已被法办,死无对证,你怎么说都行。什么墨点,什么伪造,你若拿不出让人信服的东西,就是诬陷好人。那学生……"他转向窦县令,"请大人治此女之罪!"这大帽子扣的。

英离看到所有人都站起来了,也欠了欠身子,觉得是需要他表态的时候了。不过他担任英氏一族的族长多年,心思却从来没有这么七上八下过,一时居然不知要说些什么。但他忽然接到了春荼蘼的安抚眼神,然后听到她说:"证据嘛,我自然是有的!"

英离立即福至心灵,淡然道:"今日时辰已晚,不如照大人的安排,后日再审第二堂吧?"

潘十老爷正在混乱,窦县令正在惊疑不定,因而此提议立即被通过。春荼蘼暗抹了一把汗,明知时辰其实还不到,却也乖乖离开。

在县衙后门,她才想登上自家的马车,就被前面一辆走华丽大气风格的马车拦住了路。她想了想,慢慢走过去。小人物见到大人物,先做出姿态是应当的,可是她并不卑微低头。

"你,很不错。"马车里传来潘十老爷的声音,带着淡淡的狠意,似乎平静了些。

"谢谢您夸奖。"春荼蘼实受了这声不甘心的称赞,不卑不亢。

"英家给你多少银子?"又问。

春荼蘼唇角上翘。

这是贿赂?潘十老爷心虚啊,不过他也真够霸道,心里没底也敢来谈条件吗?难道是笃定英家保不住她?不不,这老家伙才不脑残,这是威胁,是反击,发现自己被突破防线后,也来打击她的士气。自然,她不会白痴到以为潘家是来真心挖角。

"不是银子的事。"她也冷下了态度,"能用银子解决的事,就不算是个事。"不愿意得罪人,却不意味着她会低头。

马车里的人怔了一下,忽然发出一声笑:"说得好!但你难道不愿意为潘家做事?老夫保证,必定比英家给你的条件好,更不会把你晾在前台不管。刚才,雷霆风雨,英离可是很少为你遮挡。"

哈，离间人心的招数也上来了。可惜啊，她对英家或者潘家，都是不用心的。用心的只是案子，还有她的家人。

"到了公堂之上，我若还需要权势为我遮风挡雨，就不配'状师'的名号，只配狗吠。况且常言说得好，一脚踏两船，两边不到岸。"春荼蘼收拢了手，明明规矩地站着，却不见下层人对贵族高门的恭敬，"荼蘼虽然愚钝，却也明白这个道理。我若应下了潘十老爷，不仅彻底得罪了英家，还会让潘十老爷瞧不起。到头来，真是猪……狸照镜子，里外不是人。"

潘十老爷又笑，却有些轻视："姑娘家说话如此有趣，我还是第一次听到。你的胆色，倒也让老夫有几分喜欢。但你不是为了银子，又是为了什么？若为了在洛阳立足，英家还没有我潘家的实力。"

"我是为了我爹。"春荼蘼并不拐弯抹角，语气和神色突然都咄咄逼人起来，"潘十老爷族中可有位青年才俊，名为潘德强吗？"她说青年才俊时，语气讽刺，并在潘十老爷怔住，一时没有回答时，接着道，"他在德茂折冲府，是我爹的上司。我本不想接下英老爷之请，奈何潘德强无缘无故打了我爹四十军棍，害我爹起不来床。荼蘼自小失去母亲，一向孝顺爹爹，偏心眼儿小得很……"她话不说完，就躬身一礼，淡定地走开，连头也不回，脊背挺得笔直。

有些话，有些事，还是让有些人明白的好。

没头没脑的，反而容易遭到猜忌。若对方想歪了，是给自己找麻烦。所以有时候，不妨直接点。

不知潘十老爷怎么想的，反正春荼蘼有一种下了战书后，坦然又积极的感觉。掀开自家小马车的车帘往外看，见潘家的马车半横在街上，并没有让开的意思，却也没有新动作。

"绕行。"她放下帘子对充当车夫的大萌道。

她要潘家向她低头，因为她睚眦必报；她要英家偷鸡不成蚀把米，因为他们算计了自家老爹；她要那些贫苦农民得到土地，因为她要为善良的人寻找一条生路；她要春家大房和二房主动要求分家，因为她不愿意受极品亲戚的拖累！

台面儿上，有台面儿上的玩法；台面儿下，有台面儿下的手段。

回到家，春荼蘼先向祖父和父亲说了公堂上的事，并没有只报喜不报忧，那样反而令人不会相信。之后她借口要休息，回了自个的屋子，免得春氏父子细细盘问。可才走到门口，小凤就从外面进来，对她使了个眼色。

她立即来到外书房。

此时的一刀神情疲惫憔悴地坐在那儿，眼珠子红得像兔子。过儿正端过一碗新做的汤饼给他吃，里面加了鸡蛋和腌肉，撒了切碎的小葱，闻起来香气扑鼻。

"马没累坏吧？"过儿问。

"你不问我人，你问马？"一刀大为不满，但口齿却因为嘴里吃着东西而含糊不清。

"你有什么了不起的。"过儿哼了声，"马很贵的。"

春茶蘼迈步进门时，正听到这句，差一点笑出来。过儿这个小辣椒，说话也太呛人了。

"小姐。"看到春茶蘼进门，一刀和过儿一起打招呼。

春茶蘼摇着团扇，一派四平八稳地问："让你调查的情况，如何？"

一连串含糊不清的音节吐了出来。中间，还夹杂着被汤饼烫得发出的呼噜声。

春茶蘼连忙摆手："你不必说话，吃你的。只听我问，然后点头摇头就行。"

一刀咬着鸡蛋，点头。

"你这是几天没好好吃睡，生生打熬下来的？"春茶蘼有点内疚地问。

点头。

"我让你调查的，你可曾落下什么？"

摇头。

"是否与我所料一样？每个猜测，都有证据吗？"

连着两问，所以一刀两度认真点头，并以下巴示意桌边的一个小包裹——长条形，扁，软趴趴，像是记录的证人证言。

春茶蘼二话没说，拿起包裹就走，临出门时甩下一句话："过儿，好生侍候一刀吃饭、洗漱，然后叫他去睡觉。就按……侍候英雄的规格。"

不管过儿如何在后面跳脚，春茶蘼稳稳当当走回自个儿屋子，稳稳当当坐在书桌前，把一刀收集来的证据打开，先通读一遍，再分析整理，找出对自己最有利的内容，含混不清的部分仔细推敲。然后，照着证据原件又认真誊写了一份。

她书法很差，从去年跟随康正源巡狱开始，下了苦功练过，如今一笔簪花小楷总算可以见人了，再书写上堂用的状子和证据什么的，就不用再假手他人，就是速度实在是有些慢。不过，这样虽然免了泄露秘密的风险，但以后状师的生意要做大，就会有大量文书要摘抄，她肯定忙不过来。如果不能请个专门的秘书，就得自己培养一个。就目前来看，小凤和过儿对此都很排斥。

唉，只有先自己动手吧。

把抄好的证据卷成细如两指的小卷儿，用一根细绳捆好，方便拢在袖筒里，再把原件收进一个专门准备的精致竹盒子内后，她今天的工作才算告一段落。

但这些事说起来轻松，做起来却必须认真仔细，半点疏忽也不能有，非常耗费精力，算得上一个字一个字地抠，直到完美无缺。所以除了吃晚饭的时间，春茶蘼一直埋头苦干，熬到大半夜，最后趴在书桌上睡着了。当值的过儿陪在一边，端茶送夜宵，外加研墨铺纸，顺便在一边做针线，最后是坐着进入梦乡。还是春青阳不放心孙女，看到西屋灯还亮着，进来看看，才叫了这对主仆起来，换了衣服到床上去睡。

"爹，茶蘼熬夜呢？"春青阳才回到院子，看到春大山扶着门走出东屋，心疼地问。

春大山身体强壮，精力十足，本来睡眠就不多，最近一直养伤，白天晚上一直歇着，半夜里更是极容易惊醒。

"你别担心，这丫头……等案子结束就好了。我想，就是忙这一阵子。"春青阳轻轻叹了口气，连自己也不信这话。

"这孩子怎么就转性了呢？"春大山愁到不行，"我也不是养不起她，她为什么非要给人打官司，坏了名声不说，还那么辛苦。何必呢？"

"她喜欢吧？我看出来了，她是很喜欢上公堂的。"春青阳抬头，望着朗朗夜空，浩瀚星海，"虽说她是女子，可她若非要如此……人活一世，咱们爷俩不能给她别的，让她怎么高兴怎么来，也未尝不可。之前我也难下决心，但你看她忙起来的时候，眼睛都是亮的，特别有精神，就随她去吧。到底，她身上流着一半蔓娘的血……"

春青阳突然提到这个禁忌的名字，春大山山岳般的身躯一抖。是啊，她的女儿。她有着那样自由的心性，怎么会生出循规蹈矩的女儿？不管他怎么压制，那天性还是会冒出来。

蔓娘……蔓娘……眼前又似乎浮现出那样活泼美丽的面庞，令他不由得想得痴了。

第二天，在春氏父子的有心安排下，院子内外静悄悄的，想让春荼蘼睡个饱。可惜，天不遂人愿，英大管家来访。

因为问起案子的事，别人不知情，所以尽管春大山万般不愿，还是得把春荼蘼从睡梦中叫醒。春大山蹒跚着来到西屋门口等，见女儿匆匆出来，他又是心疼，又是不满，心思都写在脸上。

倒是春荼蘼想得开，哄道："爹啊，其实不管我半夜睡得有多晚，还是按时起床为好，不然身体习惯了起居的时辰，忽然乱了，反倒不好。"

"可你为什么要熬夜？白天难道不能做事？"春大山借机劝说道，"小孩子家，睡不饱会影响身体，长不高的。看，你祖父好不容易养出你几两肉，又没了。"看着女儿细伶伶的小手腕，春大山皱眉。

春荼蘼笑而不语，不跟春大山争辩。因为知道父亲是疼爱她，即使骂两句也没事，何况只是小小责备。不过，她也辩解道："女儿急性子，当天事要当天毕，不然睡不踏实。"说完，一溜烟儿跑了，"欺负"春大山的"残疾"现状。

不出所料，英大管家是来问问案件的进展，以及之后有无把握之类的事。她三言两语就把人打发走了，可正要回内院，老周头却又来报："二房的表姑小姐来了。"

春荼蘼一时没反应过来，愣了片刻才想那是春二娘丈夫江明的娘家妹妹。算起来，是自个儿那位懦弱二姑的夫家姑娘，半点血缘关系也没有的表姑小姐。论辈分，她得和春二娘的女儿一起喊这个江娘子为姑姑，再加个表字。

"她来干什么？"春荼蘼皱眉。普通亲戚串门，她肯定热情接待。但，春家大房和二房显然没安好心，所以这种拜访，她高兴不起来，心中瞬间起了提防之意。

"说是……"老周头还没说完，江娘子已经从大门走了进来。

这人走路姿势倒好看，娉婷文雅，看起来娇娇柔柔的，如果忽略那股子装模作样，其实也还能入眼。她身上穿着一件雪青色的齐胸襦裙，花蕊黄的半臂，淡白色的薄纱披帛，乌黑的头发梳成复杂的牡丹头，以金蓝两色的珠链缠在发髻上，还插了支粉色花簪。

不得不说，这衣饰和配色都是精心准备过的，本来是很美，可惜与她的肤色气质不符，让人觉得难以融合，反被衬得面色发青，死眉塌眼。

"表姑姑，您来，有事？"春荼蘼赶上几步，基本的礼貌还保持得很好。

江娘子怔住，似是没料到是春荼蘼来迎她，顿时有些懊恼不快之意。她也不想想，这是谁的家啊。但她也算机灵，很快转了脸色，"亲切"地笑道："荼蘼在家啊？"

什么意思？难道她不应该在家？是客套话，还是……这位表姑姑比较喜欢挑她不在家的时候过来？

"嗯，在家呢。"春荼蘼点点头，眼睛不由自主地盯向江娘子手中挎着的竹篮，"都是自家人，还带什么礼物？"话是这么说，手却不客气地一伸，拿过篮子，还掀开上面盖着的一块白底蓝花的布。

江娘子没料到春荼蘼的手这么快，略惊之下，臂上就空了。

再看那蒙布之下，是一双男人的鞋子，新做的。还有两样花式小点心。

春荼蘼心里打了个突，眯起了眼。

这鞋，必定是给她家美貌老爹做的。家里男人挺多，可祖父年纪大了，老周头是奴仆，大萌和一刀在来外客时都是躲起来的，鞋子的主人是谁，不言而喻。

大唐人讲究礼仪，彼此之间的礼尚往来，是有定数的。关系特别好的，会送些吃喝用度的东西，过日子用得着，实惠又亲近。关系一般的，自然送好看撑面子的，依自家的经济情况来决定。若有求于人，就再格外厚重些。还有男人之间，会送送文房四宝或者小玩意儿。女人之间，会送些荷包香囊类的小绣品。

这些，都很正常。但男女之间，送贴身的东西，表达的内容可就丰富了。

好端端的，江娘子送春大山新鞋子，这心思，还用说吗？

"呀，手工真好。"她笑着夸奖，但笑意未达眼底，"是表姑姑亲手做的吗？"

江二娘脸上闪过一丝尴尬，但很快就镇定下来，带着一种理所应当、长辈对晚辈的态度说："正是我亲手做的。虽然不值得什么，不过春大哥和春三老太爷一直对玉鸡坊那边多有照顾，大小是份心意。自家做的鞋，不比外面买的好看，胜在合心合脚。"

春荼蘼垂下眼睛，又把篮子盖好，心中气恼江娘子说什么"合心合脚"之类的话。大家只是姻亲而已。再说，一个未嫁的女子送男人鞋子就很没规矩，现在连这种话也说得出口，看着似乎直率坦荡，实际上是极其无礼。江娘子的外表似乎温文，其实骨子里完全没有家教。

要知道有话直说和不知廉耻，还是有区别的。

"表姑姑，我爹吧，其他的还好，就是脚最受不得委屈，有一丝儿不合适，都会觉得不舒服。"她继续说，非常努力才没使自己当场翻脸，"所以我爹的鞋子都是我和过儿包办的，别人做的他不穿。所以嘛，心意心领，多谢表姑姑。但东西，您还是拿回去吧。亲戚之间，哪用得着这么多礼？"

不知何时，竹篮又回到了江娘子的手上。

她怔住了，一时进退两难。春家的厉害丫头站在她面前，堵了她进门的路，进不得。可若是就这么离开，她又不甘心。哥哥说了，春荼蘼正在为英老爷打官司，一定在外面忙活，定然是不在家的，她可以借机接近春大山。可她怎么这么倒霉，就遇上了呢？

哥哥还说过，三老太爷是个软厚的性子，豁出脸面就能治住。春大山不仅长得好，前程也看好。如果能嫁进春家三房，好日子就在后头。现在正是好机会，春大山还没升官，又死了一任老婆，休了一任老婆，很难找到正经人家的姑娘。男人嘛，又正值壮年，哪有守得住的？她一个黄花大闺女，又识文断字，春家一时肯定找不到她这样好的。若能拢了春大山的心，秋天的时候说不定就有准谱。

至于春家丫头，最好是嫁不成，那样就会不停地往家赚钱。那丫头是个孝顺的，银子还会给谁花？给了春大山，就如同给了她一样呀。

江娘子的肠子弯弯绕，如果春荼蘼知道她所想，定然会气乐了。父亲之前的老婆加岳母是恨不能尽快把她嫁出去。现在这个觊觎春家三房主母之位的，却是让她当一辈子老姑娘，为她往家里搂钱。

她也不想想，当初春大山在范阳县的女人缘有多旺，他要想娶妻，多少姑娘家排着队来争破了头。他之前为了女儿不受后娘的气，能忍十几年，这才从范阳出来多久，就守不住了？

真不明白这些人，为什么总想得这么美，那么理所当然呢？什么事都是他们得利，从不顾及别人的感受。偏偏心又黑，脑子又糨糊，不知天高地厚。

所以说，恶人也不好当，那也是需要智慧的。

"既然如此……"终究是不能白白回去的，略想了想，江娘子吸了口气说，"那点心就留下吧，是我们家乡的风味，留给三老太爷尝尝也好。"其实，她是想让春大山对她印象加深。

她家，也就是江明家离范阳县不远的渔村。一个普通的渔民之家，平时能有什么特别花样的点心呢？指不定从哪间的糕点铺子买的。说来说去，也不过是借口。

春荼蘼心思转了转，到底不想给人太难堪，对一边的过儿点头道，"你把点心收下，再包一包咱们昨天买的桂花糖，带去给表姐表妹吃。"然后又转向江娘子，"说起来，祖父不太吃零嘴儿，这样好吃的点心，可就便宜我了。如此，谢谢表姑姑了。"她把话说得清楚明白，东西是她吃的，是她接受了"长辈"的心意，春氏父子都不会碰。

江娘子表面上平静文雅，但实际上脸皮挺厚的。她倒不是故意要如此，而是深植于骨子里的习惯，就是拿别人的什么东西、在别人家做什么事都坦然无比，不会觉得不好意思。但此时对上春荼蘼的软钉子，除了暗骂自家哥哥算计不清外，一时竟然毫无办法。

恰巧，小凤才收拾了外书房的茶点走出来，她眼睛一亮，故意以袖子按了按额角，对春荼蘼道："自家人，不用谢了。不过最近的天时很奇怪，这还不到晌午，就热得不成了。我这一路走来，还真是口渴……"进屋喝杯茶也行啊。

春荼蘼一听，反应迅速，拉着江娘子就往外书房走，同时扬声对小凤说："你去换了新的茶点来，我来招待表姑姑。对了，井水里冰着西瓜呢，你切半个，给表姑姑降降暑气。"

喝茶可以，吃饭也没关系，就是不要想进内院。自家美貌老爹还一瘸一拐的，绝不会跑出来。两下里不见面，看她还能有什么花样？除非她能隔空怀孕，不然春大山就绝对安全。

江娘子闻言，还没做出反应，身子就被拉着朝外书房走去。

她心里一急，想摆脱春荼蘼的钳制，干脆挑明了道："又不是外人，怎么好在外书房里说话？若让人知道了，可要笑话咱春家没有规矩。再说，我虽然来过一次，却还没看过你的屋子，不如带我参观参观？"

不是外人？咱们春家？春荼蘼咬着牙想，这个江娘子白白净净，脸皮却堪比城墙。这才哪儿到哪儿？明明是外人，却说出内人的话。还提什么规矩！她到底是什么意思？对她老爹志在必得？想得美啊！

"表姑姑，我正在为英家打官司，您是知道的。"她突然拉下脸，"现在，我的屋子里堆的都是各种证据和打官司要用的文书，如果进了外人，出了纰漏，输了官司，那几百两银子赚不赚得到是小事，英家在洛阳什么势力，表姑姑不知，可以去问下二姑夫。到时候，别说我们三房了，就连大房和二房也没有立锥之地，说不定连性命也保不住。这责任，谁负？"这是明告诉她，连她哥哥江明都不算什么近亲，她更是个"外人"了。

春荼蘼一直客客气气打太极，此时挑明了意思，江娘子也受不住了，脸唰一下沉下来："既如此，我就不打扰。别回头输了官司，倒成了我的过错。我比不得荼蘼本事，承担不起，这责任也确实负不起。也是，如今你可是为英家办事，好大的脸面，门槛也高了，我迈不进。那就……告辞了。"说完，也不理会过儿手中的竹篮，扭身快步走了。

到大门边时，江娘子略停了停，见春荼蘼没有追来，也没有说几句软和好话的意思，再也没脸留下，气哼哼地奔了出去。

"关门，上锁！"春荼蘼吩咐，同时考虑要不要养一只凶猛点的大狗。

"她这是发脾气？"过儿先是愕然，后是气得没办法，指着大门骂，"她凭什么啊？这是咱们家，她只是个客，而且还是吃咱三房、用咱三房的客！她居然还敢甩脸子！"

春荼蘼耸耸肩，没说话。因为她知道，江娘子的潜意识里，是把这里当成她的家了。有的人就是这样，你对她好是应该的，她不会感谢。可但凡有一点点不顺心，她从不考虑自己的过错，都是别人对不起她。或者说，她觉得不久的将来，这里就能该她当家做主了。

公主病不是只有富贵人家的小孩才得！

可是，她哪来的自信？真是奇哉怪也。若她是想通过非正常桃色手段，比方爬床来实现目标……春荼蘼认为是不可能的。

春大山一朝遭蛇咬，不会再错第二回。况且论姿色，江娘子还不如先头那个徐氏。

"茶点和西瓜还上吗？"小凤在一边看了半天，突然问了一句，很有点不着调的感觉。

"上！为什么不上！不过放到内院花架子那边去。"春荼蘼微微一笑，"待会儿我请祖父出来坐,要喝茶吃西瓜聊天呢。"

"冰凉的西瓜,热的茶,小姐不怕闹肚子?"小凤瞪大漂亮的眼睛,那呆呆的样子超可爱。

看着两个丫头,春荼蘼心情迅速好转:"你管呢,我是铁胃,不怕冷热交攻。快去快去!"

"这点心怎么办?还有鞋,到底那女人还是留下了。"过儿举着篮子,一脸无奈。

"点心喂马。鞋子舍给乞丐。"春荼蘼道,想了想,又着补了一句,"等等,把咱家的点心喂我爹的马,姓江的带来的,喂英家借的两匹。"就连春大山的马,也不沾那女人一星半点儿。

"至于鞋子,还是烧了吧。"她到底心肠没有那么黑。女人家亲手做的东西,随便给了外男终究是不妥当。她厌恶江娘子,是因为那女人觊觎她爹,却也不想害人名节。

"好好一双鞋,要不是一刀的脚大穿不上,不如赏给他。"过儿咕哝着办事去了。

春荼蘼心念急闪:过儿怎么知道一刀的脚有多大?但这念头只是掠过,很快就消失了。

进了内院后,见小凤已经手脚麻利地端了热茶到花荫下的石桌上,又忙活着切西瓜,春荼蘼就把坐在正屋里算家用账目的春青阳给拉出来乘凉。

"还没到响午就吃水果,还是用井水镇过一夜的,待会儿就得肚子疼。"春青阳不让孙女随便乱吃,爱怜地戳了戳她光洁的额头,"天天嚷嚷自己是大姑娘,可瞅眼不见,就什么都敢做,什么都敢往嘴里放。"说着塞了杯茶在她手里,又道,"你要闲聊,好歹把你爹也叫出来。他是个闲不住的,又素来要强,这些日子天天坐屋子里发呆,闷都要闷死了。"

"孙女是有要紧事,要单独和祖父说呢。"春荼蘼吐吐舌头,娇憨中带着一点赖皮,看得春青阳整颗心都暖暖的。

"就你古灵精怪的。"春青阳瞪了孙女一眼,"说吧,又作什么妖?"

"祖父,这些日子,玉鸡坊的大房二房那边,来人了没有?"她假装漫不经心地问。

春青阳就有点不自在,可在孙女面前,谎话又说不出,只得咳了一声道:"他们不是来要银子的。是听说你爹受伤……特意来……看看。"

春荼蘼暗挑了挑眉。

看看?就真的只是空着两手,张开眼睛看吧。探病礼物什么的,必然是没有,反而是赶在饭点来的,狠狠吃了一顿。不过,祖父为他两个哥哥的行为感到羞耻,她也不必戳穿,让祖父难受。

"来了几回,都谁来的呀?"她又问。

"就两……三……四回。"春青阳露出点心虚的神情来,小心翼翼地望着孙女的脸,"第一回是你大姑两口子和你二姑两口子。之后,都是派了你二姑夫的妹子来。想必,那边也一大家子人,得好好过日子呢,不得空。"

看着祖父惶恐中带着点讨好，又有点局促不安，生怕她不高兴，生怕影响了她的事的表情，春荼蘼心里突然一疼。

何必呢？老人有老人的无奈。毕竟大房和二房的当家人是祖父的亲兄弟，祖父人又厚道善良，做不到她这样果断。

于是她放软了语调，用聊闲天儿般的轻松语气说："祖父说得是。不过，我那表姑姑每回来，都见到我爹了吗？"

"你不在家，只好我来接待。但你爹也是在场的……"春青阳话说到一半，突然停了，显然也意识到了什么，"荼蘼，你是说？"

春荼蘼点点头，担忧地道："祖父，您可不能心软，不然我爹就惨了。他们明显是想吃定咱们家，所以要把人塞进来。若江娘子是个好的，倒也罢了。可您知道，她耗到这么大年纪还没嫁人，是因为相师说她是克夫相。身为女子，我不愿意这样说别人，可我观她眉尖额窄，面色青白，至少不是旺家旺夫的，我可不敢拿我爹的命去赌。再说了，万一她性子不好呢？我瞧着，她性格似乎有点阴沉狠辣……"

本来春青阳就吃了一惊，如今听孙女这么说，更是感觉后怕。

见祖父脸色发白，春荼蘼怕他老人家急出个好歹的，又赶紧往回劝："您也别太着急，既然咱们有所觉察，往后小心些就是。之前徐氏的事，不是我爹没提防吗？所以，只要不给江娘子和我爹单独见面的机会……就算遇到，也总有您在场，他们就没招儿了。"

"可我不能总盯着你爹，他伤好了，还是要到军府去！难道我天天接送？"春青阳发愁道，之后又一击掌，"实在不行，也只有这样了。"

春荼蘼立即就乐了。春大山三十好几的大男人，回头让父亲接送去军府，别说前程，连脸面也要丢尽了。不过，春青阳的一片爱子之心，想出这种昏招也有情可原。

只是她要算计春家大房和二房的事，暂时不想告诉祖父，因而只劝道："祖父，不用想那么远的事，人心易变，最近这些日子事事当心就好了。但凡江娘子来，您就让父亲别出自个儿的屋子，了不起把房门也闩上，我还不信她能硬闯？就算探病，也轮不上她一个外姓女子。只要断了见面的机会，大房和二房再本事，也耍不出花样。但是这个事吧，我当女儿的没办法和我爹说，您透个信儿过去就成，我爹也不傻的。"

春青阳一听也是，再也坐不住，立即找春大山去父子谈心了。春荼蘼怕春大山知道是她出的主意，会尴尬，逃也似的回了自己的住处，为明天的第二次堂审再做准备。

打赢官司，表面看起来很风光，其实那是由背后无数的大胆推理、小心求证，外加反复推敲而得来的。每一场胜利都浸透着自己的心血和汗水，就算上堂时的辩护词，她也要在心里反复演练好几遍才行。这世上，哪来无缘无故的成功？

春荼蘼努力静下心来，想了又想，之后慢慢踱到床边，从枕头下拿出绿眼男给的那封信，取出其中的信纸，又另抄了一份，放入信封。还学着绿眼男的方法，在信封背面写了个"潘"字。

再之后，春荼蘼回忆了那天从白金刚处打探到的，突厥被赶出大唐时王族中人的最后情况，认真斟酌着字句，写了一份资料，放入另一个信封。背面，仍然写字，却是个"英"字。

两边都是大佬，她这样的小虾米要生存，还要生存得好，只能在夹缝中求得生机。也只有在两大权势交攻的死角，才能占住不败之地。就像在狂风怒海中，只要利用好风势和激流，小小扁舟就能不颠覆。看着凶险，其实无恙。她相信自己，必定会游刃有余地做到这一点。

衙门第二审英潘两家的争地案，不出春荼蘼的预料，看审的人多了十倍不止，把大堂门口挤得水泄不通。因为有心理准备，她并不惊慌，倒是窦县令有些冒汗。民间传言，也是很可怕的，万一他断得有瑕疵，不仅是必会得罪某方的问题，民间风评只怕也不会好……

至于英离和潘十，他们是两只老狐狸，城府极深，从面儿上都看不出来是否紧张。但从双方管家的身上观察，英家显然更胸有成竹一点。其实英家什么都不知道，只是对春荼蘼有信心罢了。

约莫过了半个时辰，前面例行的、烦琐的、冗长的程序才结束，直接转了第一堂审理时胶着的问题：英家有什么切实的证据，说明潘家的地契是假的？

这是整个案子的关键。只要地契被判定为伪造，英家就能全盘获胜。

代表潘家的冯状师明显做了胡搅蛮缠的准备，以不足以作证为由，把上次提出的，衙门中的记录有可能是伪造的、前任月县令极可能都不知道此事的论点全推翻。

他说到后面，直接来了一句"那些全是旁证"，在主证，也就是直接证据不清楚的情况下，旁证，或者说间接证据，是不足以采信的。

"要主证？好啊。"春荼蘼自信满满，但又不暴躁，气势紧逼，却又不是要置人于死地的感觉。她在尽量给民众留下好印象，为自己将来的状师生涯铺路。反正，就是要显得既正义，又有本事。

"大人、两位老爷、冯先生。"她团团施了一礼，显得干练大方，"争论的焦点，说到底，在于前任月县令。不知各位，可有异议？"

几方人马不断有眼色在空中交换。最后，全体点头。

"那么，我们就说说前任县令。"春荼蘼加大音量，"月县令贪赃枉法，被国法处置，民心大快，吏政清明。那是五年之前的事。而潘家的地契，却是六年前所得。确切的日期，是九月二十。大家都知道，大宗土地买卖，或者涉及金额大的，都是月县令亲自经手。这是他的怪癖，却也足证其贪婪。这一点，大家也无异议吗？"

众人仍然点了点头。

潘十老爷有些迟疑，因为他总感觉陷阱就在这里。于是，他的目光又瞄向了冯状师。

春荼蘼暗叹：法庭上，或者公堂上，怕的就是外行指导内行，当事人指挥状师。若是不信任，干脆根本别请人代讼。既然请了，就不要指手画脚。不然，必会倒霉的。

那冯状师本来就没多大本事，虽然身居洛阳，却缺少见识，完全凭讼棍本色，惯当搅屎棍，才在这个圈子里混得开，有了点名气，也因此才被潘家相请。

此时他得到主子的命令，立即大步上前，一脸伪正义地高声道："你这女子，别再纠缠这些细节了好吗？拖延时间是没有用的，黑就是黑，白就是白，大红色的官印也非是虚假。你没这本事，就别为英家出头，带累了人家名声，反而不好看。那姓月的身为一县之长，却胡乱插手县务，那只是为了掩饰其罪行的手段，又与潘家地契何干？"

"你也承认，前任县令把持了此类县务喽？那么，在潘家的地契上就应该有其迹可寻。也就是说，地契必是月县令亲自记在衙门的录册中的。"春荼蘼感觉对方的唾沫星子都喷在她脸上了，不由得一阵恶心，往后退了两步。但这在别人眼里看来，就好像她胆怯了似的。只是，她说出的话却掷地有声。

"可是六年前的九月二十……"她稳住脚步，"提醒各位，正是地契获取的时间，地契的下方也明确标明了。依大唐律法，取得地契的当天，也要同时记录在衙门专门的录册中。"

"我们都知道这些，你不必说了！"冯状师冷笑，"衙门录册旁边的登记时间，正是九月二十没错。"

"不，我必须要说。"春荼蘼接过话来，"因为在那年的九月十五到二十五，应该颁发潘家地契，并记录在案的月县令，却并不在洛阳县。他沿永济渠西上，到陕州的老家，给自个儿的父亲贺寿去了！因为他身在任上却随意出行，只能秘密行事，还在衙门中伪造出他仍然忠于职守的假象。所以，知道这件事的人不多，可只要费心调查，人证物证俱在！"

嗡的一声，安静肃穆的大堂上，像开了锅一样热闹起来。

这就是所谓"好钢，一定要用在刀刃上"的道理。辩护手段何其多，这一次，春荼蘼用的是前面示弱，但在紧要关头出其不意，突然发力之法。

看起来，策略是正确的。成功！

第三十八章　交易

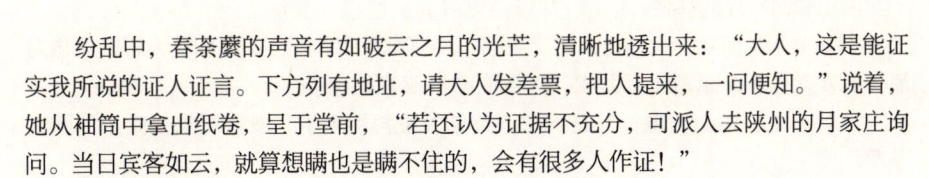

纷乱中，春荼蘼的声音有如破云之月的光芒，清晰地透出来："大人，这是能证实我所说的证人证言。下方列有地址，请大人发差票，把人提来，一问便知。"说着，她从袖筒中拿出纸卷，呈于堂前，"若还认为证据不充分，可派人去陕州的月家庄询问。当日宾客如云，就算想瞒也是瞒不住的，会有很多人作证！"

窦县令冒汗了。

他到底想明白了，这案子若一直糊涂下去，虽然头疼，却也比现在的情况好些。

如今摆明潘家是伪造官文书,他要怎么判呢?若秉公,那一百杖打在潘十老爷背上,却无异于打断了他在长安的很大一部分人脉;若徇私,英家的势力属于绵里藏针型,他后半辈子都会如坐针毡。况且还有这么些百姓看在眼里,他一举一动也错不得啊。偏偏洛阳不比偏远之地,县官可算是土皇上。在此地,到处是看不见的关系网,还不像长安那样明显,一不小心就会被吞掉的!

那写满证人证言的几张薄薄的纸,拿在他手里比山都重。再看那边,英家老爷子稳坐钓鱼台,脸上是掩饰不住的畅快和得意。而潘十老爷,虽然定力十足没有从椅子上蹦起来,可他身下坐的圈椅,扶臂却给生生掰掉了一块。

可见,潘十老爷愤怒到了什么程度。又可见,他的武力值有多高!

一边的春茶蘼,在发出这致命一击后,不引人注意地向潘十老爷挪动了几步,站在一个只有潘十老爷才能看到她,听得到她的地方,张了张嘴。

她没有发出声音,其实就算是发声,在如此嘈杂的情况下,对方也听不到。但潘十老爷却在怒火攻心之中看懂了她的口型:晕倒!

心念急闪间,潘十老爷知道事发突然,那个不中用的冯状师已经傻了,他自己一时也想不出好借口来反驳,甚至稳住局势、意图反攻。所以,虽然他不知道春家的臭丫头为什么要帮他想办法,却本能地知道她不是恶意。

他不愧是武宗世家的族长,心机决断力一流,脸皮够厚,武功又高,当下腾地站起,手指着春茶蘼,"你"了两声,也没说出下文,直接喷出一口血,直挺挺地摔在地上。

哇,敢情这位老爷也是个人物!这演技,太自然无痕迹了。

"老爷!老爷您怎么了?"潘大管家像孝子似的,立即扑过去,高声呼救。

堂上堂下,短暂的死寂后又是沸腾。而春茶蘼清亮的声音再度响起,明明声音不大,可在场的每一个人都听得清清楚楚。

"大人!被告突发急病,民女建议,本着与人为善之信念,此案还是压后再审,先救人要紧!"潘家老头儿根本是假晕,这话应当听得清楚吧?而窦县令要下台阶,她就递上小板凳。这下子,此二人好歹要承她一点情。不求感激,只求能说得上话,免得暴怒之下没得谈。

果然,窦县令就坡下驴,反应奇快,一迭声地道:"对对,快点把潘老爷送回府去。再请个大夫来……妙手堂的陶大夫……快请来!"完了还没忘记惊堂木,连拍了好几下,"退堂,后日未时中进行三审!"

堂上顿时一片乱哄哄。

春茶蘼垂手而立,大约是大堂上下唯一没有慌张的。就连英离和英大管家,也为潘十老爷突然晕倒而懊恼,因为眼看到手的胜利又在延后了。

"第三堂,可有问题?"这一次,英老爷没再端架子,没等下堂,就亲自问春茶蘼。

对这个姑娘,他心中有赞赏之意。果然康正源并没有骗他,他这个险冒对了。想之前请的那个状师,拍着胸脯打包票说会赢,结果却闹个不了了之,还在公堂上和冯状师大吵，丢了世家的脸面。

只是状师是贱业，他就算欣赏春荼蘼之才，骨子里还是有几分轻视的。倒不如潘十，真正把春荼蘼看成对手，而不是挑词架讼的女恶棍。也许崇尚力量的武人的接受度比较高，反而是自高自傲慢的文人士大夫们，心中的等级观念更森严，也更容易看不起人吧。

"英老爷，打官司和治病是一个道理，没有包赢或者包好的。"春荼蘼正色道，"我只能说我会尽力，绝不辜负委托人。最多，我告诉您，这场官司不会输。"

她玩文字游戏，英离根本没听出来，满意地点头道："要我的马车送你吗？"

"谢谢您。"春荼蘼婉拒，"我的家丁和丫鬟驾了马车来，在外面等我呢。"

短暂寒暄几句，那边潘十老爷已经被抬走，春荼蘼也与英离道别。之后，她直接绕到县衙后门的夹道上，不出所料，看到潘家的马车停在那儿。

她径直走过去。这一次不是停在马车前，而是告了声罪，直接踩着摆好的小凳，上了马车。

"你，很不错。"潘十老爷端坐在马车内，面色虽然有点白，但腰杆笔直，没有丝毫病态。

可见，他刚才逼出一口血，于身子有些损害，却是不大。

"您这是第二回这么夸我了。"春荼蘼微笑，坐在对面。感觉马车缓缓动起来，并不惊慌。

"你以为这是夸你？"潘十老爷盯着面前的少女。

以他的年纪，可以做她的祖父了，可是他却看不透这小姑娘。这是生平第一回，他见识到女子的胆色。大唐公主又如何？是身份地位令她们高傲。可眼前的女子，贫门小户，祖父是贱业中人，父亲是个小小的芝麻绿豆武官，她哪里来的气势和自信？

这女孩，是怎么养出来的？

"我就当您是夸我。"春荼蘼耸耸肩膀，"不过，您找我来，不只是要夸我吧？"

"我找你来？"潘十老爷冷笑，"何以见得？"

"明人面前不说暗话，潘十老爷，以您的身份地位，您的马车在洛阳城，不会专门等人第二次，这点自知之明，我还是有的。除非，您有话吩咐。"

"聪明。"潘十老爷点头，"只是你就这么随了我来，就不怕吗？"

春荼蘼笑起来："我若怕，就是高看我自己，却低看了您。在洛阳，您想要谁死，尤其是我这种无根无基的，也不过一句话的事，就连英家老爷也保不住我，我又何必扭捏？"

"你不反抗？"潘十老爷眯起眼睛。

"我断定您是来找我商量事情的，不会用那些下三滥的手段。"春荼蘼正色道，"不过，我生来多疑谨慎，所以马车后坠着我的保镖。他们武功很高，不敢说能抢我回去，但非要闹起来，鱼死网破，我也无惧。"

潘十老爷眉头一紧，似要发火，但却没有。

人哪，就是贱。人人捧着他，他不耐烦，遇到一个无礼顶撞的，他反而容忍度很高，还顺便欣赏一下这种勇气。何况此时的春荼蘼，绝对有与他叫板的资格。

"那么，说正事吧。"潘十老爷沉下声音，直截了当地道，并敲了敲车壁。

马车停了，春荼蘼向外望去。

因为天气热，潘府的马车门窗上都挂着竹帘，挡住外面的暑热之气，却挡不住风景。不知不觉中，马车已经来到洛河之滨，一处清静的浅滩处。夏日的微风隔着河水吹来，带着天然的凉爽。

春荼蘼亲手打起竹帘，深深吸了一口气，真诚地问："潘老，您想如何？"

"我想如何，便能如何吗？"

"看您这话说的。"春荼蘼笑得无心机似的，却不让潘十老爷小瞧了去，"谈判嘛，就是各自说出条件，然后有退有让，最后达成一致。或者说，谈判，就是交易。有条件的、双赢的交易。"

"双赢？这词说得有意思，老夫倒是第一回听到。"潘十老爷不禁好奇道，"只是为了这块破山地，我和英离较劲不是一天两天了，谁也不肯服软，你倒说说，我们如何能双双打赢？"

"什么是赢？潘老以为呢？"春荼蘼反问。

"赢就是赢。"潘十老爷哼道，"这有什么难理解的吗？"

春荼蘼却摇头："不对。在晚辈看来，所谓赢，就是不输。"

"不输？"潘十老爷又念了一遍这两个字，随即，眉心一展。

他到底老而弥坚，脑子略转了个弯，就明白了："你是想要我们潘家和英家打和吗？好办法，与其两败俱伤，不如各退一步。既然都吞不下，那就一起吃不着。"他说得半文半白，接着话题一转，"可你是英家所聘之状师，这场官司为什么不一打到底？刚才在堂上的形势很明朗，我们潘家已经处在绝对下风了，你为何不乘胜追击，却要放潘家一马？上回，我提出让你反水，你不是说过，一脚跳两船，两边不到岸吗？现在这样做，又是为何？还是，你想从潘家这里得到什么好处？事情已经到了这一步，你不妨直说。难道，是为了你父亲在军中的处境？"

在潘十老爷心中，这就是答案了。

毕竟，县官不如现管。春家算是武将出身，春大山又在自家侄儿的手下，英家的爪子再长也够不到，这春小姑娘看来是想为自己的父亲捞好处，争取早日升官。

想到这儿，他不禁得意起来，只觉得气势足了，手中握着筹码的感觉就是不一样。

春荼蘼却笑了笑，一时没有接他的话。

她不是想从潘家这里得到什么，而是想让潘英两家都得不到什么。潘家输了，英家就占据了主动，力量和决定权就不平衡了。那样的话，那些荒地就不能归于穷苦农民之手。

越是高高在上的人，就越是冷酷淡漠，不能体会民间的疾苦。朱门酒肉臭，路有冻死骨的事，她既然看到，就不能让它发生。而那片地，自从英家算计她开始，就必须属于大众了。

只是这些话，她不能对潘老头儿明讲，只能换个说法："潘老，我是很有职业操守的,不会失于德行。既然接了英家的官司,就不会不顾及他们的利益,甚至在背后下刀子。可能在您心目中,讼棍就是如此下作行事的。我不想为此辩驳,只能说人与人不同,真正的状师,不会如此自贱,因为律法是太神圣的东西。至于说我爹……"

春茶蘼脸上露出骄傲又坚定的神色,毫不客气地说:"我爹虽然官小位卑,可却是全凭自个儿的本事挣来的前程。我身为女儿,在背后为他操作,他若知道,必会不开心。而我,说句自夸的话,是很孝顺的,怎么会做这实际上是污辱我父亲的事?我父亲,很有能耐,他不能升职,是上峰瞎眼。"事关春大山,她绝不会示弱。

这一家人,平民小户,却都有一身傲骨。潘十老爷暗想。他把春茶蘼的话都听得清楚,却一时消化不来,全心都放在自家的官司上。他很明白,下一堂若不能反过此势,潘家在洛阳就抬不起头来了。

"那你到底是什么意思呢?"他问。

伪造官文书的事如果传到京都长安,连自家那个大将军兄长也会受到牵连。当今圣上最为重视律法,虽不至于像法家那样行事严苛,更倾向于主张道德教化,却也坚持以法为本。这时若有人以此罪参了潘家,一件小事就能让全族倒霉。失去圣宠,对他们这种凭借军功却没有根底的所谓世家来说,实在是致命的打击。

千丈之堤,以蝼蚁之穴溃;百尺之室,以突隙之炽焚。当初要得到那块地,只是因为自家祖坟迁到那里,与英家祖坟依山相对,感觉别扭。不过英家祖居洛阳三百年,潘家是新户,地契一时难得,于是叫人想了点办法。

他这算是未雨绸缪,觉得只要有地契,先不把事情抖搂出来,等时间久了,英家再想在这件事上翻身就难了。英潘两家明争暗斗这么多年,谁也奈何不了谁,但若他能使英家连祖坟也保不住,是多狠的一招啊。

只是他没想到,吩咐下去做此事的子侄,为了显示自己有少花银子多办事的能耐,没有喂饱贪得不要命的月县令,最后花了小钱,趁着月县令私下离开的时机,弄了个假的!

拿到地契不是那么容易的,前面要有好多相关的证明文书,在这上面作假,相当于留下了无数的把柄给别人。而他,拿到地契后并没有多问,疏忽之下造成了今天的局面!

第一堂的时候,他听到春茶蘼纠缠衙门录册上的记录,就心知不妙,回家问清楚后,差点没气死。但这时候再想办法已经有点来不及了,于是他只有指望春茶蘼不会发现切实的证据,然后要冯状师把此案打成拉锯官司。

只要争取了时间,后面他会再想法子补救。他心存侥幸,毕竟之前为了争地的案子,双方纠缠了很久,从没有人发现这样的细节,哪想到春家丫头还真是个聪明绝顶的,这样隐秘的证据也找得出来!

现在他是骑虎难下。不输就是赢?没错。于他而言,打和不仅是赢,还是大赢,是把整个潘家都从泥潭里拉出来的赢局。只是,英家怎么肯?这小丫头有这么大的本事吗?

"潘老可知,当日我接下这个案子,对英老的承诺是什么?"春茶蘼的反问,令潘十老爷回过了神。

他挑了挑眉，看向春荼蘼。

春荼蘼也不婆婆妈妈，直接答道："我应下英老的是，这官司不会输。如今看来，我做到了。所以我完成了承诺，并不需要多为他争取什么。诚然，我能大胜，英家可能会给我更多报酬，但银子我虽然喜欢，却也有不想拿的，我只对真诚者真诚。"

"英家惹了你？"不知为什么，问出这句话，潘十老爷特别高兴。

此女是个人才。虽然身为女子，她注定做不成大事，可若被英家笼络了去，到底是潘家的大损失。女子为背后幕僚的，本朝不是没有过。

"圣人有云，唯女人与小人难养也。我上回对您说过，我心眼儿小得很，睚眦必报，无论是恩是仇。滴水之恩，我涌泉予之。伤我害我，我双倍奉还！"

"打你爹军棍的是我侄子，我必会给你交代。"潘十老爷连忙承诺，表示自己很"真诚"。

"多谢。"春荼蘼却没有喜形于色，好像那是应该的，之后话锋转过，"只是，这世上聪明人到处都是，想找个傻瓜难比登天。可偏偏，总有人把别人当傻子。我爹无缘无故受牵连，英家难道没在背后推波助澜？"她选择说实话，甚至带着点激愤的情绪，因为这样更容易被老狐狸接受，使后面那些更重要的交易，能顺利地进行下去。

况且，她才十五岁不到，在公堂上冷静理智可以，私下里情绪失控偏激一点才正常，不然也太不正常了，容易被人害怕和提防。

果然，听她说得咬牙切齿，潘十老爷的眼里闪过快意和轻松，长长地哦了一声。

让英家会算计！逼着人家接下此案。怎么样？拿他家那不成器的侄儿当枪使，可春家人心明眼亮，知道背后主使者是谁呢。而春小娘子到底年幼，吃不得亏，这一口咬上去，不轻哪！

所以，这丫头在完成了对英家的承诺后，就偏向了潘家。她这是要借力，只不知，如何借法？还有，英家是如何得知这丫头非常会打官司的呢？看来，得好好查查。潘家的耳目，到底不如英家的灵便啊。

"说说，你要怎么做？"他的态度立即和蔼起来，完全发自内心。

"其实，整件事的关键，都在那个伪造文书的小吏身上。"春荼蘼敛起笑容，一脸说正事的模样，"潘家地契为假，这个事实无论如何也翻不过来。潘老当时幸好听了我的话，病遁于公堂。不然，若由着冯状师强辩，为了伪造地契而伪造的更多相应文书就会全部暴露，那时潘家就会陷于绝地，连推脱的机会也没有了。"

潘十老爷点头。

退，未必是不好的，审时度势很重要。

"人常说解铃还须系铃人，扭转不了事实，转移了做事的人也是一样的。到底，是要摆脱潘家伪造官文书的罪名。刚才在堂上，潘老那口血吐得好，完全是怒气攻心。"

潘十老爷下意识地咳嗽了声，掩饰了一下他的不自在。小丫头倒是早说啊，这其实不过是栽赃嫁祸、移祸江东而已，当了潘家族长这么多年，这手活儿还是玩得很熟练的。只是，之前他为什么就没想到？

再看春茶蘼，却似没听见那声咳般，很认真地继续说道："伪造官文书这件事，其实潘老您并不知情。只是当年得到地契心切，托了那个小吏办理，完全是一时疏忽。而那小吏贪图潘家的谢仪，又想巴结上权贵，于是自作主张做下这桩事情。说起来，潘老您也是今天在堂上才得知此事，所以才气得不行，当场晕倒。"这是她在告诉潘十老爷第三堂要怎么辩，却以这种春秋笔法说出来，好像潘十老爷真的无辜，免得大家太尴尬。

潘十老爷的脸皮果然很厚，明白了春茶蘼的意思，认为十分可行，于是八风不动地道："可是，老夫得言之有物才行。那小吏，已经随着月县令贪赃枉法一案被处理，要到哪儿去找人证物证呢？"

"潘老不知道历年的判决书，衙门中也有存档吗？"春茶蘼边说，边观察潘老头儿的脸色和神情，见他闻言目光一闪，心中不断坏笑，又找补了一句，"不过嘛，我在衙门做调查的时候，把那张判决书的记录抽走了，若潘老此时不与我合作，也是打听不到消息的。当年县衙的核心官吏差不多都被处理了，现在仅剩的几个衙门老人，也没人记得判决的细节。"说着，她从随身携带的小花布包里，抽出一张纸，递过去。

潘十老爷不禁眯了眼。

他不懂律法，也没人告诉过他，判决书在衙门也有存档。只是刚才，瞬间，他确实有甩掉春茶蘼，直接找到那小吏的想法，因为他十分不习惯被要挟和利用。可这丫头太鬼了，一切都在她的算计中，他还是忍口气，免得再节外生枝了。

潘十老爷这么想着，接过了那张重得有如千斤的纸，却看也不看，直接收到怀里，以示信任。

春茶蘼见潘老头儿这么做，心中明镜似的，知道今日所谋之事必成。

这个案子，注定还要拖几个月，但会在第三堂，就画上真正的句号。

现在所等的，不过是个无关紧要的结果。除了那群开荒者，基本都没有人关心。

潘家只要在第三堂时，当众说出自己是被蒙蔽的，并不知道地契是假的，并且义正词严、义愤填膺地要求官府派人到那小吏的流放地去，把人提来做证明就行了。

越是底气十足，越会赢得信任。大家都会觉得潘家是被冤枉的，如果那出戏演得好，甚至会获得同情。

因为，主审官员"需要"相信。而围观百姓，容易轻信。

至于如何说动那个小吏，春茶蘼不需要操心。那种搜刮民脂民膏、助纣为虐、毫无良心和廉耻的家伙，流放的苦刑无异于让他有如身处地狱。为了爬上来，他什么都肯做。

依《大唐律》，本着一事不二审的原则，因他已经判了流刑，再多一桩伪造官文书的罪行，不会再加重处罚。反而，他于另案中做证，算是立功。潘家凭借人脉，许以捞出他的承诺，别说只是揽罪于自身，撒个小谎而已，就算让他卖了祖宗，他也一定照办！

事后，潘家再如何让他闭嘴，或者永远闭嘴，春茶蘼更不需要操心。对死有余辜的人,她心硬如铁。不过嘛,她猜那小吏还是能苟活下去,因为才作证就死掉,潘家会被怀疑。

研究好如何脱罪,潘十老爷却还是没有放松心情:"只是这样一来,那大片山地不就归于英家所有了吗?非是老夫贪心,只是英潘两家角力,这时候谁也不会退缩。英家本就比我潘家底蕴深厚,若再有风水之力相助,潘家必败。既然如此,爱惜羽毛之举,也没有意义了。"说白了,那块地,潘家得不到,英家也不能。

春荼蘼垂下眼睛,掩饰情绪。她当然不能说,她的目的就是还地于民,不管是英家还是潘家,都得不到好处。但她奇怪的是,难道潘家努力的所有意义,就在于压下英家?也许,有对手,才有走下去的动力吧。而且她的话才到嘴边,就变成了:"潘老,您真的相信风水之说?"

"宁可信其有,不可信其无。"重要的是,半点机会也不能给对手留。他如此,英离自然也同样,"而且,英离断不肯让潘家在此案中翻身的。若他不答应找那个小吏作证,老夫又该如何?"

"让他不能不答应就是了。"

"你有办法?"潘十老爷两眼发亮。

春荼蘼斟酌着,似乎很挣扎和犹豫。半天,就在潘十老爷绷不住了的时候,才开口道:"其实,英家还有后手,可以置您于绝地。"

这简直是平地里响惊雷,特别是这话听到已经有点心力交瘁,正想办法弥补过错的人的耳朵里。

"春丫头,你是不是吓唬我?"潘十老爷称呼都变了,透着亲近,只为拉她当帮手。不知为了什么,他总觉得这姑娘说话不会无的放矢。

春荼蘼并不说话,而是又从小花布包中拿出一封信,看了看,是背面有潘字的,就递了过去。

潘十老爷先是狐疑,但看了信之后就悚然大惊。大热的天,他的冷汗却冒了出来,脸色惨白如鬼。

一边一直注意他面色的春荼蘼心中安定:看来大萌和一刀调查的没有错了。不然,老奸巨猾的潘十,怎么会一副见鬼了的模样?就连坐在这车里,也似乎摇摇欲坠。

"英家如何得知此事?"半天,潘十老爷咬牙问道。

"世上没有不透风的墙,潘老经常到里仁坊去……"春荼蘼含糊道,才不会说是自己无意中发现,并且深挖出来的。

所谓秘密,就是这样:多年保守,小心维护。但只要有一丝疏忽,别人有一丝怀疑,再加上运气,几天就戳破了。曾经坚信是密不透风的东西,其实早就坏成了筛子。

潘十老爷外表强硬,但却是个多情汉子。他宠爱的外室安夫人,本是突厥皇族的公主。虽然她的母族是布哈拉人,她们母女在皇室中存在感很低,又不受宠爱,但身份就是身份。她的祖先曾经占领汉土,韩姓大唐建立后,她的家族是头号需要消灭的敌人!

在突厥溃败的时候,潘十老爷与如今坐镇长安身为从一品骠骑大将军的兄长带兵到洛阳，清扫逃到此处的突厥残余王族势力。不知是什么孽缘，潘十老爷抓到了当时还是少女的安夫人。

之后，许是一见钟情，许是阶级地位的冲突及对立中萌发的爱情，反正两人在一起了。潘十老爷色胆包天，居然冒天下之大不韪，私自藏起安夫人，为她改名换姓，宠爱至今。

这是春荼蘼根据安夫人身上的线索推理出来的，从潘十老爷的反应来看……她猜对了！

那些线索包括安夫人身上的王族文身，成为潘十外室的时间，多年的躲躲闪闪……要知道，大唐自建国之后，对前突厥王族的政策是赶尽杀绝，绝不能让他们出现在大唐领土上。但凡发现，可以先斩后奏，杀人者不但不被处罚，还会赐银加爵。

为此，当时有很多汉人妄杀胡人，就为了邀功。于是，当时还是赵王的今上编制了一个名录，有点像后世的通缉名单。这样既防止了滥杀无辜，又让突厥王族不能潜伏，无所遁形。从这件事上，今上当时就有了仁德与聪慧之名。当然，突厥人是不是这么想就不知道了。

而此事如果捅出去，伪造官文书什么的，都算不上罪过了。虽然，这不是投敌叛国，顶多算是监守自盗。虽然，今上已经把通缉名录改了，除了现在还在阿尔泰山脉闹腾的那一支的主脑及继承人，其他人都已经获得赦免。

但，人嘴两层皮，上下一碰，罪过说轻，撑死了是风流罪；可说重了，也能说是欺君之行。若到那一步，潘家就会死人。至于死多少，只是个数目问题了。

有这样的把柄落在英家手里，潘十老爷能不怕吗？他身为一族之长，如果因为自己的事情而让全族人陷入险境，他还有什么脸面活着？死了也无颜面对列祖列宗。

"好大的错处！"他忽然凉凉地笑起来，"英家为何不告发？难道是等最关键的时候，好一击而毁尽我潘家全部人？"

"圣意难测。"春荼蘼早就想好怎么处理，所以对答如流，"没有十足的把握，英家不会鱼死网破。扳不倒潘家，落个构陷朝臣，那可是偷鸡不成蚀把米。与他们斗了许多年，您还不明白英家行事方式？再说，他们也是才知道此事不久。"

"这样大的秘密，英家怎么会让你知道？到底，你只是此案的状师。"潘十老爷阴沉下脸色。怀疑，渐渐浮上心头。

可是春荼蘼不给他机会，果断斩绝了怀疑的根苗："潘老，我虽年幼，但能做到今天这一步，自然有不得已的原因，也有自己的手段。我只问，您需要帮忙吗？"

"为什么要帮我？这可是大恩情。"

"潘老还不起人情吗？"春荼蘼反问，在假话中加了大实话，以获得对方不动摇的信任，"想我一介民女，家世又低，陡然知道了这样要命的事，我的命还要不要？但我若帮了潘老，无异于头上顶着保护伞。说到底，我只要平安罢了。"

原来，是知道了不该知道的，怕英家灭口，所以才会示好，借潘家之力保护自己。潘十老爷暗想，觉得这样解释很合理，并不知道自己完全进了春荼蘼的圈套。

"你就不怕，潘家也会行灭口之事吗？"不禁有点好奇。这小娘子，凭什么信他？

春荼蘼笑了:"潘老,您别逗小女子笑了。刀,应该握在势均力敌的敌人手里,我一个无关紧要的知情者能有多少杀伤力?您会为忽略不计的威胁冒风险吗?何况,我并不是威胁,反而若哪天不幸,事情暴露,身为知情人和旁观者,我会有大用处。此外,我还会卖您一个人情,帮您渡过这个难关,潘老是光明磊落的武勋前辈,岂能恩将仇报?"

"哦?"潘十老爷迅速在心里衡量春荼蘼的话,很快明白自己不能拒绝,也清楚春荼蘼说得也很对。他的对手、潘家的对手是英家,没必要四处树敌,沾惹小麻烦。而且此女,说不定是潘家贵人。

"我不想她死,也不想她离开。"深吸了口气,潘十老爷幽幽地道,"好好的突厥公主,却给我做了见不得人的外室,我亏欠她良多。所以我许过她,生不能同衾,死也要同穴。你的主意,最好不是死无对证、混过去这一招。"

春荼蘼明白潘十的意思,他以为,她会出主意弄死安夫人,到时候人下了葬,英家就算发作起来,还能把人挖出来审尸不成?而在这个时候,潘十还不放弃安夫人,倒让她心生敬佩。

一个有情的男人,到底不会太差劲。

"潘老带领全族奋斗至今,自然比我明白平衡之道。"春荼蘼决定不再绕圈子,"被人抓住把柄有什么关系?生而为人,谁没有弱点?只在这弱点是不是被发现、是不是被拑住罢了。而只要潘老也拿住英家的七寸……那时就是麻秆打狼,两头害怕。角力相抵,不分胜负,不就相安无事?"

这就是负负为正的道理嘛,简直太简单了。

潘十老爷外表粗豪霸道,却是极精明的人,立即就听出语意,眼睛一亮道:"你手里也有英家的把柄?足以令我对抗其势?"

春荼蘼点了点头。

很幸运,她无意中发现了潘十老爷的秘密,并查清了底细,成为要命的把柄。同时,绿眼男不知是不是出于报恩的动机,告诉了她关于英家的不可告人之事,也成为了要命的把柄。

但她清楚,这些把柄不能放在她手上,因为她与那两方的力量相差太大。这就像小孩子手中拿着宝贝,不仅不能得利,还会给自己和家人带来巨大的危险。狗急了还能跳墙,何况这种树大根深的世家贵族?所以,两大把柄怎么用,什么时候用,就要好好安排了。

于是她决定,站在两家力量的交叉点上,就像玩真人实战游戏时的视觉死角,看似身在局中,而且凶险无比,却实则安全,最后全身而退。

不都是豪门吗?不都是权贵吗?不都是平民百姓惹不起的吗?她就把潘家的秘密泄露给英家,再把英家的秘密泄露给潘家,让他们两家都知道有明晃晃的利剑悬在自己的脖子上,最后谁也不能动、不敢动,全部的精神都要用来提防对方,而且还要拼命保持平衡之势不被打破。

对,她就是要利用两大世族,而她自己成为无关紧要,却又身为重要证人的第三方。这样英潘两家不但不会动她，还要跟她保持良好的关系。别小看一根稻草，当双方势均力敌的关键时候，这根稻草可以成为决定性的筹码。除非两家突然如亲兄弟般友爱起来，心中毫无芥蒂地联手对付她——但那是不可能的。

平衡二字，多么玄妙啊。而等到将来，她振翅高飞后，他们又能奈她何？

当然，她也可以不亮出英潘两家的要命把柄，令其成为废棋。但那样她就失了筹码，虽然安全，却不能为失地的农民抗争，不能为父亲报仇，不能摆脱极品亲戚，也不能借此扬名，为未来要走的那条艰难的路做好铺垫。

所以，这个险她得冒。眼前的事实又证明，她费劲巴拉做的这些，很值得。

春荼蘼从小花布包中又拿出另一封信，背面写个英字的，稳稳当当递给潘十老爷："您自己看吧。"

她如此坦荡，潘十老爷反而怯场了，犹豫了一下才伸手接信，手指几不可见地微微颤抖。然后他深吸了一口气，轻轻打开，认真阅读。

不过数息，他的脸色更白了，可是笑纹却渐渐浮现，虽然咬着后牙，但他却是笑着的。

"果然也是大错处！"他抬眼看看春荼蘼，目光闪烁不定，"这样大的人情，要老夫如何还你？"也不问这把柄是如何来的了。因为他已经信服，这丫头虽小，却是个能人，如果不能拉拢过来，至少不要为敌，免得招惹不必要的麻烦。

"潘老，我也是为了自己保命，若为了敲诈勒索，断不会如此撇清，早就奇货可居，藏得妥妥的。所以嘛，这不是人情，而是交换。我提供扳住英家的力量，潘老护我春家平安。"她干脆直言不讳，痛快承认。

此次事件中她所面对的全是老狐狸，耍花枪没有意义，还不如直白一点。

"这才是真聪明哪。"潘十老爷心里，倒真对春荼蘼萌生了一丝喜爱之意。

"潘老谬赞。"春荼蘼适当地谦虚了下，并马上示弱，摆低姿态，"若潘老真爱惜晚辈，还请您帮我一个忙。"

在世家族长面前，弱而有用，才不会被针对。如果你比他强大，他一定会不舒服的。为了利益，春荼蘼不介意处于下风。宁折不弯什么的，她不稀罕。她其实最佩服竹子，韧性十足，弯而不折。但一旦折断，就会露出锋利的竹茬来。

"尽管说来听听。"潘十老爷一挥手，大度得很。明知道，眼前的小姑娘利用了自己，明知道实际上是她做了主导，他英雄一世，到头来被牵着鼻子走，可没办法，心里就是舒畅啊。

春荼蘼露出感激的笑意，凑近潘十老爷，一阵低语，那模样和神情，就像晚辈要恶作剧哄着长辈答应一般。

"怎么和英老爷交涉，潘老用不上我，只叫人通知我结果就好。"她说，"只求这件事，您多多费心，为我安排安排。"

"明白，谁家都有几门讨厌的亲戚，实在很惹事，又令人厌烦。"连"家丑"也不隐瞒他，潘十老爷对春荼蘼的信任又多了一分。同时，他对春荼蘼的"舍"也有了新认识。

虽然，对他来说这种事不值什么，但小门小户的，那就是全部了吧？这丫头，真有壮士断腕的劲头，果断又敢为，绝不是个池中物。可惜啊，终究是个女人。

潘十老爷心中暗想，起了爱才、惜才之意。

在河边聊了半个多时辰后，春荼蘼随即告辞。潘十老爷本来要亲送春荼蘼回家的，但她却说怕被英家发现，为免节外生枝，还是坐自家马车回去。在河边这么久了，一刀驾的车已经跟了过来，就在附近等着。

潘十老爷亲眼看着小凤扶着春荼蘼上了车，又对随行的扈从使了个眼色，叫他盯住春家的马车。一个时辰后，扈从回报说马车一路进了春家，哪儿也没去，春荼蘼也什么人都没见，潘十老爷才放了心，手里捏着那两封信，吩咐管家去下拜帖，打算当晚就去英家拜访，谈一场桌面下的交易。

诚然，那块风水宝地，潘家和英家都没有得到。好在，谁也没有输。春荼蘼说得好，没输就是赢。看得开了，倒真是如此。

可是这一点上，潘十老爷其实想错了，因为他和英离全是输家，赢家只有春荼蘼和那些几乎失去土地的贫苦农民。春荼蘼早料到事情抖搂开之后，会被盯着，所以在和潘十老爷秘密谈条件时，派了大萌秘密前去拜会英离，做了同样的事。

大萌稳重，说话又极有分寸。而且在大萌手里，也有两封给英家的信，与她给潘家的，在内容上完全一样，只是笔迹不同罢了。

权势要伤她，她就要巧妙利用权势，保护自己。这也是力学问题，两大世家互为对手，英潘两家各有秘密让对方抓住，又握着能杀对方的刀，力量两相抵消，谁的疮疤也不揭破。而他们平安了，被波及的她，或者称为始作俑者的她，当然也会安全。

对于这个结果，绿眼男的那一封信，功不可没。那封信是在突厥王朝的统治时期，英家当时的家主，也就是英离的父亲，写给洛阳王表示投诚的。上面所透露的细节，是英家人想赖也赖不掉的。

突厥人入主中原时，曾对各大世家望族全力打压，虽不曾暴力屠戮，但也足以让他们从云端跌入人间，甚至进入地狱。这种痛苦，有时比平民百姓遭受的伤害更剧烈。英家一直苦守，未曾低过头，负责任地讲，也算是很有骨气了。偏偏，在突厥人快败亡时，不知出于什么原因，英家出了这个昏招。也许当时突厥人狗急跳墙，动了杀机。

其实今上已经下旨，不追究往事，毕竟在突厥统治的两百年里，世家大族被迫归安的实在不少。要不动摇国之根本，宽恕是必需的。只是英家一直以道德典范闻名于世，名声就是他们的命根子，这封不痛不痒的信暴露出来，英家完美的形象就会出现裂痕。英、潘两家的把柄都不是能立即致命的，但却影响深远，而且所受的打击，是他们承受不起的。

春荼蘼从绿眼男那儿得到英家投诚信的副件，自己追查到潘十老爷多情惹的祸事。于是，她毫不留情地抓住这两个弱点，成全了自己的一举多得。

但要……怎么感谢那个男人呢？她很想亲口对他说句谢谢，但他神龙见首不见尾，只有他来找她，她却寻不到他。

那么夜叉，是他的名字吗？怎么在口中这个名字念来有一种很阴暗、很悲伤的感觉。

她不懂神话体系，对佛教也不了解，在她的印象中，夜叉是一种半神半鬼的生物，丑陋而凶恶，生活在被所有人遗忘的角落，母贫而父贵，因而有些双重人格。

可是那个绿眼睛男人……好奇怪，她对他的长相印象虽很模糊，但，应该不丑吧？因为他那双眼睛是如此漂亮。那他凶恶吗？仔细回忆，只觉得他如此冰冷，似乎连体温也没有，可她虽然有点点怕他，却没觉得狰狞。

而且，英家的信是给当年的洛阳王的，也就是前朝突厥皇帝的亲弟弟，他怎么会有？

那个人，虽然年轻，但一身落拓，满目沧桑，应该只是个江湖人，不会有什么麻烦的人身关系吧。

春茶蘼想着，无意中握紧了手……那是他咬过她的地方，感觉好奇怪。

这天晚上，春茶蘼失眠了。不过第二天一早，当她听到潘十老爷和英老爷分别派人送来的消息，所有的疲惫都一扫而空。

"明天，这官司就按照我预料的结果而结束。"她召集了全家人在内院开会，并宣布，"下面，就要演一出大戏，全家人都要参与。要求是：事前不泄露，事中要尽力，事后不犹豫！"

第三十九章　悸动

一日后。洛阳县衙，公堂之上。

"病中"的潘十老爷主动提出怀疑自家地契的真实性，请县令窦大人提请刑部，移送当时月县令腐败案中的文吏到洛阳县，为本案作证。他一脸正气，本着宁愿自家有损，也绝不姑息的态度，令人敬佩。

另一方面，英老爷与人为善，不愧为天下读书人的道德典范，不但没有对一向不和的潘家穷追猛打，反而本着追求真相和真理的想法，大度地答应下来。

本来愁眉苦脸，不知要如何应对的窦县令心花怒放，当即表示尽快带人犯归案，还潘老爷清白，给英老爷公道。至于本案，择于两个月后再审。之所以需要这么久的时间，是因为按照诉讼的程序，要先报到刑部批准，再到流放地带人犯，这个时间还是比较快的速度了。

那些开荒的农民派来等消息的孩子乐坏了，因为两个月后就能拖到秋收了。虽然前途仍然很渺茫，但这一季的收成至少保住了。其实他们会有更好的结果，可春荼蘼不打算告诉他们。她不想让人感激涕零，也不需要回报，只要默默做好事，心情很愉快就是了。也只当为祖父和父亲积福，她这一生的目标就是他们能幸福安康。

她能预见两个月后，潘家无罪，还得了坦诚大方的名声。而英家为了不落于其后，更基于两家谁也不夺下那块风水宝地的秘密协约，会主张除了保留各自的祖坟地外，其他已变良田的山地归于开荒者所有。这样的主张，也能令英家更受百姓爱戴。

看看，谁说打官司总会一家哭、一家笑的？把案子打到皆大欢喜，也只有她春荼蘼有这个本事了吧？她能不嘚瑟吗？

至于她自己，因为她挖出了前蛀虫，百姓们会觉得她有本事，相当于她向天下第一女状师的位置迈了坚实的一步。因为没输官司，英家的三百两委托银子到手了。随后，因为潘十老爷什么都要和英家比，所以一份同价值的谢仪是跑不掉的了。

唯一不开心的，就只有来看审的百姓们了。今天来的人更多了，把县衙大门前塞得满满当当、水泼不进。本来想看洛阳两大家族掐架，结果火苗子都没烧起来。要知道大人物的闹剧是公众最好的娱乐，可惜没能如愿啊。

在县衙里盘桓了好一阵子，估摸着围观群众都离开了，春荼蘼照样从后门离开。

不宽的夹道中，横亘着华丽的马车，车壁上的族徽显示着车主的身份。不远处的拐角，人影倏地一闪。春荼蘼深吸了口气，似乎什么也没看到，转身欲走，那马车的车帘却突然被掀开了。车内，不是潘十老爷，而是他的大管家。

"春荼蘼，我家老爷让我给你带个话！"潘大管家气势汹汹地道，"这场官司你打得好！打得太好了！我们老爷对你很满意，一定会好好报答你的！"满嘴好话，但以恶劣而威胁的语气说出来，却让人浑身发凉。

岂知春荼蘼却丝毫不怕，神色淡淡地微施一礼："多谢潘老爷夸奖。该说的话，荼蘼之前已经和潘老爷说过了。至于说感谢……我接的是英家的委托，就不劳烦潘老爷了。"

"哼，到底是乡下来的，没见过世面！"潘大管家冷哼一声，"今天老爷我教你个乖，在洛阳，敢横着走的蚂蚁都被碾死了，你小心点！"他居然自称老爷，还说出明晃晃的威胁来。

春荼蘼脸色一白，再不多说，只登上自家马车，大声道："走，快走！"沿相反方向离开。

她没有回家，而是去了英府，可是却连大门也没进去。她愤怒地站在门外的高阶之下，大声质问："此案我并没有打输，说好的委托银子呢？"

英大管家冷笑，随手扔下一包银子，顶多十两的样子："是，你没输，可是也没赢。大好的局面，突然就转了过来，我们老爷到现在想着还奇怪呢。听说，之前你和姓潘的在洛河边密谈，难保没有出卖英家！英家仁厚，这十两你拿着，有多远滚多远吧！"

春荼蘼气得跳脚，可就是进不了英家大门，后来闹得凶了，英家仆人还跑来赶她，若不是赶车的一刀厉害，差点挨顿打。

"有这样的吗？委托了我做状师，居然不给银子。这还是世家大族？呸！"小凤很义愤。

春荼蘼却还很冷静，什么也没说，转身就走。

就有围观的人劝她："这位姑娘，吃点哑巴亏算了。跟有权有势的人争，到头来倒霉的是自己。人家根本不用费力，动动手指头，就让你吃不了兜着走。甚至，自会有想巴结的人，帮他们料理了你。"

也有人好奇："怎么回事？那场官司我看了呀，英潘两家没输没赢，最后握手言和了，现在又闹的什么？"

就有人给他解释："你懂什么，这叫神仙打架，小鬼遭殃。那两家志在必得的山地全没捞到，这官司还得等上两个多月，谁心里能痛快？他们心里不痛快，自然得找个出气的！"

几个人交头接耳地议论着，好在英家门前的人不多，春荼蘼也迅速带人离开了，倒也还没闹大。不过，自然有关心的人在场，听了个满耳，并且露出又恨又气又害怕的神色来。

三天无事。

第四天早上，春荼蘼和过儿去集市上买东西，回来时路过建春门大街，突然就有一个小偷撞过来。春荼蘼谨慎，发现情况后，大声呼救。那小偷居然光天化日之下改偷为抢，还持刀行凶。幸好过儿英勇，为主人挡刀，却被一刀刺中肋侧，血洒了遍地。

过往行人好心，帮助春荼蘼把过儿送到了附近的洛阳第一医馆妙手堂。运气好的是，堂内第一坐堂的大夫在，看了过儿的伤直说凶险，能不能活过来要看造化。

第五天，春荼蘼失魂落魄地到妙手堂给过儿抓药，贪图路近，穿行于里坊之间。仍然是大白天的，却有几个粗壮的婆子，迷晕了她要拖走。再次幸运的是，有几名衙差到附近办事，她才全须全尾地被救了下来。

之后安静了没几天，好不容易过儿的伤势稳定住了，算是捡了一条命回来。某天半夜，荣业坊的春家突然走了水。

火是从内院烧起来的，因为屋前屋后都有花园，又有石墙与邻居相隔，并没有牵连到旁的人。不过，起火的几间房子远离厨房，又无火源，当晚没有一丝风，天气阴沉闷热，是如何烧这么大的？这火近乎瞬间就吞没了内院的西厢，波及正房和东厢。不过火苗带出的一点松油脂的味道，还是提供给了人们很多猜测。

所幸，春家的人逃了出来。应该说，大部分逃了出来。

"荼蘼？荼蘼呢？"春青阳慌乱地四处寻找。

此时，大门外已经围满了附近的邻居及很多家仆丫鬟。既然着了火，为了安全起见，附近的人家全体都避了出来，有人同情、有人厌烦地看着麻烦事不断的这处宅子。

"小姐没出来吗？我看到……小凤……"被一刀几乎挟在肋下、重伤未愈的过儿急问，只是一句话还没说完就晕了过去，只得让一刀改扶为背。

小凤也急了，跺脚道："火是从小姐屋子起的，我听她叫人快跑，立即就去扶老爷子。我以为小姐先发现的，必定已经出来了！"

春大山一听，就发出一声闷吼。天气热，棒疮不好恢复，他如今走路还不利索。只是听到女儿还在火里，他赶紧一瘸一拐就重新跑了回去。

春青阳和扶着他的老周头、大萌和小凤也都跑进了院子。本来一刀背着过儿还想跟上去，却被别人给挤到了后头。

好歹是条人命，又是街坊，大多数善良的人，都选择进去帮忙。反正，这大火好像特意只烧那几间房，不用救，也有了熄灭之势。

此时的春家内院，已成一片瓦砾，房屋尽毁，花木焦黑。春荼蘼所住的西厢尤为严重，几乎只剩下几块残墙。这些看在别人眼里，就更不寻常了。这火来得邪门，目标明确，不让人联想到是人为，都是不可能的。

"荼蘼？女儿？"春大山的声音在暗夜中特别响亮，震得人心头发慌。

"没在……屋里？"春青阳惊诧地问，差点说漏嘴。

其实，他是想问，没在院子里？按事先约好的，孙女应该趴在院子中，昏迷着，是被烟呛的，而且头发烧得短掉一大半，得让所有人看到。怎么现在……没人？荼蘼去哪了？

大家交换了下眼色，有一种很不好的预感，几乎同时涌上众人的心头。

偏还有人多嘴，也不管人家心情，叹道："老爷子您傻了吧？姑娘如果在屋里，这时候只怕烧得连灰也不剩了。没看见吗？砖石都化了大半，这是什么火？简直作孽哦。"

"荼蘼，别吓祖父，快出来！"春青阳瞬间就瘫在地上，连气也喘不过来了，叫道，"快找找！快！荼蘼，我的荼蘼！快……"

众人这才反应过来，四处寻找。

明晃晃的灯笼，积极相帮的邻居，可找遍不大宅子的每一个角落，都没找到哪怕一丝人影。

"坏了，姑娘真的被烧成灰了！"不知哪来的"耿直"人，又说。

这话，像一把刀子，直刺入春氏父子的胸中，透心儿地凉。

说好的！这丫头说好的！不会有危险，只是给春家大房和二房看。说那两房人狡猾，戏不做足全套，他们不会相信、不会害怕，也不会放过三房。而如果不逼得他们主动松口分家，以后会惹出更多的麻烦，带累春氏一族倒大霉也说不定。

据说玉鸡坊那边，他们已经开始打着三房的旗号，欺侮邻居、敲诈钱财，二房还看中了什么姑娘家，要给他家外孙强娶。毕竟三房有一个武官、一个讼棍、一个前衙门差役，听起来是多么强横的组合啊，完全带着欺男霸女，鱼肉乡里的范儿。

穷亲戚不怕，如果自家有能力，还要大方帮助。但极品亲戚，还是有多远避多远，因为他们是喂不饱的狼，就是来祸害人来的！最后，整个家族一起手拉手完蛋！所谓害群之马，就是这样的存在。

所以，若不对大房和二房用狠招儿，甩是甩不掉他们的。到头来他们再告三房一状，春荼蘼家就会吃不了兜着走。要知道，长不分家，幼不做主，孝之一字压死人。只有大房和二房闹腾着和三房划清界限，甚至以后断了来往，三房的一切，才不用和他们分享，他们做的所有没脑子的、恶心的事，三房也不用跟着承担。

没有三房做靠山，大房和二房才会老实，反而不能招祸。没有了那两房，三房也不会被牵连，凭着春大山和春荼蘼父女，早晚能光宗耀祖、富贵荣华。这是一举两得的事，凭此，春荼蘼才说服家庭观念非常重的春青阳，一起演这一出大戏。

所有的"演员"，除了春家人，就全是潘十老爷和英离老爷安排，无论官家还是私家，无论大夫还是衙门公差。过几天，再传播一个春家在范阳得罪过人的谣言过来，春荼蘼的屡次遇险就有了前因后果，英、潘两家的名气不会被带累。之后，再派点凶恶的人到玉鸡坊那边转一转，做点心理暗示，大房和二房再爱钱，也得看自己是不是有命享受才行，自然是最后狠刮一笔，然后断了亲戚关系，走人了事。

多么完美的计划啊！至于房屋和金钱损失，春荼蘼根本不看在眼里。有了英老爷的委托银子和潘十老爷的谢仪，割点小肉下来，做这一锤子买卖，根本不算什么。最重要的是，从可以此摆脱大房和二房，也让自家美貌老爹躲开江娘子那点龌龊心思。

说得好好的！火只在内院烧，外院顶多被带上一点，邻居不会被连累。到时候，跑到外面避火的春氏父子大叫大嚷说春荼蘼不见了，在众目睽睽之下发现她"晕倒"在院中，之后她再在医馆内"昏迷"上三五天，等大房和二房一离开洛阳，她再翻身坐起、活蹦乱跳、龙精虎猛。

全是计划好的，过儿的伤、她的生死不明、大房和二房来闹时的应对之策……唯独没说她突然消失是怎么回事。

此情此景，春青阳和春大山不住埋怨自己——不该听荼蘼的话，不该纵容她的任性，虽说她太有道理，说不过她，不知不觉中就被劝服了。可是，怎可让她冒险！他们父子宁愿自己死了，也不想伤她一根头发！

宝贝女儿呢？宝贝孙女呢？难道是出了什么岔子，她没逃出来，所以真的葬身火海了？

恐慌，在春家人心中蔓延。恰在此时，霹雳一响，天空掠过一道银龙，接着，倾盆大雨突然而至。一阵凉风近乎突如其来，卷走了闷热和暑气，瞬间就令空气也变得冰凉。

"荼蘼！"春青阳大叫一声，身子向后便倒。那绝望的可能，令他心痛到直接失去意识。

而春大山则低声闷吼着，什么也顾不得，冲进断壁残垣之中。

咔啦啦，雷声滚滚。春家的惨状，令所有善心人都看不下去了。

洛河以北一处不起眼的小铺子中，春荼蘼猛地睁开眼睛。她感觉事情不对，有片刻的愣怔。本来，她正在屋子里扔最后一块助燃性极强的松脂，没想到人做坏事真的会惊慌，哪怕是自己计划的。

就在她往外跑的时候，居然左脚绊右脚，摔倒在地。衣角立刻就被火苗燎到，那时她真的有点被吓到。但还没等她扑了火，赶紧跑出屋，身子就一麻，接着就什么也不记得了。不过，现在她身上似乎没受伤，还挺舒服的。

现在，正趴……趴……趴在一个人的背上！

春荼蘼大吃一惊，再好的定力也不管用了，她忍不住轻呼出口，搭配以本能的挣扎。

"别动。"低沉深厚的男声响起，掺杂着一种安抚性的力量。听到这个声音后，她本来又惊又怕，却骤然平静下来。

四周漆黑，看不到东西时，人的感官就格外敏锐。这个脊背宽阔而温暖，山岳一样稳定而坚强。

"放我下来好吗？"她听到自己的声音问。嗯？她说话竟能如此娇柔？

黑影反手一拦，轻轻把她放落于地。这时候，她有点明白他是谁。可刚才自个儿绊自个儿的时候，可能扭到了，脚一沾地，膝盖就发软，向前扑倒。

铁臂又是一拦，她被抱在怀里。那强有力的心跳，只是沾染到她耳朵一瞬间，之后她又被打横托起，放置在……放置在一个坐的地方，两边有壁，屁股下面挺软和，形状……怎么像个长形盒子？

正猜测着，里侧的门响了。一灯如豆，来人脚步声很轻，在雨声嘈杂中近乎无声无息，灰白色的衣裳印染于黑暗之中，灯火似是飘来的。

借着那点微光，春荼蘼迅速观察周围的情况，结果骇然发现，她居然坐在一个没有盖子的棺材中，周围大大小小的棺材还有好几个。原来，她被人带到了棺材铺！而手执油灯的人，因为光线是从下往上照去的，加上灯火晃动，一张脸阴影闪动，青白莫名，显得极为恐怖。

她伸手一捞，就近抓住站在棺材旁边的他的手臂。

"怕啊？"他柔和地问。

能不怕吗？被人劫持，放进棺材里，有个鬼一样的男人拿着油灯"飘"过来。她没有直接尖叫起来就够了不起的了。三更半夜的，连她都佩服自己的胆色！

"夜……叉？"她试探性地问。

他没回答，但眼中闪过一丝奇怪的微光，让人感觉心尖上被极快地掐了一把的那种。虽然转瞬即逝，春荼蘼却蓦然明白，她猜对了，这个古怪的男人，正是用了这古怪的名字！

可不是决定过吗？不要知道对方的名字。因为不知道，才能一直当成陌生人！

再看他，脑海中模糊的印象陡然深刻了起来。他不但不丑，而且极为英俊，五官深邃，线条坚毅如岩，气质强悍又冷硬。可是有一种黑暗，不知是发自他自身的黑暗，还是环境所造成的黑暗，宛若第三重影子，笼罩在他身上，给他带来一种朦胧的、忧郁而无奈的气质。这种气质就那么混沌着，奇异地形成一种化不开的温柔感。

这个人，就像一个矛盾体，融合了光明与阴暗、黑夜与白天，像黑洞般吞噬一切，让人想靠近，又让人想逃离。因为靠近会害怕，逃离会回望。

"你们两个，要互望到什么时候？到底看够了没有！"拿着灯的第三者说道，听得出来，这个人非常懊恼和厌烦。说着，他慢慢走近，灯光也近了。

夜叉不知为什么侧过头去，像是不习惯光明，或者逃避什么。但也因此，露出了他完美的侧脸。春荼蘼看到，在他的右边眉骨和眼角边，有一道像闪电般的疤痕，直到颧骨，破坏了他美得近乎像雕像的脸，却令人很想摸上去。

"金一！"再转眼，她看到胖胖的、斯文清秀的男人，压低声音惊呼。

"我叫锦衣。"胖男冷冰冰地斜睨了春荼蘼一眼，非常不友好。

春荼蘼有点气。

是，她无意中撞破了他们杀人，杀那个从长安秘密到来的官员。但她也救过金一，不，锦衣的命。或者她不出手，他也不会死。但指定，他是利用了她的，肯定也谋了好处，所以他不至于这么不客气吧？真是念完经就打和尚，太没有水准了！

可是锦衣却并不理会她，只面对着夜叉，有点生气地说："殿……你怎么回事？你把咱们藏身的地点都暴露给她了！万一被人发现怎么办？"

"她不会说的！"夜叉的神情和声音都没有变。

"我说万一！我就不明白了，不过萍水相逢，你为什么那么信任她！她爹是朝廷命官，她身边的人非富即贵。你该知道你见不得光，难道你真想死吗？"锦衣开始低吼。

春荼蘼坐在棺材里，心中哀叹。

到底是谁想死啊？之前，她只知道夜叉和锦衣可能是杀手，杀过一个人，藏身在一个棺材铺里。可现如今，这死胖子不管不顾地嚷嚷，她已经知道了更多不该知道的信息，比如见不得光什么的……

从罗大都督府失窃案中可以看出，胖子锦衣是个善隐忍、会伪装、能骗人、演技高而且心思缜密的人。照理，他不至于泄露秘密，目前这样可能是被气得有点失去理智。

可她不想知道秘密啊，真的不想啊……

"她不会说的。"夜叉就这一句，随后，他的目光向春荼蘼扫来。

春荼蘼连忙表态："我绝对绝对不会说的。事实上，我很快就能彻底忘掉！"头点得像小鸡啄米。

"我不管你了！"锦衣还是很生气，却还是只和夜叉说话，"你要救她三条命，现在差不多了吧？以后，别再招惹这种麻烦精进门。你活到现在有多不容易，不用我提醒吧？"忽然又想起什么似的，"你居然把名字都告诉她了，要不要把你的秘密和盘托出？"

"我是猜到的！我是猜出他的名字的。"不知为什么，春荼蘼不想夜叉被指责，一力为他辩解。

"猜？你很会猜啊，一猜就中。"锦衣终于转过身来，对着春荼蘼。

他倒没有暴怒，可目光和神态，表情和态度，乃至于全身都散发着一种不客气的气息，那就是：我讨厌你！不想看到你！你快滚吧！

这下子，春荼蘼也火大了。可当她正要反唇相讥时，就见身边人影闪动，锦衣被夜叉推到了铺子后面去。她看不到他们，但听到里间有模模糊糊的对话，可听不清说了什么。

· 53 ·

其实夜叉只说了一句："我不许你这么对她！我不许任何人这么对她！"当他严肃的时候，自有一种威势，不容得人直视。

锦衣不自觉地低下头，却痛心道："殿下，您过界了，真的过界了。您的生命能保存下来有多不容易，您自己不知道吗？"在外人面前，他们说话像是朋友，甚至只是认识的人。但在私下，该有的尊称、尊敬和尊崇，半点也不能少。

"不用你提醒。"夜叉很生硬，"我知道为了保我，很多人付出了很大的代价。但是……她没有错，你不能这么对她说话！"

"我是让她知难而退，自动离得远些。这样，以后有事，不至于伤到她。我利用过她，她救过我，我也是人，知道感恩的。"锦衣烦恼地摇摇头，"可是殿下，您该知道，我们注定对她不能有回报。跟咱们太接近，总是没有好处。天下不大，却有多少势力要置您于死地？"

"我也知道。"夜叉显得有瞬间的挣扎，"这次在洛阳遇到，只是个意外……"

"是，是意外，那之后呢？之后您一直暗中保护她，对不对？您知道这么做会有多么大的危险，可是您忍不住，因为您喜欢她了是不是？从看到她的第一眼，从她多事的第一次起，您就喜欢她了。什么救她三命，全是借口。"锦衣说得残忍，"可是殿下，您想想从小到大您喜欢的东西，最后都是什么下场！这样，您还要留在她身边吗？哪怕是在暗中。"

夜叉不说话，只眼神中有绝望和极度的痛楚隐现，又快速消失，就像从没有过一样。

"离开洛阳。"他忽然说，"就去长安。"

这样就……就离开了她生活的地方。尽管，很喜欢看她忙忙碌碌，喜欢看她对着祖父和父亲撒娇；很喜欢看她使着小坏心，却保着大善意；很喜欢看她在公堂上把人逼得没有退路。

应该是……很喜欢很喜欢……她吧？

"待在长安，太危险了！"锦衣担心。

"灯下黑的道理，你懂。"夜叉深吸了口气，用力甩开脑海中那一丝突然出现的软弱，"再者，我逃得厌了。如果真不能隐藏，就让该来的都来吧。到时，你们便散于各地，反正他们要的只是我。"

"殿下……"

锦衣还想劝，夜叉却挥挥手，不让他说下去了。他了解夜叉，平时可以很随和，与他像亲兄弟般相处，可以吵嘴，可以打架，但当殿下决定了什么，当殿下站在那个高贵无比的位置上说话，就不容人反驳和反对。

有的人，天生就是领导者。就像，头狼。

只是他忽然有些不确定了，那个春荼蘼但凡出现，就会让殿下思维混乱，行事变得幼稚愚蠢，可那时的殿下是珍爱生命的，喜欢活着的……所以，真的让殿下放下她，好吗？

记得殿下幼年时养过一只小鸟。不是什么名贵的品种，只是一只小麻雀。可是麻雀虽然不起眼,却气性极大,被捉住后不吃不喝,还不停地撞笼子,嘴都撞破了。没办法,殿下放了它。不久后,他那无妄魔功又进了一层。而功法的精进,意味着人性的丧失。

所以,这样真的好吗?

他只是不明白,为什么是会惹来麻烦的春荼蘼?为什么喜欢她?殿下的心冷硬如冰,怎么就为她裂开了?不过是身量还没彻底长开的黄毛丫头!长得倒是勉强算漂亮,可是殿下身边的绝代佳人也不是没有。还有,这丫头嘴巴那么厉害,心思那么灵透,欺负人、算计人外加说瞎话,眼睛都不带眨的。打动男人心的女人,不是应该美丽多情,或者温柔善良吗?

春荼蘼算什么?占哪一样?她是绝无仅有的女讼棍,把人逼得能卖了裤子!

再者,这臭丫头身边都是什么人?韩无畏、康正源,跟那位主儿都太接近,沾惹她,就是沾惹最终会焚身的烈火!绝不能啊!

他这边纠结着,那边夜叉已经回到前店。

"你怎么弄晕了我,把我带到这里?"纳闷了半天,再见到人,春荼蘼就开口问。

"我……想救你,我欠你三条命。"夜叉故意站在灯火的阴影之中,让她看不到自己的表情,"那火来得太蹊跷,我怕有人隐藏在暗处,不好对付。点晕你,是怕你挣扎出声。"他只是有事离开了几天,一回来就见到春宅里疯狂的大火。突然,他感到了害怕,于是冲进火海……

"当然蹊跷啊,那火是我放的!"在夜叉面前,春荼蘼不知为什么不用掩饰自己。不过这话说出之后,她突然大叫一声,从棺材里站起来。可惜没站稳,脸朝下摔了下去。

夜叉飞身而过,捞住她。

她却挣扎起来,急得眼泪汪汪:"谁让你救我的!多事!谁让你救我!"

夜叉怔住,心尖上就像被锋锐的刀掠过,外表伤口细小,却深达中心。她,讨厌他?

可春荼蘼却突然哭起来,白皙的双手抓着他墨黑得没有反光的衣袖,显出别样的美丽。这双手曾经把他从埋雪中扒出来,曾经喂他吃饼食雪,他还记得舌尖上的那一点点体温……

只是,他看她笑嘻嘻地使坏很开心,觉得天都放晴了。但,他很怕她哭啊。

"帮我帮我!"她抓着他的袖子不撒手,"你把我带到这儿,我爷爷和爹不知道,一定以为我不小心烧死了,会急坏的!快快,帮我告诉他们!我爷爷一大把年纪,若是急坏了……越快越好,去告诉他们,说我很好!"

为什么?为什么现在才想到这一点!祖父,父亲,你们千万不要急得出事啊!

"锦衣!"夜叉只叫了名字。

"是。"锦衣出现,低着头,毕恭毕敬。既然,已经在这个丫头面前暴露了这么多,也不在乎再多一点半点了。

"怎么做?"这句,是夜叉问春荼蘼。

可此时，春荼蘼有点乱了。一是因为不该出现的人出现了，二是因为心疼祖父与父亲，三是怪自己怎么反应慢了下来……

"去告诉他们，春小姐在春宅的后墙那里，我随后就到。"见春荼蘼不知如何是好，夜叉干脆直接替她决定了。

锦衣应了一声，立即人影不见，竟然是个高手。

随后，夜叉一个转身，轻轻巧巧就把春荼蘼负在了背上。

之前是无意识的，但此时却是清醒着，春荼蘼感觉心跳如雷，趴在他的背上，就像贴着烧红的烙铁，两颗心脏都响成了一片。特别是他纵跃间，她的面颊，不小心贴到了他的侧脸。

只是女性意识的自然波动罢了。春荼蘼暗暗地对自己说。某人雄性气质太明显，她这种反应是正常的，极为正常的。离得远了就会消失，这是浅薄而本能的反应，是不科学的。

"这次不算你救了我哦。"为了压抑不应有的心绪，春荼蘼开始算计。一般在她锱铢必较的时候，会很专注于利益的事，不想别的。

"如果你说救我三命，这是第三命的话，就要重新计算。因为，我没让你救，反而是你破坏了我的计划。照这么说，你还得给我补偿，就算不加一条命，至少是半条吧？"

夜叉武功非常高，就算不用无妄神功也一样。但听到这话，他脚下不禁踉跄了一下，差点从某处屋顶跌落下来。而这一顿，吓了春荼蘼一跳，不禁紧搂住他的脖子。

"不答应就算了，何必吓我？"春荼蘼不满，之后暗舒了口气。

终于！终于把刚才莫名其妙的悸动感压下去了。动心，是因为他是危险的男人吧？那不理智，趁早掐灭苗头的好。而且果然说话能减轻心理压力，以后就这么办了。

夜叉再也没有开口，因为知道这聪明的姑娘一会儿会怎么解释失踪的事。他武功比锦衣高，能后发而先至。而当他才把春荼蘼放到春宅后墙的地上，突然听到不远处传来一个熟悉的声音。

人还未到，离得尚远，但他耳力和目力都异于常人，比一般的武功高手还要灵敏，就像他身上潜伏着猛兽一般。把这姑娘交给那个人，他可以放心了。

"夜叉，你说救我三次命，从哪时开始计算的？我觉得身为当事人，我有必要……"春荼蘼闭了嘴，因为，身边再也没有那个神秘的男人。

陡然，她耳边有些凉意，却没有受伤的疼痛，也不知出了什么事。

她惊讶得还没有缓过神来，就听到不远处有另一个男声大叫："荼蘼，你没事吧？"瞬间，身影也愈发近了。

是……韩无畏？她认了出来。立即，有一种自然的喜悦涌上了心头。

"我没事。"见后面还跟着人，她本来差点高兴得跳起来，却不得不伪装虚弱和恐惧。但她的心里却悬着一个人，似乎起于黑暗又归于黑暗的那个人。

刚才，不是她做了个梦吧？真实吗？她恍惚了。

下一刻，韩无畏已经冲了过来，高大的身形，亮晶晶的眼睛，因为雨后的潮湿，他整个人似乎带着满身的水雾之汽,格外梦幻,却又奇异真实。

他和夜叉就是两个极端,一个是白天,一个是黑夜;一个是光明,一个是幽暗;一个是阳光普照,一个是乌云伴月;前者令她心情愉快,后者却让她的心软成春水……

她快步迎过去,韩无畏站定,张开双手。照他看,怎么着也得抱抱吧?一个姑娘家,遇到大火袭击,定然是会害怕的。他要好好安慰,男人嘛……

可惜,他的怀抱落空了。春荼蘼向他而来,却又与他擦身而过,直接扑到后面春青阳的怀里,然后,又抱了春大山。不管是谁,反正这好事没他的份儿,而他还得尴尬地收回半举的手臂。

他只得转身回来,心想脸皮厚点,就当刚才是误会了。蓦然间,他感觉有人窥视,猛然向一角黑暗的屋顶看去。

没有人。但他感觉到一种残留的气息。是谁?放火的人,还是路过看热闹的武功高手?但对方似乎没有恶意,一闪身就消失了,他虽然狐疑,却也不再追究。

而当韩无畏放弃追寻后,夜叉才又探出头来,看到春荼蘼被祖父和父亲包围着,脸上挂着幸福而安心的笑,似乎蒙着一层淡淡的光华。

他贪恋地又望了一眼,之后毅然远行,直到融化在黑暗之中。

似有所感,春荼蘼在父亲怀里侧过了头。

当然,她什么也没有看见,倒是韩无畏大步走过来的身影填满了整个空间。其实,与她真正擦身而过的,又是谁呢?还能……再见面吗?

"荼蘼,到底是怎么回事?"父亲急切的问话,令春荼蘼心中莫名的惆怅消散了。

"当时我衣服烧到了,头发也沾了火星。"春荼蘼见有外人在场,早就编好的谎话顺嘴说出,"正吓得不知如何是好,突然有一个人把我拎出来,丢到墙后面就走了。想必,是路过的侠士。当时他拎着我的后衣领,我也没看清他长什么样子。但我的头发……"

春荼蘼头发早就剪掉了一多半长,本来齐腰的,如今只是齐肩,就为了塑造被火伤害过的形象。其实,她本不必做到这个地步,只是布置来布置去,有了点好玩的感觉,到后来还恶搞了一下自己。

"像是用刀剑割的。"韩无畏只看了一眼就道,"怕是见到你的头发也燃了,顺手帮了你一把,不然你的头脸铁定要烧伤。只破相还好说,就怕连命也没了。说起来,你运道真好,遇到路见不平的游侠儿。不然……"他看看她衣服的下摆。

其余跟来的众人,不由得顺着韩无畏的目光望去,满眼看到一片焦痕。再想想刚才那场大火的凶猛和诡异,不禁都是后怕。

春荼蘼极快地瞄了韩无畏一眼,快到连他也没有发觉,就立即收回了目光。是的,她有些狐疑,因为韩无畏似乎很是配合。难道,她有什么破绽?其实让韩无畏知情并没有关系,就是她想不出,到底哪里出了纰漏,能被人看出来。

"我已将此事报了衙门。"春青阳当机立断,恭敬地对四周团团一礼,显示出家主的稳重知礼,"各位高邻受了我春家连累,却还倾力相帮,不计得失,此等大恩,日后我再亲自登门请罪、拜谢。现在天晚了,还请各位回家休息,我带着儿子孙女也先去找家邸舍安顿,有什么事,明日白天再说吧。"

"这么晚了,去哪里找邸舍,不如在我家将就一晚。"有好心的邻居说,"咱们里坊没有大富贵的人家,但各家屋舍却还尽够,哪里挪不出三四间来。"

"是啊是啊。"很多人附和。

春荼蘼有些汗颜。

她是宁愿破财,也要和极品亲戚划清界限,所以才演了这场逼真大戏,甚至不惜烧掉自家的房子。虽说努力没让邻居间受到损害,但多少也惊到了人家,可如今,大家却还这么好心地伸出援手,让她如何好意思?

这世上,到底还是好人多的。她想以律法维护正义,帮助弱者,看来是做对了。

"不敢麻烦各位高邻。"春大山也对周围的人诚恳施礼,借机说出提前商量好的话,以造成有利的舆论,"我春家来洛阳前得罪了人,这些日子发生这么多事,只怕是遭人报复。所以在没有解决之前,不能再连累各位。各位厚意,心领。"

"怕他个甚,就不信这天下还没有王法了。"短暂的沉默后,有人气愤地低喝道。

春荼蘼又感慨:老百姓果然具有英雄主义的气质,也更加有正义感啊。

"我在洛阳有间别院,春世伯不如移步前往。这样,既不用麻烦去找邸舍,若有事也不会牵连他人。"韩无畏突然插嘴道,"这次我来洛阳公干,倒是带了不少人手,正好帮你们找找那为非作歹之人,必定让他再不敢轻举妄动才行。那时,大家就都平安无事了。"

春青阳看了儿子一眼,又见孙女衣摆焦黑,短了一大半的头发披散在瘦弱的肩膀上,看起来好不可怜,当下再不多想,也就点头道:"那就有劳韩大人了。"

"多谢韩叔叔。"春荼蘼也弯身一礼。

韩无畏略怔,随即暗笑。他刚才那声"世伯"是冲着春青阳叫的,所以论辈分,他与春大山平辈,也就是荼蘼的叔辈。蓦然间,他想起之前和小正聊天时的闲话,那时,他就是以叔叔自居呢。可是往后他有点特别的打算,所以这个辈分应该扳一扳才行。

他穿的是军装,腰带上配的玉符,显示他在武将中的品级不低。而他这样的人与春家论了交情,还很熟悉的样子,明眼人立即就明白这是春家很有背景的亲朋,当然也就不多事了。

大家客气了几句,就各自回去,春荼蘼一家聚齐,去了韩无畏在洛阳的别院。

那处别院离春家所在的荣业坊不远,就是隔了一个坊区的道化坊。这边达官贵人不少,韩无畏的别院虽然不大,却也是规整的三进,建筑和装饰的风格,与韩无畏本人爽朗大气的气质相符。但此人在各地似乎都有别居,可见是真正的有钱人、贵族子弟。哪像她,烧个房子肉疼了好久。不过在春家修缮期间,暂且借住在这里应该可以吧?

最方便的是,这处宅子显然常年有人打扫,还有训练有素的管家和家仆,他们一行人来得算突然了,前面韩无畏只派人说了一声。可当他们到达时,一切都已经准备好了。

春家被安排在紧邻着主居的客院,还拨了两个仆妇侍候着。到了地方,"重伤"

的过儿立即翻身而起，手脚麻利地和小凤一起，取了才准备好的热水，侍候春荼蘼快速简单地梳洗，之后就一起到客院的正房去问安。

这一趟戏演出来，春氏父子本就紧张，结果还出了意外状况，实在是太惊心动魄了。

"真的是偶遇游侠，把我拎到墙外面去了。"春荼蘼再三向祖父和父亲保证。虽然她没有说实话，但夜叉的身份不能暴露，她也不想让家人担心，属于善意的谎言。

"我衣角上也是真的着火了，我当时吓得不行，灭火时不小心摔倒在地上。那位大侠可能以为我晕倒，就把我拎到后墙外。后来我是撞了头还是怎么的，反正真的失去了一阵知觉，不然早就跑到前面来跟你们说，何至于等到那时候。"春荼蘼的右手，无意识地抓紧了胸前的衣服。

那人的后背，坚实温暖的感觉仍在。

"对不起，让祖父和父亲担心。"她有些抱歉。但所有的事情都是这样，不可能事事算得到，总会有意外发生。可也不能因为会有意外，该做的事就不做。

这样也好，大房和二房会更相信吧？

"那你伤到没有？"春大山上下打量女儿。

"没有。"春荼蘼失笑，"就是头发，没个两三年，长不成原来的样子。"此时，她梳不了发髻了，只拢起来，以一只玉梳扣在脑后。在她看来，其实还蛮漂亮的，而且也好打理。

"可是，那时有个人在我耳边说话，告诉我你平安无事，就在里坊的后墙外。"春青阳皱着眉道，"那人，可是救你的游侠儿？"

第四十章　整个世界清静了

"正是。"春荼蘼点头，"我求他去的，怕您着急上火。他是等到我醒后才走的，之所以行事隐秘些，是怕说出去不好听。"

她身为女子，却操贱业，成为状师，名声已经很坏了。如果大声嚷嚷，说她和一个看不清脸的游侠儿大半夜相处至少半个时辰，那她干脆自己浸了猪笼算了。大唐风气再开放，也是有限度的。

"再不能由着你胡闹，冒这种风险了。"沉默了半晌，春青阳咬牙做了总结。

春荼蘼知道，这是祖父吓着了，才会这样，连忙挥手，让过儿和小凤下去，然后

· 59 ·

劝道:"祖父,您可知道一句话?有千日做贼的,却无千日防贼的。按理,我不该说本家长辈的坏话,但您心里明白,若咱们三房不能摆脱大房和二房,以后的日子就有大麻烦!我常听人家说,娶妻不慎毁三代,您不能让某些人总惦记着我爹,然后连亲孙子也耽误了吧?"

一边,春大山脸就涨红了,又羞又恼。

"万一他们把主意打到我头上,尽管我上有祖父和亲爹做主,下有自己拿主意,可咱家身边总蹲着算计的人,那可真是防不胜防。若我着了他们的道,毁了名节,这一生就毁了。"春茶蘼又把话拐到自己身上,故意说得严重些,加强说服力,"您不要以为他们做不出来,为了利益,黑心肠的人太多了。您过的桥比我走的路还多,应该比我明白啊。但是呢,他们毕竟是亲戚,除非把他们全宰了,不然想完全撇清关系是不可能的,谁让咱摊上了呢?自认倒霉吧。可是分了家,就能与他们保持一定的距离。毕竟,'亲戚'和'一家人'是有很大区别的。除非他们犯了诛九族的大罪,不然也牵连不到咱家。顶多就是他们以后打听到三房发达了,再来打秋风、占便宜,那时您连面儿也不用露,不过是银子打发罢了,谅他们也不敢太过分。因为分家是他们提出来的,不妨再让他们扔下点狠话,只要咱们占住理儿,到哪一步也都能堂堂正正,以后更不会影响到咱家的名声和我爹的官声。"

她是告诉一直内心纠结的祖父,这一切设计和损失都是值得的。不狠一点,大房二房就不会相信,继而主动远离三房。因为对那些贪婪的人而言,只要有一丝利益所在,宁愿自身受些损害也不会撒手。

本来,她还有些担心,怕就算造成了英潘两家要对春家不利,甚至会危及生命安全的假象,若大房二房为贪利而赌狠怎么办?毕竟在范阳县时,韩无畏和春家走得很近,这是很多人知道的。若他们认为皇权最大,英潘两家早晚会罢手,因而死撑着呢?好在,现在韩无畏不知为什么突然出现,正好借机把那两房人最后的侥幸心理完全打消!

而她这样把事情掰开揉碎了给春青阳又详细解释了一遍,春青阳心中终于略好受些。之后她又把后面的计划说了说,春氏父子心中有了底,反倒踏实了。

眼看天色渐明,东方出现鱼肚白,春茶蘼干脆也不睡了,见旁边的主院还有灯火,就去找韩无畏。大约他是男人,还是个武将的关系,夜里的院子都没有落锁。

"看来你真的不要名节了,居然大半夜独自过来。"韩无畏笑道。

他换了便装,雪青色丝罗袍子和同色的撒脚裤,赤脚麻鞋,薄而贴身的料子随意贴着他健美有力的身材,隐约显现着肌肉的起伏,头发高扎一束,没有戴冠。他就站在窗前,手中拿着块雪白的软布,轻轻擦拭着一柄短刀,神情专注,却腾出空来对她说话,整个人似乎被强悍和温柔两种情绪所包围,带有一丝懒洋洋的美感。

春茶蘼的目光定了定。

他笑了:"怎么?不会被本都尉的美貌迷住了吧?"就喜欢她这种满不在乎、理直气壮的态度,倒显得正派自然,心无杂念。她若是个婆婆妈妈、大惊小怪、凡事都要依从规矩礼法的女子,或者……他就不会放在心里了。

可他一句话，却完全破坏了气氛，逗得春茶蘼忍不住弯了眼睛，发出"切"的一声："韩大人，您那也叫美貌吗？比我爹差远了好不好？"

"也是。"韩无畏夸张地叹了口气，把刀和软布都放下，缓缓走过来，落座，自己倒了杯冷茶喝，才又说，"春大人英伟，你日日见之，天下美男也不放在眼里了。"

这叫免疫力！春茶蘼心中给他补充。

却见他又挑挑眉："不过你刚才见到我，眼珠子至少有两三息没有转动，这不是看傻了眼吗？这说明什么？说明我自有过人之处啊，哈哈！"他就这么咧开嘴笑了起来，令春茶蘼哭笑不得，不禁心情大好。

"韩大人，敢情您后背长眼睛了？怎么知道我眼珠子没动？"

"哦，感觉的。有些事情，不用看，心里也知道的。"他忽然一本正经，话里似有含意。

春茶蘼顿时有点心虚，连忙导正话题："韩大人，您怎么会出现在洛阳？"

"公干。"

不能说，他是听说她接了两大家族争地的案子，怕她顶不住，才没事找事，硬挤出公务的机会，只为来帮她镇镇场子吧？可是他到底小看了她，在那样的压力下，她竟然还能全身而退，不仅毫发无伤，还能得到好处。

"怎么恰好赶来？"春茶蘼又问。

"去看望了潘老和英老。"韩无畏给春茶蘼也倒了杯茶，"一个是结过亲、远到无可追的亲戚，一个是军中前辈的本家，既然来洛阳，好歹得有些礼貌，拜会一下是应该的。结果，在潘老那儿聊到半夜，回来就听说春家大火。"

不能说，他又听说春家最近怪事连连，于是他怀疑英家和潘家搞鬼，于是不顾名声去言语威胁，表示春家是他护着的吧？但和潘老聊得投机倒是真的，虽然不知道她是如何在两大家族间游刃有余的，事关秘密，不好开口询问，但却知道后来的一切皆为这丫头安排，只为了要分家，摆脱那粗鄙可耻的两房人。

除了这场火，这是潘老与英老也不知道的。可她胆子也太大了点，还有什么是她不敢做的吗？但她舍财弃利，这种狠劲也惊了他的心。随后，就更是喜欢她了。

"你为什么烧自家的房子？"到底，他还是问了。

春茶蘼眨了眨眼睛："你怎么知道是我自己动的手？"早就知道，刚才他当着这么多人的面儿，言行间如此配合，就是发现了破绽。所以一定要问清楚，下回不能再犯。

韩无畏指指春茶蘼的头发："若是因沾了火星，被能拎你出去的高手之刀剑割断，必定是十分整齐。可若是你自己剪的，就像狗啃似的。"

原来是因为这个！果然魔鬼藏身于细节之中。也可以说，韩无畏的观察力太强大。但，为什么夜叉没有发现？照理，他做的是黑暗中的营生，比当兵打仗更是刀口上舔血，也应该更加敏锐才是。除非，是他关心则乱！

"想什么？"见春茶蘼发愣，韩无畏好奇。

"在想今后再细致些，不要出错。"春茶蘼把脑海中的绿眸甩开，认真地说。

韩无畏摇头："没有人是面面俱到的，就算你再聪明，也有算不到的时候，不必自责。"他看着她，突然话题一转，"你自烧院子的事我理解，但那个没有看清面目的游侠儿……你考虑要不要跟我说实话？"

就知道瞒得了外人，瞒不了他。至于父亲和祖父相信她，是因为亲情的盲目。换做是别人说这话，他们也会怀疑的。

但她想也没想，就拒绝道："不考虑。"

韩无畏垂下眼睛，虽然知道她会这样回答，但真听到了，忽然很不舒服。

她有秘密，事关男人的秘密！这个念头让他有点受不了。回别院后，他灵机一动，忽然想起当时在春家后墙处，他感觉有人窥视，那人很可能就是她嘴里的大侠。她说的什么偶然相救的话，漏洞百出，他根本是不相信的。但大萌和一刀从没报告过她和某个高手有联络啊。

那么那个男人，到底是谁？然后也不知为什么，他突然就想起春游日遇雨遇刺，那个拼命救了她的男人。两个人，是同一个吗？和茶蘼是什么关系？怎么认识的？为什么屡次救她？为什么她又要保守秘密？

不经意间，夜叉就被韩无畏盯上了。这就是锦衣担心的原因，总会有想不到的理由，陷那些见不得光的人于险境。就连春茶蘼也不曾明白，只因为三人间那若有若无、还没成形的感情，就把夜叉推向了刀锋之上。

不过，韩无畏没有再逼问下去。因为他知道，春茶蘼的性子外柔内刚，惹急了她，她不管对方是谁，小爪子小尖牙齐上。就算以权势相压，她也能挣扎着搏出不一样的局面。这就是她吸引他的地方，他从没见过哪个女子活得像她这般顽强，那纤细的身体里，似乎蕴含着巨大的力量。

这样的女子，才是他要的。所谓的京中贵女，策马扬鞭、潇洒豪情，那都是表面。春家的丫头，才是骨子里的强悍和心底深处的骄傲、自信。

"我不答应你，你不会就生气了吧？"春茶蘼见韩无畏不语，放软了身段道，"小气巴拉的，还是贤王世子呢。"

"是啊，生气了。"他换上坏笑的表情，"改天请我吃顿好的，我满足了口腹之欲，脾气就会好很多。不如，你再做几个三文制给我吃？"

春茶蘼失笑，"那是什么好东西？若吃还不容易？"那是上回一起春游，她随便做的，难道竟然十分合他的口味吗？他还真是好养活、好侍候，到现在还念念不忘。不过……

"再帮我个忙，成吗？"

"说。"不管什么，他总是会帮她的。

春茶蘼凑近了些，低低地道："请韩大人明天一早，把我们春家体面地'请'出去。"

韩无畏挑挑眉："这又是给谁看？"

"若要打击别人的信心，就得做到绝望的地步才能令人放弃。"春茶蘼笑眯眯的，一副人畜无害的模样，"我谋划的事吧，本来还欠点火候，因为人家认为韩大人是我的靠山。但韩大人神兵天降，稍微演场戏就齐活了。要知道，靠山山倒，靠水水绝这种事，最打击人。"这样，大房和二房就彻底断了念想。不然，他们会认为三房仍然有残余的利用价值。

"我是你的靠山吗？"韩无畏微笑着反问，却不等春荼蘼回答，就又说，"之后呢？"

"之后？"春荼蘼也不理前半句，只拣起后面容易的答，"等事情清理了，还请韩大人在我家修房子期间，把别院暂时借我们住住吧？"

韩无畏一直释放善意，肯定也有类似的打算，若她执意推辞会显得故意保持距离，倒不如主动提出来，直接承了这份情。韩无畏帮春家良多，她不会矫情装清高，伤害人家的一片好意，她也不认为交朋友要分阶级等级，所以一旦想开了，和韩无畏关系密切也毫无压力。再者，人情就是有来有往，有借有还的事，婆婆妈妈地算计着、小心着，倒没意思了，大方些便好。

果然，听她这样说，韩无畏很高兴，伸指虚点了她的额头一下道："在这期间，你就住在邸舍吗？"

"将就两天呗。"春荼蘼摊开手，"放心吧，不会耽误太久。"她太了解春家大房和二房的那帮子人了。有肉吃时，冲向锅子的速度比谁都快，生怕自己少吃，让别人多占。可若临到了大难，所谓树倒猢狲散，他们绝对是散得最快的那批，甚至是在树还没倒的时候。

不过嘛，有句话叫过犹不及，她不会演得太过火，所以才叫韩无畏客气地"请"春家人出去，而不是赶，或者闹得很凶。

于是第二天，当春青阳带着家人才在一间邸舍安顿好时，玉鸡坊那边的春家大房和二房就炸了锅，就像开全家大会似的，都围在一起商量对策。

"依我看，咱们还是回到范阳县去，到底根基在那儿。"春荼蘼的二姑夫江明道。他是个机灵人，这种人若是人品不好，就会变成见风使舵的那类。看似占便宜，往往最后两头不到岸。

"那不行，好不容易拉家带口地攀上去，这么随便就走了，之前的苦不是白受了？"春荼蘼的大姑春大娘是个浑不讲理的，遇事有一股死赖的狠劲，滚刀肉似的，最难对付。

"大姐，我知道你的意思，咱们两房都挺不容易的。可你有力气占，也得有命拿才行。"江明愁眉苦脸地道。

这话，若是让春荼蘼听见，又得气得不行。他们两房不容易，难道三房辛苦求生存，努力凭自己的本事过日子就容易了？合着，他们吃三房喝三房，还吃喝得辛苦起来了？有些人的逻辑，实在是正常人没办法理解的。

"外面到底是怎么回事？"一向如同锯了嘴儿的葫芦似的大老太爷问。

"还不是三房那个死丫头！"春大娘撇了撇嘴，"我就知道那是个不中用的，看着聪明，其实让猪油蒙了心。开始还当她做了状师，能把大把银子往家里搂着，能攀上英家，以后的好日子就更好了。有钱人家的狗，都比咱们家过得富贵呢。哪承想她倒真能惹祸，又去招惹了潘家。招就招吧，你倒是把英家侍候好了啊？可结果，两边得罪！现在让人整治得像过街的老鼠一般。"

"咱分不到钱了？"二老太爷贪婪、粗鲁得令人厌恶，但是够直白。

"钱嘛，还是能弄到一点，但长长久久的，是不用想了。"江明接过话来，一脸肉疼，好像是别人断了他的财路，或者是抢劫了他家，"这些日子我一直和大姐夫带着阿大和阿二盯着三房那边事。她那官司没打好，英家不满意，潘家又恨上了她。你们都知道，前个月，大山才让潘家找由头打了一顿，现在走路还不利索呢。潘家不过碍着英家的面儿，不敢下死手。可现在不同了，英家摆明不会插手，那潘家还不撒开了来？潘家是豪强，三房和潘家斗，人家伸根小指头就能弄死他们。可是之前为了给三房造势，我们可到处宣扬咱们是一家。这样……到头来好处没吃到，挂落儿可有的是。"

"我就知道三房的丫头没这么大本事，还学人家打官司？在范阳县那小地方还行，可洛阳是什么地儿？陪都！"精明市侩的二老太太问江明，"不过，你确定三房混不下去了？"

"绝对是没错的。"江明脸色白了白，可见胆小如鼠，"我怕三房搞鬼，把钱私藏起来，不肯分账，所以这些日子起早贪黑，一直盯着他们来着。我亲眼看到英家和潘家对那丫头摆了脸子，也撂了狠话，最近三房出的那些事……唉，一桩桩都是冲着命去，绑人都算好的。昨天荣业坊那边还走了水，一看就是有人故意纵火，不是天灾。"

"不是他们自己做的？"窝囊的春二娘差点发现了真相。

"哎哟我的傻老婆，哪有人舍得把那样的房子烧了？我亲眼看到，三房的丫头差点给裹里头出不来！"江明心有余悸的样子，"不过那丫头的运道真是好，有过路的游侠儿把她拎出来，不然铁定没命的。"

"韩都尉不是来洛阳了？"春荼蘼那一向唯妹夫马首是瞻的大姑夫陈冬道，"他可是皇上的亲侄子，有他护着三房，应该……会没事吧？"在洛阳，在玉鸡坊，他的日子好过多了，老婆不再逼他出去找事做，不再骂他废物。他真的……不想走。

"先前我也这样想来着。"江明却摇头道，"三房最近出这么多事，我还琢磨劝他们回家乡去。那边有韩大人帮衬着，赚不了大钱，吃喝总是不愁。靠着三房，也能给姐姐、姐夫家的侄子们成家立业，再给我们二房的几个丫头找几个好女婿，大富贵没有，日子总还能过得。可哪想到，今天早上我去偷看，韩大人居然把三房从自家别院给赶了出来。他们一家如今悽悽惶惶地住在邸舍，早上请了大夫，说是荼蘼吓病了，她那贴身丫头也有些个不好。雪上加霜的是，衙门还拘了人问事，大山只好一瘸一拐的，由那个老仆陪着去的。听说，昨天韩大人正经和潘老爷见过面，谈到半夜才回。若说其中没古怪都奇了，好歹相识一场，哪有这么没同情心的。"

"韩大人不是惦记荼蘼那丫头吗？"春大娘粗鄙，说话格外刺人，"她长得不错，又惯会拿架子勾男人，成天也不顾脸面名声，净往公堂上跑。过年里，那些官大人送了好些东西给三房，那意思不是很明显？怎么，姓韩的人模狗样，如今连自个儿的女人也保不住？我就是不信了，有勾死鬼儿在，他就真放心让三房被人欺压威胁？"

春大娘就是这种人，从别人那里得到利益好处，却在背后还泼脏水，事事不如她意，给她金山银山都觉得应当，连基本的良心也没有。

"你给我闭嘴！"大老太爷春青木难得地吼了女儿一声，却不是为侄孙女出气，而是怕惹了祸，"韩大人是什么身份，皇家中人，真龙血脉，你这样说话是嘴给身子惹祸，纯粹找死！"

"他又听不到。"春大娘不服气地嘟囔着，却也不由向墙外瞄了瞄，好像韩无畏真会知道似的，随后又不服气地补上一句，"我就是觉得，狼见了那口鲜肉，还没吃到嘴，怎么可能就扔下？"

"我说大侄女，你怎么连这个也不懂。"二老太爷倒想明白了，"人家韩大人是什么高贵的地位？将来是要当王的，那是一人之下，万人之上。他看中三房的荼蘼，图的就是个野趣儿，难道还能正正经经、八抬大轿娶回去不成？给个妾位都是高抬，弄不好也就是个外室，三夜两宿的就丢到脖子后头去了。荼蘼也不是什么国色天香，还能受宠多时？只不过现在吊着人家胃口，像是多招人稀罕似的。这样的女人，也就算是个小猫小狗，男人家，谁能为个玩意儿得罪身边有用的权臣？别忘了，潘家是行伍出身，正对韩大人的味！"

这话，是长辈说得出口的吗？不仅无礼，而且无德无耻。正常情况下，别人侮辱自家后辈女眷，不拼命也得心有愤懑，哪有这样还亲自踩上一脚的？若是春青阳听到这话，对同父异母的两个哥哥，一定会彻底失望，然后真的再不想跟他们来往了。

可在这里，没有人给春荼蘼说句好话，几个人只是有志一同地发出了长长的"哦"声。

这一番讨论，终于让他们明白了一件事：三房得罪了大人物，偏没了靠山，倒霉是早晚的事。他们大房和二房，往后占不到便宜，不被连累就算好的了。所以，真不如大捞一笔之后抽身离开，最好从此再无瓜葛，哪怕是杀头的罪，那些大人物也迁怒不到他们身上，绝不能存在侥幸心理。

财帛动人心，不劳而获的日子也舍不得。但……有什么比活着更重要？正所谓，越贪婪的人，越是珍惜自个儿的生命。

"分家！"二老太爷春青苗挥了挥短胖的手臂，很有力度，也算做了总结。

一时间，众人沉默无言，诡异地寂静，空气中满是不甘，却又没有办法，只有磨牙的声音。倒是快十二岁的陈阿二绷不住了，想起什么似的对他娘说："这几天咱家和二太爷家门口总有奇怪的人晃悠呢。"

他爹陈冬吓了一跳，忙扯过儿子问："你说什么？什么奇怪的人？"

陈阿二茫然摇头："不认得，就是和邻居打听咱家的事，让我撞见了。我本来想问问，干吗没事瞎问，可是那几个人好凶，还瞪了我一眼，吓得我差点尿裤子。"

然后陈阿二突然又指了指江明的二女儿："表姐和隔壁小五郎玩抱抱，当时也在的。那几个人中还有一个大胡子说，春家二房的丫头闹春，不如卖到那等好地方，说不定还合了她的意呢。表姐不干了，上去骂人，结果让那人推了个跟头，我看到他腰里别着刀子呢。有……"陈阿二比画了一下，"有这么老长。"他比得夸张，可却没人理会这样的不合理，因为全吓坏了。

而江明很快意识到自家女儿做了丢人现眼的事,恼得脸红脖子粗,上前就是一个耳光。

江二娘"哇"地哭了出来,也不知是想起那一摔的疼,还是这一巴掌疼,又还是因为被人揭穿了小儿女心思而羞恼。她妈春二娘则恨不能找个地缝钻进去。她的大女儿江大娘已经快十九了,望门寡找不到下家。二女儿十四,已经有了心思,城里人坏,可不就被人勾搭了去?她还有个小小的三女儿,江家另附赠一个没出嫁的老姑娘,整个家阴气重重,难道全嫁不出去了?

"不行,得立即离开洛阳,回家乡去!"因为这个小插曲,春二娘难得地坚定起来。

所谓童言无忌,越是小孩子说的话,可信度越高。其他人越想越怕,三房好歹有两个健壮男仆(指大萌和一刀),春大山也是个武将,人家真下黑手,倒还好抵抗。

大房有什么?一个窝囊的丈人,一个窝囊的女婿和外孙,外加一个混球小外孙子,春大娘再泼辣难缠,还指望她上阵砍杀不成?

二房有什么?老夫老妻倒在,女婿也精明,可惜拖着一个弱巴巴的女人,三个丫头片子外加一个老姑娘,真有事时,又能如何?

于是,陈阿二的话和江二娘的默认,成了压倒他们的最后一根稻草。火烧不到自己身上不知道疼,如果只有三房倒霉,他们不过是被牵连,可现在人家买的凶都打上门了,再不逃还等什么?等对方动了手就来不及了。潘老爷要修理春家,他们可也是春家的人哪,还分你我?

二老太爷看似蛮横,其实是外强中干,听陈阿二这么说,立即急道:"事不宜迟,咱们赶紧把青阳找过来,就把家分了吧。记着,得让街坊邻居都知道,然后赶着天气还没冷,快快地回范阳去。我这条老命,还不想送到这儿。这可是客死异乡,连魂魄也不得安宁。"

"咱们两房的户籍都在家乡,正式分家得在官府录册,还得请里正和德高望重的人见证才行呀。"大老太爷虽然也急着摆脱自家三弟那一房,倒还保持着清醒,"红口白牙的,分了也是不清不楚,到时候更麻烦。"

"那怎么办?"二老太太急了。

到底江明心思活络,想了想就说:"三房的户籍是随着大山走的,已经落在了洛阳,天南地北的,确实不好整理。我看,倒不如就在这边的官府备个注,说明咱们两房与他们三房再无干系,许他们另立族谱就是了。"这相当于把三房逐出春家,另开分支,只是说得好听些而已。

不过,当春荼蘼听到这件事时,乐得差点背过气去。这收获,可比她想要的还要大啊!

依《大唐律》,因为自家祖父居幼,父母已逝的话,两个年长的哥哥不开口,他要分家是违背法律的。毕竟孝字大如天,宗法宗族是社会稳定的基础。但如今却是不同了,三房不仅能分开另过,还能有自家的族谱!也就是说,春家以后只有大房和二房,三房是独立的一家。尽管同样还姓春,若心肠硬些,说是再与那两房没有瓜葛,在律法上也是认的！

太干净利索了！整个世界都清静了！

"也不能这么轻易就把家给分了。"当时春大娘还提议道，"咱们为三房的荼蘼造势，四处宣扬她在范阳县打官司的事，才让她有案子可以接，费的那唇舌多了去了，怎么也得要点补偿吧？再说，三房当日给的银子，只够买些田地，回家乡盖宅子，也得用银子呀。就算他们另起族谱，到底祖父祖母的灵位不能不管，修缮什么的，算是最后一次也得给一笔。还有，咱们回家的路费从哪着落？依我说，分了家，他们也得全了兄弟义，难道空手让咱们走？"她说得大言不惭，脸皮的厚度令人叹为观止。

那些盖房修祠的银子，用得着人家出了族谱的三房出吗？这几个月来，他们全体的吃穿用度，还不是三房供给？之前，春青阳大半辈子的大半积蓄都给了他们，难道还不够吗？是他们自己找来洛阳的，又凭什么路费叫人家出啊！

可她，就是这么理所当然地想了。更令人无语的是，除了大老太爷和春二娘有些脸红外，别人也是这么认为。到最后，他们把银子定到五百两。

春荼蘼不是出不起这些银子，英家的委托费和潘家的谢仪就足够支付了，何况她还有不少来自亲娘白氏留下产业所创造出的私房钱。但她不想这么痛快地给，一来会引起那两房人的贪念或者怀疑，再出尔反尔就麻烦了，浪费了她这番精妙设计。二来，她不愿意如了这些白眼狼的愿。再说，自家要重新开始，手里不得留点余钱啊。

所以，她捏紧了荷包，死活不肯出这么多。而她越这样，那两房人越是急着撇清。最后还是春青阳实在厌倦了这一切，把自个儿关在房里一言不发。

春荼蘼看祖父寒了心、冷了意、心情恶劣，露出心力交瘁的模样，怕他憋出病来，才同意拿出二百五十两。每房各一百两，路费和修缮家祠的费用合共五十两，春家大房和二房才满意离去。

在衙门的报备，是窦县令做的。他感激春荼蘼在英、潘两家争地案上给他解了围，亲自主持了这件事，还以自己的面子请了洛阳费氏的族长出马。费家名声不显，却是老派贵族，分量绝对够，春家大房和二房在这位老爷子面前表示出今后春家分家要各写各的春字，就甭想反悔了。

其实，春荼蘼最后仍然给了五百两的一半，还是因为无意中听到的一番话。那天她溜出邸舍买东西，却看到江明的妹妹江娘子在邸舍门口鬼鬼祟祟地转悠。还好，她决定进来时，让她亲哥哥及时给拉住了。

"你这是干什么？"江明恼火地问，"我知道你惦记着大山，可今时不同往日。"

"他还是他。"江娘子一脸倔强，还挣扎着要冲进邸舍，"我在这种情形下跟了他，他必感念我，今后会对我好的。"

"女人都爱俏，我知道。"江明死拉着妹妹不放，气哼哼地道，"大山那样貌，别说你，连富贵人家的小姐都招来不少。当年荼蘼的娘，虽然背景不清，但想必不是平常人。可是对咱们这样的人家来说，嫁人最重要的是看钱财家世，长得好有个屁用？再过个二三十年，也不过是个老头子，一脸褶子，还能俊个鸟！"

"当初不是你撺掇我接近他的吗？是你要我想办法嫁他为妻。"江娘子哭道，"我想尽办法往他家跑,脸也不要了,现在一颗心系在他那儿,你又不让我跟他了,哪有这样的!"

"都说了今时不同往日,你怎么听不懂人话!"江明也急了,甩了江娘子一巴掌,"以前他是正经武官,看样子早晚还能升迁的。他前途好,又有个会赚钱的女儿,我那三叔为人还忠厚心软,你嫁过去就能当家,好日子一大把,还能帮衬着我和你嫂子,是十成十的好亲。就算你没本事勾上大山,我想尽办法,哪怕让你把生米煮成熟饭,也得把你硬塞过去。可是现在不行了,春家岌岌可危,春大山命都不保,指不定哪天叫人全灭了。这时候你嫁过去干什么?难不成以后当了寡妇,还让我这当哥哥的养你不成!"

"我就是心里有他。"江娘子嘤嘤地哭,声音像是苍蝇乱飞。

江明努力软下声音道:"你心里有他,可他心里没你。我看,他这辈子就只惦记着他那死鬼老婆了。如今他没了前途,没了财产,还无心对你。你傻啊,非要往前扑?再说,他那闺女不是个省油的灯,你在外人面前装装斯文就是了,你到底什么变的我不知道?人家看不出来?听哥一句,有这闲工夫,不如端起你那架子,哥哥包管给你再找门好亲。"

江娘子怔然,而这片刻的犹豫给了江明机会,强行把她拖走了。

躲在一边的春荼蘼,额头上冒出一片冷汗。

太可怕了!这么算计自家的美貌老爹,简直人品无下限。还是那句话,有千日做贼的,没有千日防贼的,这些人还是快快打发了,免得夜长梦多,半点机会也不能留。

为此,她才点了头,掏了银子。

三日后,两家子乘船走了,还为能最后刮出那么多银子而欢天喜地的,根本不知自己失去了什么。春荼蘼谨慎,虽然知道他们再不能闹事,却还是在邸舍又待了几天,之后才借住了韩家的别院,打算着手重盖荣业坊的院子。

时隔不久,她听到了三个消息。

先是潘家那个身在军府的、从六品下阶的下府果毅都尉潘德强,因为违了族规,被潘老爷打了八十棍子,为此半年下不来床,只好暂辞了官职。虽然打的不是军棍,但不多不少,是春大山受罚的双倍。

然后,那两个当日奉命抬了春大山回来,但态度恶劣,还推搡老周头的小兵,不知为什么起了争执,你推我拉的,双双跌入洛水河,头还撞在正过来的行船上,头破血流。

此两项,春荼蘼知道潘十老爷是给她交代,因为她跟潘十老爷说过她睚眦必报。为此,她心知肚明,领了这个交代。

第三件事是两个月后,秋收之日才过,当年前任月县令治下的小吏被从苦役之地带回,并承认是他伪造了潘家的地契,只为邀功,潘家人并不知晓,还误以为是真的。由此,潘家人洗清了名声。

而英家在知道那片山地的荒土已被贫苦农民开垦过后,主动提出不能伤农、误农,除了自家祖坟外,放弃附近土地的所有权。潘家为了自罚轻信之罪,则帮助这些人办好地契手续,还支援了一批农具和牛马。

此举传到京中，皇上大为赞赏，对两家都有表彰。最后，这件两大豪族的争地案，英家满意，潘家满意，春荼蘼满意，无地的农民满意。一举四得，春荼蘼打这么多官司，这是最皆大欢喜的一次。

金秋十月，春家搬回了荣业坊。

新房子新气象，全家都很高兴。当初毁屋前把细软全藏起来了，损失根本不大。不过春青阳却感慨万千，看着新院子，叹了口气。

春荼蘼知道老人的宗族观念重，祖父还是对出族之事心里有疙瘩，就开解他道："咱家单立一族，过几百年，您就是祖先了。到时候咱们春家这支兴旺发达，我祖爷祖奶的在天之灵也会高兴的。"

春青阳只是一时想不开罢了，听孙女说得风趣，又经过很久的心理建设，当即抛开这些想法，心中暗暗发誓，虽说自己年过半百，但儿子和孙女还有大把好前途，他一定不能拖他们后腿，要把日子过得红红火火，给儿子娶个好老婆，想办法让孙女不但嫁得了，还能嫁得好。虽然说，这实在有点难度的。

过儿是个鬼机灵，见春青阳明明笑着，却又皱了下眉头，就接口道："我知道老太爷愁什么，只是那些人不知道小姐的好罢了。就说潘、英两家的争地案，那些最后得利的农民，并不感念小姐的恩德，还以为是那两家仁义。说起来，好处都让他们得了去。"

春荼蘼对此并不介意，笑道："其实让人感谢也挺累的，咱们无愧于心就好。"她今天才知道，做好事而不留名，内心是很愉悦的。

再者，英潘两家本来斗得乌眼鸡似的，虽然现在也没有建立起良好的关系，双方还都掐着对方的把柄，但至少能相安无事了，而且都因此案而名利双收，失的只是一块无关紧要的山地而已。

他们爽了，自然对春荼蘼也不赖。不用什么实际的，只是言语中表达出的信任和褒奖就能起很大的作用。名声这个东西，世人都知道，本来就是巨大的财富，何况还是有两大家族做了保证。

在春家修缮房子期间，她接手了五个案子，百分之百的胜诉率，让她赚足了人望，在洛阳城也渐渐有了名气，虽然只是小案子，但架不住她处理得巧妙，特别是其中两个。

第一个，是失银案，贪心不足之人活该倒霉的典型案例。

某个姓王的当地豪强，出去收租时，丢了租银一百两。本来他以为找不到了，没想到银子是被一个憨实的胡食店掌柜捡到了。此人姓孔，虽为商户，但品性高洁，捡了巨款却并没有拿走，而是蹲在桥头，等了整整一天，还耽误了自家的生意，才终于等到失主。

这么大笔钱失而复得，但凡有点良心的人都会心存感激。按洛阳的习俗，还会拿出一定比例的银子来，作为谢仪。人家孔掌柜本不贪图这些，可这个姓王的混账，既不想损了所谓豪爽的名声，却又黑心财迷，不想出银子，竟然干脆倒打一耙，说孔掌柜吞了他一半银子，说他丢的本来是两百两。

偏偏，他还有人证，证明他所说属实。

这样一来就麻烦了，想要推翻证人证言，实在是很有难度。可怜孔掌柜好心帮人，却落得要自贴一倍的下场，冤枉至极。他只是开了个小小的胡食店，就算生意还好，一年的辛苦也净赚不出这些银子，为此又愁又气，一病不起。

好在他有个表亲，在潘府做事，知道自家老爷对春荼蘼很是推崇，于是就介绍他来找到了春荼蘼，直接一张状纸，告到公堂。那姓王的有恃无恐，证人则铁嘴钢牙，咬定所说不假，一切，好像都对春荼蘼不利。

哪想到春小娘子剑走偏锋，王豪强和证人口沫横飞地说了半天，她根本就没有开口询问或者反驳一个字，而是把关注点放在装有银子的木箱上。经过一番论证，有木匠、有行商、有与本案毫不相关的百姓，都认为那个木箱极为普通，没有任何特征，是任何人都可能得到和用来装任何东西的。

"请问被告，你失银一共多少两？"她笑眯眯地问。

"自然是二百两！"姓王的大声道，还一脸的义愤填膺，"我有证人作证，刚才不是说了半天了吗？"

"我只是想确定一下。"春荼蘼不急不躁，反复又问，"真的是二百两吗？你真的没有记错吗？也许你有点糊涂，其实只是丢了一百两吧？"

"我没糊涂，就是二百两！"姓王的加大了声音。

"可是我觉得你非常有可能记错了。"春荼蘼很诚恳，非常诚恳，"明明只是一百两，对不对？没事，人都有脑子混乱的时候，你承认吧，没人笑话你的。到时候，你拿着你的银子走人，孔掌柜也不用受冤枉。"

"胡搅蛮缠的女人！"王豪强暴怒了，若不是在公堂上，几乎要咬人了，"我说丢了二百两就是二百两，你问来问去是什么意思？世上是有公理的，你以为你这样，我就会饶了那姓孔的吗？"

春荼蘼掏掏耳朵，似乎被声浪震得够呛。再看那姓王的，被气得脸红脖子粗，就像要爆血管那样。然后，她慢条斯理地说："急什么呀？不问明白，怎么给人打官司？你说你丢了二百两，孔掌柜却只捡到一百两。那么，你敢发誓说你没有撒谎，丢银的数额真是二百两？"

第四十一章　如果不是因为爱

王豪强恼羞成怒得几近吐血，赌咒发誓，连自家祖宗的灵魂都押上了，说真真正正就是丢了二百两。他那模样，连窦县令都同情了，只是窦县令与春荼蘼打了不止一次交道，知道这小姑娘虽然年纪小，却从来不在正事上开玩笑，也不会做无用功，不禁也是好奇地问道："春状师，被告王某已经确认，本县都听得清清楚楚，不会让他出尔反尔。不知，你对此还有何异议？"

春荼蘼一摇头："没有。"

啊？！堂上堂下、被告原告都因为她的回答而呆住了。而她却好像松了口气似的说："大人，这样的话，此案根本就不成立了，我代表原告孔掌柜撤诉，并希望被告王某今后也不再对我的委托人进行指控及诬蔑，并退回失银一百两。"

众人皆惊。

"你这是何意？"窦县令分外不解，但不知为什么，心里却有一种看好戏的兴奋。

"很简单哪。"春荼蘼摊开手，神情分外无辜，"装银的箱子是一模一样的，可以说是人们装银常用的普通款式，也就是说，可能属于任何人。唯一可分辨其归属的，就是箱中所装之物。王郎君说他的箱子中有银二百两，可孔掌柜却只拾银一百两。况，双方都有证人，一证明被告所说不假，二证明原告人品名声俱佳，不会贪吞。双方各执一词，难辨真假。那么，这说明了什么？说明这个箱子根本就不是属于王郎君的，里面的银子自然也不是他的。王郎君气不过有人拾金却'半昧'，实际上只是认错了而已。所以，双方才说不拢呀。"

姓王的愣住了，脸色瞬间惨白。而孔掌柜还没回过味来，只怔怔望向春荼蘼。

然而，春荼蘼第三波的反击到了。她面向窦县令，略施一礼道："依《大唐律》，拾失物而交公，若一月之内无人领取，由官府抽取暂管的费用后，失物就归拾取者所有。如今距此事发生之日，尚有三天就足一个月了，如何判决，大人明鉴。"

到她说出这番话，众人才恍然大悟。孔掌柜固然有扬眉吐气之感，王某人却惊呆了，急急忙忙地道："怎么是无主失物，明明是我的银子！"

"你失的是二百两，人家捡的是一百两。当时，还有人看到孔掌柜捡到箱子后，一直蹲在桥头等失主，其间都没有动过地方。也就是说，那银子和银箱根本不是你的，因为银子数目不对呀。"春荼蘼很"同情"地说，"你损失那么一大笔钱，我很为你难过。可惜啊，刚才我已经再三向你确认，是你自己否定的事实。那就……实在没办法喽。王郎君，你节哀吧。"她面带微笑，但眼神中却有冷意。而那轻蔑和不齿的神情，像刀子一样，直戳人心。

王某人眨了两下眼睛，之后扑通一下坐在地上，脸色惨白。因为他终于明白了一件事：他输了官司！输了银子！还输了人！

本来，按照他失银的总额，他只需要付出几两银子的谢仪，失银就可全部收回。其实，人家孔掌柜还不一定收下。可是他舍不得名声和银子就罢了，却还贪心不足，想借机行那讹诈之事。更没想到的是，他遇到了大唐的第一位女状师，不仅令他偷鸡不成蚀把米，还令他大大地出血和丢人。

此人是本地豪强，行事讲求规矩道义而轻视律法。但豪强有好有坏，有大有小，王某人就是那小而坏的，平时强横得很，也没少伤害别人、得罪同行。所以他这次的龌龊行事，大家都心知肚明，但一来惹不起他，二来苦无证据，现在看到他吃了瘪，还是春家小娘子轻轻巧巧就解决了他，几乎无人不感觉痛快。相应地，对春荼蘼也好感倍增。

当然，这姓王的现在恨死了春荼蘼，很想报复。但是一看到大萌和一刀两个站在堂下的护卫那凶神恶煞的模样，打又打不过。再想起英潘两家是春家的靠山，惹也惹不起，只有打落牙齿往肚子里咽，而且是和着血咽。

这个案子，算是大快人心。孔掌柜依律取回失银为己有时，春荼蘼按规矩提了两成约二十两，既不会因为孔掌柜是白得的钱，非要多拿，也不会少取一分。所谓职业道德，就是如此。

这之后，她又接了一桩忠心婢女案，却是窦县令委托于她的，一是因为窦县令有破案压力，二是因为被冤枉和怀疑的人，少年时和窦县令就读一间学馆，算是有同学之谊。

案件的起因是这样的，洛阳一个富户倪家，半夜被匪类强行进入。匪徒要杀主人夫妇及他们还未成年的一双儿女，还要放火烧屋。这时女主人名为秋叶的贴身婢女挺身而出，冷静地说道："各位好汉是求财，何必伤害人命？"她不慌不惧，侃侃而谈，劝退了匪徒不说，还冒险带他们去库房，虽然最后被劫走了财物，但是保住主人一家大小的生命安全。

事后，劫后余生的倪郎君夫妇分外感激秋叶，财产虽然损失严重，但只要有命在，一切都可以重来。至少，那些田庄和铺子仍在。因此，不仅还秋叶卖身契，给她自由，倪郎君更是认其为义妹，当成小姐养在府里，厚厚地备上嫁妆，打算再给她配一门好亲。

相应地，有忠婢就要有真凶。在洛阳城内，而且还是富人区发生这种入室抢劫案，算不得惊天之事，却也是很了不得了，县令必须要缉拿歹徒，还一方平安才行。不然，在这个权贵扎堆儿的地方，窦县令落个不称职、不作为的名声，不死也得脱层皮。

怪道人都说京官难做。虽然洛阳不是长安，但陪都也是都啊。

最后查来查去，倪家人提供了一个嫌疑犯，就是倪夫人的远房表弟，借住在倪家，等着长安派官的尹源尹先生。

指认他，原因有五。

一、尹源来不久后，就出了入室抢劫案，之前倪家连小偷都没闹过。二、出事的当天，全家人只有他不在。而且据他供说，是贪图城外一家小店的美酒，结果醉卧山野，偏偏却无人证明。三、在倪家期间，他曾帮助表姐清理过库房的账册，知道财物的所在。四、全府都被搜刮过，连下人房都有损失，可他的房间完好。五、当晚倪家侧门是被人偷偷打开的，匪徒实际上是大摇大摆走进来的，没有飞檐走壁。这说明，此案有内奸，而且是住在外院的。

证据似乎很确凿，窦县令尽管相信同窗不会做这种事，可苦于无从辩解。而倪家忠厚，怕伤了亲戚情分，本想财产损失就损失，不追究就算了。可尹源却是个耿直脾气，不然也不会满腹才华却一直未能入仕为官了。他目前是在等官期间，名声不能有损，况且他书生意气，认为是非黑白自有定论，居然自己入监，非要窦县令还他一个公道不可。

窦县令骑虎难下、焦头烂额，不得已之下，想到春茶蘼是个能扭转乾坤的人，就做主和她签了委托合同，也就是代讼契约。尹源本来自认身正不怕影斜，不肯请状师，是窦县令强行决定，并自掏腰包，许了五十两之银资，预付五两，胜诉之日全部付清。

"能赢吗？"窦县令问春茶蘼，"还尹郎君清白，再找出真凶，不仅本官许诺算数，倪家还打算出赏银三百两——假如能找回一半失物的话。"

"大人，世上无一定赢的案子，就像无一定可治愈的病症。"论及公事，春茶蘼很是认真严肃，坦率真诚，"大夫们常说，治得了病，治不了命。如果尹先生真有罪，大人应知天理循环，恶有恶报。但若他是清白的，我的把握自然更大。不过无论如何，我身为状师，自然有职业操守，不管他是坏人还是好人，既接了案子，就必然全力以赴，维护他的利益。"

春茶蘼的论调，让人很容易理解和赞赏。于是，事情就这么定下了。当然，如果能找回真凶，追回财产，她也不会拒绝额外的奖赏。劳动所得，天经地义。

因为窦县令特别允许，春茶蘼这回待遇不错，得以把大堆卷宗带回家研究阅读。

"不是离开审还有十天吗？晚上不要熬夜吧？"当天晚饭后，春青阳心疼地看着伏案的春茶蘼。她点了明晃晃的好几根大蜡烛，摆明要挑灯夜战了。

"我到困了时，自然就会睡了。"春茶蘼哄着祖父，"再说案子不是天天有，这些日子我胡吃闷睡的，精力储存得多到用不完，看，我都长胖了呢。"她捏捏腰上的肉。

"就是胖点才好。"春青阳对孙女不满意，"我最近和妙手堂的陶大夫聊了几回，他说，人要顺应天时才能身体好。天黑入睡，天明起身，像你这样晨昏颠倒的，很容易毁了身子。"

春茶蘼平时伶牙俐齿，唯独对祖父，总是反驳不来。

"再说，这是在别人家。"春青阳压低了声音，"让韩家仆人看到你整夜不睡，会以为……"

春茶蘼暗叹了口气。

她接这个案子时，荣业坊的房子还没有重新盖好，暂时借住在道化坊的韩家别院。别人家再好，也不如自己家舒服自在，要不怎么有古话云：金窝银窝，不如自己的狗窝呢？而女子的作息不规律，也会被认为是失仪和没有家教的表现。偏府里的下人们都以为她早晚会进韩家门，虽然因为身份地位的关系，只能从侧门抬进去，但架不住世子殿下宠爱啊。因此，到处有人偷偷观察她，害得她不能放松，就连祖父也跟着紧张。

说起来，在设计打发走春家大房和二房后，韩无畏也回了范阳县，但与春荼蘼的信件来往没有间断过。虽然信上说的都是些没有营养的闲话，但一来一往的，两人亲近不少，甚至春荼蘼都习惯了通信与他遥远的存在感。她也曾经想过，如果韩无畏真有打算要追她，无疑，他有个成功的开始。但是她心里也很清楚，除非有正妻之位，除非承诺没有妾侍，不然她不会为一个男人折腰的。

女人成亲，一方面有心理和生理的自然因素，另一方面也是因为要找张长期饭票。所谓嫁汉嫁汉，穿衣吃饭，就是这个道理。就算是豪门小姐，不愁吃穿，可就算娘家再强，如果不找个归宿般的男人，将来死了都没有祖坟可以入，死后也不会享受子孙香火供奉的尊荣。可以说，独身女人是非常凄凉的。哪怕是千金小姐，也要费心谋划，先在娘家过得平稳受宠，将来找个能够共同生活的丈夫。而这样做，只是为了生存。

但春荼蘼不同，她有能赚大钱的一技之长，可以生存得极好。她生活在开明自由的大唐，尽管有些困难，但也可以做自己想做的事。她有纵容娇惯她，却又能为她遮风挡雨的浓浓父爱与亲情，所以她更加幸运。

任何物质上的东西，她都可以凭自己的努力得到。她要的，只是男人的爱情而已。命运般的、真正的、纯粹的爱情。可惜，那是很少男人能给出来的东西。但无论如何，对爱情，她始终保持着深深的渴望。这或许是冷静理智的她，唯一不冷静理智的部分。

所以，如果不是为了爱，别说和韩无畏了，任何男人想和她成就姻缘都很困难。

"可是十天时间真的不富余。"想到这儿，她回过神儿，有些为难地看着祖父，"不然我答应您，顶多到四更天，我一定睡觉。"

"三更。"春青阳在孙女的折磨下，现在也学会了讨价还价。

春荼蘼本来就打算三更前睡下，刚才不过是狡猾地留了余地，现在达到目的，当下就乖巧地点头答应。父亲已经恢复了到军府做事，家里就只有他们祖孙二人，祖父寂寞，因而特别爱管着她，她只好配合。

她用了三天时间反复研读卷宗，找出其中的疑点和模糊点，又用了五天时间跑到倪府，在征得同意的情况下，跟全府三十来个仆人分别谈话。其实，不如说聊天更确切些。那些仆人开始时还有些紧张，外加上一点好奇，毕竟状师给人的感觉就是很凶的，女状师更是第一回见到。可是春荼蘼的问话很有技巧，她本身的长相和气质又给人温和无害的感觉，所以大家渐渐都放松了，说了不少与案件有关或者看似无关的八卦。

回到家后，她就坐着像在发呆，其实是脑筋飞快地运转。家里人熟悉她的习惯，都努力保持安静，不去吵她。最后两天，她整理出辩护策略以及辩护词，又列了证人名单出来，交给了窦县令，好方便提前提了证人来。这位县令大人恨不能一堂就审结这个案子，虽然律法规定凡案必审三堂，但如果事实证据确凿，犯人认罪的话，也不必拘泥。

当然，阴谋诡计什么的，她少不得也用了一点。至于大萌和一刀，她也列了疑点，叫他们外出调查取证。这两个人跟她的配合已经非常默契，算得上是合格的调查员了。

开审那天，不仅公堂下有好多百姓围观，还有不少有头有脸的人物，专设了座位旁听。那阵势，一般人早就心慌害怕，适应不了了，但春茶蘼却很镇静地站在中间。

她习惯了被注目，习惯了身处众人的目光聚焦之下，也习惯了成为或者感激或者憎恨的中心。当然，她也有秘诀——只当这些人是西瓜就好了。

而窦县令听从她的建议，并没有驱赶明显有点过多的百姓，只是努力维持好秩序，再令一些差役穿了便装，混在人群之中，其余的人，则在外围设了暗哨。因为怕人手不足，最后还找军府借了人，层层设防。他不知道春茶蘼搞什么东西，但现在他对她莫名信任，什么都照办。

德茂折冲府得到借人的请求，知道是春茶蘼打官司，特意派了春大山带了队来。自从潘德强因春大山而辞职，还挨了八十家法棍，加上韩无畏对春家表现出的态度后，在军府涌动的暗潮中，春大山的行情明显看涨。

"升堂！"惊堂木响起，窦县令坐在公座之上。

春茶蘼回过神来，眼神快速掠过目力所及之处。春大山高大挺拔的身影出现在外围，令她感觉莫名地安心。大萌、一刀和小凤守在两班衙役之下，准备随时保护她。深深吸气后，她发现自己真喜欢公堂上这种庄严肃穆的感觉，令她的心肝都颤抖着，整个人不可抑制地兴奋。

果然，她是为律法而生的！

按惯例，开始由官方发言人，也就是主簿大人宣读相关的案件事实与基本细节，以及涉案的相关人等。因为本案没有民事原告，而是按刑事案来处理，所以破案、抓捕、公审，都由县衙一手办理了。也就是说，春茶蘼要驳倒的是官府、对手也是官府。

拉拉杂杂说了半天，总算进入了正题。窦县令摆出公正严明的神态，很有威信地沉着声音问："堂下被告，可有分辩？"

众人的目光，包括春茶蘼的，都向尹源望去。

因他身有功名，在未被正式宣判前，并不用行跪礼，所以此时，他就傲然站在那儿，腰杆笔直，双目微闭，一脸姜太公稳坐钓鱼台，愿者上钩，或者诸葛亮不出茅庐，而知三分天下的神态，好像是非黑白自有公论，他根本不着急，让别人操心去吧！

见到他这欠抽的模样，无知之人还有几分佩服，但春茶蘼却气得冷笑。若非应下窦县令的差事，若非谨守着身为状师的本分，若非见过太多极品家伙，她恨不能给他一记窝心脚，或者转身就走。

这世上真的公理不偏吗？若真如此，又哪里来的那么多冤案？皇上又为什么每年派人巡狱录囚？这姓尹的真是把书读到狗肚子里去了，朝廷不派官给他，实在是正确的选择。这种人若做了官，他一定是昏官，说他理想主义吧，偏偏他有很多文人的臭毛病，僵化而无思想。

有那么一瞬间，春茶蘼真想撒手不管。可她到底是有职业操守的，只能努力压下心中的不满和厌恶，上前一步，声音清亮地道："民女有疑。"唉，这就是当状师的痛苦，因为誓要服从于法律，所以要忍受很多。

"哦？有何疑问？"窦县令双眼发亮。虽然从春茶蘼提前拟好的证人名单中，他略看出了一些端倪，但还是想听春茶蘼亲口说出来。

"确认本案的犯罪嫌疑人为尹源尹先生，所依托者，均为推论，并无法确凿的事实。"春茶蘼慢慢踱步到公堂正中，就像站上独属于她一个人的舞台，"若推论可作为证据，那据民女调查，有一人比尹先生还要可疑。"

她话音才落，公堂下就炸了锅。

春茶蘼神色淡定，等着这一波沸腾过去。她早就习惯了，百姓们只要听到不同观点，立即就会议论纷纷，表现得特别兴奋。

可窦县令等不了，惊堂木拍得啪啪响，大叫道："肃静！肃静！"声若洪钟，盖压全场。

"所疑者是谁？"他问，身子微微前探，显得极为关注。

"倪府忠婢，秋叶。"春茶蘼说着，目光向公堂左侧望去。

那里，站着三个人。

那对中年男女是倪氏夫妇，旁边站着一个十八九岁的丫头，中等个头，平实且忠厚的相貌，只下巴上一粒美人痣，搭配着微微吊梢的眉角，令她淡然低调的脸上，染了一丝妖娆和尖刻。只是她刻意掩饰、修饰过了这种感觉，若非有一双慧眼，很难发现其真实的面相。

她身上穿着一件杏红色交领连身襦裙，胸前系着月白色飘带，臂上绕着同色披帛。一头长发没有梳成华丽的高髻，而是低低绾着，只插一支金点翡翠的梅花簪子，显示出她已经不是丫鬟的身份，但却毫不张扬。

春茶蘼前几天在倪府接触各色人等时，倪夫人带着秋叶等几个贴身丫头到城外的庄子上散心去了，所以今天倒是头一回见这个秋叶。也只是这一个照面，她心里就忽然非常笃定了，那完全不是理智的分析，而是女性强烈的第六感。

就是她！

而所有人，听到春茶蘼这句话时都惊讶万分。因为这个结论太颠覆了，秋叶明明是个忠婢，怎么突然又变成了幕后黑手？

一片哗然中，窦县令又问："春状师，你可有证据？或者，也有相应的推论？"

"我不仅有推论，我也有证据。"春茶蘼认真地点头，胸有成竹的模样，"但是，请大人容禀，且听我从认定尹先生为犯罪嫌疑人的推论说起。"

"好，你讲。"窦县令一挥手，超级配合。

尽管春茶蘼驳的是官府，若她赢了官司，就是官府输，县衙输，他输。可是找到真凶才是正经事，只抓个人交差，在洛阳这个地方是蒙混不过去的。何况，尹源好歹与他有同窗之谊。倒不是他多看重这情分，而是他若无视，并下手不容情，在士林圈子会落下坏名声的。

所以，他现在就指望春家这位女状师能把尹源择出来，继而破案呢。

"认定尹先生为嫌疑人的原因有五。"春茶蘼伸出一个巴掌。

不过她还没有往下说，人群中就传来一声惊叫："啊，我的银袋子没了！"说话者是个妙龄女子，容貌极美，但是此时她急得眼泪汪汪，情形真切，令她身边的人立即闪出一小片空地来。

人群惊到了，嗡嗡议论，更有不少人捂紧了自己的腰包。在突如其来的混乱中，窦县令的惊堂木拍得要断了也没多大用，倒是春荼蘼的声音居然穿透了一片嘈杂，清晰地传出来："这小偷如此大胆，居然在公堂之上行窃。想必，以前没人敢这么做吧？"

　　众人纷纷称是。

　　春荼蘼却道："以前不敢，可如今却敢了，难道是在场众位的缘故？你们不来，如此嚣张的小偷没出现，你们来看审，他就出现了，难道是你们之中的某人招来的？就为了趁乱下手？"

　　这一句话就犯了众怒，群情激昂，大声指责春荼蘼血口喷人。

　　春荼蘼却不急不恼，等了一会儿才道："所以说，小偷何时来，怎么来，来做什么，岂是诸位良善之人可左右的？既然如此，那么说尹郎君为犯罪嫌疑人的推论之一也就不存在。他来之前，倪家没遭贼，他来之后，凭什么有了强盗就与他有关？这一条，完全是牵强附会。"

　　她若直接辩驳，肯定说服力不足。还是那句话，火不烧到谁身上，谁不知道疼。将心比心的手法，比空口说白话强多了。

　　窦县令也点头，却看了美貌女子一眼："那丢失的东西？"

　　春荼蘼转身，恭敬地向堂上施了一礼，又团团对众人微微躬身，"大人，诸位乡亲，并没有人失银。此女子是乐坊的舞伎，我雇她来演这场戏，就是为了让大家明白尹先生的冤枉。"

　　"嗯，算你有理。"窦县令再度点头，"那你还有其他可说的吗？不过，不得再作怪，好好说就是了。"

　　"是。"春荼蘼应下，心却道好计还得用第二回，但却不是这个时候。

　　"推论的第二点，是说出事当天，尹先生恰巧不在。"她继续道，"尹先生辩称，当日到城外一个小酒肆饮酒，结果醉卧山野，没有及时回城。关于此事，尹先生确实没有证人能证明他睡在野地里。可我派人去那间酒肆调查过，得知当日也确实有人要了几斤他们的招牌酒，名曰梨花白。那酒后劲很足，人称一里倒。若有不信者，可亲自试喝，看一坛落肚，能不能自己走回城？况且，那酒肆的老板虽然记不清尹先生的相貌，可当时因酒资不足，尹先生拿了身上的玉佩抵押。"说着挥挥手，缩在一边的过儿立即拿上一个托盘，送到公座之前。

　　春荼蘼揭开上面蒙的布，露出下面的玉佩和一张纸。

　　"玉佩我已经赎回，大人可叫倪郎君看看，是不是尹先生平时随身之物。纸上，记着酒肆老板的证人证言，大人尽可派人去取证，民女绝无虚言。因为那天尹先生自以为海量，不肯听店主人的劝，执意喝下整坛梨花白，所以店主对人的印象不深，却是完全记得这块玉佩。"春荼蘼说完，瞄了一眼尹郎君。

　　他仍然不发一言，可是脸却红了。之前他咬死不说此事，是怕人嘲笑他为了口腹之欲而当掉家传玉佩，为人没有节制。这种宁要脸不要命的家伙，帮助他真是让人窝火啊。

　　那边，倪郎君已经确认，玉佩正是尹源所有。

"第三。"春荼蘼不等堂下骚动又起，直接大声道，"尹先生在倪府期间，帮助表姐记录过库房的账册。可是倪家虽然殷实富贵，却是正经人家，没有特别需要隐瞒之物，所以知道库房里有什么东西的，不只是尹先生一人。那么，又为什么只怀疑他一个人呢？律法讲公平，却为何对他不公？"

"第四，倪家被抢劫当日，全府被搜刮，但尹先生的房间却被略过。请问堂上大人，还有堂下诸位，你们难道不觉得，欲盖弥彰虽然不好，可这样做也太显眼了吧？哪个脑子缺根弦的匪徒会这样？不是故意暴露内应吗？所以说，此举反倒是充满了陷害之感，尹先生不但不该被怀疑，还要从与他有怨的人中深入调查。"

"第五，当晚匪徒是从倪家侧门大摇大摆地闯入，说明府里有内奸，从院内打开院门。对这一点分析，我举双手赞成，完全不怀疑。但那个人，一定是住在外院的尹先生吗？"春荼蘼一条条驳斥，毫不松劲儿，"一般人都会这样以为，这并没有错。毕竟外院更靠近外墙。但我亲自在倪府走过几圈，也打听过，尹先生虽然住在外院，但真若去开门，却只有一条路，且还需绕行，因为倪家那几天给家中池塘挖淤，将其他通路堵住了。可惜，绕行之时会路过巡夜家丁们落脚的院子，只要走动，必被人发现。这一点，倪府下人皆知，只是转天路就疏通了，没人注意到问题所在而已。相反，主院的侧厢之后有一条夹道，平时鲜少有人走。但只要拿到内院的大门钥匙，就可神不知、鬼不觉地直接到达那侧门处，途中绝遇不到家丁护院。"

春荼蘼侃侃而谈，所有人都听蒙了，努力消化了半天，才知道她说得极为有理。果然注意了细节后，五条本以为很有道理的推论，却可笑得不值一驳。

"那你说秋叶有嫌疑，推论是如何的？证据又是如何的？"窦县令表面上被驳得体无完肤，心里却越来越高兴，好像看到了曙光。

"请问大人，是生意场上见过世面的常将遇事沉着呢，还是一个很少出府的年轻丫鬟更冷静理智？"

"自然是前者。"

"那么，当有凶悍的歹徒闯入，声称要杀人，手中握着明晃晃的刀，倪郎君都吓坏了，偏偏跳出来一个丫鬟勇敢镇定，还敢与匪徒周旋。这件事，您难道不觉得违背常理吗？就算她一心为了主人，忠心之下生出胆量，但慌乱之中，她怎么会想得到找女主人拿钥匙，带领歹人去库房取出财宝，之后又毫发无伤地回来？"

"大人，民女冤枉。"突然秋叶大叫一声，扑倒在公座前，看起来好不可怜，好不气愤和委屈，"当时民女哪有时间多想，只希望能救下家主，逞一时之勇罢了。现在想来仍然后怕，但那时，也不知就怎么了……"

春荼蘼眯了眯眼。

当然，她知道仅仅是以推论对推论是翻不了案的。不过事情得有个循序渐进，大招要最后才放出来。一放，就得出效果才行哪。

而且她也在等秋叶出来表演，不然舞台上没有配角，岂不寂寞？秋叶的出现，还能让隐藏在暗中观察的人更容易露出马脚。前台的人都乱了，后台的人哪能稳如泰山？

"我调查过。"她再度出声，"出事当晚，不是秋叶值夜。而她的屋子，离那条夹道非常近，她的干娘还是守门的婆子。据那婆子自己说，那天她干女儿孝顺，送了酒菜与她吃，她吃醉了，一觉睡到大天亮，半夜闹贼都没有听到。转天，她打听到贼是从外面侧门进入，到内院之后，因为院墙矮，就直接翻了进来，自认与她无关，加上钥匙还妥帖地放在腰里，就没有多说。还有……"

春荼蘼顿了顿，等众人的心神全集中在她这里时才说："不值夜的秋叶，为什么会在第一时间出来保护主人？我也问过当时在场的人，秋叶虽然也穿着中衣中裤，披散着头发，可却是好好穿着鞋袜。试问，有哪个慌忙而出的人，衣衫不整，脚上却利索的？"

公堂中，几百个人，却静得连落针声都听得到。

春荼蘼轻咳了一声："我说的这些，均有证人，而且不止一个，都在呈送给大人的卷宗里头。如果说，关于尹先生的推论站不住脚。那么，在秋叶身上有如此多的巧合，难道不值得怀疑吗？何况，我还找到了她这样做的动机。"

"是什么？"窦县令都快跳起来了，看也不看瘫坐在一边、眼珠子乱转，明显在紧急想主意的"忠婢"秋叶。

"依大唐律法，女子年满二十而未嫁，就要官配，或者交罚银。"春荼蘼暗恨这条不人道的规定，此时却不能表现出来，"就算是奴婢，或者部曲的女眷也不得违背。秋叶过了年就将年满二十，因她是卖断终身的奴婢，必然会配给家中小厮或者家仆。可她是个心气儿高的，倪夫人推荐了好几个人，她都没有点头。这一点，倪夫人可以亲自作证。"

她看向倪夫人，后者茫然点头，神色间有些复杂纠结。倪夫人本以为秋叶是忠婢，但若眼前的女状师说的是真的，岂不是她瞎眼不识人？重要的是，那种被背叛、被欺骗的感觉，太难受了。

"有句话说得好，世上没有不透风的墙。"春荼蘼趁热打铁，"所以秋叶自以为谨慎，但她的秘密还是有人觉察。什么秘密呢？接上刚才的话题，就是女儿家的姻缘事。原来秋叶不同意倪夫人推荐的夫君人选，是因为早与外男有了私情。"

"你胡说！"秋叶激烈地反驳道，不过她的样子太激动了点，反而显得有些心虚样。

春荼蘼却根本不理会，继续说："有了私情之后要如何？自然是双宿双飞。可对方是有钱人还好，若是穷光蛋呢？再者，不脱奴籍而私自离开，难道是要做逃奴吗？逃奴被抓到是什么下场，我不用说，各位也都知道吧？就算不被抓到，当黑户的日子也是不见天日。于是，秋叶就需要两样东西，很迫切地需要：一、银子。二、自由。这两样东西又怎么得到呢？好办，只要设一个局——一个入室抢劫，但忠婢救主的局。幸好，秋叶喜欢的那个男人曾是江湖中人，纠集几个帮凶来演场戏还是很方便的。至于说为什么把尹先生牵连其中，那是因为秋叶心思缜密，需要布好后路，也需要一个事发后的替罪羊。偏尹先生为人高傲，不太看得起仆役，平时里得罪过秋叶，所以自然被卷入局中。说到底，尹先生被陷害，原因无他，就是看他不顺眼而已。"

"你胡说！"秋叶重复大叫了一句，"你毁我名节，我跟你拼了。"说着就要扑上来，好像要把春荼蘼撕碎。可惜早有衙役注意着她，没能让她得逞。

春荼蘼半点惊吓也没受到似的，稳稳站在那儿，纤细的身段，挺直如一枝翠竹，好像不管多大的力量，也无法压倒它，无法折断它。

"你当我是说书讲故事？"她忽然冷下脸，面似寒霜，令秋叶不由自主地心中一颤，"这是公堂，公座上坐的是县令大人，代表着国法，代表着皇上，岂可愚弄？那些看审的人中，有乡绅族老、权阀贵人，还有这么多乡亲，又是能戏要的吗？我所依据的是庄严的律法，你以为是儿戏？或者以为是做戏？告诉你，我的一言一行都有依据，都凭着正义和良心。而你的那个男人，我们已经捉到了，他已经完全招认了罪行，你还顽抗个什么劲儿？不觉得可笑吗？"

秋叶大吃一惊，脸上的血色顿无，片刻后又咬牙道："你诈我？"

春荼蘼冷笑，并不回答，只向公堂之侧招了招手。

大萌和一刀不知何时出现在那里，两人架着一个浑身是血，乱发覆面的男人。在接到信号后，两人双肩用力，就把人丢在了公堂正中。

顿时，围观群众呼啦啦就涌了上来。因为事发太突然了，维持秩序的衙役都没有反应过来。

窦县令大吃一惊，才要呼喝手下阻止，就见春荼蘼屹立不动，紧紧盯着人群之中，之后快步走向他，低而快速，但又清晰无比地道："大人，请把那两个穿褐色葛布短衫的年轻男子拿下！"

"为何？"窦县令急着问。

"那两个就是劫匪！"春荼蘼来不及解释，只说出答案。

窦县令更是吃惊，却不多说，直接拍案而起："来人，拿下那两人！"他朝人群中一指。

立即，有衙役向那两人扑去。

那两人明显吓了一跳，近乎下意识地奋力往人群外钻。窦县令此举有些打草惊蛇，差役们隔着纷乱的百姓，不但无法接近那两人，还被甩开了距离。但外围春大山得到女儿的信号，马上进行围堵。军府的兵士和衙门的差役不同，都如狼似虎的，又占据了好的方位，所以那两个人虽然负隅顽抗，还和兵士们过了几招，但很快就被按趴下了。

春大山上前，利落地卸掉两人的下颌关节，令他们不能呼喊出声。

春荼蘼暗松一口气，再看秋叶，见她似乎想扑到那浑身是血的男人身上，却被牢牢控制住而不能行动。她的脸上，满是失败后的绝望。

"春状师，到底是怎么回事？"公座的位置较高，看到春大山那边完成了任务，窦县令才回过神儿来，连忙问春荼蘼，"这一切真的是秋叶所为吗？你真的抓到她的奸夫了吗？"情急之下，也顾不得言语粗鄙了。

"大人，那个'奸夫'其实也是我找来的歌舞坊的人扮的。"春荼蘼略抬高手，以袖子掩嘴，轻声说道，眼神里，闪着愉快的光芒。

窦县令本气得差点倒仰，心说这不是胡闹吗？这时候玩这套有什么用？为什么我就那么相信她？今天闹这么大，可如何收场？不过当他见到春荼蘼的神色，心头一震，立马改口道："你这样做，有什么说法？"

"大人，列秋叶为重大的犯罪嫌疑人，我只有间接证据和推论。若以此定罪，只怕她要狡辩的，影响大人的官声。"春荼蘼笑得像只小狐狸，"她刚才说我诈她，其实她说对了，我还真就诈她了。"

"那两个人是……"窦县令有点糊涂。

"倪家损失巨大，但报案及时，咱洛阳城的治安又好，那些赃物贵重且沉重，肯定还没来得及出城。匪徒们也自然会分散开藏匿，要捉住他们不容易。"春荼蘼不着痕迹地拍了拍马屁，"而且，他们还会特别关注官府的动静，以便判断局势，找机会离开。我建议大人开放审理，就猜他们会派人装成百姓来看审。然后，我在堂上刺激秋叶，令他们觉得大事不妙，心里的压力增大，这时，再突然扔出所谓'奸夫'让他们露出马脚。我让这个伶人只露出背影，再长发遮脸，浑身是血，总之脸看不到，衣服和身形相像就行了。"

"和谁相像？"

"当然是那个奸夫啊。"春荼蘼摊开手，"秋叶和那个男人来往密切，虽然隐蔽小心，但天长日久，纸是包不住火的，虽然看不太清楚，却到底是有人见到过的。我在倪府做调查时，无意中听人说起，就记下了那人的身形，然后找相似的人扮演就好了。"

"这么说，那两个男子是他们的同伙？你怎么认出来的？"窦县令似乎明白了些什么。

"大人，但凡普通看热闹的百姓，都有一个极为相似的习惯。"春荼蘼说到这儿，有点哭笑不得，"遇到好奇的事，就会拼命涌过去，要看个究竟，生怕落于人后。有时候甚至意识不到危险，执意要向前冲。这种时候，他们是没什么理智的。所以我才建议大人备好人手，只要发现有一反常态的人，就立即拿下。十之八九，案子侦获的突破口就在他们身上。刚才我叫人把假奸夫扔出来的时候，所有看审的百姓都向前扑，只有那两个人悄悄向后退，浑身都保持着戒备和警惕。这说明什么？说明他们心虚。而当大人英明地命令手下抓人时，他们若不反抗，我还没那么大把握。可他们，不但反抗，还很激烈。所谓不做亏心事，不怕鬼敲门。差役要抓他们，若心里没鬼，跑什么？"

"也就是说，今天的堂审是个陷阱？"窦县令心中突然畅快，哈哈笑了起来。

春荼蘼点头。

这当然是个陷阱，不过前台的表演一定要到位。而只要抓住倪府劫案的真正罪犯，尹源的嫌疑自然就摆脱了，何必纠缠于既定的案情？费劲巴拉地逐条抠细节，效果也不见得好。

律法是枯燥乏味的，但若活学活用，其实蛮有意思。

"抓到那两个劫匪的同伙，要怎么办？哪里去找证据？"窦县令摩拳擦掌，却没感觉出自己这句话的语病。他是县令，凭什么叫人家帮着找证据？春荼蘼又不是衙门的人，也不领朝廷俸禄，又为什么要帮忙？

但她还是帮了。县官不如现管，身在洛阳，和父母官搞好关系，总没有坏处。

"大人，对付这种穷凶极恶之辈，还客气什么？"春荼蘼凉凉地说，"刑讯，是合乎律法的手段。"一句话：大板子打丫的！

理不直，气不壮。没有信念的人，是熬不了刑的。

第四十二章　参见皇上

不出春荼蘼所料，一顿板子下来，那些人什么都招了。

跟推理的一样，就是秋叶在外面认识了一个男人，想要脱奴籍，再嫁给他。但这个男人长得虽然不错，却是个不务正业的，少年时要做游侠儿，但侠事没做一件，却和山匪混过一阵子。于是，两个人就设计了倪氏忠婢案，打量着人财两得。

审清案情后，窦县令立即借助军府的力量，由春大山带队，抓捕了其余藏匿的罪犯共十四名，还寻回了绝大部分丢失财物，毕竟因为破案及时，那些东西还没来得及出手。于是春荼蘼不仅得到窦县令支付的委托银子五十两，还得到倪家出的赏银六百两。本来倪家说是给三百两，但那只是在找回一半失物的情况下。现在失物差不多全部找回，自然赏银加倍。

春荼蘼坦然收下银子，心里算了算，家底有上千，购买力惊人哪。于是，春家一跃成为小富之家。所谓腰中有银心不慌，春荼蘼很奢侈地给家里的每个人都做了好几套新衣服，一年四季的都有，还给自个儿和两个丫头打了几件首饰。当春大山的黑发被一枚价值不菲的玉扣拢时，那真是丰神俊朗，把春荼蘼得意得不行，逢人就恨不得拉住人家说：这个，是我爹！真的哦，是亲爹！帅吧？

可以说，这两个案子，让她名利双收。利就不提了，真金白银货真价实，名嘛，有好有坏。

从职业角度来说，绝对是大好名声，现在全洛阳谁不知道有个姓春的女状师，那真是狡猾多智，口吐莲花。"有冤枉，找春家"，迅速成为了小儿的歌谣，可见八卦的传播力量。

从人生角度来说，她想嫁出去，并且嫁得好的可能性已经越来越低了。没有哪个婆婆敢找这样的儿媳，因为有可能自个儿会被她挤对死，而且死得哑口无言。也没有哪个男人敢让她做正妻，那样存个私房，养个外室都瞒不过去，还会暴露得很难看。真闹上公堂，那就是一个字：输！

不过春荼蘼完全不在乎，这段时期真是她最舒心的日子。有钱，没案子，名声甫管好坏也打出去了，唯一忙碌的事就是制订一点收费和签订委托契约的细则，培训小凤做初级接待员什么的。本来也想训练过儿的，但这小丫头是家居型人才，只愿意照顾全家人的生活起居。

秋高气爽的时节里，选了一个不冷不热的天，春荼蘼只带了小凤，到洛阳城边上去转悠。她喜欢水，因为宽广的水面总给人心胸开阔之感，令她觉得呼吸都顺畅很多。可惜洛阳不临海，于是主仆两人只好在河边溜达。靠近南部富人区这一段河道，没有码头，绿树碧草的，环境清幽，春荼蘼很是喜欢，能什么也不做，就望着河水发呆一整天，然后心情还很愉快放松。

这天她正坐在河边一块大青石上，静静地听流水声，突然有人温言问："姑娘，我可以借坐一会儿吗？"

春荼蘼吓了一跳——任谁正在发呆，突然身后有人说话，也会被惊到。

猛然回头，就见她身后七八步远的地方站着一个男人。这人大约三十多岁，也许二十，或者四十来岁……反正岁月在他身上有模糊不清的感觉。但细看，应该是和她家美貌老爹差不多年纪的大叔。帅大叔。很帅的大叔。第二眼帅大叔。

所谓第二眼帅，是指初看并不惊艳，五官也很普通，但组合在一起却非常俊朗的那种帅气。所以只要看了第二眼，就会完全被他所吸引。那种美不单纯是物理性的，而是气质性的，由捉摸不到的气场所形成。就如一块绝世美玉，不刺目，可越看就越能感觉出淡淡的光华，丰蕴而内敛，其中那岁月的沉淀，高贵的风骨，令人无法忽视。

甚至，让人自然而然产生一种要低头膜拜的感觉。

这位大叔，身上穿着淡青色魏晋风格的大袖袍，高冠博带，衣摆和袍袖被河边的小风吹得微微摆动，通身名士风流。但他身上还隐含着一种尊贵的气息，被温雅的外形冲淡了，若隐若现，若即若离。

"小姑娘，请问，我可不可以借坐？"第二眼帅大叔又问，因为在"姑娘"前面加了个"小"字，显得亲切了些。同时，他的唇边，有淡淡的笑意晕染开，如水墨画般。那风度之美，只可意会，不可言传哪。

春荼蘼收回发怔的眼神，身子往旁边挪了挪，以行动表示同意。看样子好像很矜持，很冷淡，其实是不知道说什么好。

真丢人啊，她也算见识过美男的，自家老爹就是，韩无畏也是，康正源也是气质很好的，甚至连祖父也是帅老头，还有夜叉……

怎么今天居然看呆了呢？当初，她可只在看夜叉时发过呆。

河边青石挺大块，平整的条形，高矮也合适。大约总有人坐，表面光滑干净。而大唐风气开放，男女在街上站在一处说话，或者在饭馆里拼桌都行，此时虽然是在人烟稀少的河边，两人坐一起却也没什么关系。

春荼蘼想着，就张望了一下。

小凤是跟着她的，不过在她发呆的工夫，跑到附近去采秋日的小野菊。此时看到来了陌生的男人，连忙警惕地往她边看了看，见她略点了点头，就没有立即过来。

而帅大叔的身后也跟着两个男仆，一高一矮，一魁梧一精瘦，穿着灰扑扑的短打，典型的部曲随从模样，若不特别注意，几乎没有存在感。

　　帅大叔来历不简单，他两个手下也是高手，春荼蘼敏锐地作出判断。因为一主二仆都不怎么张扬，却有一份身居上层的从容不迫和自信之感。那种举手投足间的细微感觉，是常年的生活熏陶出来的，很难伪装。

　　她和帅大叔，一男一女，一"老"一少，完全不认识的人，就那么沉默地共坐了一会儿。半晌后，帅大叔突然笑了笑道："春小姐，你很沉得住气啊。"

　　春荼蘼很想问：你怎么知道我是谁？但转瞬间考虑到她上公堂打了几场官司，没有哪桩的围观者是少的，见过她也很正常。在洛阳，她算是名人了。

　　因而她只略歪过头，虽然没有回笑，但神情却愉快地反问："我应该很惊慌吗？"

　　帅大叔一愣，随即就点头道："也是啊，既然有坦荡的胸襟，有站在公堂上仗义执言的勇气，何必会因为与陌生男子同坐而局促？你，很不错。嗯，真的很不错。"他说话的样子，好像是长辈或者上级在夸奖晚辈和下级，完全没有奇怪的感觉。更奇怪的是，春荼蘼这样多疑而挑剔的性子，也没有感觉半点别扭。

　　"为什么要做状师呢？名声很不好哪。"帅大叔又说，听他的语气，似乎并不是无意间走到河边闲聊，倒像是故意找来，想和她谈谈。

　　至于什么原因，也许只是好奇吧。但莫名其妙的，春荼蘼对他有一种信任感，不是亲人之间那种无条件、无选择的信任，而是一种觉得他不会伤害她，刺探她，只是陌生人萍水相逢，互相倾吐一下心声，之后各归各路的信任。

　　说白了，就是说话不用负责，事后不用承认，甚至彼此再也不会见到的感觉。所以，她可以说真话。

　　"大叔不觉得律法是很有意思的吗？"春荼蘼再度反问。

　　"人人都说律法枯燥。"帅大叔的唇边似是挂上一丝苦笑。

　　"那是不知道律法之美呀。"春荼蘼深吸了口河边湿润舒服的空气，"大叔不觉得，人生在世，到处都是战场吗？而律法之于皇上与囚徒、百官与万民，就像手中的武器，可以保护尊严不被侵犯，生命和财产安全不被剥夺，即使是在最恶劣和严酷的环境中也不被欺凌。就像将士或者剑客手中的刀剑，是身体的一部分，能不喜爱和看重吗？上阵者常说，刀在人在。其实我倒觉得，律法在则世道在。"

　　"律法在，则世道在……这种说法倒新鲜。"帅大叔沉吟了片刻，又挑了挑长眉，露出很意外的神色，"这是你自个儿想出来的，还是师从何人？"

　　"律法自在人心。"春荼蘼来了个模棱两可的回答，"只不过当今圣上英明，把人生百态记录成册，整理成条文，用以规范人们的行为而已。"

　　"《大唐律》，很好吗？"

　　"律法是保护弱者的。"春荼蘼情不自禁地表达了自己的观点，"若能做到这一点，自然是很好的律法。如果一个国家能有法可依，有法必依，执法必严，违法必究，那一定会迎来更强盛的太平之世。"

　　"想不到，一个小姑娘还能胸怀天下与国事。"帅大叔又挑了挑眉。

　　春荼蘼这才发现，他脸上最漂亮的地方就是那双长眉，毛茸茸的，浓淡相宜，眉形也好，斜飞入鬓，隐含英武之气，而且非常可爱。

"我不懂国事，我只爱律法。"春茶蘼摇摇头，"我只是觉得，如果连皇上都依法办事，不使用个人意志，咱大唐一定会成为万国朝邦的强盛帝国。"

帅大叔看着春茶蘼，沉吟了一下才似是感叹地道："也只有我大唐，才会有你这样的女子。"

"我当这是夸奖喽。"春茶蘼笑道，在这位帅大叔面前很是放松。

两人又聊了一会儿，居然很投机，时间就显得过得飞快。眼见天近黄昏，两人都有点意犹未尽的感觉。尤其对春茶蘼来说，虽然有家人爱护，身边也有几个好友，还有一个神秘的、对她似乎很关照的夜叉，但从来没有人就律法之事，与她能如此坦率又深入地交流过，就算和身负大理寺官职的康正源也没有过。

帅大叔学识渊博，尤其律法之事，与她谈论起来，毫无涩滞，令春茶蘼大生知己之感，尽管两人的年龄和地位貌似差距很大，阅历也大不相同。春茶蘼甚至觉得，帅大叔说不定是刑律方面的官员，甚至站在更高的位置，所以目光长远，把律法和国事也能巧妙地结合起来，说得头头是道，春茶蘼听得津津有味。

此人，不是大官，就是大才。她断定。

"我听说过一件糊涂官司，到最后也没审清楚。"帅大叔望着渐斜的夕阳，低下头来问春茶蘼，"天色晚了，只怕小友要回家，不如把你对此事的见解，当成最后的告别之词。"

"请讲。"春茶蘼有些好奇。

"其实只是欠银官司罢了。"帅大叔坐正身子，从春茶蘼的角度只看得到他的侧脸，似被夕阳笼上淡淡的金褐色光芒，美则美矣，但高贵，却又虚无，显得特别不真实。

"甲欠了乙的银子，到期连本带息还了回去。但乙却声称并没有收到。于是甲找来了丙作证，说明某年某月某日，在丙的见证下已经还清。双方各执一词，且都没有更有力的证据，若你是状师，要怎么打这场官司？"

"那要看我是做哪一方的状师了。"春茶蘼想了想说。

"乙方。"帅大叔的目光中快速闪过一抹异色。

"那好办。"春茶蘼拍了拍落在衣服上的树叶和草絮，"我把甲和他的证人丙分开，然后挨个询问他们还银的细节。我说过，魔鬼藏身于细节之中。这世上没有完美的犯罪，只要查，就会有漏洞的。只不过，有时候犯罪分子做得太聪明，不容易找到。可那不意味着没有。"

"魔鬼藏身于细节之中……"帅大叔喃喃念着，若有所悟的样子。

春茶蘼点头："对，也可以说，细节决定成败，永远不要小看最微不足道的证据。就本案来说，我会分别询问他们还银的时间、地点、银子的成色，还银的步骤，当时都说了什么，装银的袋子或者箱子是什么样子的，还有任何可能的细节。反复问，不断地问，交叉顺序问。你要知道，言语是最经不得推敲的，尤其是谎言。这种小案，细节就能决定成败。"

"细节吗？小案吗？"帅大叔的脸上闪过令人不明所以的神色，"若是当初认识你，就好了。"说完又笑，"你今年还没有及笄吧？当年我若认得你，你还是个几岁的小娃呢，就算是天上掌司律的仙女下凡，也未必有这么大的本事。事实上，你是我见过最为蕙质兰心的女子，琴棋书画于人而言只是小道，你……"他忽然伸出手，轻拍了一下春茶蘼的头。

这举止，对陌生人来说实在是太过了点。毕竟男女有别，一个三十多，一个十几岁，貌似年龄差了一倍，但毕竟是成年男人和就要成年的姑娘，这种略带亲昵的动作很不合适。只是他动作自然，而春茶蘼平时再注意，偶尔也会忘记所谓的规矩，两人就都没有感觉尴尬。

"别为外人的非议和无理而退缩，你做的是大事，帮助人的大事。有时候，可能影响别人的一生，是很了不起的，全大唐的年轻姑娘都比不上。"帅大叔说得认真。

春茶蘼老大不客气地受了，站起身，略施一礼道："再度谢谢大叔夸奖。放心吧，我才不管别人说什么呢，人生不过百年，何苦活在别人的想法中。我的目标是，走自己的路，让别人无路可走。"

她说得俏皮，帅大叔被逗得爆发出一阵大笑。其实春茶蘼心里明白，她只是幸运，生在了一个包容的时代。

不过话说回来，既然生在了大唐，这个自由、强盛又充满活力的地方，她若不肆意一把过人生，也对不起上天的安排啊。人哪，就得在什么地儿，做什么事。

虽然有些相见恨晚的知己感，春茶蘼却还是和帅大叔分手了，连姓名也没问。萍水相逢的感觉就是这样，何必拖拖拉拉、婆婆妈妈的磨叽？从某种程度上来说，她是个拿得起、放得下的潇洒人，知道天下没有不散的筵席。而她和帅大叔再谈得来，也不会不注意时间，让祖父和父亲着急。血缘之亲，才是她在这世上最重要的。

接下来的几天，她虽然偶尔回味这次畅快的思想交流，却再也没往河边去。她不像其他姑娘那样爱逛街，没案子的时候很是坐得住，在家里不出门也过得很开心，训练一下小凤，跟过儿研究开发一下美食，和祖父拔拔菜、对父亲撒撒娇，时间就很惬意地过去了。

因为待在家里，也不知外面发生了什么事，等到春大山的休假日，她才感觉到了不同——因为春大山没有回来，据说军府有重要任务。

她感觉有些奇怪。

现今国无外忧，阿尔泰那边的突厥人自己内乱不断，根本掀不起大风浪。国内，除了淮南道今年有灾情，导致粮食歉收以外，算得上国泰民安。那么，还有什么事能令平时安稳驻扎的折冲府感到是个重要任务？

难道，是有大人物出行？要知道洛阳乃是陪都，与京都长安之间交通便利，水路通畅，数日可达。不用说京中的达官贵人、权臣将相，就连皇上、皇后等皇族中人，有时候也到洛阳住一段时间。若皇上来，还有百官随行，游玩、休假、处理政事都不耽误。洛阳西北角地势高，专建有皇城和宫城，规制与长安一样，只是规模小些罢了。

只是这都十月了，眼看要入冬，洛阳的景致已无绝美之处，大人物来这里干吗？春茶蘼腹诽不止，因为不管是谁，害得她家老爹这么辛苦，她都对其没有好印象。

好不容易，春大山得了半天假，大早上快马加鞭赶回来，交了俸禄银子给父亲，又跟女儿说了几句话，急匆匆就要回去。

"不能吃了午饭再走吗？"春荼蘼依依不舍，扯着父亲的衣袖不放，"至少洗个澡，换件衣裳吧？"

"你也不早点叫人捎个信儿来，我好给你准备点东西。"春青阳也埋怨道。

祖孙两个看到春大山容颜憔悴，都心疼了。

"时间来不及，一来一回，路上用的时间不少。"春大山无奈地道，他何尝不想父亲，不想独生女儿呢？可是身为军人，服从命令是没有丝毫商讨余地的。

"再说，军府里上至都尉大人，下至最小的士兵，都得原地待命，不只我辛苦。"春大山又解释道，"等再过一阵子就好了。我们都尉大人说了，那时每人轮休十天，回头我陪父亲和荼蘼到城外去玩玩，听说深秋和初冬的景致不错的。"

"到底是什么重大任务啊，连家里人也不能说吗？"春荼蘼拉住父亲的手臂，"好歹透露一点，不然祖父和我怎么会放心。家里也没有外人，顶多我发誓，什么也不往外说。"

春青阳点点头。

春大山犹豫片刻，低声道："据说，皇上微服至洛阳了。"

春氏祖孙都大为吃惊。春青阳略好些，春荼蘼立即就兴奋了——微服私访呀！可惜，没能亲眼看到皇上长什么样子，是英明神武之人，还是酒色之徒？

"你这两天给我老实点。"春大山点了点女儿的额头，感觉比养个儿子还费心，"谁也不知道皇上去哪儿，万一冲撞了，那可是惹了麻烦。"

"皇上既然微服，我就算冲撞了，他也不能怪我。"春荼蘼反驳道，"不知者不怪，这可是民间俗语。再者说了，他既然微服，怎么会惊动军府，结果闹到如临大敌呢？"

"皇上这回到民间游历，本是没想惊动旁人的。偏洛阳有几位致仕的老臣，见过皇上的面儿，巧合之下，认了出来。"春大山叹口气，"皇上的意思是，不要惊动太多人，但若不知便罢了，既然得知，皇上的安全就得负责到底，所以军府和县衙都在私下里戒备着。现在洛阳，知道皇上真身的不过十几户大族和权贵之家。我官职虽小，如今却正得都尉大人的用，所以知道这个秘密消息。"

春荼蘼到底是没见过所谓的真龙天子的，被这个大八卦砸晕后，脑海里生出很多想象，等回过神儿来时，只看到春大山出门的背影。

另一边，祖父拿着个小包裹追出来，一劲儿喊着："大山！大山带上这个。"里面装的是匆匆备下的几样吃食和换洗的中衣。

春荼蘼二话不说，接过包裹就跑，追到大门外。

咦，奇怪。平时这个时候，荣业坊虽然清幽，它也不会这么安静。此时的坊间里道上，人烟稀少，只有一辆宽大，但透着低调奢华的马车停在当中。春大山站在马车边，一个男人正从车厢中探出身子。

"参见皇上。"春大山跪下了。

春荼蘼顿时呆了。第二眼帅大叔是皇上？！

第二眼帅大叔，居然就是传说中微服私访的皇上！
这个认知彻底惊到了春荼蘼。当时在河边巧遇、聊天时，她判断出帅大叔非富即贵，但哪能想到他高贵到那个地步，是整个大唐的主人！毕竟，这种遇"龙"之旅，只在话本中才看到过啊，哪知今天成了事实。
不过她到底反应快，跟在父亲身后跪下，心里转着念头，可头却深深垂下去。
"平身。"温润的声音响起。
春大山连忙起来，躬着身子倒退两步。春荼蘼亦步亦趋，尽量减少存在感。但她心里也很疑惑，皇上为什么来这里？是私访到她家，还是无意间逛到这儿？
以那天在河边的情形来看，他知道她是谁，说不定那"偶遇"也是安排好的。难道她惊世骇俗的要当大唐第一女状师的举动，连最高层也惊动了吗？那么，皇上今天来，就肯定不是无意的。
他要干吗？看看什么样的家族才养出她这样的怪胎吗？突然，春荼蘼后悔起那天的畅所欲言来。这种事可大可小，若皇上真心觉得她说得对还好，若不然……岂不是小小女子妄议国事？
春荼蘼想着，心里焦急起来，几度想抬头，却又硬生生忍住。为了防止自己偷瞄，梗得脖子都疼了，只竖着耳朵听。
接着，她听到杂乱的脚步声，还有下马车的声音，更听到站在前面的父亲呼吸因为紧张而有些急促，最后听到皇上的声音继续说道："爱卿，这是你家吗？怎么不请朕进去坐坐。"
"寒舍简陋，怠慢了皇上，就是臣之罪过。"春大山仍然低着身子。不过，语气虽然恭敬无比，但态度却是不卑不亢，已经没了刚才的紧张和局促。
他是地方上的低级武官，别说皇上了，连三品以上的大员都没见过，只是因为皇上微服到了洛阳，他又被军府管事的上官重视，参与了护驾的行动，远远看过皇上几眼而已。但尽管如此，他骨子里军人的刚勇和天生的气度却还是给了他胆色，令他并没有瑟缩和胆怯。
而大唐的第二任皇帝韩谋，看了看眼前双双垂着头的父女二人，一个魁梧高大，一个娇小纤细，看不清面目，却同样大方坦然，不禁微笑着点了点头道："无妨。朕本微服，可惜到底惊动了地方。不过朕的初衷是想体会下民间风土人情，你太拘礼，倒让朕不爽意了。"
韩谋都这样说了，春大山哪还能拒绝，施了一礼道："那臣斗胆，请皇上移金步。"说完就半侧过身，对女儿低声道："快进去准备一下，叫你祖父出门接驾。"
"不用准备，朕来得仓促，随意就好。"韩谋接了句。
春荼蘼脚下一顿，也不多嘴，弯着身子连退数步，之后转身飞奔进院子。她从没跑得这样快过，心中还有些埋怨。随意？说得好听，普通人家迎接皇上，能随意得了吗？若真怕麻烦到别人，那就一不要暴露身份，二不要到处乱走啊。他倒是临时起意，却不知让别人家里兵荒马乱的。

　　看到春荼蘼像小兔子一样迅捷，韩谋不禁唇角带笑。那天在河边聊了聊，他心里就有点念念不忘的意思，翻来覆去想她那时的模样，所以今天特意找个由头，跑过来看看。可惜，他到底不能……带她走。若他不是这样的身份地位还有可能去争取，但现在是完全没有机会了。只是人生如戏，既然有缘，到底要演完这一出。

　　想到这儿，他不禁有些怅然。

　　片刻后，春荼蘼跟着春青阳，小跑着迎出门外，后面跟着过儿、小凤、大萌和一刀等人。

　　春青阳没见过这阵势，紧张得脚下踉跄。他一个小小的牢头，见的都是罪犯，从没想过一生中还能有见到天子的时刻，紧张中又夹杂了狂喜，只觉得春家这个先是经历吊死人，然后又着过火，被称为凶宅的院子，顿时蓬荜生辉，身价百倍。

　　春青阳匍匐于地，还没等三叩九拜，韩谋身边的人已经得了暗示，上前扶起了他。虽他只是前牢头，如今赋闲在家的平民，到底有了年纪。大唐讲究孝道和尊老，连皇上也不例外。

　　"春大人，还是快请皇上进去吧。"韩谋身边那个精瘦的"男人"低声道，又快速向四周看了看。意思是：外面再戒严，也是不安全的。

　　他眉清目秀，面白无须，看样子，应该是个太监。那个高大的不用说，肯定是贴身侍卫，绝顶高手。

　　春大山也不多言，连忙前头带路，走到大门边时，侧身而立，躬身做了个"请"的姿势。

　　春青阳带着众人，随在儿子身后。春荼蘼怕祖父摔倒，紧紧挨着他，搀扶着他的胳膊，感觉到祖父微微地颤抖着，连忙捏了捏祖父的手。有了小孙女这个暗示，春青阳镇定了些。

　　韩谋慢慢踱进了院子，前后左右都瞧了瞧，一边参观，一边点头，好像对这朴素而充满民间气息的地方颇为满意。春荼蘼却很是懊恼，总这么弯着身子走路，实在是很累的。

　　过了好半天，韩谋才去内院正堂坐定。

　　小凤和过儿都紧张坏了，手脚都在抖，为了免于失礼甚至闯祸，春荼蘼只得亲自奉茶："用茶粗陋，请皇上见谅。"她按照差不多的程序自谦道。可是茶水不好，谁请他来了？

　　在河边聊天时，她对第二眼帅大叔很有好感。但如今他身份拔高，她却怎么看怎么不顺眼起来。所以，谁说人的身份地位变了，感情不会变？明明就会呀。

　　而让她惊讶的是，韩谋居然亲自接茶！

　　她没去过皇宫，更没给贵人奉过茶，但，不是应该由手下人接过去吗？谨慎点的，都不会叫她自己烧水煮茶，若没人在一边盯着，就得有人试毒才对。难道说，其实皇帝并没那么讲究，是让民间故事给虚化成如此？

· 89 ·

突然，春茶蘼有一种强烈的不对劲的直觉。她并没有发现什么不对的地方，只是女性的直觉，这位皇帝……实在是有点不对头呢。

而且，皇上在接茶的时候，小指似无意地蹭了一下她的手腕。他这是无意，还是勾引她？

没错，他是皇上，地位崇高；长得好看，是超龄帅哥；富有四海兼学识渊博，但她连士族高门都不愿意进，何况皇宫？她可不想有一天眼泪汪汪地问：您还记得洛河河畔的春茶蘼吗？

只是，眼前的男人是皇上，若他真提出什么要求，春家哪能反抗？

瞬间，春茶蘼警惕起来，也紧张起来，浑身都僵了。

韩谋的眼角余光一直看着春茶蘼，忽然看到她似乎全身的刺都立了起来，知道是刚才那肌肤若有若无的触碰，令这小丫头戒备了，不禁暗暗苦笑。

"春大山，论起来，朕与你一家算是有缘。"他放下茶盏，微笑道，"之前初来洛阳，就看到你女儿上公堂、打官司，真是桩桩精彩，件件惊心。之后，在洛河边遇到她，着实聊了两个多时辰。今天正好绕到这边，所以就特地来看看。"

"臣惶恐。"春大山连忙上前道，"小女顽劣，一向任性妄为，皇上念她年纪尚小，原谅她胡作非为，不服管教。"

"朕可是夸她哪，有什么原谅不原谅的。"韩谋挑挑眉，"我大唐女子，就该像她这样胆识过人，智机在胸。春大山，你教得好！"

他这样说，春大山再镇静，也忍不住抬头，飞快地看了他一眼。见他不似作伪，目光还落在女儿身上，脑子就混乱了，既觉得能得到皇上首肯，女儿的名声必然变坏为好，又觉得小小民女得皇上看中，未必是好事，一时心乱如麻，连忙道："皇上太夸奖了，臣何德何能？就算臣的小女，也只是胡闹罢了，当不得皇上一个好字。"

"她把《大唐律》运用得如此熟练，怎么会是胡闹？"韩谋似乎沉了一下脸，随即缓和道，"罢了，你们都先下去，朕要和春家小姐再谈论下律法。那天她说过的话，朕回去细细思量，倒是有不少有趣之处。"

春大山一凛，心道：原来皇上来家里，是为找茶蘼的。只是茶蘼之前怎么没说过见到过皇上？是了，只是河边偶遇，皇上必隐瞒了身份，所以茶蘼不知情。但，就算女儿在律法上颇有见解，也不值当让皇上亲自登门呀。

难道……皇上不会看上了茶蘼吧？！

贵为皇帝，却如此纡尊降贵，实在难以让人不多想。

"皇上，小女无状，恐怕冲撞了皇上。"他只感觉心底突然结了冰，硬着头皮道，"不如臣在一边侍候着，免得她冒犯天威。"

换成别人家，女儿被皇上看上，那定是欢天喜地的，恨不得当场就把女儿送上去。可他不。他要守在女儿身边，他才好就近照顾和疼爱，哪怕嫁人，也要家世简单，离得他近的。他答应过白氏，要爱护女儿一辈子。可现在这种情况，万一皇上在他家就临幸了女儿，最后连个名分也没有，怎么办？

纵然皇上素有英名，但那是传说，真正的人品如何，他却不知，毕竟春家和皇家隔着十万八千里远。所以，他绝不能让女儿单独落在"龙"口边上。

"不用。朕就喜欢她直言不讳。"

"皇上，您就让臣在一边侍候吧。臣的女儿从小被臣娇宠惯了，实在不懂礼仪。"

"春大山，你不放心什么？"突然的沉默后，韩谋的声音一下降下了温度，就像是冬日清晨的寒霜，冷入骨髓。

春大山额头冒汗，却仍然咬着牙不肯退让："臣不敢，请皇上恕罪。"

"退下！这是朕的旨意。"韩谋面沉似水，"别以为朕在私访中，就要不了你的脑袋！"

这话，已经算说得重了，韩谋身边的太监一个劲儿向春大山使眼色。可春大山居然硬气得很，头也不抬，扑通一声跪在地上，反复就一句话："请皇上恕罪。"那意思，绝不会让女儿单独在皇上跟前回话。

他不是不知道抗旨的后果，触怒皇上，说不定顷刻间性命不保。但他是父亲，荼蘼是他的命根子，他宁死，也不能让女儿落到不堪的境地。

春荼蘼悄悄上前一步，轻轻推了推父亲的肩膀。

开始，她还以为父亲说她顽劣什么的，只是自谦，是场面话，所以低头弯身装恭顺。后来见父亲死也不答应把她单独留下，就隐约明白了是怎么回事。

她知道，这是父亲拿生命在保护她，虽说父女天性，但春大山居然做到这一步，居然不惜对抗皇权，而且当面儿就半步不退，也令她感动得不行。试问天下间能有几个人，在面对能生杀予夺的皇上的时候，还能支起全身的硬骨头和脊梁？这不明智，却很英雄。

不过她也明白父亲是关心则乱，因为就算皇上与她孤男寡女，共处一室，也肯定不会对她做那些肮脏事。言语挑逗嘛，倒是可能的。但毕竟他是素有英名的皇帝，而且她也没绝色到让男人见了就忍不住的地步，哪可能急色到令人胡来。

所以，她使了个眼色，叫父亲先下去，自个儿没事。可春大山因爱生勇，脑子里不知哪两根弦缠在了一处，理智冷静什么的都扔到脖子后头去了，也不想想，他守在门外，真听到什么再闯进来都来得及。他就是犯了拧，非在这儿盯着不可，管对方是皇上还是乞丐？

啪的一声，韩谋把茶盏掼到地上，摔了个粉碎。

春荼蘼吓了一跳，春大山却相反，拉着女儿跪到他身后，高大的身形完全把女儿遮住。他背上的冷汗把衣服都打湿了，却没有退缩的意思。那肢体语言相当到位，意思是：荼蘼别怕，天塌下来，有爹帮你顶。

看到这情形，韩谋却笑了起来。不是冷笑，不是怒极反笑，甚至不是虚假的笑，是真心实意的发笑："朕可开了眼了，世上还真有你这样当爹的。过分敏感，行动幼稚，脑子糊涂，又不计后果。但这一片爱女之心，倒令朕佩服啊。"

韩谋这样的反应，连春荼蘼都糊涂了。她干脆大大方方向上望去，就见韩谋的脸上哪有不愉之色，反而满是赞许，当下就把心放回了肚子里。只是多少有些不满，不管这位皇帝是临时起意的试探，还是预谋的考察，都显得行事不够庄重大方，更不怎么光明磊落。要么，就是他有双重人格，微服私访时暴露本性。要么，他这样做自有深意，故意表演。要么，他不是皇上……

最后一个想法溜进脑海时，春荼蘼自己都吓了一跳。

韩谋是天下英主，少年为王时就名声在外，文武双全，惯会御人、御心之术。虽然没仔细研究过他的为政手段，但大唐才历两代，前朝还被突厥人祸害了两百年，根基都败坏了，可是现在呢？却呈现安稳盛世之象。所以说，他的手段绝对不是盖的。这样的人，会微服私访民间吗？就算会吧，以其精明，会被发现吗？就算被发现，怎么可能还继续装下去？还做这么不靠谱，看起来像是没有计划的事？

突然间，她捕捉到了心中的那点直觉。这位皇上言谈举止都贵气逼人，从骨子里散发出天子的气质和气势，真不是随便能装的，何况还有当年在京的致仕老臣认出了他。但他外表虽像，学识心胸也是真真的，这是她亲身验证的，可行事却有如儿戏，倒像是在……演一场戏。

这时候大唐的歌舞乐坊不仅有吹拉弹唱，也会排演些有情节的故事或者话本，娱乐民众。而这次皇上出巡，给她的感觉是虚虚的，特别不真实，就像是演戏。但反过来说，这种事情怎么可能骗过这么多人啊，是她想太多了吧？洛阳城那些有头有脸的人物也不是白痴，这边出现了皇上，长安城里应该就没有了吧？他们怎么可能不再三调查就确定？

一定是她想多了！她暗中深深吸了吸气。她知道自己生性多疑，若非再三确认的事实，她基本上不会相信。但她现在的想法也太惊世骇俗了，必须压下去！

她在这儿跟自己较劲儿，挡在她身前的春大山也因为韩谋的言行举止反复变化而迷茫起来："皇上，您这是……臣糊涂。"

"没什么，你很好。"韩谋的声音平缓温暖了许多，又幽幽叹了口气，"我大唐官吏不知凡几，聪明能干的、才学超群的、勇武难敌的都有，个个出类拔萃。只是像你这样的品性，富贵不能淫，贫贱不能移，威武不能屈，也可谓之大丈夫啊。"

这是很高的评价了，而且是从皇上口中说出的赞扬之语，春大山恍然间有点承受不住，一个头重重磕在地上："皇上英主，臣愧不敢当。臣……望皇上降罪！"

春大山到底是老实人，一旦明白皇上对他女儿并无不良企图，就不断自责起来。恨不得抽自己几个大嘴巴，怎么自己会想歪了呢？刚才怎么就小人之心了呢？是自己心思龌龊了吧？怎么可以把皇上想成是那样的下贱之人。真是罪该万死！

"朕说过你很好，何罪之有？"韩谋站了起来，"天下父母若都像你一样疼爱子女，不出卖子女以为荣，不为利益伤害子女，遇强权而不退，则家稳国安。多好。"他声音里有苦涩的叹息，说得春荼蘼心头莫名酸楚。

这话，说得多么寂寞啊！而这位皇帝，也真的很有法治思想啊。社会秩序是以法律为标准的，若毁坏或者忽视法律，其实无人能独善其身。因为每个人的顶上，都会有更有权势的人，即使是皇上，有时候还要服从利益。所以律法，才是最公平的保护力，也是这个世界的纲常。虽然，有时候它会令人无奈和痛苦。

"春荼蘼，好好打官司，大唐需要你这样的状师。"夸完春大山，韩谋又对春荼蘼表现出期许之意,之后突然就离开了春宅。

春大山本来想去护送,却被阻止了,只得快马加鞭,回军府报到,再把刚才的事报了上去,当然去掉了皇上要单独面见自家女儿的事。上官认为皇上看中了春大山,对他又多了几分和颜悦色。

而在春宅,全家人都因皇上造访而激动着,人心惶惶,什么事也做不了。就连春荼蘼也回屋里躲着去了。但她却不是因为兴奋,而是觉得皇上来得奇怪,走得莫名其妙,中间发生了点暧昧不清的情形,再加上心底有一个压不下去又不断涌上来的念头,令她烦躁得不行。

这种情形足足持续了两天,第三天中午,春家又有人造访。这一次,来访者的地位同样很高,却非不速之客,正是韩无畏。

"我已经被调往长安,走水路时路过洛阳,特地站一站。"韩无畏说,眼睛里似有融人的骄阳,从春荼蘼身上扫过。

她快及笄了吧?能够嫁人了。看她身量和五官像要长开了,虽无惊艳之美,却清丽中带着一股子无畏和冷静感。与她相处过的人,就很难不喜欢她。

"什么时候的事?"春荼蘼很惊讶。

据父亲讲,韩无畏是未来接替幽州大都督的不二人选,怎么忽然又调回长安?难道罗大都督还稳如磐石?不过,军政的事她不懂,只是好奇罢了。

"半个多月了,我启程时,接替我的都尉人选已经上任。"韩无畏抿了口茶,欲言又止。

他希望把春大山也调到长安,这样就可以和荼蘼经常相见。他年纪不小了,他父王和母妃都在为他的亲事着急。他知道要想和荼蘼成就姻缘是很困难的,但他暗中下了决心,就一定要想办法做到。

在京师为武官,升迁比外地容易,尤其是太平盛世的时候。春大山再进几级,只要有了七品,他就好办多了。虽然权阀之家一般会与高门士族联姻,不过皇叔倒是喜欢贵族与寒微且家世低的人家做亲。

不过他不知道荼蘼的心意,荼蘼又是个有主见的。因而他不敢太莽撞地求娶,只有多多接触,两情相悦,那时就容易得多。

只是,怎么调动人呢?平白无故的,就算是他,也不方便任意行事。何况还不能打草惊蛇,让人怀疑到他的真正打算。

而春荼蘼心中有事,没有注意到韩无畏的犹豫神情,突然压低声音道:"你知道吧?皇上微服到了洛阳。"

第四十三章　陋习

"啊？！"这下，韩无畏也惊到了。

"前两天还到了我家。"春荼蘼加了一句。

韩无畏瞪大眼睛，一时说不出话，那阳光般的容貌和气质，让他此刻显得有些呆和可爱。

好半天，他咽了咽唾沫，有些艰难地说："之前，我接到我父王寄给我的密信，是说皇上有微恙，把国事交托我父王代政，已有月余不曾上朝。可是京中平静，没有乱势，难道说，皇上偷偷到洛阳来了？"

"把你调到长安，不是因为京城不稳吧？"春荼蘼吓到了，身为平民，太不乐意看到国内动荡，外有强敌了。所谓宁做太平犬，不做乱世人哪。

"不是。"韩无畏很肯定地否认，"若有动荡，我父王不可能不给我说，我也不可能这么缓慢上京，还有心思跑到洛阳来找……呃，停留。"

"那皇上一个月不上朝，没有关系吗？"春荼蘼愕然，没注意韩无畏说自己到洛阳时的那几分不自在。

虽然她历史不好，却也知道帝王史上有几位不爱上朝的皇帝，但大约都是昏君吧？可是当今圣上，却是以英明著称的啊。

"有我父王和几名亲近老臣，每四天到内苑一次见驾。"韩无畏按了按额头道，"所以我说不曾上朝，却没说皇上不见啊。"

"你刚还说偷偷？"春荼蘼一挑眉。

"对啊，皇上何必偷偷？"韩无畏也有些不明白，"他若想微服，体验民间风土人情，必不会选择洛阳。因他从少年还没封太子之时，就非常喜欢洛阳，几乎年年都来。登位后，隔个三五年也会来一趟，早就失了新鲜感。再者，皇上到陪都也很正常啊，大可以宣诏而行，难道有秘密的……"说到这儿，韩无畏抿紧了嘴，知道有些话，当着春荼蘼不好说。

她毕竟只是民女，好多事还是不沾惹比较好。

而春荼蘼想的却是另一宗：果然京中无皇上吗？有老臣见驾什么的，不说明问题，毕竟皇上没有公开露面。所以，洛阳的权贵才会完全相信这边微服的人是真的吧？可是，为什么她会有那般奇怪的怀疑呢？身在此地的皇上，是真？是假？这到底是演的哪一出宫廷狗血大戏啊。但是怀疑也得有根据，只凭女性直觉是没有用的。

那么，韩无畏此来，莫非是天意？到底是亲叔侄，别人会认错，他应该不会吧？

除非，皇上有外人不知道的孪生兄弟！

春荼蘼一激灵，发觉自己的想象力太丰富了。

"你住在哪儿？住几天？"她想了想，忽然转移了话题。

"你搬出来了,我自然回别院去住。日期嘛,还有十几日空余。"韩无畏说着站起身来,因为心中有事,不打算多在春家停留,想了想又道,"哦,我带了幽州的土仪,待会儿叫人给你搬过来。想必,你思乡了吧?"

"谢谢韩大人,回头请你吃饭。"春荼蘼感念韩无畏的细心,笑了笑道,"不过我有个建议,不知当不当讲。"

"咱们这么熟了,你这么问,害我好伤心呀。"韩无畏无伤大雅地开玩笑。但他的意思是,两人是朋友了,凡事可直说。

春荼蘼神色却正:"我建议,你最好隐瞒来洛阳的消息。就算要出面,也得等合适的时机。"

韩无畏多聪明的人哪,听春荼蘼这话,略沉吟一下就明白了,不禁大为惊讶:"你怀疑什么?"若非皇上是冒牌的,他应该直接去见驾才是。

他毕竟意识再超前,也没有春荼蘼那样对千奇百怪事情的快速反应。虽然她也只是怀疑而已,因为那位皇上,其神情气度都超于常人,就算她这种没见过天子的人,也觉得那是天子之风,何况还糊弄了大批贵族老臣?

只是,他的行为上略有些轻佻和过分肆意的感觉……

若他是天生任性妄为,骨子里有浪漫主义情怀的人就罢了。偏偏,当今圣上是以端正、重法而著称的。就是这点不对之处,让她的怀疑有如野草般在胸中疯长。

再说,就算这位皇上真是冒充的,本和她也没有关系。可他千不该、万不该来她家里,害得父亲这样顶天立地的男人和祖父这样大的年纪对他三叩九拜。这就是触了她的逆鳞,她不得不多管闲事了。不过念在曾经相谈甚欢的分儿上,她不会把事情做绝。

她这个人说白了,就是恩怨分明,敢作敢为,有怨报怨,有仇报仇。

"不用看我。"她对韩无畏笑笑,神色间并不紧张,"虽然太惊世骇俗了点,但你此时心中想的,正是我心中想的。"

"何人如此大胆?"韩无畏皱眉怒道,浑身上下蓦然就笼罩上一层凛冽的气息。心中却想,眼前的姑娘,又怎么会有如此大胆的怀疑?这么多权贵不敢想,她为什么就敢?

他平时跟春荼蘼总是嘻嘻哈哈的,就像普通的,只是家世稍好点的军中少年将领。可一旦认真起来,天潢贵胄的气质就遮挡不住了,有股子天不怕、地不怕的狂劲儿。

"所以叫你不要急嘛。"春荼蘼摊开手,"现在还只是怀疑,而且是很大胆的怀疑。若弄错了,你是没什么,嫡亲的侄儿呢,我可就惨了。敢置疑皇上,全家不想活了吗?不过……"她话题一转,"若真是假冒的,你一出现,他会慌张,如果就此跑了,以后岂不让皇上背着大笑话?再者说了,他到底为什么这么做,好歹要探查一下才行呀。"

韩无畏点头:"有理。"说着松了口气,"幸好我也是抽空来的。"他是怕行踪被父亲派在他身边的人报上去,所以偷偷跑来的。不然他计划的事就要提前暴露,以后少了缓冲的余地。

"如果你信得过我,就让我先查一查,然后你再作出反应。"春荼蘼接着说,"你也别回你家别院了,就在我家忍耐几天可好?"

"嗯嗯,都听你的。"韩无畏的头,点得如小鸡啄米。虽然春宅很小,但他巴不得赖在这儿不走,现在春荼蘼主动提出,他哪有不答应的道理。

"你的人手够吗?"他关心地问。

"反正这事在洛阳的高层是半公开的,只是还没传到长安而已,应该好查。之所以传不过去,只怕'皇上'有口谕,让他们不许说吧?"春荼蘼耸耸肩,"其实我很好奇,若我们猜中了,那个人简直算得上胆大包天。他究竟是谁?为什么要这么做?不知道后果吗?如果选在偏远之地,例如岭南和西川还好说,可洛阳是陪都啊,就算不是天子脚下,也差不多了呀。他就没想过,若被逮到会是什么下场吗?怎么我感觉,他有点故意找死的意思?"

"不管怎么说,先查查他做了什么再说。"韩无畏认真起来的样子很帅,"可笑所谓洛阳的权贵,现在还做着巴结皇上,加官晋爵的美梦。等揭穿时,都得找地缝钻进去。人力财力的损失倒是次要,可还有什么脸?连皇上都认错,被个骗子耍得团团转。"

"你好像已经断定我们的猜测是真的了?"春荼蘼好奇。

"因为……我了解皇叔。"韩无畏眯了眯眼,"刚才一时震惊,没回过神儿,到这时候才想明白。你无法想象皇上有多骄傲,凡事都追求做到尽善尽美。这样的人,怎么可能在微服被人发现后,优哉游哉跟没事一样,还四处乱晃。还有,他为什么到你家来?"

"谁知道?"春荼蘼摊开手,但很快脑子就一闪,又着补了一句,"之前我在洛河边与他无意中遇到过。今天他来,非要单独留我说话,我爹怕他不怀好意,死也不肯,他还威胁要砍了我爹的脑袋。"

她猛然意识到,她得把春家择出来。所以,不惜透露自个儿被调戏的事。不然,有些疯狗样的人,无事生非地要攀扯到春家怎么办?她坚决要把这苗头掐下去,把春家摆在受害人的位置上。所以,对不起了啊,不管你是真的还是假的皇上。

韩无畏听她这么说,脑门上的血管差点蹦出两寸高。好啊,冒充他叔叔,还惦记他的心上人,此仇不共戴天哪。

"春大人是真丈夫!"他挑了挑拇指,由衷称赞。

春荼蘼突生怪异之感,当时,那个不知真假的皇上,也是这么夸她爹的。

"不如这样。"韩无畏想了想,又说,"我不去跟他正面交锋,私下跑去看看总行的。咱们两边不耽误,你查着事,我查着人。"

"他身边大约有高手,你得小心。"春荼蘼应了声。

韩无畏无所谓地笑笑:"那没什么,我就装成刺客,蒙面去探。发现不了正好,若发现了……反正皇上嘛,总有人想刺杀,顶多我不打草惊蛇就是了。"

也是。做皇上是高危职业嘛。

"不是怕被发现,我考虑的是你的安全问题。"春荼蘼很郑重。

"担心我啊?"韩无畏的眼睛闪光。

"身为朋友,担心一下很正常啊。"春茶蘼坦然地说。

好吧,朋友就朋友吧。至少,是一个良好的开始。韩无畏自我安慰着。

"皇上此来,本是为体察民情,没想惊动地方。"春大山告诉春茶蘼,"被发现后,和洛阳的权贵士族们见过几面,'无意'中提起淮南道今年秋收时遇灾,导致有些地方颗粒无收。只可惜如今太平盛世不久,国库不是很充盈,朝廷虽然开仓赈济,终究杯水车薪。为此,甚是感叹了一番。"

哦,明白了,曾经公然索贿。春茶蘼点了点头。而且看春大山的面色就知道,那些高门豪商一定是挥泪大出血,就为在皇上面前买个好字。这一笔,搂得实在是不少哇。可此人若真是假冒,为什么还不逃走?当然这惊天大骗局被揭穿,他只要在大唐的国土上,他就注定没有好日子过,可正因为如此才要快逃啊。

逃到西域去,布哈拉、撒马尔罕、粟特……

又或者,他真是皇上,只是暂时丧失理智,或者故意做出任性而轻浮的事?难道,她的猜测全是因为想象太丰富了?事实上是没影儿的事?春茶蘼真把自己都给绕糊涂了。

她知道事关重大,所以没把怀疑扩散,正好春大山回家,她就拜托父亲帮着打听,没想到得到了一个这样重大的消息。

"茶蘼,你打听这些干什么?"春大山有些担心地问,"是不是皇上对你……"

"爹,您别多想,也别多问。就听女儿一句,离皇上远点,尽量别跟他有接触。如果派您什么任务,装病也好,想别的办法也行,总之能避则避。"

春大山愕然,张了张嘴,却终究没有问出来,只点头应下。他就这点特别好,女儿说出来的话,他从来不怀疑,绝对信任,绝对照做不误。

紧接着,韩无畏晚上跑出去,大半夜才回来。

现在大萌和一刀挤在一间房,腾出另一间给韩无畏暂住,他的四个只忠于他的贴身护卫则在外书房里打地铺。本来春大山和春青阳觉得这样做太怠慢贤王世子,或者说是还会兼着某一方要地的未来大都督,掌着堪比节度使大权的年轻人了。不过韩无畏说他正在执行秘密任务,不能暴露身份,春氏父子只能默认。

"怎么样,看清楚了没?"春茶蘼本就等在外院,见他回来,连忙追问。

韩无畏露出疑惑的神情,眼神纠结而不确定地道:"看清了,可他……就是皇上啊。不仅是长相,言谈举止都和皇上是一模一样的。若说别人认错有可能,毕竟洛阳的老臣权贵都是赋闲在家很久的,太长时间没有面见皇上,或者以前只远远瞧见过。可我从小在宫里长大,被皇叔视为亲子一般,日日相见,怎么可能认不出?唯一有异的……"

"是什么?"

"是他身边的那两个人,那精瘦的小白脸儿和那个壮汉,我从没有见过。"韩无畏的眉头越皱越紧,"但这也难说,皇上身边也有暗卫,在宫中时用不到,我不认识也不稀奇。"

"你断定他就是皇上吗？"春荼蘼听他这么说，更动摇了，"或者是我多想……"

"不，他的脸，他的动作，他的声音确实是皇上没错。除了，就是瘦了一些。"韩无畏嗑嗑牙花子，很发愁的样子，"可不知是什么原因，我看到他时，不会有那种不知不觉就挺直脊背的动作。你不知道，从前我在皇叔跟前的时候，只要腰不直，必挨几小棍儿。所以，我长大后不管何时见到他，都情不自禁地挺腰。"

这叫条件反射，春荼蘼暗想，嘴上却说："难道世上真有两个人是长得一模一样的？"

"那不可能连神态举止都像呀。"韩无畏摇摇头，"我从屋顶上观察时，他正在写字，就连那端正凌厉的字体，也是御笔无疑。"

"那证明他就是皇上。或者……"有阴谋。比如常年的模仿，如果是天才骗子，就能够做到以假乱真。可为什么要这么做？这事怎么看都透着诡异。

至于说长相……世上相像的人很多，但连韩无畏也分辨不出来的，必须是一个模子刻出来的。也就是孪生的兄弟，而且还得是同卵双胞胎。

但不管多么不可思议，理论上，这是最大的可能。所谓大千世界，无奇不有，谁也不知道在哪个角落，发生着什么令人想不到的事。

"你坐会儿，我去找祖父。"春荼蘼说完，不等韩无畏问为什么，就跑走了。

祖父别看只是个牢头，狱官，但走南闯北，见多识广，而且毕竟有了年纪。大唐历经两代雄主，他也经历了从开元到如今的岁月，年幼时似乎还赶上了突厥人被赶走的末期，所以有些消失的风俗，他都知道的。

"祖父，那些高门士家，如果生了双胞胎，而且是嫡长子的话，是不是只留一个？"她似乎在哪儿听到过这种恶劣残酷的习惯，刚才突然福至心灵，连忙来问。

"怎么想起问这个？"春青阳有点警惕。

自从皇上登门，接着韩无畏登门，还搞得神神秘秘的，他就有些莫名的紧张。人是奇怪的或者说是有灵性的生物，对异常情况都有天生的感应。

"你就给我讲讲呗。"春荼蘼施展万试万灵的撒娇大法，"总之您放心，跟咱们春家没有半文钱的关系，只是为了帮助韩大人。"

她这样说，春青阳就略放下心，想了想道："你说得没错，是有些风俗，认为双生子是不祥的，是前生的仇人，今天扭着一起投的胎，只为了有机会报复。若是贫门小户或者豪门贵族的次子、庶子或者女儿便罢了，毕竟掌握不到家族的权力，也不可能继承家族，不涉及利益。但若是嫡长子……唉，那孩子中的一个就可怜了，才降生到这世上，连眼睛还没长开，就被溺毙了。通常，是他们中间比较瘦小的那个。"

"这是什么时候的风俗？"

"来源很早，不可查了。"春青阳叹了口气，"当今皇上登位后，曾明旨禁绝此事，明令禁止民间滥杀双生男婴。不过，就算是现在，私下也有人这么做。老实一点的，就报为夭亡。但大多数的情况下，那孩子连天日都不得见，对外只说生了一个，弄死的那个，随便找个地方埋起来了事。讲究的，借个因由做一场法事，超度超度这可怜的孩子。不讲究的……唉，真是造孽啊，世上得多出多少孤魂野鬼，增加多少怨气。这连年下来，怎么会不遭天灾天谴呢？"

大晚上的，就算春荼蘼一个看尸体也不怕的女状师，也不禁打了个寒战。这，实在是太残忍、太愚昧无知了。那些身为孩子长辈的人，怎么下得去手？

其实她理解，那些人是为了整个家族的利益着想，怕双生嫡长子的出生只差几分钟，却因为长幼有序，只能一人掌家。最后，在心理不平衡之下，为争权夺利而打得你死我活。到底那些豪门不像蓬门小户，兄弟之间反而不太友爱。

可是，世事无绝对。怎么能因为有那种可能性，就扼杀一个生命？就剥夺一个孩子生存的机会？

她实在接受不了！而且祖父有一句话，似乎点到了她脑子里的某根弦上：当今圣上登位不久就要禁止这民间陋习。他这么做，有什么特殊原因吗？一般皇上只会注意到内外政事，战争或者疆土，何况大唐才历经两代，虽说算不上百废待兴，却也有很多更重要的事情做。

除非……圣上深深感受到某种刺激，才会选择很快对民俗宣战。

春荼蘼心里想着事，恍恍惚惚出了正房，却看到韩无畏站在内院门廊上向她招手，像是有急事。

她走过去还没站定，就听韩无畏低着声音说："我考虑了，还是不能确定那人是不是我皇叔。我看，不如我们直接找上门去。一来，看看他的反应，二来，我还有特殊的检验方法。"

"什么特殊方法？"春荼蘼反问。

韩无畏的脚动了动，似乎有些不好意思，下意识地搓了搓手，好半天才支支吾吾地道："皇叔大我十八岁，他初登大宝时，我才只有六岁。而他与我父王关系分外亲厚，我出生时，他第一个抱的我，后来……又带我进宫，让皇祖母亲自教养，所以与我特别亲近。小时候……我不懂事，又好胜得很，七岁时与他比剑，输了之后……不服……简直不知天高地厚，小小年纪就想赢大人，从体力和身材上就不可能是吧？而且是对上……武功很高的皇上……"

"你做了什么？"春荼蘼冷静地打断韩无畏。

"我咬了皇上的左膝！"果然，韩无畏冲口而出，之后就恨不能找个地缝钻进去。

"咬得挺狠？"春荼蘼忍着笑问。

韩无畏点头："特别狠。留下很深的牙印，现在也还很明显。"说完，他半转过身去，那样子似乎要去挠墙了。

春荼蘼终于忍不住，扑哧一声乐出来。

哎呀呀，敢咬皇上？那可是龙体！龙的膝盖！

他居然敢！并且还能存活下来，这不是小霸王嘛。哈哈，其实她并不是嘲笑才七岁的小坏蛋，而是现在如此高大俊帅的年轻男人，说起这件事时的扭捏样子。

看来，他真的觉得很丢脸啊。而她脑海里不断浮现出一个一脸霸道小胖子的模样。

"别笑了！"韩无畏有点恼羞成怒，伸手捏住春荼蘼的下巴。

他想让她别笑了，可手指在接触到细腻的肌肤时，就感觉像被雷击似的，怔住了。

可惜春荼蘼在公堂上反应机敏，在公堂下做调查也聪明伶俐，机变百出，偏偏在感情上反应迟钝，有点不开窍的倾向，完全没注意到这异样，只挣扎开，跺跺脚道："明白了，要想办法脱他的裤子。"

韩无畏一惊，下意识地又想捂春荼蘼的嘴："你这丫头，什么都敢说，注意言辞！"这些话要是他母妃听到，定会吓得晕过去吧？

"我是状师，直接而明确地描述，是我的职业习惯。"春荼蘼无奈地叹了口气。

她大部分时间会留意自己的言行举止。可在熟悉的人面前，在不太防备的人面前，在涉及案件时，总会自然流露本性。

只是……不防备？她以前只对家里人全心信任，现在对韩无畏也慢慢能敞开心扉了吗？

"好吧，我换个说法。"她妥协，"我们要想办法，使他在无防备的情况下，失去下肢的遮挡物，暴露膝盖，以确定其固有伤痕是否存在。继而，确定其人是否为冒名。"

"也不用这么绕。"韩无畏扒扒头发，不知怎么，听这段话听得额头有点冒汗，"总之，我们来一招敲山震虎，直接上门。若他见了我特别高兴，经我言语试探，他仍然毫无破绽，基本就能确定他是皇上。不过……此事事关重大，我总要看了他的伤痕才甘心。"

"若有人潜伏多年，密谋惊天之事，人家也在膝盖上造一个假伤痕呢？"春荼蘼追问。

"那样也无妨。"韩无畏微微一笑，"假的真不了，我已经在他附近埋伏了人手，他身边的人武功再高，满打满算也才三人，必无法反抗。而他若跟我一起回京，那自然没二话，若不回的话……或者想逃，哼哼，就等于暴露了真相，我们也就不必再猜疑了。"

"现在全洛阳的高官权贵都认为他是皇上，你不怕他借此反咬一口？振臂一呼，把你拿下？"春荼蘼提出另一种可能性。

她就是这样的人，宁愿前面多设想不利的状况，也省得到时候抓瞎。

"我不会让他有机会反咬的，直接打晕了带回京。"韩无畏也想到了这一点，"我相信自己的武功，除非他是皇上那种等级的高手，不然我一击必中，不可能给敌人喘息之机。就算我搞错了，皇上也舍不得杀我的，顶多受点皮肉之苦。"他用的主语是"皇上"，而不是"他"，可见已是做了两手准备。

既然如此，春荼蘼就和韩无畏商量，第二天一早就到"皇上"的下榻处。那是洛阳一户豪商的宅子，就在洛河畔风景最美之处。当时听说"皇上"微服而至，这商人全家连夜搬空，偌大的园子全给"皇上"一行人使用。因为"皇上"爱静，连仆役也没留下，只在外围留了很多暗藏的护卫，还有河南府尹亲自挑选的、极为可靠的厨房用人和侍候的仆人。

而韩无畏叫春荼蘼一起去见驾，就是要用她打掩护。因为他要搞突然袭击，若直接报上名号，说不定"皇上"就有了心理准备，愣打进去也不现实，只好用美人计。

果然，当"皇上"听说春茶蘪求见时，立即兴冲冲地把人往里请，根本没想到自己已经被怀疑了。

事先，春茶蘪和韩无畏商量了一个多时辰的细节，比如见面第一句话说什么，怎么观察对方的反应。如果不得不脱衣验身，春茶蘪怎么找个借口离开，韩无畏怎么想办法，无意中挂破对方裤子的膝盖处。

两人一致认为，这个动作在技术和姿态上都有很大难度，比画了半天也选不出最佳出手方案，最后只好决定见机行事。大不了，用强的。

然而没想到的是，一切来得太突然了，突然到几个当事人都没有准备。人都说踏破铁鞋无觅处，得来全不费工夫。春茶蘪和韩无畏更厉害，还没踏破铁鞋呢，直接没费任何工夫，就得到了结果。

只是，伤害了春茶蘪的手掌和双膝。如果硬要算的话，还有她纯洁的眼睛。

事情是这样的：春茶蘪在先，韩无畏在后，在一名小厮的引导下，进了"皇上"所居的一处景色和建筑风格都最为别致的内园。在离正房十几丈处，转由"皇上"身边的大太监，那个精瘦、面白无须、年轻、娘气兮兮的冯公公带领，往房里走。

可能是"皇上"对春茶蘪太过心悦之，居然纡尊降贵地到门边来迎。春茶蘪不知对方是真龙还是假龙，哪敢承受这样破格的待遇，连忙急走几步，准备上前跪拜。

恨只恨、怪只怪好好的门槛，你修那么高干什么？春茶蘪的身段在女子中算修长，和个子高的男人比就差远了，所以左边的小短腿倒是迈过去了，右边那一条却留在这边，整个人向前扑倒，呈嘴啃泥式，摔得那叫一个狠。

"皇上"怜香惜玉，在春茶蘪就要与大地，或者说与那光滑可鉴人的青瓷砖进行最亲密的接触前，连忙上前一步，伸手去扶。如果他够及时，扶得正，春茶蘪会直接趴到他的怀里，整个过程会有英雄救美般的美感。可这位"皇上"似乎并没有武功，而且在判断上也出现了重大的失误，拯救春茶蘪时，少向前走了半臂的距离。

千万不要小看这才一尺的长度，它能让事情的发展，完全转换轨迹。甚至，转换到无法预测的程度。

春茶蘪事后想，如果有慢镜头回放的话，就会看到她被绊倒后，身子腾空的状况。人在这种情况下，为了保持平衡也好，为了自救也好，双臂是向前乱抓的。假如"皇上"赶到，她势必就要紧紧抱住，以免自己摔疼。但"皇上"少走了半步，于是她悲剧地继续向下摔，在趴到地面上的瞬间，她的双手抓到一点布料，下意识地死死拉住。

但布料的力量，显然支持不住她的体重。所以，嘶啦一声……

再抬头，只看到两条白白的肉柱子。有点细，但绝对属于男人。而两个膝盖上，光滑整洁得很，别说伤痕了，连皱褶也没有一条。

"别看！"眼前一黑，身子从后侧被捞起，她甚至还没有感觉到摔伤的疼痛，就觉得天旋地转，地面和屋顶两度倒转，眼前金星乱冒。

"唰"，清脆得像划破了空气，那是宝剑出鞘的声响。春茶蘪扶着最近的固定物回过神儿，看到韩无畏神色冷峻，身子挺拔如松，手中的长剑，横架在"皇上"的脖子上。

"你是谁?"韩无畏问,虽然并未目露凶光,却也杀气腾腾。显然,韩大人很生气,后果很严重。

"能先让我提上裤子吗?当着姑娘的面,如此大不雅啊。"那人浑不在意地笑笑,"贤王世子韩无畏,行吗?"

他认识韩无畏!可韩无畏说出那样的话,做出那样的事,就表明不认识他,也断定他是冒牌的皇帝了。难得的是,他居然不惊慌,这人是疯子还是圣人?

春荼蘼惊愕,就算她一直努力寻求真相,但真相却来得太突然了,出乎所有人的预料。她和韩无畏想了各种方法,要验证那膝盖上的伤。因为,那算是很隐秘却又直接的证据。可哪想到,她只是脚下不稳,差点摔了个嘴啃泥,就顺手把人家的裤子给扒下来了!而现在,她正倚在门框上,努力让自己不再摔一跤。

今年是秋老虎的天气,如今还在返热,而那位冒牌皇上只穿着单衣单裤,虽然上衣宽大,像一条连身裙子似的,挡住了春光不外泄,但那两条腿,自膝盖以上三寸一直到脚腕,全光溜溜地暴露于人前。

证据,一目了然。

"你知道我?"韩无畏的手一丝都不抖,略转过身,挡住春荼蘼的视线。他心上的姑娘那纯洁的眼睛啊,不能让这臭男人的光腿给污染。

"我研究皇上,怎么会不了解他最宠爱的侄儿呢?"那人小心避着剑锋,慢慢弯下身,把裤子提了起来,慢悠悠系好,"天意啊,若不是你出现,我能完美谢幕。"

"你说什么?"韩无畏冷笑,"无论如何,我倒真佩服你的胆气,这时候还没吓得屁滚尿流的。只可惜,我不能纵容你胡作非为。你顶谁的名号行骗不好,非得顶皇上的!"

说着,他伸手连点骗子身上的几处大穴,令他除了嘴巴、脸上的肌肉、眼珠子还能动,其他部位都僵住,就像一根人棍儿那样,笔直地站着。接着,迅速把春荼蘼拉到身后,剑指骗子的两名贴身之人。

几个动作,兔起鹘落,韩无畏迅捷又准确。春荼蘼只觉得眼前衣袂飘飘,剑风微凉。接着,传来两声极煞风景的惨叫。怎么回事?不是应该刀剑相交,连战数个回合,让她好好欣赏一下武学之美吗?

叫什么?谁叫?干吗叫得像杀猪一样!

定睛细看,那位冯公公整个人侧躺在地上,身子蜷缩成一团,护着头不断叫救命,声音尖厉急促,就像被惊吓到的母……鸡?!再看那个高大魁梧的,正声若洪钟地讨饶,同时动作笨拙如熊的左支右绌地推挡着,看样子都急哭了。最后,为了躲避韩无畏挺普通的一招,居然不小心自己撞在墙上,当场晕了,哪有半点风范?

欸?!这两个不应该是武功奇高的保镖吗?一个是大内高手,一个是绝顶侍卫?

不不,是她和韩无畏太想当然了,进入了思维误区。

既然这位皇上是冒牌的,他身边的人当然也是骗子啊。骗子,怎么可能有绝世武功?若真是高手,直接打家劫舍多方便?不过他们胆子真大,弱成这样,就敢做出这翻天的事。可仔细想想也是,毕竟,谁敢和"皇上"身边的人动手?

一边,冒牌皇帝看不过眼了,劝道:"欽欽,不要打他们吧?他们够不成威胁的。冯公公是个小娘子扮的,那个大汉……脑子有点问题。"

噗!如果可以喷血的话,春荼蘼一定要喷满墙。

韩无畏很泄气。

他布置了外防,偷袭的人手,还有自己也全神戒备,还设计了无数抓捕罪犯的方案,以为得痛快淋漓地大战一场,哪想到却有杀鸡用牛刀、有劲使不出的感觉。

春荼蘼递了个眼神,意思是:我们一直发愁怎么让这冒牌货露出膝盖,但结果我却不小心扒掉了他的裤子。当真相那么轻易地呈现于眼前时,是多么突然、无力,而且难以置信啊。你懂的,是吧?

韩无畏闭了闭眼睛,顺手把那两人也点倒。

终于,整个世界清静了。

然后他再度,重新把长剑搭在冒牌货的脖子上。其实骗子已经没有反抗能力了,他之所以这样做,纯粹是因为看对方不顺眼。

"说!"他低喝。

"说什么?"冒牌货愕然,就好像眼前发生的事都与他无关,他不是主角,只是旁观者。

韩无畏一怔,经过刚才这么闹,他还真有点忘记了。

"你为什么要冒充皇上,这么大胆?"好心的春荼蘼提醒道。

"哦,这个呀。"冒牌货的唇角露出些讽刺中带着得意的笑容,"这个你们就不懂了,撒谎这种东西,要么别做,要撒就要撒大谎,越是天一样大的谎,就越是戳不破。你没看到吗?整个洛阳的权贵都被我蒙骗了。"他笑眯眯的,好像被逮到的人不是他,"我的倒霉,在于遇到了个不信邪,只信自己的春荼蘼。是她先怀疑我的对吗?"

"你怎么知道?"这下,连春荼蘼都好奇了。

"小姑娘,人的情绪都在双目之中。你虽然聪明,城府却不够。普通人倒罢了,可若遇到行事老辣,眼睛奇毒的人,你的心思就像写在脸上似的。"那骗子笑笑,头微微侧着,显然怕被剑锋伤到,"我只是没想到你找来得这么快,还加上一个贤王世子。"

"眼睛是心灵的窗户。"春荼蘼下意识地接口道。嗯,看来自己以后要修炼城府。如果总能被人看透,她以后还混个屁啊。她的目标,可是要做大唐第一状师。

"没错,这话说得真好。你这个女子,经常有惊人之语啊。"骗子赞赏地叹息着,"但你要知道,坐在皇上这个位置,就算再平易近人,和蔼可亲,平民或者普通官吏见之,即使不是诚惶诚恐,也会由尊敬而生惧怕。可你,却是疑惑和不信任,这不是很说明问题?之前,咱们在洛河边谈天说地之时,我还感觉你对我是极有好感的……哎哟,小韩,麻烦你手稳一点。"

他提到洛河边的相遇,身子纹丝不动的韩无畏抖了抖,锋锐无比的剑刃就割破了那骗子的一点皮肤,有隐约的血丝,微微渗了出来。

活该啊!春荼蘼唇角上翘,对这人没有丝毫同情,还有点遗憾怎么没再狠点,只要不是直接杀了他，疼得他龇牙咧嘴、血染前襟的才好，怎么只划破一点油皮儿？

不是春荼蘼残忍，而是这骗子太气人了。也许因为他自己也不在意，好像玩捉迷藏被发现了，顶多输一局就是，完全没意识到冒充皇上在《大唐律》上虽然没有明确的罪名认定和惩罚条款，但以类罪推论，绝对是砍头的罪过。

他很是理直气壮，就算被揭穿也那样坦然，被宽大的雪白衣衫衬得有如谪仙之人。可正是那种有恃无恐，甚至奸计得逞的样子，看起来真的很欠抽，让他吃点苦头是必需的。

春荼蘼现在就想骂一句：去你的，到底是谁被谁抓到，谁才是大反派啊！

而且，他为什么兴高采烈？难道所有人都被他利用了？

春荼蘼陡然而生一种奇怪的感觉，旁边的韩无畏也是。

他敢断定，这个冒牌货行骗之前，充分考虑过后果，至于他为什么如此大胆到近乎疯狂的地步，暂时还无法理解。不过，割伤冒牌货的脖子是他故意的，谁让这混蛋敢说荼蘼对他有好感呢？毁人清誉不说，关键让他听到生气。这明明是当着他的面，调戏他的心上人。他堂堂贤王世子，怎么可能忍下这口气。而人若激动起来，那当然……手上就没准头了，咳咳……

令他开心的是，这混蛋受伤，荼蘼很高兴。不如好好折腾折腾他，能得荼蘼一笑，也不算这死骗子白活一世——贤王世子很没有道德地想着。

于是三个人各怀心思，沉默下来。你看看我，我看看你，地上还躺着两个人。那情形，那是相当诡异。

"被认定为骗子，你都不反驳、不狡辩吗？"最终，倒是一向沉得住气的春荼蘼先开口了。

"刚才说了，撒大谎不容易被人戳破。"冒牌货幽幽地道，目光流转之间有些让人看不懂的东西，"可一旦戳破，就是圆不回去的。既然如此，还要做无用功，不是太浪费了吗？我这个人，唉，就是很懒的。"甚至，懒得活着。

"有些事，就算大家都心里明白，表面功夫也是要做的。"春荼蘼嘲讽地道。

"你这是教我打官司？"冒牌货挑挑眉，露出兴味的神色，"如果我要上公堂，你可以当我的状师吗？"

"如果你请得起的话。"春荼蘼神色冷淡，但双目灼灼，"这么惊天的大案子，委托银子自然要多多地收。"

这案子打好了，她立即就能名扬天下。前提是，皇上允许进行公开审理，而且不会报复。她接手，当然有风险，可机遇和风险是并存的。而且不知为什么，她觉得这个冒牌皇帝应该受到严厉的惩罚，可是，却罪不至死。

她还记得以前看到过一个故事，说海潮退后，沙滩上留下很多无力返回海中的小鱼在挣扎。一个孩子在沙滩上散步，每捡到一条小鱼就扔到水里。有人问他，你这么做，什么也改变不了，又有谁在乎呢？孩子说：那条小鱼在乎。

是的，她改变不了这个世界，但能帮一点是一点。当然，她之前会确定这冒牌货没做伤天害理的事。她不介意接了案子再拒绝，对骗子撒谎，她真是毫无压力。

"你真爱钱。"冒牌货笑道,眼神却是欣赏的。

"世上有人是不爱钱的吗?"春荼蘼哼了声,"而且就算是罪大恶极之人,也有得到辩护的权利。这是老天赐予的,只要官府和皇上允许,我做你的状师又何妨?罪犯只应该承担他所犯下的罪,并不需要面对别的。"

一席话,让韩无畏和冒牌皇帝都听得眯起了眼睛,似乎思想受到冲击,又若有所悟。可不知为什么,春荼蘼骤然产生了一个清晰的念头:"这两个人,真像叔侄两个。"

"你到底是谁?"她开口问,然后又找补了一句,"若要当你的状师,基本情况得了解。"

第四十四章　奉旨辩护

"我姓韩。"冒牌皇帝回答。

韩无畏立时皱眉,持剑的手用力下压。顿时,人棍儿韩先生膝盖一弯,跪在了地上。"你说什么?"他冷冷地问,很有威势。

"难道除了皇家,没有人可以姓韩吗?"冒牌皇帝说,"难道,你以为我在挖苦你?说到底,你还不够格呢。"

春荼蘼上前一步,轻拉了下韩无畏的手臂,防止他被激得发火。

她心里忽然起了风浪,而且有向惊涛骇浪上发展的趋势。这个人也姓韩,虽说姓韩的人有千千万,但他刚才说他观察皇上,这么说,他应该是距离当今圣上很亲近的人。而韩无畏是贤王世子,皇上宠爱有加的侄儿,他却说韩无畏不够格被他挖苦。加之她关于双生子陋习的猜测……答案于是呼之欲出。所以,韩无畏最好不要再轻易动武。

"你到底是谁?"这次,是韩无畏问的。

他本就聪明,只不过平时被大大咧咧的外表所掩盖。刚才一时之气晕了头,被荼蘼略暗示后,立即清醒。

"我没有名字,但你们可以叫我影子。"那人答非所问,随后叹了口气,仿佛有着无尽的寂寞。

春荼蘼和韩无畏对视了一眼,因为来之前没考虑会这么顺利,这时候倒有点被动了,不知道下一步要怎么做才更适合。大张旗鼓地揭穿骗局,还是秘密将影子先生押回京城?但无论如何,这事得让皇上知道。可那些权贵如果发现自己被骗,又必定不想闹大吧?到底大家脸上不好看,还不如吃个哑巴亏。而大唐才历两代,豪门权阀势力大,就连皇上也会顾及他们的心情。

"晚了。"韩无畏正犹豫，影子突然轻声说。

"什么晚了？"韩无畏挑眉问。

春茶蘼有很不好的预感，于是也顾不得礼仪，上前拉住韩无畏的衣袖。韩无畏下意识地低头看了看那只小手，迅速令心情平静下来，之后深吸了一口气，紧紧盯着那冒牌皇帝。

也不知影子此名，是真是假。

"你们是不是在想要把这件事压下去，对不对？"影子嗤笑，"堂堂大唐的皇帝让一个骗子冒充，下面的高官权贵居然没有发现，还拿出大把银子供奉，此事说出去，不仅那些溜须拍马的家伙丢脸，朝中坐着那位，怕也丢人喽。哈哈！"

"你什么意思？"韩无畏的眉头皱得愈发紧了。

"意思是，其实我早把真相藏在民间。只要我被抓住，这秘密就会像一颗优良的种子，很快就破土发芽。所以，瞒是瞒不住的，而是趁着天下皆知之前，想好对策，把这件事圆满解决吧。哦，对了，别想着禁了谣言哦。有道是防民之口，甚于防川，大水汹涌而至时，堵塞只能酿成大灾，不如疏通呢。"影子好整以暇地说着，极尽气人之事。

春茶蘼因为就站在韩无畏身侧，所以感觉得到他的怒气。甚至，他整个人都似化成了一柄出鞘的宝剑，立时就能斩杀了眼前的大骗子。可让春茶蘼佩服的是，他虽少年心性，却能努力完全抑制住，只冷冷地道："你这是求死。"

"影子本来就没有生命呀。"冒牌皇帝虽然不能动，但一脸无所谓的表情，"没有生，又何来死？你不用吓我，我可不是被吓大的。"

"我没吓你，只是说出你的心思罢了。"韩无畏倒笑了，"只是，好多事你说了不算，就算你捅破了天，怎么修补法，也轮不上你做主。"说着，他发出一声尖厉的呼哨。

眨眼间，就有几名带刀护卫飘然而至。春茶蘼甚至没看清他们是从哪里来的，而他们并没有蒙面，却给人面目不清之感。这样的人，是当暗卫的绝佳人选。

"韩家的影卫，果然名不虚传。"影子由衷叹道。

韩无畏一哂，却没有搭话，而是指了指影子，吩咐道："把这个人带到我那儿去，严加看管。不管他说什么也不要理会，别饿死就成，也别让他见到除你们之外的任何人。还有……把地上这两个也关起来，分别关。"

"是。"几个人，回答声却完全一致。

"小茶蘼，银子我有的是，你别忘记答应了给我做状师。还有，也别忘记来看我。"被强拉走之前，影子努力说着。

春茶蘼不置可否，等三个骗子被带走后，她不禁问："你到底要如何做？"

想必韩无畏会直接回到他的别院去，因为春宅那么点大，关押不了这种要犯。

"他占了先机。"韩无畏沉吟道，"他能这么大本事假冒皇上，我就信他刚才说的，能让谣言四起。说不定，他外面还有帮手。但有一件事他说对了，防是防不住的，不如想办法应对。"

"这件事很烫手。"

"所以说，让皇上烦恼去吧。"韩无畏突然笑笑，露出一口闪光的白牙，"我这就发出加急密报，说清楚所有细节，相信皇上很快就会有旨意下来。至于这两天……我会找洛阳顶尖的几个权贵，把此事透露一二，免得事发突然，再气死几个人就不好了。不过……"他话题一转，"若皇上决定公开审理这桩诈骗案，你真的要给他当状师吗？"

"皇上不会迁怒的话，我就接下这案子。"春茶蘼说得认真，"我虽然是个睚眦必报的坏脾气，却不是小肚鸡肠的。影子自然也骗得我好苦，还让我祖父和父亲对他跪拜，但是一码归一码。于私，我会报复他；于公，我在公堂上也会尽力维护他的权益。"

"那我们这次是站在对立面儿上喽。"韩无畏稍后退半步，似乎这样能把春茶蘼看得更清楚些，"我倒很好奇，你要怎么打这场官司。"

春茶蘼笑而不语。

因为韩无畏接下来的事情会很多，所以送了她回家后，就很快离开了。

晚饭时，春大山回了家，一脸的莫名其妙，说军府的上官突然解除了警戒状态，开始给军官和卫士们轮流放假，他被放在了第一批。

"有半个月的空闲。"春大山放下碗筷，神情间也不知是喜是疑，同时压低声音问，"难道说皇上离开洛阳了？"

春茶蘼见祖父也吃得差不多了，就叫过儿和小凤待会儿再收拾，去门外守着，然后把惊天的消息透露了出来。她是个嘴很严、很能保密，打死也不说的人，但其中不包括家人。不管是什么事，她都会先告诉家人，让他们凡事都有心理准备。

"你说什么？！"春氏父子几乎同时站起来，惊呼出口。而且一人带掉了一只碗，掉在地上，摔成好几瓣。

"这这……这简直是胆子大到天了。我活了这么一把年纪，也算见识过各类刑狱的事，却从来没见过这样胆大妄为的！"春青阳脸都白了。

春大山也没好到哪儿去，一直半张着嘴，却发不出半点声音。

"这个……不会打官司吧？你不会掺和到里头吧？"春大山突然想起什么似的，"告诉你啊，平时你怎么折腾，爹都纵着你。这次，绝对不行！"

春茶蘼一怔。

她已经把接案子、打官司当成常态事件，因而没想到在这件事上，春大山会这么激烈地反对。再看春青阳，是绝对支持儿子的意见的。

当下她什么也不敢说。只含含糊糊地道："说不定那骗子直接拉出去砍头呢，与我有什么相干？"她不提接不接这案子，先哄得祖父和父亲放心再说。

接下来的几天，果然渐渐有谣言在市井流传开，但规模和力度都不太大，只隐约说有人冒充京里的大人物，还没点名到皇上。另一方面，洛阳权贵突然集体低调了起来，一时间表面上呈现出诡异的安静。

这些，全是大萌和一刀出去打听的。最近几天，春家大门紧闭，除了日常采买，任何人不得出入。当然，其实主要防的是春荼蘼。她不想顶撞祖父与父亲，却又实在无计可施。他们平时太宠爱与纵容她，如今严厉起来，令她有束手无策之感。

终于有一天半夜，她威胁一刀和大萌把她偷运了出去，自然也得到了韩无畏的帮助。她觉得，如果实在祖父与父亲不允许她打这个官司，她可以放弃。但于情于理，对当事人，也就是名为影子的冒牌皇帝，她得有个交代和说法。

这，不仅是职业道德，也是做人的诚信和态度。

"怎么才来看我？"一进韩家别院里那处隐藏所在，影子就开口问道。

从他的外表来看，没受什么委屈，看上去人没有憔悴，衣物头发都很整洁干净。就连关押他的房间，也布置得不错。唯一扎眼的，是一条铁链拴在他的脚腕上，以他那不太强壮的手臂和纤长的十指来看，绝对是掰不开的。

"我没有与你约定时间，甚至我都没答应来看你。"春荼蘼就站在门边，离他远远的，"我来，是要告诉你，有可能我无法接你的案子。因为，百善孝为先，我祖父不允许。"

影子怔了怔，却没正面回答这个问题，只道："你防备心真重，就算站到我面前，我还会掐死你不成？"

春荼蘼皱眉，最不喜欢他这样胸有成竹的态度，好像一定会逼得她点头。他这样，很容易让人恼羞成怒，产生逆反心理。

"我一直很好奇。"春荼蘼同样不理他的问话，反问道，"你知道我怀疑你，甚至觉得我会发现你的真实身份，为什么不快点逃呢？捞一大票就走，不是很聪明的做法吗？"

"我以为你不爱多管闲事，虽然你是以代人上公堂为生的。而且你只是怀疑，却没办法确定。"影子摊开手，好像很无奈，"京里皇座上那位，永远运气那么好。我千算万算，也没料到他的宝贝侄儿会出现，还和你是朋友。这世上，能一下就揭穿我是个假货的，唯有姓韩的小子了。"他口中的小子，自然是指韩无畏，虽然他也姓韩，但他肯定不是说自己或者皇上。只是他提起皇上时，语气也不那么恭敬，也不怕隔墙有耳。事实上，韩无畏敢放她一个人进来，肯定在外面布有暗卫。在这里说的话，没有一句不会被他知道。

韩无畏是为了保护她，她很明白，所以并不生气。

"于是，我想玩一个大的。"影子继续说，"然后在逃走时，把你抢走。"

春荼蘼吃了一惊，连平静的脸色都控制不住了："你抢我干什么？"

影子一脸"你那是什么表情，有这么惊讶吗？一点都不难理解好吗？"的神色，斜睨了春荼蘼一眼道："土匪都会有压寨夫人，何况我这种大才子加美男子？我既心悦于你，又没办法三媒六聘，只好抢你回去，做我的夫人喽。在我看来，除我之外，没什么人还能配得上你。跟你说，我连迷药都弄来了，如果不是韩小子出现，现在你我已经在塞外双宿双飞了。那地方，太适合逃亡者了。"

春荼蘼张了张嘴，没有出声。生平第一次，有人叫她哑口无言。很好，冒牌皇帝很有本事。

"怎样，被我的深情打动了吧？"影子看着发呆的春荼蘼，笑眯眯的，"活着爱一个姑娘有什么意思，死也要一起带走，才是真心。"

"见过自恋的，没见过你这么自恋的。"春荼蘼深吸口气，终于缓过神儿来，不跟他讨论他那奇怪的逻辑，因为他们的感情永远也不会有开始，只话题一转道，"你骗来的那些银子呢？"

"哦，那三百万两啊。"影子拖长了声音，似乎不怎么在意，也不怎么心疼，"从我被抓起来那天，已经通过官府的柜房，以'飞钱'的形式送去了淮南道。此时，大约已经以皇上私募善款的名义公开诏告完毕。所以，京里那位就算知道，难道还能把银子拿回来不成？他那样爱惜名声，怎么能从百姓身上刮油？就算那些捐银的大户，也不敢往回收的。"

他可真舍得，三百万两哪。可是，这是行善，会有千千万万的百姓因而获救，是好事。

只是，她不觉得他是出于善意，想来他是要给自己增加筹码。韩无畏有一句话说对了，他是在找死。他嘴里说得好听，实际上从没想过逃走，而是想与皇上正面对上，所以才闹得这么大。过几天，想必谣言会更汹涌。而他，居然在外面还有可用的人手，真不简单。

这个人，心理逻辑与别人不同，外表看起来温雅，内心却非常疯狂，似乎有着对生命的厌倦。但给这种人打官司是最省事的，因为他什么都直接说出来，不但不隐瞒，而且还……显摆。

"当时你不知道我的身份，有没有一点想嫁给我？"影子突然问。

"大叔，您比我爹的年纪还大好不好？自命潇洒不算过错，为老不尊就太恶心了。"

"扑！"窗外有人笑出声来，接着，韩无畏走进来："我再也听不下去了。"不过不知他猜到了什么，对影子的态度虽然冷淡，但并不恶劣，只拉了春荼蘼就走。

影子并不多嘴阻拦，倒是春荼蘼难得产生了恶作剧之心，突然停下脚步，对韩无畏说："我再跟他说个笑话。"说着，走到影子身边，低语了几句。

等她和韩无畏出了门，身后就传来影子的大笑声。

韩无畏沉默片刻，低声道："别给他做状师，就算皇上允许公开审理的也不要。我知道你一直游走于危险边缘，也一直平衡得很好。可是，这次不一样。"

"知道了，我不会让祖父和父亲担心的。"想了想，又回了一句，"还有你。"

韩无畏耳力好，尽管春荼蘼说得很小声，他还是听到她给影子讲的那个笑话，正印证了自己的猜测，所以更不想让她掺和到这些皇家的肮脏事里来。而春荼蘼的那句"还有你"，让他的心情忽然舒畅了起来。

送走春荼蘼，韩无畏又回到自家这个隐蔽的院落，不是他想来，而是暗卫通知他，影子要见他。因为心中的某个猜测，他不得不来。

"把这封信送给皇上吧。"影子递过来明显才写好的信，"没封口，你可以看。其实也没写什么，只是小荼蘼说的那个笑话。"

韩无畏的手下意识地握紧，把信都弄皱了："我不会给你送。"

"你会。因为你知道，关于我的一切，必须由皇上亲自定夺。而他若要杀我，就不会让我活到现在。换句话说，我活到现在，就有活下去的理由。"影子神色间尽是嘲讽，"你放心吧，那个笑话我没有提到是谁告诉我的，不会伤害到小荼蘼。你拿她当心肝宝贝，我也不会害她。倒不是我好心，只是觉得若没了她，这世上就更没有意思了。"

"你什么意思？"韩无畏皱眉。

"求饶啊，看不出来吗？"影子摊开手。

"我不管你有什么打算，只是荼蘼……就算你向皇上暴露出她，我也有本事护得住，就不用你操心了。"韩无畏冷冷回了一句，拿着信走了。

又过了几天，谣言终于愈演愈烈，官府根本压制不住了。到后来，终于传出来洛阳微服的皇上是冒充的传言。而在淮南道，则有了皇上派人拿了大把银子赈济灾民的消息。一时之间，舆论混乱，百姓们跟打了鸡血似的兴奋，纷纷猜测哪个消息为真，哪个消息为假；在洛阳和淮南道，哪个是真皇上？可是冒充皇上，好家伙，千百年来也没听说过这样的事，太惊世骇俗了吧？

麻烦的是，虽然知道影子有后手，京城和韩无畏这边都有了准备，但谣言的源头和前往淮南道送银之人，硬是查不到。而淮南道的官员为了争功，一个个不遗余力地把事情搞大，完全没想到其中有问题。毕竟，就算没有上峰的命令或者朝廷的文书，但谁会拿三百万两出来砸着听响玩啊。整个淮南道，一年收的税银才有多少？再说，皇上都说是私募了，自然不会走官方渠道。银子摆在这儿，那还有假？

韩无畏坐镇洛阳，安抚各大上当的世家权贵，严格控制有心人借机制造民乱，宛如定海神针。但可苦等皇上的旨意未到，而是等来了皇上本人。虽然也是微服，但是见了那张熟悉的面孔，他腰板自然而然地挺直了。于是他知道，这回是真的，再没有第二个冒牌货。

真假皇上密谈了半宿，第二天就一起秘密回京。皇上什么也没说，只有两道口谕。

一是让韩无畏随驾进京，这是早预料到的。

二……则十分令人震惊，那就是：特召大唐唯一的女状师春荼蘼于十日后前往长安。

"看来皇上要公开审理此案，是想让你当那个人的状师。"韩无畏连夜来到春家，一脸烦恼，也不知那人是怎么说服皇上的。

春荼蘼却又喜又忧。

她原来想打这场官司，却因为祖父、父亲和韩无畏的担心，所以打算放弃了。可现在不同，她相当于奉旨辩护，如果她做得好，在状师界的地位会一步到位。只是，这官司的难打程度也非常大。倒不是案件复杂，而是因为涉及皇权和隐秘，状师好像走钢丝，随时会跌得粉身碎骨。

可是，不是有句话吗？富贵险中求！她要富贵，也要理想，所以她不介意冒险。

但春青阳和春大山听到这个消息，却分外忧愁。但他们不能抗旨，春荼蘼又再三向他们保证，如果有危险，她宁愿毁尽状师的名声和前程，也会保证自己的安全。而因为春大山是朝廷命官，无令不得擅离军府，所以这是一家人第一次分开。

春青阳带着春茶蘼和两个丫头、两个保镖去长安，家里由老周头看房子，春大山就住在军府里。之前，韩无畏答应会好好照顾春氏祖孙，沿途也派了专门的卫士保护，春大山虽然还是提心吊胆，好歹有了点底。

收拾了一些细软，又从柜房汇了"飞钱"，春氏祖孙由水路前往长安。

春家坚持穷家富路的原则，银子没少拿。而且身上有了钱，自然底气就足，加上有专门人护送，春茶蘼凡事不操心，过起了猪一样吃了睡、睡了玩，玩累了再吃的生活，害得春青阳无比发愁：这孩子，到底是胆子太大啊，还是少根筋？

不几日，春家一行人到达了目的地。

长安，大唐的国都，当时唯一一个人口超过百万的大城市。在建唐之前，也称为大兴，其城规模浩大，规划整齐，分为郭城、宫城和皇城。郭城之中，遍布官衙、王宅、寺院和道观，以及民居坊市，东西各置一商市，还开凿了三条水渠。而宫城和皇城位于郭城的北部正中。整个长安以宽达一百五十多米的朱雀大街为界，划分为大兴县与长安县两县为辖。

郭城有南北向大街十一条，东西向大街十四条，其中通南面三门和东西六门的六条大街是长安城的主干道，除最南面通延平门和延兴门的东西大街宽只有约五十米外，其余五条均有百米宽。

春茶蘼到洛阳时，她已经觉得洛阳繁华无比，但看到长安，她已经无法形容自己的心情，怪不得大唐是世界之巅，怪不得有人说：恨不生为汉唐人。

站在这样的大唐都城中，一种民族自豪感便会油然而生。

他们一行从延兴门进城，之后到大兴县所辖的利人、都会两市附近，住进了官驿。这个官驿非常大，东边比较豪华的馆舍是接待外宾的，有亭台楼阁，雕梁画栋。西边比较普通，但也非常干净的馆舍住着来往京城公干的小官小吏。而春家被安置在两者之间相对独立的院落，显得既受重视，又不太张扬。之所以有这个待遇，是因为春茶蘼是圣上钦点的状师，又有韩无畏暗中关照。不过有人假冒皇上的消息虽然已经传遍长安，但春茶蘼给骗子当状师的消息还没有透露出来，所以她的出现没有引来围观，甚至官驿的小吏以为春青阳才是正主儿，有什么事都和春老爷子沟通，倒省了春茶蘼不少事。

韩无畏大约事忙，并没有露面，但派了最信任的手下来，看看春家一行人有什么需要或者不方便的地方。此人与大萌和一刀颇为熟悉的样子，所以春茶蘼仍然可以放手不管。

当天晚上安置好后，大家都早早睡下了，解解旅途的疲乏。第二天一早，就有人送来了请帖，请春青阳和春茶蘼祖孙到醉乡楼一聚，算是为春氏祖孙接风洗尘。请帖的落款是：康正源。

有日子没见着小康大人了，春茶蘼拿着请帖有几分高兴。请帖上的寥寥数字虽然简单，但透着浓浓关怀。再想想以他的身份地位，若到官驿来看望她和祖父，会引来有心人的揣度，反而会令春家遭到猜忌，就觉得小康大人果然还是和从前一样细心又体贴，从不会让人觉得不舒服，也不会给人带去麻烦。

于是当天中午，春荼蘼打扮得妥妥当当的，跟着祖父去赴约。

大唐的衣食住行与文化，非常丰富多姿，体现着海纳百川、兼收并蓄的大国风范。就以服装为例，有具有本朝特色的，有各式包括中亚、波斯、天竺的胡服，也有魏晋汉朝式的，都很风行。

春荼蘼本身酷爱胡服男装，因为它窄袖收身，下身着裤，显得利落又干练。但祖父和父亲却不喜欢她扮男人，于是在家的时候，她乖乖穿女装。出门的话，就改为接近汉服的裙装，因为曲裾深裙，本身并不累赘，而且不限制人的走姿，免得她总暴露一些类似大步流星这样的"坏"习惯。

今天她穿了件丁香色的曲裾大袖汉服，配小鸭黄的滚边和巴掌宽的腰带，正衬她娇柔淡雅的外表和气质。头发自上回假装烧伤，割短之后，短短两个月还没长出来，她只好在脑后低垂着扎个马尾，略偏在左耳之后，以一支绯色含苞牡丹形的绢花和一支蜻蜓点水样的金簪子遮盖住，伪装成堕髻和矮髻的样子。雪白的耳朵上坠着两粒小翠玉珠，其余再无装饰，清爽淡雅却不寒酸。脚上，是雪青色矮帮线鞋。

大唐长安是时尚之都，洛阳虽好，也终归差了一截，所以她不求艳丽逼人，只力争不扎眼，但也不能土土戾戾的。而今天这一身，却是刚刚好。反观春青阳，穿着她挑的一件深蓝色直裰，头发胡子梳得整整齐齐，又生得忠厚善良的相貌，倒有些文人气息。别人万料不到，他曾经是个狱卒、牢头。

这回出门，她本来点了过儿和一刀随行，毕竟长安治安良好，大白天的不用带两个保镖，但到底也是人生地不熟的，有过儿跟进酒楼侍候，一刀在长安待过很久，两人搭配，算是最佳组合。但才出官驿门口，她正想叫值日的门上小吏去帮着叫辆车，却发现康正源派了马车来接。马车上没有标明族徽，除了宽大，也并不显眼，但内部舒服奢华，车夫还是当年跟随康正源北上的贴身侍卫，春荼蘼是认得的。当下，她打发过儿和一刀回去，改为能文能武的小凤跟随，两人上了马车。

长安城中的利人和都会两市，专门是为达官贵人提供服务的商业区，醉乡楼就在其中，而且离官驿不远，马车只行了一盏茶时间不到。下车后立即有伙计上前，从一条专门的夹道，把春家三人引到了二楼的雅室去，显然早就得了吩咐，安排得极为妥当。

"给康大人见礼。"见到康正源，春荼蘼抢先行礼。

若以私礼相见，春青阳是长辈。可康正源有皇族血统，还身居大理寺丞，论公是官，春氏祖孙却只是民。所以，干脆春荼蘼来打头阵，于公于私都说得过，双方再寒暄下就可以了。而这一礼，春荼蘼行得开心、情愿，因为他乡遇故知，也是人生一大乐事啊。

"荼蘼，不如直接叫我一声康大哥吧？"康正源微笑道，那意思是：今天只论私交。而他这样一说，本有些紧张的春青阳也放松了许多。

"我还没找康大哥算账呢。"才落了座，春荼蘼就微嗔道，一下拉近了双方的心理距离。

"茶蘼，不得无礼。"春青阳瞪了孙女一眼，根本也不严厉。

"没事的，春伯父，且听听小茶蘼的说法。"康正源微笑，露出满口亮晶晶的白牙，略侧过头又问春茶蘼，"说说，我做了什么？若当真没道理，我自当好好赔罪。"他把春青阳称呼为伯父，显然是说自己与春大山论交，是春茶蘼的叔辈。可他刚才又让春茶蘼叫他大哥，这辈分全乱了套了。

"英离。"春茶蘼只说了这两个字，对平白矮了一辈儿倒没什么反应。

康正源早知道她是说这件事，却还是露出懊恼的神色道："这倒真是我的不是了。只是英家太可恶了，我只说咱们茶蘼是个有本事的，谁承想英离个老家伙就去烦人。不过，说起来还真是我多嘴惹的祸。我看不如这样……你们要在长安待一阵子，近日只怕还不会有急事，干脆由我做东道主，好好请茶蘼游览几日。也不去远了，只在长安城内。告诉你吧，城内就有好多景致和好玩之处呢。"

"康大人，不必听这丫头混赖。"春青阳客气道，"她就是想出去玩，因被我拘着，随便找个由头罢了。"

康正源微笑："大事当前，不改其行，茶蘼的定力不错。伯父不用担心，长安城好歹也要走一走的，我近来无事，也是借此散心。"

他都这样说了，春青阳就不好推辞，不然就像提防人家似的。而且听康正源的语气，是知道春茶蘼奉旨辩护的事。他是皇上的亲外甥，说不定还能打听点内幕消息，以及皇上的脾气秉性等。这样也好，心里有底，办事不慌，省得孙女犯起倔来，连皇上也敢得罪。

于是，春青阳又说了几句感谢的话，点头答应了。接着，春茶蘼就跟康正源约定了时间和地点。而醉乡楼的菜也陆续上来，端的是好吃，但也端的是奇贵无比，一个小小的凉拌茳蓠就要二两银子。从性价比来说，肯定比不得范阳，比不得临水楼。

不过，康正源虽不是个健谈的人，反而话比较少，但他特别会调动气氛，引着别人说，所以一餐饭下来，倒是宾主尽欢。到后来，康正源和春青阳聊起狱政之事，更是尽兴。

此时虽已至深秋，但午后太阳充足，还是很暖和的，再加上喝了几杯酒，春茶蘼的身上就有些发热。正好，她坐的位置临窗，见一老一少两个男人聊得正欢，没人注意她，就顺手开了条窗缝，一边吹吹风，一边顺便往外瞄瞄，欣赏一下长安的街景。

醉乡楼位于繁华的商业区，此处的街道不是长安城的主干道，虽然不太宽，但也有二三十米，只是因为到处全是人流，还是有些拥挤感。

春茶蘼望着来往人群，观察着长安人的服饰和举止，津津有味的。只是突然，一个熟悉的身影映入她的眼帘……中等个头儿，白白胖胖，看起来温和又可爱，但实际上是骨头硬，嘴巴毒，为人刻薄。等真正有些了解这人时，是人都会不禁自问：谁说胖胖软软的男人都是好脾气的？也可能是冷血杀手好不好？

没错，那人正是锦衣。在人群中没有存在感的他，却像扎进春茶蘼眼里的刺，让她的心弦也跟着跳动起来。

情不自禁地，春荼蘼猛然站起。因为，锦衣在的地方，夜叉还会远吗？

因为她不小心带翻了一个酒杯，惹得正谈得投机的康正源和春青阳都向她望来。

"荼蘼，怎么了？"春青阳问。

"有……有卖冰糖的啊！"春荼蘼反应奇快，立即给自己找了借口。

大唐糖业发达，熬制出的糖不纯粹、多有杂质，但却甜得天然，大多是从鲜果、蜂蜜、植物中摄取甜味，或者是从谷物中制取出来饴糖，又或者从甘蔗、甜菜中制糖。总之，春荼蘼很是喜欢。但制作冰糖的工艺比较难，所以看见有卖的，她那声惊叹倒不完全是假的。

康正源却笑道："原来荼蘼喜欢吃糖，回头我拣些精致的，送你一盒子。"

春荼蘼还没说话，春青阳就笑道："康大人，别看我孙女在公堂上像个大人似的，平时零嘴儿是不断的，倒似小孩子的脾性。为了怕她耽误吃正经饭，每天我都要盯紧。"他这话明着责备，但满眼宠溺，就像长辈们互相骂自家孩子不懂事，其实全是显摆，还显得关系亲密。

就像有父亲说：我家这犬子特别不懂事，书也不好好读，在学馆的考试才得了个第三……

"祖父！"春荼蘼撒娇道，揭过了这一篇。再往外看时，锦衣的身影已经彻底消失。

她心里七上八下的，纵然知道夜叉可能是她生命中的过客，最好就是个过客，绝对不适宜有某些联系，却还忍不住会想起他。可能因为好奇心，她本来就是疑心重、好奇心也重的双重性格。夜叉于她而言，实在是太神秘了。再说，他还欠她一条半命不是吗？再说这也不怪她，如果与夜叉有关的一切都不出现，她也不会再想起。

"皇上头些年吃过天竺国进奉的糖，觉得和咱们大唐制出的糖相比，自有特别之处，所以派了人专门去天竺国学习。"哪想到康正源又把话扯了回来。

"皇上真是英明神武。"春青阳由衷赞叹。

康正源点头："百姓们常说，开门七件事，柴米油盐酱醋茶。这民生之举，皇上一直很是关心。其实，咱们大唐的糖品质很高，还会卖到周边国家去，每年为国库添不少进项，也养活了好多人呢。"

春荼蘼因为看不到要看的那个人，干脆把窗子关上了，沉默间听到祖父和康正源的这段对话，不禁腹诽：说不定当今圣上也是个爱吃糖的，为了满足口腹私欲而动用国家之力。什么外贸啊、国库啊，都是附加效益。就冲他给冒牌皇帝可乘之机，就证明他有昏庸的时候。

"不过这冰糖倒是我大唐弄出的好东西，据闻，是益州的当地人用土法熬制。"康正源话题一转，"荼蘼，没想到你倒认得。"益州，大约是今天的成都那一带地方。

春荼蘼心头一跳，心道康正源心细如发，这么点小细节都注意到了。但她反应一向快，只笑笑道："在洛阳，我认识了一个商旅。他送过我两块，滋味果然不同。康大哥见笑，一直再想尝尝来着。"

从醉乡楼的二楼，正好可以看到对面的一间门面挺大的点心铺子，门前招牌上写着：冰糖售罄。既然长安当街都有卖，就说明民间会有。冰糖顶多算稀罕物，也就是价钱高点、每天的供应少点罢了。而洛阳作为陪都，一定会最早得到长安的流行趋势，包括吃的玩意儿。所以她这样说，就能搪塞过去。

果然，康正源只怔了怔，就释然了。

春青阳也笑道："馋嘴猫就有馋嘴猫的机缘，这么难得的，都给她吃到嘴了。"

于是三人就笑，把春荼蘼心中那丝说不清、道不明的疑惑给冲淡了。可是锦衣出现，难道是又有什么杀人任务？

回家的路上，她尽力不让祖父觉察出她的不对劲儿。到晚上，康正源果然打发人送来一大盒子糖果，各式各样的，有的在市面上都见不到。当然，还有几块品相好的冰糖。她就着新沏的浓茶，含了块冰糖在嘴里，只觉得一种又苦又甜，又凉又烫的感觉直入心脾。

第二天，按照事先的约定，康正源带春荼蘼逛了长安城，并带来了韩无畏的问候。自从从洛阳回来，皇上就把韩无畏派去守大兴苑，非旨意不得离，但不妨碍有人去看他。大兴苑在皇城以北，类似于皇家的私人狩猎场，也对皇城有防卫的作用。而守苑是苦差，又不容有失，没人知道皇上为什么派一向宠爱的侄儿去担这个差事。

康正源觉得与冒牌皇帝案有关，春荼蘼认为皇上对韩无畏另有重要安排，但两人都不主动说出心中疑问，干脆谁也不提此事。

当天他们游览了几家有名的寺院和道观。第二天春荼蘼提出想去逛街买东西。因为都是女人喜欢的事，就不好让康正源陪着了。再者，他在大理寺还有差事。康正源倒也爽快，直接派来府里一个专门负责采买的娘子，年纪三十来岁，为人爽利会说话，由她带着春荼蘼四处玩。

春青阳和小凤、过儿很奇怪，他们都知道，春荼蘼最不喜欢出门，没事的时候就爱守在家里，除非风景名胜，或者是刻书坊，不然让她去首饰铺子，她都没什么大兴趣。

"到底是长安嘛，不能白来一趟，必须所有的店铺都看看。"春荼蘼解释道。

"都看？！"这下，连小凤和过儿两个最能逛的人都吓着了。

春荼蘼也不解释，因为她没办法说，那天她看到锦衣的裙裾上，绣着两个字：叶记。这明显是某间铺子的名号。但是什么铺子，不得而知。总不该，还是棺材铺吧？难道他们要开成连锁棺材铺？而她，很想找找看这间铺子。

她知道这样不理智，可她就是想知道，锦衣是在长安暂留，还是开业久居。她不肯承认，她其实想知道的，只是夜叉的事而已。

洛阳的那间棺材铺子，实际上春荼蘼也悄悄去过。她放火烧屋那天是半夜，当时她虽然非常惊慌，可是她记得那附近的路。只是当她找到时，铺子已经转手，做别的生意了。和旁边的人打听，说是一个胖胖的年轻男人开的店，但做了几个月就病重，回老家了。那些人还议论，说年纪太轻，性子又温软的人做不得这路买卖，压不住那股子阴气死气，自己不出毛病才怪。

可是，那时的她心中疑惑很深。

夜叉在躲她？为什么？夜叉要救她？为什么？夜叉不见了，为什么？

这些问题，其实一直在她心底，就像孤魂一样游荡。只是，她从没有注意过。但那天在酒楼的一瞥，突然让这些念头像地下涌出的冷泉一样，无声无息地就漫延上来。

如果查出来，他本意就是要躲着她，不管出于什么原因，她都绝对不会再往前凑。她春荼蘼，从来不会让人躲开第二次。至于要救她三条命云云，也都是夜叉自己说的，并不是对她的承诺。她说还欠一条半命，也只是说说而已。

有了这个念头，春荼蘼开始对"叶记"进行漫无目的地寻找。她其实可以用手段，但夜叉和锦衣那个身份，是不能用公开方法的。至少，她不愿意给他们带去不必要的麻烦。皇上既然点名要她来长安，她若不知道暗中有人盯着，就太白痴了。

长安城那么大，春荼蘼辗转于不同的集市之间，表现出过分的热情，还拿着银子乱花，买了一堆没用的东西回去。春青阳有点心疼银子，可想着小孙女难得这么高兴，也就忍了。过儿和小凤的体力一向比春荼蘼强，却也顶不住这般走法，只好轮流跟着她。一刀和大萌到底是贤王府出来的，私下研究过春荼蘼此举的深层次原因。他们认为，小姐是极聪明的，做任何事都自有深意，最近这么败家，就是给好多暗中隐藏的人看的，就是让所有人都认为，乡下来的姑娘没见过世面，看到长安的繁华，还有那些琳琅满目的商品，所以花了眼，真是眼皮子浅啊。

春荼蘼呢？每天回家都感觉腿要断了，第二天却还咬着牙出门。只是叶记铺子有不少，却没一家有锦衣。难道，他们不在长安？

第四十五章　深夜入宫

"可以说，这里的集市，我都走遍了。"在春荼蘼来到长安第七天早上，她宣布。全家人明显都松了口气。

"就是说，以后小姐都不出门了？"过儿乐得差点蹦起来。可惜昨天是她当陪逛员，所以累得两条小腿如今还发软，根本做不了除了站立之外的任何动作。

"没正经事，就不出门。"春荼蘼修正道，咬着牙令自己的下肢不哆嗦。小凤和过儿是一人轮一天的，她却是主力，这么多天下来，毅力再足，体力却透支过度，再撑不下去了。

虽然，她心中却有一分莫名的失落。但，也许这就叫缘分？她在大雪地里堆个雪人，都能遇到夜叉，现在努力寻找，却一直未果。既然无缘得见，她也不必强求了。

小凤连忙拿出长安城的地图，那上面已经被画了好多叉。她找了找，最后点着一处说，"小姐算得真准，也只剩下这一个集市没有去过了。"

"那边都是铁匠和兵器铺子，你难道也有兴趣？"春青阳对孙女很无奈。

春荼蘼怔了怔，有些想放弃，但转念又心道三十六拜都拜了，不差这一哆嗦，于是道："我想给我爹买一把漂亮的西域匕首，没有开刃，鞘上镶好多宝石的那种。宝剑赠英雄，红粉送佳人，宝剑买不了，匕首什么的也凑合了。"无论如何，就算这寻找有始有终吧。

而且，她真的也很想给父亲送件礼物。去年差不多这时候，父亲为了给她送生辰礼，惹了官非，让她可以借此走上诉讼之路。虽说父亲的生日是八月十五，这时候早过了，但好歹她到了大城市，提前预备下，明年再送也一样的。

在大唐，铁匠铺子、售卖武器的商店，都不能随意开业，要由官府发给牌照。执照人要往上查三代，绝对身家清白，而且无人做过官吏，特别是军中的。在国都长安城内，甚至把此类从业者及店铺，都集中在一个坊市之内。其实，就是管制的行业。

《大唐律》中规定"甲弩、矛矟、盔甲"不许私家拥有。私藏甲一领及弩三张，流二千里；私藏甲三领及弩五张，处以绞刑。对私下藏有这些的人，处罚非常严厉。基本上想陷害谁，就在谁家藏一堆盔甲和弓弩，然后偷偷举报就行了。

但是，弓箭不属管制兵器，民间可拥有、可贩卖。还有就是装饰性的宝刀宝剑、不能伤人的匕首和其他武器。铁匠铺子，大部分的生意是打造生产生活的用具。

"也是，你爹必定喜欢那些东西。"听春荼蘼这么说，春青阳就笑了笑道，"那你早去早回吧，我这就去把你这些日子买的东西归置归置，等咱们回洛阳时，只怕要装好几大车，才能运到码头上去。"

春荼蘼有点不好意思，却还要装成兴趣盎然的样子，之后就像小美人鱼为了某王子，每一步都像走在刀尖上似的痛苦着，带着小凤离开了家门。好在那个坊市比较远，在长安城的边缘地带，她们雇了马车去，然后嘱咐车夫在原地等着，打算转一圈就回。

这地方，也算是铁器一条街了，一踏入就感觉出一股辛辣凛冽的阳刚之气，似乎连太阳都灼热了几分。金属的味道，火气的感觉扑面而来，以及那叮叮当当的悦耳声响，掺杂着男人们的大嗓门，连成一片，有如一首雄壮的乐曲。

这里是男人的世界，女客极少，因而当春荼蘼和小凤出现，立即成了众人注目的焦点。小凤美貌，春荼蘼长得也不错，兼之很有大家闺秀的气质，回头率有百分之二百。

"别瞪眼，把他们全当成透明。"春荼蘼提醒小凤，因为一个大胡子正对着她们笑，"我听人家说过，男人最爱自作多情，你明明是怒瞪，他们却以为你是对他们的示意有反应，自恋的会以为你看上他们了，说不定采取下一步行动，就是跑过来搭讪，所以不理会是最高境界。"

"可是这地方真要命。"小凤发寒似的抖了抖，像要把鸡皮疙瘩都甩下去，"小姐，要不咱们回去吧？明天换了男装再来？"

"长安贵女，鲜衣怒马，听说在她们中间也很流行狩猎的。"春荼蘼脚步不停，仍是慢慢走着，"所以此地女客虽少，但总会有姑娘们来买弓箭。这群人见多识广，穿男装女装没差别。"

"可是……"

"放心，所谓寸铁为凶，官府对这种地方管理严格，他们也自有平衡和保障秩序之道，不然真出点事，还不得打得血肉横飞？而且天子脚下，首善之地，天上掉块石头，都说不定砸到某个权贵，底层的平民不会随便惹事。换句话说，在别的地方你可能遇到地痞无赖，在这里反而安全。他们爱看就看呗，又不会少了胳膊缺了腿儿。"

"是。"小凤低头，干脆紧跟在春荼蘼身后。

春荼蘼在公堂上混，习惯了被各色人，包括最无耻的罪犯盯着看，因此丝毫不以为意。渐渐地，那些男人也觉得没意思了，况且这般大方、动作又舒缓优雅的姑娘，不是权阀士家出身，就是皇亲国戚，还是别惹为妙。

其实，春荼蘼根本是走不动，只是往前蹭而已。

约莫逛了半条街之远，她终于走进了一家店。倒不是这家店有什么特殊，实际上这间店的门面很小，偏两层高，于是更显狭窄逼仄，挤在两家大铁匠铺子之间，灰扑扑的像是危房似的。不过因为店门敞着，被春荼蘼眼尖地看到里面设了座位，立即想去歇歇脚。

"掌柜的，有好看的匕首没？拿来看看。"一进店，她立即就瘫坐在椅子上，敲了敲旁边摆了粗瓷茶具的桌子。

那掌柜穿着姜黄色袍子，背对门外，在一个本子上记录着什么，快和货架子融为了一体了。

"好看的……匕首？"掌柜的回过身，脸上堆着职业性微笑，全是商人的做派。

春荼蘼身子一僵，之后歪过头，这才看到挂在墙上的招牌，笑问："叶掌柜是吧？怎么人家的招牌都挂在外面，你家的却挂在店里？"如果早知道这就是她一直寻找的叶记，至少她会有心理准备，不用刚才惊那么一下。

虽然，现在她看似平静，其实心跳得咚咚的，这真是太意外了。

想必，锦衣也是吧？但他反应超快，脸色半点不变，只声音略顿了下。

她一定是太累了，不然以她这么熟悉这死胖子身影的眼力，进店时居然没瞧出来。可这说明什么？说明有句老话千真万确：你要找的东西，不管从哪个角度找，总是最后才找到！

"鄙店门面太小……招牌挂在外面反而不好看，叫小姐见笑了。"胖子掌柜八风不动，笑得和气生财，之后又重复问道，"小姐说匕首，要好看的？"

"对，要好看的，是送给我爹做礼物的。"春荼蘼压抑着乱跳的心，一本正经地回答，"如果有特别好看的小玩意儿，本小姐说不定也买几件。"她四下打量店里，"瞧你这店虽不怎么起眼，但货架上那些东西倒是古色古香的。有什么好的尽管拿来，不会短了你的银子。"她满身穷人乍富的大小姐样子，是为防万一有宫里的人暗中盯着。

戏……要做足全套，这是她一贯的方针。

而她的目光在通向二楼的楼梯口停留了片刻，立即又收了回来。

叶掌柜，也就是锦衣，热情地拿了好几个锦盒来，里面除了匕首，全是装饰用的小刀小剑之类的，都巴掌大小，还有西域弯刀，像是模型，完全没有杀伤力。

春茶蘼心不在焉地挑着，还和小凤不断品评着，但心里却七转八弯，不知如何是好。

之前，她只是想寻找。但找什么呢？其实她并不明确。就好像一个执念，当终于实现的时候，就发觉很茫然。然后她忽然想起，夜叉是当头儿的，锦衣是他的手下，找到锦衣，不一定就会见到夜叉吧？可是，她真的想见他吗？

上回锦衣说过，夜叉是见不得光的人，她这样大摇大摆的，他就算在，也不会现身。而她曾答应忘记所知的一切，如今送上门来，不是摆明自找倒霉吗？

真愚蠢！真白痴！怪不得人家都说：智者千虑，必有一失。她算不得智者，但却向来理智而冷情，这回怎么却出了这样的昏招儿？她真想找个角落，抽自己一百个嘴巴。不，两百。

"就这个吧。"挑了十来个，选出一个虽不华丽，但却式样古朴、遍体花纹的小剑，"多少银子？"

"银子好说，只是姑娘真真是好眼光，这把剑是青铜所制，春秋战国的东西。若不是小姐看中，正应该在隐士之手，不为外人所见。"话里有话，但春风拂面。

"别吹牛了，你这个小店，能有这样的正经古物吗？只是摆个样子罢了。但既然麻烦你这么半天，不好让你连一单生意也做不成。只此一次，下回，却再也不来了。"答话别有含义，却满脸鄙夷。

这样，彼此都懂。

可就在这里，楼上传来咚的一声，像是有重物掉落，却似落在春茶蘼的心上。

"闹耗子？"她挑挑眉，声音略有些发紧。

锦衣脸色一僵，随即赔笑道："小店干净得很，没有耗子。不过上面是堆货物和杂物的仓房，也是我住的地方，实在乱得很，说不定是有东西倒了，小姐稍等，我去看看。"

春茶蘼端起茶盏喝口茶，点了点头，手稳得纹丝不动。

锦衣离开，但很快就又回来，手里抱着一个尺长的木盒："货物堆得乱，果然是有东西掉下来。想是与小姐有缘，我觉得这东西您可能喜欢。不然，小姐看看？"说着，把盒子递上来。

小凤接过，在春茶蘼面前打开。

普通的盒子，里面垫的红色衬布都有些脏了。而布上，躺着一团扭曲的东西，也不知是什么材质。若非是这东西有独特的紫青色，上面还有似字非字的花纹，看起来就像废铜烂铁。

那颜色挺漂亮，初看乌沉沉的，细看却似隐有光华，衬得锦衣脸色发青，只有熟悉了他的春茶蘼知道，他有多不情愿把这东西拿出来给她看。而且在被遮挡时，他的眼神很到位地飘到春茶蘼面前，意思是：别要！千万别要！求求你别要这个！

"要了。"春茶蘼恶劣地笑笑，"你开个价吧？"基本上，她不是个爱与人置气的，但对锦衣除外。他对她时好像是对待一只害虫，那她就只好当只害虫来给他瞧瞧。

"小姐眼光独特，二两。"锦衣咬着后槽牙笑。

春荼蘼根本不理，又问："刚才挑中的那柄小剑呢？"

"五两。"

春荼蘼挥挥手，小凤立即从随身带的小包中数出七两银子。

锦衣的目光在布包上转了转，之后收银交货。春荼蘼从他手上拿盒子时，明显感到他有片刻的不肯放手，那个依依不舍，那个心肝皆痛。而当春荼蘼终于拿到那盒子后，再看锦衣的样子，就像挖了他的心头肉一样。

呼，感觉真好，心情真愉快。

"希望你做生意老实点，这里是长安，不是别处。"春荼蘼站起来，"好心地"嘱咐，"东西是好，但价钱不实，我再也不会来第二回。"先提醒，再给他吃一粒定心丸。

她知道夜叉在楼上，不管是从锦衣前后态度的变化来分析，还是心中的直觉，她都知道他在。只是他不现身，或者不想相见，又或者不便相见，而她，都不该死缠烂打。只是送一堆废铁是什么意思？告别，还是另有深意？

但显然，无论如何，再来这个小店是不明智的了。所以好些话是给锦衣听，也是给夜叉听。

走出小店，春荼蘼带着小凤，又在街边买了几个金属制的哨子，几张竹制的小弓和若干小箭，这才往回走。情不自禁地，路过叶记时，她假装无意地向二楼窗口看去。

没有人，但她却感觉到两道目光，强烈地注视在她身上，像是在她细弱的肩背上点起两团火焰，烧得她立即跑开了。

到了家，她把那把漂亮的小剑给祖父看，哨子给了大萌、一刀和过儿、小凤一人一个，她就借口累了回屋歇着。躺在床上翻来覆去了整整一天，连两顿饭都是端到屋里来吃。春青阳以为她折腾这么多天，终于是累了，也没有计较，只有她自己知道，她是守着那个盒子，生怕一离开人，就会被暗中的什么密探翻出来。

其实不会有人怀疑的，她这么多天买的没用东西太多，早就布好了烟雾。但她总觉得那东西带着深意，若不能仔细研究就难以踏实。就这样直到夜深人静，她才把盒子翻出来，取出里面的东西，放在灯火下认真地看。

男人拇指粗细的金属杆儿，略有弧度，一节一节看似杂乱，却是连起来的。扳正之时，能听到咔咔的机栝之声，而当整个部件连接起来，竟然是一把弓箭。那些花纹单看时无意义，但若连起来看，就是特殊文字组成的咒文，就像唐军将士军服或者抹额上绣的。在弓身的最中央，镶嵌着一块绿色宝石，中有黑轮，像是一只狼眼。弓弦是银白色，不知什么材质，韧性十足。在弓身上以铁环扣着一支小箭，箭头上雕刻着狼头，旁边两个倒钩，有如狼牙。

终于，她明白锦衣为什么不愿意把这把能折叠的弓箭给她，因为它必定是件宝贝。虽然看似不起眼，除了那颗绿宝石也再无其他装饰，但拿在手上，就能莫名其妙地感觉到厚重与尊贵之感。它那么小，不过半尺长，但它肯定不是什么玩具，而是很贵重的东西!

二两银子?只是怕引人注目才开的价。只怕,这东西价值连城……

只是为什么,那支箭要锁在弓身之上,拿不下来呢?什么意思?夜叉把这个给她,又是什么意思?定情信物?啊呸,哪来的定情,人家都不愿意见你呢。

春茶蘼猛然摇头,随即又想……难道是有什么秘密,要让她保管吗?可话又说回来,他为什么这么信任她?是动物本能,还是人性直觉?

春茶蘼胡思乱想,努力让自己不睡着。她有一点奢望,心想夜叉也许半夜会来看她,之前他这么做过几次了。可结果却是失望,她直等到天光大亮,夜叉也没出现。她不禁苦笑,觉得自己自作多情,而这种患得患失,实在是最要不得的情绪。

春茶蘼把这特殊的弓箭又费了不少力气拆开、打乱,连盒子放进自己装重要东西的箱子中,挨着那个写了夜叉名字的信封。之后跑到院子中运动了一下,用清晨清新的空气洗涤自己纷乱无章的情绪,然后回屋睡觉。

她太累了,很快进入梦乡,日上三竿才起。春青阳心疼她,也没叫她起床。无所事事过完一整天之后,眼看又要安寝,康正源却突然来访。他身着便装,只带两个随从,连名帖也没投。

这太突然了,哪有男人半夜三更找人家姑娘的?不过全家都知道这位康大人行事最是端正,所以都没往歪处想,只道是有急事。

"皇上口谕,宣你进宫回话。"康正源正色道。

春茶蘼怔了怔,都忘记听口谕也是应该跪的。可是深夜进宫?有必要弄这么神秘吗?好在康正源没有当着春青阳的面宣旨,给她机会可以缓缓再对祖父说,免得吓老人一跳。

"想是因为官司的事,还不方便让外人知道。"春茶蘼安慰祖父,"大约是问问整个事件的经过,毕竟我从头到尾都参与了,到时候如实回答就是,祖父不用担心。"

"可是,你没进过皇宫,规矩礼仪都不知道,万一没留神,冲撞了皇上或者哪位贵人,该如何是好?"春青阳不放心得很,只觉得自己的平静日子,自从孙女做了状师就一去不复返了。

"不是有康大人嘛,他自会照拂我。"春茶蘼劝着,其实自个儿心里也有点不安。她再胆子大,去见金銮殿的正主儿也非常紧张。

春青阳明知不能抗旨,再担心也没法子,只得去反复拜托康正源多提点孙女。这边,春茶蘼被两个丫头围着,梳洗打扮。依着她的意思,梳了简洁大方的单螺髻,只插一支珍珠头花,穿了颜色浓淡得宜的樱草色齐胸襦裙,杏色半臂和线鞋,披帛和胸前飘带是极浅的粉红。

她故意把颜色选得少女些,搭配着自己还略显稚嫩的容颜,万一那位九五至尊有杀心,就该看看她还是个小姑娘,马上就要及笄了,他好意思下黑手摧残吗?

尽管一切从简,她还是收拾了半个时辰之久,直到反复检查,确认一切妥帖,这才随康正源坐上停在官驿外的马车。上马车之前,她还特别注意了下,看到官驿里里外外连半个人影也没有。而平时,就算这边闹中取静,但也没静到这个程度,显然是人为安排过。不过,她没有掀开帘子往外看。关键的时候,她很会克制自己的好奇心,从不做鲁莽的举动。

"放心,很快就能回来的。"康正源感觉到她有点紧张,低声道,"皇上只是想听你说说那件冒牌皇帝的案子,不仅要问你,知情者都秘密召见过,你是最后一个而已。"

春茶蘼点点头,并不多问。

静夜中,车声辚辚,一路向皇宫而去。

一路通行无阻。

春茶蘼不禁自嘲,一辈子都没有过这种待遇,相当于有人给开道和清场了。就连进皇宫的时候有人盘查,也是车夫在外面交涉,康正源连动也没动一下。

下了马车后,春茶蘼低目垂首,半声不吭,眼睛只看着前面康正源长袍的下摆,亦步亦趋地跟在后面。总之,低调些、存在感降低些最好,犯了错误也容易蒙混过去。至于进了什么宫殿回话,她是不认得的,也没人给她说明。

"民女春茶蘼叩见皇上。"得到康正源的示意,春茶蘼连忙跪倒,匍匐于地。她没接受过见驾的礼仪训练,但基本礼节还是懂的,反正诚惶诚恐就是了。

康正源并没有跪,大约只是施了礼,不过春茶蘼因为一直把脸冲着地面,看不到。只听一个男人说:"你先下去,殿外候命。"与第二眼帅大叔的声音非常像。

"是。"康正源毕恭毕敬退下。

春茶蘼保持着伏地跪拜的姿势,没人开口叫她起来,她就只能这么僵着。好半天,就在她快坚持不住的时候,男声又起:"向前跪些,抬起头来。"

好吧,没关系,皇上要摆谱,就让他摆好了,谁让人家是大唐的终极大BOSS(主人)呢,她完全能忍。春茶蘼暗想,同时向前膝行几步,直起身子,虽抬头,眼睛却仍然向下看着。

"看着朕。"又说。声音平缓,没有半丝波动和温度。

春茶蘼没有惶恐,抬眼,然后迅速又低下头。

"你说,朕是真是假?"皇上吩咐道,"一模一样的脸,你分辨得出来吗?"他甚至连龙袍也没穿,一身的白,同样的瘦。

"皇上吉祥。"她确认。

韩谋抬了抬眉,奇怪于春茶蘼新鲜的说法。他听说她创造了很多新词,都古怪得很,偏偏细咂摸起来都很贴切。这女子,到底是什么人物?看起来不过是普通的小家碧玉,只浑身的气度天成,倒似大家闺秀。

"你怎么确定的?就连朕,见到那冒牌货,都觉得像照镜子一样。"他半真半假地说,"有那么一瞬,甚至分不清是身处镜中还是镜外。"

"回皇上,其实很简单。民女得见天颜,立即感觉全身的汗毛都竖起来了。"她说的是真话,见到韩影子时,虽然他顶着皇上的身份,但她没有害怕。可现在,她真有些肝儿颤。

"朕很凶?"韩谋有一丝不悦。

"不是凶,是令人油然而生的尊敬、崇拜、臣服、敬畏之心……反正是……一切美好的词汇都无法形容的。"

她这马屁拍得别致,韩谋不禁笑起来:"不愧是状师,果然巧言能辩。"

"回皇上,这是民女的真实感受,与做状师无关。"春荼蘼忍不住为状师这一行辩解,"状师是以律法为武器,保护自己的委托人的。很多状师在现实生活中甚至是木讷、寡言少语,只有上了公堂,才会侃侃而谈。其实,这和大将军上战场是一样的道理。"

"哦,怎么一样呢?不妨说来听听。"韩谋来了兴致,"你打过的官司,朕倒是都知道。"

春荼蘼心头凛然。

如果说她和康正源北行巡狱的事皇上听过,正常。毕竟康正源直接向皇上汇报情况,若皇上有兴趣,打听打听细节,当成话本故事听听,也是可能。但他是一国之主,应该不会注意到她这种小人物才对啊。说什么她打的每一场官司都知道,难道她一直被暗探跟踪了?还是各地会把案件的情况报上来,冒牌皇帝案后,皇上注意了自己,于是调来案卷研究了下?希望是后者吧,否则她的太多秘密都会暴露的,特别是到洛阳后的事,还有夜叉……

而到现在她还有个巨大的疑问,皇上为什么钦定她为影子大叔的辩护状师?

只是现在不是分析的时候,她定了定心,正色道:"民女以为,两者最大的相同之处是,都讲究天时地利人和。打仗要关注敌军队的人数、阵形,敌方的优点缺点、目的,当时天气如何,敌人主帅的习惯。而打官司,天时是详细的案件调查,地利是律法的运用,人和是考虑主审官的性情。还有舆论导向、民众的同情,主审官以往对这种事的态度等等。"她才进大殿时是有些害怕,可说着说着,却坦然了起来。

"嗯,说得有点道理。"韩谋点头道,"律法是武器……"他又重复了一句,"朕曾听闻你说过,律法是保护人的,可惜所有人都觉得律法是悬在脖子上的刀,是惩罚人的。说说,你为什么想得与别人不同。"

春荼蘼斟酌了一下,才说:"民女除了唐律之外,读书不多,但曾听祖父讲过诸子。祖父讲道,韩非子在《五蠹》中说'儒以文乱法,侠以武犯禁'。以民女的浅薄理解,应该是说文人们以手中笔扰乱法制,侠士们总是用暴力触犯律例。也许,那些文人和侠士是出于好意,想保护别人,追求正义,可好意与恶意谁能判定?所以,一个稳定的社会秩序应该是高于一切的。律法,却正是规制秩序的。若无秩序,失去律法的规范,无人能独善其身。"

她一说律法的事就有些兴奋,话一说完,她觉得自己有些忘乎所以了,连忙请罪道:"民女一时胡言乱语,望皇上恕罪。"

她低着头,没看到韩谋有些动容。略沉默了片刻,听到韩谋又说:"你说得有理,又何罪之有呢?只是,你胆子不小,一介民女,却敢在朕面前说出这番与众不同的言论。"

"在皇上面前,哪有胆大的人?"春荼蘼补上一记马屁,"就算所谓的死谏之臣,也只敢在有容人雅量的皇上面前说道,既骂了皇上,还全了忠名、清名,简直是占皇上便宜。换个暴君、昏君试试,有人还敢直谏就怪了。"她这样说,那意思就是:您是个有肚量胸襟的皇帝,不会和我小女子一般见识。

她这个吹捧,显然比刚才那个强多了,说得韩谋心里分外熨帖,明知道她是捧自己,心里偏偏就忍不住高兴,竟然还有点知己难得之感。可对方还是个小姑娘,若没有记错,还有半个月才及笄。这姑娘生就什么样的心肝,怎么于律法一道,看得比那些老臣还透彻呢?

他本来对这个姑娘没有多少好感,虽然她在律法上有独到之处,可身为女子却以讼棍为业,令他不能理解。重要的是,她和那个影子相交甚密,还猜出了某个秘密,算是不能留的那类人。所以,他态度冷淡,一直让她跪在那儿,如今看来真是失了为君的风度。

只是……

"那么朕的行事与律法冲突,又当如何?"他抛出这个问题。

春荼蘼的心肝颤了三颤,知道这问题必须回答得讲究。

她刚才之所以这么锋芒毕露,不是她看不清形势,或者是穷嘚瑟、臭显摆,而是她敏锐地觉出上面那位对她有恶意,若不说出点子丑寅卯来,就得不到好感。在上位者眼里,人,有用才能活得久。

因此,她这时候示弱、说软话,就与刚才那番理论相悖相驳。皇上如此精明,会猜出她说了谎。所谓伴君如伴虎,半分错不得。现如今,她骑虎难下,倒不如赌一把,豁出去这一次!反正,她的小命只在皇上的一念之间。

"皇上,王子犯法,与庶民同罪。"她硬着头皮说。这是《史记·商君列传》中记载,秦商鞅变法时提出的。

"哦?"听不出喜怒。

春荼蘼把心一横道:"皇上,《大唐律》是您下旨制定、颁布和施行的,若您都不遵守,如何立信于民?取信于世?"

"你这是死谏?"韩谋的声音还是很软,但凉凉的。

其实,影子真的很像他啊,声音与举止,容貌与气质。他不像想象中的皇帝那么威严和正经,与影子一样,外表温雅,但骨子里……外人就不知道了。

"皇上,您何必吓唬民女?"春荼蘼豁出去了,大大方方地说,"唐律中有很多减免罪罚的条例。所谓刑不上大夫,礼不下庶人,若非谋逆叛国等大罪,对国家栋梁之材,处罚其实很轻的,那是皇上仁爱。而且皇上怎么可能反自己,所以与庶民同罪什么的,还不就是个说法?但说法就是原则,是态度。而态度,决定一切。所以该让百姓看到的,也应该让他们看呀。"其实她想说,唐律是对贵族权臣太宽容了,这是她对唐律不满的地方。

但,到底不敢说。

她有时是很凶猛,可是鸡蛋碰石头这种事,能不做还是不要做。

"态度决定一切,说得好!"韩谋赞了一句。

春茶蘼暗暗抹把汗。可本以为算是过关了,哪想到皇大叔的思维转换之快令她应接不暇,下一刻就蒙了。

"既然说得好,作为奖励,朕给你讲个笑话。这个笑话很绕,但以你的聪明,必定猜得出来。"

可以拒绝吗?皇上,小小民女不敢听您讲笑话,就算可笑也笑不出来!她暗想,却无力阻止这位大唐天子说下去。而且,皇上还没开始说笑话就开始夸她,绝对不是好事!

"有个人叫马一。"韩谋慢悠悠地开口。

他才一出声,春茶蘼的脸就绿了。幸好她一直低着头,别人看不到她的表情。

这分明是那时候她说给影子听的那个笑话!当时她就是突然有些恶作剧之心,才讲了出来,没想到影子大叔会转述给皇上。而皇上听到这个故事,就肯定会知道她怀疑皇上和影子是双生子的事,若皇上想保守这个秘密,她就是该灭口的那类人。

她太大意了!她以为,她对身边的一切都适应良好,但其实远远没有。不经意间,她时常会不注意言行。另外,自从她开始打官司,就保持着一平全胜的战绩,这让她有点忘乎所以,所以犯下错误。而在这个人权比纸还轻的时代,任何一个疏忽都会带来大麻烦!

她心念急转,额头上迅速冒出一层细细的冷汗,耳边皇上的声音仍然不急不缓、不高不低地响着:"这个马一,常常向人说起他小时候的一段伤心事。据说,他出生时是双生子,他和他的兄弟长得一模一样,连他们的母亲也分辨不出来。有一天,丫鬟为他们洗澡时,不慎将其中一个孩子掉进了浴盆里,淹死了。每个人都以为哥哥是活下来的人,其实不是的,活下来的是弟弟。于是他总是说:那个淹死的人是我!"

说到这儿,韩谋顿了顿:"朕开始听这个故事时,半天没回过味儿来,后来才明白……原来是名字和身份发生了错乱。以名分论,兄生弟死,以事实论,兄死弟生。可是因为别人的误会,弟弟用了哥哥的身份和姓名,以哥哥的名义活着,还继承了哥哥的一切。所有人都以为他是马一,其实,他是马二!"

春茶蘼目瞪口呆,情不自禁就抬头望着韩谋的脸。

这只是个笑话,能绕得人晕乎的笑话,但居然就让皇大叔找出了"名不符实"四个字的寓意。只怕,还联想到了自身,于是拿话来试探她。

"春茶蘼,你怎么不笑?"连空气都变得紧绷的沉默后,韩谋冷笑着问。

明知伸头也是一刀,缩头也是一刀,她干脆咬了咬唇道:"回皇上,恕民女斗胆说一句,您说的笑话根本不可笑,民女笑不出来。若强笑,就是欺君。"

"哦,为什么不可笑?"

"因为马一就是马二,马二就是马一。能活下来就是幸运,马一和马二,只是个名字,有什么关系吗?"没说出的是:皇上,您都坐稳了龙椅了,其他的不必计较了吧?若真是非要弄出个子丑寅卯来,当初为什么不直接杀了影子大叔,何必留到现在成祸患?

· 125 ·

不是她狠毒，是深知帝王无情的道理。当今圣上素有英名，出了这个昏招，必定是有特殊的缘故。总之，这桩诈骗案，表面事实清楚，证据确凿，但内里却有无数秘密和让人猜不透的地方。对此，她有些本能的好奇，但理智告诉她不要深入去想，更不能深入去了解。只是她是倒霉体质，到现在有些不好脱身了。

"世间本无事，只怕有心人哪。"韩谋轻声道，听不出喜怒，倒似有些感慨。

而正当春荼蘼暗中感叹天心难测，一会儿这样，一会儿那样，话题和情绪都转变得特别快速，令人无所适从时，韩谋突然从书案后站起来，大步向门口走去："跟着朕，去看看马家另一个兄弟去。"

说出这话，是承认与影子大叔是双生子了？但为什么当着她的面儿说？这不是恩宠，是在她脖子上又架了一把刀。但，她已经知道这位皇上不会轻易放过自己了，所以尽管心中扑通扑通乱跳，却只能一溜儿小跑着跟在后面。

皇上和影子大叔之间有古怪，似乎在角力。皇上当初为什么没有斩草除根，影子大叔的生活经历是怎样的？他有什么筹码？他似乎从来没有存在过，却又突然出现在洛阳。他一番作为似乎是故意，用韩无畏的话来说是找死。而皇上知情后并没有一怒之下杀掉影子，而是居然要公审！为什么为什么为什么？太多问题想不通，到底皇家有多么深沉而黑暗的秘密啊！只是她觉得皇上有杀她的可能，说不定可以借影子大叔的力量保住自己和家人的安全。

出了大殿的门，夜风徐徐吹来，她不由得打了个寒战，这才知道身上的冷汗出了一层又一层，连衣服都被浸湿了。

不会害怕吗？哈。别看她在帝王面前侃侃而谈，举止大方又淡定。假的，全都是假的！当有个人随时能把你大卸八块，而你连一点抗衡的能力也没有，还能从容不迫吗？这里不是公堂，不是讲理的地方。而不讲理，她就没有半点力量。所以没吓死，还保持冷静和理智，能应对过去，不客气地讲她很佩服自己。

自从面圣，她和帝王就一直在对话，但其中的刀光剑影、惊心动魄……她似在生死边缘滚了好几回。若只关乎她自己倒也罢了，她还有至爱的家人，怎能不怕？

而直到此时，她才敢偷摸着向四周看看，发现刚才只有她和皇上在殿内，连个侍候的内侍都没有。康正源站在殿外两丈处，保证听不到里面的对话声，见皇上出来，连忙迎上。

"皇上，您这是……"

"你继续等在这儿，叫高福带着他徒弟跟着朕。"他是皇上，不必解释，只命令就行了。

于是康正源尽管心中纳闷，却不敢多问，只给了春荼蘼一个安抚的眼神，之后挥挥手。立即，一个中年太监带着两个小太监快步上来，呈"品"字形微微错后两步，把春荼蘼甩在最后。

皇上没用灯笼，三个太监也是。所以尽管皇宫内处处有灯火，月光也还好，但在乌漆麻黑，四处花木扶疏，影影绰绰的夜里，因没有武功而目力不佳的春荼蘼，也只能跌跌撞撞的，好几次差点摔跟头。

她发现了,皇上不是个怜香惜玉的,半点没有放缓脚步或者停下的意思,仗着自己是马上皇帝,有武功,身体好,一路大步流星,而且越走越偏,越走越黑,令她甚至怀疑,皇上要把她带到一个什么房间里,亲手给杀了。

"什么人?"在一座黑暗破旧的宫院前,不知打哪儿蹿出来几名黑衣侍卫。

高公公上前,手里拿什么东西晃了晃,那几个侍卫立即弯身退后,不知又隐到何处去了。

到这儿,春荼蘼已经能猜出,这偏偏角落的宫院是关押影子大叔的地方,平时必定是不许任何人靠近的,还在四周布置了武功极厉害的大量暗卫。

进了院门,春荼蘼看到此院相当深广,屋子大得出奇,到处是荒草,半点灯光和人气也欠奉。而到了最尽头宫室的门外,登上数级台阶,韩谋吩咐高福和春荼蘼跟进去,那两个小太监就留在外头守着。

春荼蘼没发此地有其他守卫,想必皇上有其他方法叫影子大叔动弹不得,省得看守的人多,会被人利用,或者增加知情人数吧。

她边想着,边跟了进去。可是,宫室内仍然是空的,并没见到什么人,只见高福上前,在左边墙上摸了几摸,地面上就出现了暗道,也有闪闪的灯光穿透黑暗,微弱地散开。

原来,皇宫中也有地牢啊。怪不得,从外面什么也看不出来。

但,沿阶而下才到底,韩谋忽然停下脚步。春荼蘼跟得急,差点撞上去,而高公公则立时警惕。接着,地牢内看不到的地方,忽然传来"叮"的一声响。

韩谋身子一抖,闷哼一声,手按左肩,露出痛苦的神色。可是他只停顿片刻,眨眼间就冲了进去,看样子武功很高。高公公,则紧随其后。

春荼蘼不明就里,也拼命跑过去,但还没拐过甬道,就看到灯光映在墙壁上的身影。乱成一团的、来回交错的、手中有武器的……接着是韩谋喝道:"来者何人?!"

回答他的是刀剑声,还有影子大叔的喊声:"你快走!"

韩谋和高公公没有退出来,走的是春荼蘼。她反应超快,转身就跑。

太显然了,有刺客!不管是要杀皇上还是冒牌皇上,里面打得正热闹。她帮不上手,就必须去搬救兵。否则,皇上有个三长两短,她再智计无双,也得全家给这对倒霉的双胞胎中年大叔陪葬!

"有刺客!"

"护驾!"

"保护皇上!"她一连气儿地大声叫了出来!

第四十六章 他的代价

人在逃命的时候，能爆发出无限的潜能。此时，春荼蘼就是如此。

她从不知道自己能跑得这样快，大约三四十级的台阶，她很快就爬到了顶。而且在这种昏暗的光线条件下，居然没有摔倒。

可惜，她好不容易跑出地牢，却在平地绊了一跤。似乎是踩到什么软软的东西，在倒地的瞬间，浓烈的血腥味扑面而来。接着，她感觉撑地的双手沾染了尚且温热的黏稠液体。

血！她肯定！她看不清楚，但却仍然知道，死在地上的，是那两个守门的小太监。

外头也埋伏了刺客！

春荼蘼蓦然打了个寒战，鸡皮疙瘩从脚底板迅速爬满全身。恐惧有如一只冰冷的鬼手，直接扼住了她的喉咙。她没有时间考虑要怎么办，一切只是本能，电光石火之间，她知道自己被堵在了这废弃的宫室之内，很快就会和那两个小太监一样下场。

她再喊人，只能是死得快点。既然如此，她也要惊动外面的暗卫，救出皇上。不是她忠君，而是她死得要有价值。如果她为救驾而死，父亲和祖父会得到嘉奖，就算救不出皇上，也算是同难牺牲者，总比她白白死了的强！

零点零一秒的时间里，她做了决定，并开始用足力气大叫："有刺客！救驾！"同时，迈开双腿，以最快的速度向右边的侧殿跑去。她并没有自主选择性，更不知道右边有什么，只是为了能拖一刻是一刻，就算要死，也会努力挣扎，绝不束手待毙！

尖亮的声音划过夜空，惊人地响亮。如果外头的暗卫没有死绝，就一定听得到。然而最先到来的却是杀手，那黑影鬼魅般靠近，刀刃上闪着的寒光比死亡本身还要骇人。

这么紧张的时刻，春荼蘼反而豁出去了，头也不回地拼命跑。到右侧殿后，发现屋顶破了个大洞，有月光直射下来，倒比别处明亮。显然，这里是浴房，曾经应该非常奢华，中间有一个很大的池子，此时已经没了水，黑漆漆的，旁边堆着些杂物。

她想也不想，知道刀刃就要加身，当下抓住一把破椅子，猛然向后抡过去。啪的一声，杀手没料到她能反抗，虽然挡住这一击，脚下却一顿。而春荼蘼双手不停，也不管抓到什么，反正全部奋力向他丢。她这样，还真的阻止了杀手的逼近，但，只是暂时阻止，而且"暂时"得非常短暂。很快，杀手逼到她身前，因她的反抗而带了怒意，这一刀非常凶猛，从她的左肩斜斜砍下，带动得空气都发出尖锐的鸣叫。那刺目的寒光和对方脸上的狞笑，奇迹般地让春荼蘼看得很清楚。

她闭上眼睛，不想看到自己被杀的一幕。她只有在公堂上才强大，在武力比拼的时候，还真是待宰的羔羊啊。她苦笑，最后的愿望是：希望祖父和父亲不要太伤心，希望父亲赶快娶个好女人回家，生个儿子继承香火，淡化祖父的悲痛……这白发人送黑发人,真遗憾哪。

噗!利刃入肉原来是这样的。她感觉腰上一凉,有些微的疼。是……被腰斩了吗?脸上溅上很多热血,她没想到某天会被自己的血淹没。

可是,可是,随后她不是应该倒地吗?惨烈些的话,下肢还站在地上,上半身却轰然跌倒于自己的脚下。但为什么她听到明显不是自己发出的闷哼声,还有兵器相交的声音,叮叮当当的速度之快,就像连成一片。

她惊讶地睁眼,战斗却已经结束了。躺在地上的是杀手,站在她面前的……还没看清,外间就传来呼喊声和打斗声。显然,她终究呼救成功,大批侍卫出现了。但刺杀者还有同伴,不顾生死地阻止侍卫们,于是纠缠起来。

而救她的人反应超快,不理外面的事,只是忽然逼近,一手抱起她,向角落里净房的位置飘去。他脚下很有节奏和规律地踩了几下,像舞蹈,又像是某些仪式。之后,净房后侧的墙壁突然翻转。下一刻,春荼蘼已经被抱到夹墙之中。

黑暗如潮水般,灭顶。

"夜……叉?"她轻声问,努力咬字,声音抖得不成形。

回答她的,是金石摩擦声和一豆火光——来自点燃的火折子。

这火折子比较精巧,直径约寸许的圆柱形火石,中空的地方塞着以特殊手法浸过灯油的火绒。套在手上,做成指环状的火镰用力一磕火石,迸出的火星就点燃了火绒,起到照明的效果。

就着那点光亮,略定下神的春荼蘼看清周围环境。夹墙空间狭小,自己此时和夜叉面对面站着,左右伸不直手臂,而两人之间的距离,最远只有一米。

火光在他的胸口处,微弱、闪动。由于光线是自下而上,令他的脸色变幻不定、阴暗而狰狞,可她却忽然不害怕了,腿一软,差点坐在地上。

夜叉慌忙伸手捞她,结果火折子灭了。

"你怎么来了?"伸手不见五指中,她问。

"我跟着你。"夜叉低声回答,顿一顿又说,"不是我。"

他说得前言不搭后语,但春荼蘼却明白了:且不管他怎么知道她进了皇宫,是不是在暗中注意她,也不管他武功得多高才能瞒过严格的层层盘查和随车而行的高手侍卫,总之他是为她冒险进了皇宫。而后半句就更容易懂了,刺杀事件与他无关。

"等我,我得去外面略做布置。"夜叉突然说。

春荼蘼连忙紧紧地抓住他的衣袖,不愿他离开。她有严重的幽闭恐惧症,若独自身处四处封闭的环境,会令她产生极度的恐慌,到后来就会影响到生理,令呼吸循环系统发生障碍。特别严重的时候,可能因为肾衰竭而死。

人的心,是很复杂的。精神上出现问题,就能导致肉体的剧烈反应。这件事她从来没有对任何人说起过。

"拿着火折子。"手心中被塞进一个东西,夜叉的声音低低的,柔声哄着她,"别怕,数两百下心跳,我就能回来。我保证。"

莫名的信任,令她咬紧牙关,点了点头。她的心跳平时是每分钟七十多,现在就算因为紧张而加速,但两分钟内,他就会回到她身边。

她仍然很害怕,也无法思考,但知道夜叉此举必有其意。他活在黑暗中,见不得光,因而比别人更懂得保护自己,掩饰形迹。

夜叉消失了,没有发出声音,那面能翻动的墙居然分外润滑。她急忙把火折子点燃,放在角落的地面上,之后守着那点光,默默地数数。她有一种被埋葬的感觉——这夹墙就像一口棺材。

两百下,却似比两百年还漫长,死一样地寂静,比面对杀手还让人恐惧。四周,只有她急促的呼吸声和如雷的心跳。所以,当夜叉返回时,她像是溺水的人被拉出了水面,急切地直接挤进了夜叉的怀里,双手死死圈着他的腰。她没有哭,可控制不住地发抖,直到感觉到他身上的热,驱散了心中的阴霾。

夜叉身子僵了僵,但很快伸出双手,捧起春荼蘼的脸,滚烫的掌心把她脸上的冷汗和血迹都蒸发掉了似的。

"听着,韩谋如果问起,你就说喊人救驾时,遇到了杀手阻拦。"他定定地望着她,这亲昵的举动,似乎只是为了让她专注听他的话,"你慌不择路之下,就跑到这边的净房,也不知怎么,墙壁翻转,你就被关在里头了。"他直呼皇上的名讳,语气中半点没有尊重的意思。

"我怎么出去?"春荼蘼强迫自己脑筋转动,问。

"叫!"夜叉言简意赅,"听到我用石子敲响墙壁,你就大声呼救。"

"你还要把我扔在这儿吗?"春荼蘼吓着了。

夜叉抿了抿唇,很是不忍:"我就在屋顶上躲着,如果半炷香后他们不来救你,我就会想办法。外面,我把那个杀手和一个刚才死的侍卫尸体摆在一处,弄成他们缠斗,然后双双毙命的样子,这就解释了杀手之死,也使你的话更有说服力。"

他说得有理,在这么短的时间内,布置得也很完善,可春荼蘼真的不想一个人被关在夹墙里。

她又去拉他的袖子,却无意中抓住了他的手。

夜叉没有动,仍然和她对视,眸内如有一团绿火闪烁:"如果你愿意,我可以马上带你走,绝不让你独自困在这儿,也不让韩谋伤害到你。可是,你放得下你的祖父和父亲吗?不忍一时之痛,你往后的日子也会见不得光,还要牵连家人。"

春荼蘼有些茫然。若在平时,她早就想到了,但今天不行。她不是铁人,在公堂下,她远没有那么强悍。

"你不躲进这个夹墙,就无法解释为什么你没被杀死。"夜叉努力讲给她听,"韩谋算个英雄人物,但帝王都是多疑的。你叫人救驾时并没有到院子中,暗卫们可以做证。而那两个武功不错的小太监都被杀了,你不可能独活。可是,这夹墙的机关在外面,是要按顺序踩对几块方砖才行,若从里面推,以你的力量来说是不可能的,所以躲在这里呼救,让他们发现你,之后救出你,是唯一解释得通的办法。"

沉默了片刻,他又说:"荼蘼,你今天算是救了圣驾,韩谋不会不记着的。这个人,可算是恩怨分明的皇帝。不轻易放过敌人,但也不会无视有功劳的。"他叫她的名字如此自然动听，春荼蘼也弄明白了他的意思。

她要克制自己的心魔，只要困在这封闭的空间一会儿，出去后就是逢凶化吉。既能解释为什么活着，而且还立下大功一件，暂时缓解皇上对她可能有的杀意。

但这时，夜叉是不能陪她的，她必须一个人面对。因为夜叉是不该出现的人，何况他还见不得光。反而，夜叉若是暴露了，皇上会怀疑他们两个是一伙儿的。那样，她不但无功，还可能受到猜忌，为自己和家人带来灭顶之灾。

当然，她可以让自己被夜叉带走，从此再不来这个天下间最尊贵，却也最讨厌的地方，但之后的后果是她没办法承受的，同样会拖累家人。

所以，把自己困在夹墙中，竟然是唯一的办法。而就算如此，夜叉也冒着巨大的风险，皇宫中出了刺客，别说屋顶了，搜查都得掘地三尺。他躲在附近，很容易被抓到。

她害怕，从骨头缝里感到恐惧，但只要她不想死，不想祖父和父亲死，她必须强迫自己！

"放心，我就在屋顶。"夜叉安慰道。

春荼蘼咬了咬牙："不，你快走。若被发现……"她没办法救他。

现在，她是泥菩萨过江，自身难保。还说什么秀才遇到兵，有理说不清？其实是任何人遇到皇上，都没有讲理的机会。

"你没事，我就没事。"这话带了几分情意，偏他说得郑重其事，于是格外动人。

两人突然沉默了。

夹墙内不是浪漫的所在，但却陡升旖旎之感。可惜时间不等人，下一刻夜叉就得离开。雪上加霜的是，连火折子都得带走。春荼蘼进宫时虽然没有搜身，但也不会随便带引火之物。怎么，想造反不成？还是要在皇宫放火？藏在夹墙内？别忘记有掘地三尺这种事！

站在能翻转的墙壁之前，夜叉是犹豫的，带着一种心痛的挣扎，倒是春荼蘼对他说自己刚才是受了太多惊吓，现在已经能冷静下来，想尽快把夜叉支走。可是当她真的独自被关在黑暗的封闭环境中，她立即就产生了焦虑感，之后是强烈的不适应。

她喘不过气，冷汗如浆，手足抖动到不能自已。后来甚至出现了幻觉，感觉自己掉进了海里，沉到最黑暗的深处。她本能地屏着气，并挥动手臂，在狭小的空间内撞疼了而不自知。她拼命提醒自己现实，却慢慢沉溺于虚幻。

"夜叉在外面！夜叉在外面！"她不断地念着，可那种被埋葬的感觉却不曾减弱。时间好像过去了很久，又似乎只是一瞬间，她就有些无法承受了。

没听到石子敲墙的声音，她已经大叫起救命来，还用力敲墙。她仍然没有时间感，似乎有一万年那么长，外面才传来呼应。仅存的理智令她听清楚，是让她让开的意思。于是她缩在角落里，觉得周围像地震那样天地倒转，很快，墙壁被强行破开。

一口气终于喘了过来，免了她在旱地上被溺死的命运。之后她就什么也不知道了，因为她晕了，真正地失去了意识。

醒来的时候，她浑身无力，甚至连眨眨睫毛都很困难。但是，隔着眼睑，她仍然能感觉到光亮,而且四周有微风和清新的气息流动。还有……人……在踱来踱去的,传来阵阵气急败坏的脚步声。

"皇上,您歇会儿吧,龙体保重啊。"一个尖细的声音道,是太监。

而听到皇上二字,春茶蘼自然而明智地决定继续保持"昏迷"状态。现在情况不明确,她真的没力气和皇上大叔斗智斗勇。倒不是她脑筋转得快,一般人在未知的危险前,装死都是本能反应。

"你先出去。"韩谋的声音里有压抑的恼火。

"皇上……"

"下去!"

轻而碎的脚步声远走,显然再无人敢劝。而正当春茶蘼以为在和皇上独处时,韩谋却又开口了:"这里是长安,是皇宫,本该是天下最安全的地方,结果却进了刺客,还是很大一批。"

不对,不是皇上。是韩影子,第二眼帅大叔。

"你很得意?"真正的皇上说,"皇宫内外,朕自会肃整。生了恶疾有什么,关键是彻底治好。"

"我能得意什么?好笑啊,您不知道差点死的是我?说起来,我还真是命大,活了快四十年,不管别人怎么杀,就是杀不死我。"

其实仔细听,韩谋和韩影子的声音虽然非常相似,但还是分辨得出来。因为皇上说话,温和中带着不容人置疑和违抗的威严。可韩影子呢?语气总有些轻佻。可能,他自己以为是潇洒。

"朕倒觉得,你是朕的福星,是朕命大才是。"韩谋冷哼,"若是不闹刺客,朕怎么知道连宫里都被人安插了人手?如此防卫,还让刺客有机可乘!怎么知道还有个不为人知的暗道?若那暗道真没人知道便罢了,怕只怕有心人借机潜入,武力逼宫,到时候朕才是有苦说不出。如今阴差阳错被发现,不是把危险掐断了吗?"

"不愧是皇上,高瞻远瞩。"韩影子语气讽刺地道,而后话锋一转,"不过皇上,您大错而特错了,您的福将不是我,是春茶蘼小丫头。"

春茶蘼听韩影子说到她,好悬没坐起来。幸好她定力足够,重要的是实在动弹不得,加上她是背身侧卧于靠窗的榻上,从外表看来,仍在"昏睡"之中,纹丝不动。

但现在她意识到了,皇上和他的双胞胎兄弟都躲过了刺杀危机,现在她和韩影子又被安置到一个偏僻无人的地方。不过这地方条件和环境不错,高床软枕,四处都香喷喷的。而既然她睡的是榻,按正常房间的布置来猜,韩影子必在对面的床上。郁闷,这皇上真不懂得女士优先,只照顾自己的血亲。

"怎么是她?"韩谋问,声音平板,无喜无怒。

"皇上想啊,自从她出现,皇上一力制定的《大唐律》有了最忠实的捍卫者;我终于能跑到外面去海阔天空,结果就让她给撞破;皇上叫她进宫,未必安着好意,可她误打误撞,不仅救驾有功,还发现了暗道,拯救皇上于将来会被逼宫的危险之中。皇上说,谁是福将?"

"误打误撞？你真的相信吗？"

"皇上，这么个小丫头，祖上十八辈子都没来过长安，若说她知道这暗道，皇上信吗？再者说了，她被关在夹墙中，那小胳膊小腿儿的，没力气推动墙壁，若没人救，岂不相当于活埋在里面？皇上也看到了，救她出来时，手脚都伤了，又吓掉了大半条命，御医都说，再迟点会生生吓死的，那还能有假吗？还能伪装吗？"

"嗯。"韩谋发了个单音节，虽然简单，但春荼蘼感觉到皇上对她态度的改变，不禁暗松了一口气，但背部仍不敢塌下来，生怕暴露自己已经苏醒的秘密。

"皇上要怎么赏她？"

"朕自有主张。难道，你以为朕是忘恩负义之人？"

"这可是救命之恩呢……前后两回。"

听到韩影子这么说，春荼蘼瞬间原谅了他冒充皇帝，还有无意间对祖父和父亲的折辱。甚至有点感动了，因为他是在为她争取权利。不过，下一刻他却又说……

"是不是忘恩负义？哼哼，帝王无情，只要不负天下，不忘天恩，就是好皇上，哪管某个人的死活。"语气里，竟然有一丝悲凉和不甘。

"是吗？"韩谋反问，"那为何，你又能活到现在？"

"若我懂事，自会说皇上仁慈，不忍自己的同胞兄弟被戕害，所以圈猪一样养着我，除了自由和名分，什么都给我了。可事实上，是你我二人心灵相通的地步太深，我病，皇上也不会舒服。我伤，皇上会疼痛。那么，若我死呢？皇上不想冒这个险去试试结果吧？"韩影子抛出重磅炸弹，炸得韩谋平静无声，而春荼蘼第二度差点跳起来。

平静！淡定！注意呼吸。皇上武功很高的样子，她身子再能保持不动，但说不定从紊乱的呼吸上也能听出她早就醒了，而且在偷听。

她发誓她不是故意的，若知道会听到这样的大秘密，她宁愿在这二位还没"聊天"时，就直接跳起来。可现在，晚了。她的判断力一向精准，但自入了皇宫后，就三番五次地出错。

谁能想得到呢？

双生子之间互有感应，有的还很强烈，最严重的两人一命，这是非常神奇，且无法解释的事。

怪不得韩影子有恃无恐，怪不得皇上百般迁就。怪不得在进入地牢时，好好的，皇上突然按住左肩，疼得闷哼了声。大约，那时有人伤了韩影子。于是，皇上有了强烈的感应。

可是，这不至于砍了韩影子的头，皇上就跟着没命吧？虽说第二眼帅大叔把自己当成皇上的影子，而人失了影子就等于失了魂，但应该没那么可怕吧？难道说，是皇上从小到大受的牵连多了，所以不敢冒险？

一直说帝王无情，但帝王也很惜命。

韩谋笑了。

开始只是轻轻地笑，虽然春荼蘼看不到，却想象得到他摇着头，那傲慢又轻蔑的样子。渐渐地，他越笑越大声，最后哈哈大笑起来，好像听到天底下最可笑的事。

"到今天朕才相信，果然这皇位只有朕能坐。哪怕，你与朕长着一模一样的脸，甚至比朕还要聪明，但天子只有一个，而你，不是那个人！"他语气里满是强大的自信，仿佛真的想通了什么，"因为，你没有刻在骨子里的胆色。朕宁愿不要性命，不要江山，唯尊严不可弃。你以为，朕会受要挟？任何人、任何借口、任何情况，朕都不会受人胁迫和牵制。包括你，包括想以你来威胁朕生命的其他人！朕宁死，也不会向任何人低头的。因为，全大唐的臣民都可以为某件事低头、软弱，但朕不可以！"

"那你……"韩影子被这番掷地有声的话镇住了。春荼蘼也是。

韩谋没回答，只是顺手抽出悬在墙壁上的剑，唰的一声，毫不犹豫地斩下！

韩影子长声惨叫！

春荼蘼再也控制不住自己，腾地跳起来，骇然望过去。

血，到处都是血！喷溅在床帐子上、附近的地面上，还有人的身上。韩谋换了衣服，虽是便装，却是皇帝专属的明黄色。但此时，他的脸上和龙袍上染了大团大团的血红。他的右手提着一柄长剑，剑刃上的血，顺着血槽，点点滴滴落在地上。

而床上，韩影子歪倒一旁，雪白的中衣已经变成红色，左手臂齐肩与肢体分离，落在床前的脚踏上。他脸色惨白如纸，却没有晕过去。刚才突然之下，呼痛声凄厉如鬼，连春荼蘼的耳膜都要刺破似的，此时却咬着牙不吭声，反而尽力地笑。

这是什么兄弟？果然天家无亲情吗？彼此争强好胜，无论如何，都不肯在对方面前认输！

"哈哈，你砍偏了，大好头颅在此！"他奋力坐起，完好的那只手指指自己的脑袋，"还是你想慢慢折磨我？不管哪一样，尽管来吧！"

韩谋丢掉长剑，突然俯下身，迅速点了韩影子几处穴道，延缓流血的速度。不然，再这么失血下去，他就算不疼死，也会很快休克，然后魂归西天。

"传御医！"韩谋朗声道，语气中有着不容人置疑和反驳的意味，却并不慌乱仓皇。显而易见，这一剑，他砍得并不随性，而且也不后悔。

这时候，春荼蘼看清他。

韩谋的脸色也极为不好，左臂一直垂着，好像伤得厉害，根本就抬不起来。可是他眼神极亮，脸上挂着淡淡的笑，似乎才做了一件畅快的事，解决了一个极大的难题。

血与笑容，断肢与凶器，交织出一幅很可怕的画面。春荼蘼转开目光，否则欲呕。

"你以为，朕就不疼吗？你有多疼，朕就有多疼。但朕告诉你，虽然很疼，但朕的手臂还在朕身上！"

"你砍掉我的左臂，就为了证明砍了我的头，你也只是脖子疼一阵，并不会有事？好，好，好，你果然够狠！"韩影子仰着头笑，可是神色非常吓人。

"朕自有道理，不必跟你解释。"韩谋收起笑容，"不怕告诉你，朕百般留你性命，不是怕伤了你的命，就令朕活不下去。朕说了，没人要挟得了朕，你也不行，事关性命也不行！而是……朕在母后大行之前发过誓，答应她，要让你好好活着，寿终正寝！朕是九五之尊，金口玉言，说到就绝对会做到。但若你自己找死，可怨不得朕了！"

韩影子惊呆了，春荼蘼也是。

这位皇帝，还真是英武且强硬，霸气十足，绝不肯让别人摆布，是天生的帝王！

片刻后，高福公公带着御医跌跌撞撞地赶到，见到血淋淋的场景也是吓得不敢吭声，连忙匍匐于地。

"下跪做什么，赶紧给此人治伤。"韩谋上前一步，不知打哪儿捞出个面具，动作粗鲁地套在韩影子的脸上。

奇怪的是，韩影子像受了什么打击，不反抗、不出声，也不动。若非剧痛令他身子不断抽搐，春荼蘼甚至以为他昏死了过去。

"他伤得重，但朕不管你们用什么办法，都必须保住他的性命。不然，你们就陪着他一起去吧。"韩谋吩咐着，大踏步走出屋子。

但在走到门边时，他突然瞄向了春荼蘼。只一眼，春荼蘼就双腿发软，心怦怦乱跳，但她很机灵、很狗腿地硬着头皮跟了出去。

"都听见了？"韩谋出屋后，并没有走远，而是俯首站在廊前。

附近有不少侍卫和太监、宫女，见到皇上浑身是血，杀气凛凛地出来，但龙行虎步，不似受伤，没一个敢过来的，都吓得低头垂目，努力降低存在感，最好被皇上当成透明人。

"皇上英明。"春荼蘼默认。

她不明白为什么皇上要当着她的面做那些事，说那些话，也不知道皇上是否早发现她装睡的事，但此时遮遮掩掩，显然是心虚而不聪明的，不如认下。刚才，韩影子为她争取到了对皇上的两次功劳，想必，也不至于被杀。但，此事她想脱干系，是绝对不成了。

"有人冒充朕，胆大包天的诈骗一案，朕打算着大理寺公开审理，毕竟……骗子闹得太大了。对百姓与群臣，朕要有交代。"韩谋并不看向春荼蘼，只是淡淡地道，"所以，朕命你做他的状师，不管你用什么办法，只要合乎唐律就行。最后要让百姓信服，并保下他的命。那样你就没事，春家也不会有事。"

"皇上！"春荼蘼猛地抬头，非常惊讶。

"朕要他活着，光明正大地活着，今后再不必躲藏，不必再被人利用。但是，他的真实身份也不能暴露。"韩谋接着说，"这样，你做得到吗？"

"皇上……这……好高难度的。"春荼蘼苦下脸，心中却暗骂：你都下了命令了，就属于圣旨的范畴，就像刚才甩给御医的话，我如果做不到，全家还有活路吗？

可是要做到，真的真的真的，很难。

"若简单，朕也不用特别指定你了。"韩谋忽地一笑，"朕听小正那小子吹嘘你不是一件两件事了，他说你是天降我大唐的律法天才。既如此，希望你不要让朕失望。此案，朕会亲自去听审，只要说服朕，就能说服天下人。"

"民女……遵旨。"她想不答应，成吗？！娘的，皇上也会说好话，哄得人为他卖命。

"你是不是觉得，朕心狠手辣？"韩谋突然话题一转。

春荼蘼叹了口气:"皇上,不怪您。因为……大爱者,无爱。"

"好一个大爱者无爱。"韩谋苦笑,抬头望着天际,"没想到,朕对唐律的想法,是你能理解。朕这番行事的心思,也是你能明白。"

春荼蘼不敢说话。

她出身低,还是女子,听到这样类似夸奖的感慨可不是好事。但她真的知道皇上为什么砍掉影子大叔的手臂。

皇上说要影子大叔光明正大地活着,前提就是影子大叔再不能冒充他,也不能被明的暗的各种暗涌的势力利用。那么,两人之间就必须有重大的区别。毁容?不行,还可以易容,或者人皮面具什么的。可是肢体残缺了,就再难装另一个人。当然,前提的前提是,她能打赢这场官司,让影子大叔有活下去的机会做独臂大侠。

"你先回去吧,堂审的日期,朕会找人安排。总之,大约一个月,你好好准备。"韩谋看了一眼沉默的春荼蘼,只觉得这姑娘特别聪明,凡事都不必多做解释。因而抬步就离开,把她晾在那儿。

春荼蘼也不敢乱走,好在片刻后康正源脸色急切地小跑过来:"荼蘼,你没事吧?"旋即压低了声音,"宫里居然闹刺客,后来听说你吓晕了,被皇上带到内廷去。我在前头帮忙肃清宫乱,也不知你如何了?"

"我没事。"春荼蘼犹豫一下,摇了摇头,还是决定绝口不提此事。毕竟,到底是个什么说法,皇上自有主张,明天就会诏告了吧?所以,她这时候必须要显得嘴巴特别严实才行。

康正源多聪明的人,见春荼蘼除了双手包着白布,有绿色药渍渗了出来外,并无明显的外伤,精神也看着还好,当下什么也不多问。只道:"皇上下旨,叫我送你回家,走吧。"

"好。"春荼蘼说着,又抬头望天。

此时,深蓝发黑的夜色已经悄悄褪去,有几丝灰红的彤云渐渐晕染了天空,东方呈现鱼肚白色。这说明,天就要亮了。而她昨天深夜入宫,在宫里耽搁了一宿,祖父在官驿还不知要急成什么样子。

一路上,她都怏怏的,和康正源很少交谈。其实,她很想问问所谓刺客的情况,很担心夜叉有没有安全回家。可是她怕被康正源发现异样,只能忍耐着。毕竟,没有消息就是好消息。

好不容易到了官驿,春青阳果然没睡,见她双手包扎,脸色极差,心中顿时咯噔一下,但当着康正源又不好多问。而康正源还领着差事,要回宫复旨,又知道人家祖孙二人有话要私下说,当下也没多待,客气几句就离开了。

"到底出了什么事?"康正源一走,春青阳就急着问,见孙女出去时还好好的,回来就受了伤,又是心疼,又是担忧。

"宫里进了刺客。"春荼蘼小小声地,拣能应付过去,又不甚重要的事说给祖父听。

春青阳果然大吃一惊:"那皇上……"

"皇上没事，您等午饭后随便打听打听，必定有官方消息传来。"她举起两手，苦笑，"孙女无能，吓得跌倒，把两手摔伤了。但别看包得很夸张，还抹了厚厚的药，可太医说了，其实没什么事，养两天就好。"

"疼不疼啊？"春青阳小心地捧着孙女的两只被白布包得看不到手指的手，见她身上的衣服已经换过，头发也重新梳的，哪能放下心？叹道，"伤筋动骨一百天，哪有那么容易好？"

"祖父。"春荼蘼笑，"并没有伤到筋骨，就是点硬伤和外伤。"她怎么告诉祖父，是她被关在夹墙中，因为极度恐惧，用手敲墙时，撞出了瘀青、擦破了皮肤、指甲被掀，可能还有点关节错位什么的？

疼，自然是疼的。但宫里的药好，现在凉凉的，并不是很难忍受。

春青阳对皇宫进刺客的事只打听了个大概，并不深究，反而把春荼蘼的伤势看了半天，看她实在是疲累，就打发过儿和小凤，亲自伺候她回屋，换了睡觉的衣服，然后躺下。

然而，两个丫头才轻轻把门反手带上，一条黑影就从床帐后面闪出来。

春荼蘼一骨碌就爬起来，可是双手撑床时，忘记伤势了，疼得咝咝吸冷气，只是怕惊动了别人，把痛呼声全死死闷在肚子里。

夜叉连忙一步上前，轻轻扶住了她。之后又急急缩回手，往后退了两步，站的地方离她不太近，但也不太远。

春荼蘼很想问，他躲在床后多久，是不是看到她换衣服了？但见夜叉的绿眸明澈，隐藏着看不懂的情绪，似有焦急和心疼，却绝对没有其他。她立即觉得自己龌龊，夜叉满身落拓，但举止不经意流露出骄傲和高贵，就算当初见他被雪埋住，威势都还在，不会行小人之举。

果然，和刑狱之事沾染过多，经常接触流氓和罪犯，心思也变得复杂了啊。

"你怎么在？"临时，她改口。

"来告诉你，我平安出宫了。"夜叉的目光一再巡视在她的双手上，"疼？"

春荼蘼习惯性地摇头，随即却又点了点头。夜叉是黑暗里的人，却从不向她隐瞒，于是她也不伪装。之前，她也确实担心他来着。现在见到人，待会儿就能睡个好觉。不然，虽然她精神消耗太大，累得动都不愿意动，却肯定不能踏实。

"你脸色不好，受伤了吗？"再细看夜叉，发现他有些憔悴之态。但奇怪的是，跟他静静地说话倒不如两人在危险时相处自在，总透着些尴尬。伶牙俐齿的她，有些不知说什么好。

"没事……只是累了。"夜叉也局促。

于是短暂又暧昧的沉默后，春荼蘼望望映在窗棂上的天色道："既然彼此平安，你快回去吧！不然天光大亮，怕是不好行事。"

夜叉唇角微翘。果然，把他当成见不得光的人啊。其实他可以白天出现，只要小心些，不让有心人看到、抓到就好。

但他没有反驳，转身走到门边，手按在门上的刹那，又停住，头也不回地说："你最好不要掺和到这件事里来。"

"不是我愿意的。"春荼蘼苦笑,"算是倒霉催的吧?反正,现在我已经无法抽身了。"

"那……若需要帮助,只管到叶记来找我。"夜叉沉吟了一下,"我打算在长安定居,叶记就是我和锦衣的家。只是,你要当心些,别被人太注意。"说完,再度推门要走。

但这一次,却是春荼蘼叫住他。

"不要再救我的命了。"她冲口而出。

夜叉很意外,半侧过头,望向她。晨曦,从他背后的窗纸上晕染开来,衬得他五官立体的脸半明半暗,满是原始而神秘的诱惑。

他没问为什么,春荼蘼却似绷不住似的,话没经大脑就出口:"你还欠我半条命,我不用你还了……"还得太干净,也许以后就不会再相见。

可说完这话,她突然又慌了,找补道:"为什么这么信任我?"两人几乎没怎么共过事,了解也根本谈不上,但就是彼此不设心防。而他就像一片魅影,总是出现在她最需要的时刻。

"记得我们第一次相遇吗?"夜叉回过头去,以背对着她说,"你对我说,活下去!不断说着这三个字。所以我信你,信你不会伤害我的性命。而我有的,也只是这条命而已。"有时候就是这样,信任一个人却没有任何理由,真是奇怪的感觉。

而他三度推门,却第三度停下:"为什么那么害怕被关在夹墙里?"

他能说吗?当时他隐在屋顶上,虽然随时会暴露、会被追杀,但听到她疯了一样敲墙,哭着呼救,看到她被救出来后,浑身被冷汗浸透,直接晕死了过去,他的心像被无形之力搅碎了似的。他甚至怀疑,狠心把她留在那儿是明智的吗?那感觉……像杀了她一次。而且,是他亲自动的手。尽管知道那是为她好,可他还是责怪自己。

春荼蘼沉默片刻,正当夜叉以为她不会说时,她却开了口:"小时候,我被人抓起来关到一个四面没有门窗的地方很久。出来后,我最怕独自在封闭的环境,那感觉……像把我活埋在坟墓里。"

一缕阳光,终于出现。

夜叉侧了脸,像是躲避似的,之后终是走了。他心中暗暗发誓,只要他在,就绝不会让春荼蘼再经历一次被关起来的痛苦,不过有些话他不能说。因为,他没有那个资格。

而春荼蘼在他走后,却很快就睡熟了。得幽闭恐惧症的原因,她从没有对任何人讲过,今天说出来,像是放下胸口压着的一座山似的,顿时轻松不少。

接下来的几天,她非常老实,大门不出,二门不迈的,在家抱着《大唐律》苦读,然后拼命回想遇到过的案子,要找到辩护的最佳切入点。其实,韩影子的案子事实俱在,没有争议,说到底,皇上是要春荼蘼给他的双胞胎弟弟减刑——找各种借口减刑。这样的话,和她平常的官司不一样,不需要调查什么,只要在堂审前与韩影子见几面,对对口供就行。所谓的大理寺审理,看的,其实是她一个人的表演。

苦思冥想了几日，她终于在心里成形了个念头。当然，细节还得反复推敲。但她估计影子大叔伤得那么重，就算有圣手神医，没有个把月，只怕也没精力见人。

至于皇宫出现刺客的事，皇上第二天就直接诏告天下，不粉饰太平。但他并没说，来人是冲韩影子去的。而皇宫内各色人等忙碌许久，终于发现一条直通皇宫外的暗道的事，民间没有传闻，只有品级很高的大臣们才知道。忠于韩氏王朝的人，无不捏一把冷汗。

幸好这暗道"误打误撞"地被发现了，不然若敌对势力组织了大批高手，直接杀入皇宫，天下必将大乱。毕竟，皇上再英明神武，也架不住这么突然袭击的。

倒是"福将"春荼蘼在官驿跟大萌和一刀学了两天箭术后，忽然又出现在叶记。

"夜叉不在。"在演完一出掌柜和客人寒暄的戏码后，锦衣一边往店里让着春荼蘼，一边低声道。

"我是来买弓箭的。"春荼蘼很认真。

过儿和小凤，被她打发往胡食店买毕罗去了。不管什么生意聚集的坊市，总会有食肆。

锦衣当然不信：“大小姐，明人眼前不说暗话好吗？请你别再来打扰夜叉的生活了，你知道为了救陷入皇宫的你，他的代价是什么？”

第四十七章　罗大都督案的谜底

代价？

听到这两个字，春荼蘼蓦然觉得自己超级自私。夜叉因为一点无缘无故的所谓恩情，救了她很多次。她坦然接受，甚至有点责怪锦衣对她恶形恶状，却从没想过，他为她，要付出什么样的代价！

下意识地，她向楼梯望去。

锦衣冷笑："他真的不在。或者说，等于不在。"

"什么意思？"春荼蘼抓住语病。

锦衣想了想，像下定什么决心似的，眼神示意让春荼蘼跟他走。

春荼蘼谨慎地回头看看，见店门口不知何时摆了一个铁匠铺子特有的架子，门框上又挂着半截布帘。这样一来，整个叶记虽然没有大门紧闭，但从外面也是绝对看不到里面的。

· 139 ·

"跟上，别磨蹭。"锦衣见她不动，低声催促。

春荼蘼只好随他来到后院，进了一间杂物房兼……厨房。房间内四周堆着锅碗瓢盆和破烂家伙，杂乱无章，连下脚的地方都没有。但，锦衣偏偏在其中挤出一条道来，然后挪动最里面靠近灶台的水缸。立即，后面就闪出一间暗室来。

室内，漆黑一片。

锦衣从灶下取出一根半燃着的柴火做照明。瞬间，放眼全室，虽不明亮，却看得清楚。

暗室约莫十个平方，扁长形，但因为什么也没有，所以并不显得逼仄。只靠东南的墙角处，盘膝坐着一个人，双手掐着奇怪的诀法，坐一个蒲团，不是夜叉又是谁？

仿佛，春荼蘼回到那个雪天：一个"雪人"有如雕像，不动也不说，呼吸微弱，没有半点温度，外界加之诸多伤害，也不能令他苏醒。

她完全惊呆了，下意识地捂住嘴，免得惊呼出声。

锦衣却强拉她出来，把密室重新关闭，墙面、柜子、水缸，都归于原位。

到了前头，锦衣从柜台中拿出几支竹箭，摆在春荼蘼面前，一脸标准的商户笑容，仿佛是请她挑选。但他的眼神是不耐烦的、声音是拒人于千里之外的。真难得他一人同时拥有两种表情，偏偏还都很到位。

"他到底怎么了？"春荼蘼拿起一支竹箭，脸上露出挑剔的神情，却问。

表演，她也不差啊。

"他那么信任你，想必我说了实情，他也不会介意。"锦衣笑眯眯地撂狠话，"关于身世什么的，你别问，我也不会答，只说说他的武功来历。在幽州城时，你可记得我的祖父？"

"死的那个？然后……尸体不见了。"罗大都督府失窃案，到现在还没破，她一直记得。

"他不是我祖父。"锦衣说得冷酷，"他的尸体是我挖出来的，当时他还没死，只是龟息假死。若不理会，十天半个月的也能挨过去。但是我把他'救'出来后，他就死透了，简简单单一把火，烧得连灰也不剩。"

"罗大都督曾派人守着墓地。"春荼蘼疑惑，而且有预感，好多谜团今天会解开。

"我是汉人，但我在西域出生、长大，会点奇奇怪怪的邪术、巫术不是很正常吗？"锦衣一笑，怪瘆人的，"要让那些士兵睡一小觉，醒来后什么都不记得，并不太难。"

春荼蘼张了张嘴，但成功地克制住了自己的好奇。她想问为什么锦衣和所谓的祖父要在幽州潜伏这么多年，又为什么要弃之离开。她当然不会觉得他们杀了真正的金氏祖孙，然后冒名顶替。因为锦衣从她见时就是这个样子，从没有易容过，幽州的街坊邻居都能作证。但，这么久的潜伏，可见所谋者甚大。

她有天生的好奇心，可忍住了没问。因为……其实……她只是想知道夜叉怎么了而已。

而锦衣，继续说了下去："那个老混蛋，是突厥皇家萨满，卑鄙的男巫。他逼着当时还年幼的夜叉修习一种邪术,因为他说夜叉是百年难遇的合适体质。在功成后,被催动之时,夜叉有如凶神,万人难敌。"

春荼蘼惊得目瞪口呆。那样一来,夜叉岂不是那个什么萨满手中最大的凶器?能随意为他杀人!可是突然,她想起军营那个兵哥哥说的话,他说作为军奴的夜叉在军营时,上过战场的马匹,能猎野兽的猎犬,见到他都吓得不敢靠近,还非常不安。动物永远比人类敏感。而当时,夜叉也是这种活死人的状态。

"难道他每运功一次,后果……后果就是那样的吗?"春荼蘼问,脸色都控制不住了。

"对,这就是他为你付出的代价……之一!"锦衣说着就恼火起来,"本来,以他的武功来说,并不需要运用魔功就足以保护自己。但是,你惹的麻烦总是有天那么大,上回罗立派高手杀你,他离得太远,仓促出手,不得不强行运功。这一回,他更是得跟你进皇宫,还得平安出来,不被人抓住,以免把你牵连进去。你以为,皇宫是旁边卖菜的坊市啊,进出随意,如履平地吗?你又知不知道,皇宫有多少高手侍卫?就这样,他还担心你能否平安出来,强抑着动用魔功之后的痛苦,等你到了官驿才回来!"

"我不知道这个……"春荼蘼很愧疚。怪不得,当时夜叉的脸色很差!

"现在我说了,你总知道了吧?"锦衣咧咧嘴,像在脸上挂了个笑面具,看似喜庆,却毫无温度,"他这样的情况会持续少则一两天,多则十几天。这期间他脆弱不堪,一个小童都可以轻而易举地杀掉他,你又知道有多少人想要他的命吗?而且每运功一次,他都要承受巨大的痛苦,损耗自身的寿元。你要明白,超越人类极限的能力,总要付出相应的代价,这世上哪有白来的东西。甚至,运用魔功的次数多了,他可能丧失心智,迷失自我,与凶神或者野兽无异。那时,他要怎么办?"

"我……我……"春荼蘼的震惊无法描述,她不知道代价是如此之大,"可是,没办法解除这什么破玩意儿的魔功吗?"

"我一直在努力想办法,翻遍了古籍秘书,涉猎巫蛊之术,我相信一定可以治好他,可是我需要时间。而且在此期间,他不能让情况再恶化!但也不知什么孽缘,我们在幽州时,遇到了你。我们在洛阳落脚,又遇到了你。现在我们躲到长安来,居然还是被你找到。你是故意的吧?你不害死他就没完是不是?你简直……就是他的魔障!"

锦衣越说越刻薄,但春荼蘼却不怪他。任谁,当自己的好友被旁人威胁生命时,都不可能还保持冷静。可她就算不无辜,至少不是故意的,此时被攻击得体无完肤,本能地反击道:"可是,你也没有保护好他啊。我在幽州遇到他时,你让他落到那步境地,沦为军奴,像牲口一样被对待,说不定就不明不白地死在那儿!"

"在萨满死之前,夜叉并不与我们在一处。他的去向和所在,只有那老混蛋知道!"锦衣被激得眼睛都红了,"之前他并没有出重要任务,不知道怎么会到那种状态,他从来没有说过那件事。甚至,我不知道当时他就在军营里,不然怎么会不救他?他苏醒后,突然出现在我面前时,我都很吃惊。"

"为什么不早杀掉萨满?"春荼蘼问,心里很不舒服,因为似乎体会得到夜叉的高贵与骄傲,无法容忍他被一个男巫所控制。想必,他也很愤怒,觉得是极大的侮辱吧？而且她注意到了，锦衣用了"我们"二字。说明，夜叉手下还有其他人，绝不止一两个。还有，他说"出任务"什么的……

"因为萨满与他性命相连，直到罗大都督案时他出现，告诉我他已经解掉这个联系，我们才敢动手。"关于这一点，锦衣说得含糊，因为夜叉并没有跟他细说。

他只知道，从那天开始，他们开始摆脱了"那一方"。虽然还是见不得光，但却获得自由。

"罗大都督府的盗窃案，是你们做的吧？"春荼蘼突然问。从时间上看，是在夜叉变成雪人前就做的，毕竟挖地道不是一朝一夕之功。

"是。"锦衣直接承认。

"我很好奇，那么多珠宝，你们是怎么弄出城的？"

"因为所有人都注意棺材以及里面的死人，没人注意运棺材和装满丧器的马车啊。"锦衣得意地笑起来，"一叶障目，人总是忽略眼皮子底下的东西。大箱的珠宝，分散在两辆马车的夹层间，可谓神不知、鬼不觉。之前得到罗立那箱子东西的消息、挖地道、把东西弄出来，都有周密的计划。"所谓丧器，是丧葬时，依照风俗所需要的礼仪器皿。若是普通人家，还会有石雕的陪葬物。

"好办法。"春荼蘼由衷佩服锦衣的胆大心细。可以说，锦衣是心理战的高手。至于其他有关情报和组织的信息，她不问，也不想知道。

但锦衣却面色再变，冷冷地看着春荼蘼道："你不知道吧，罗大都督的东西中，有夜叉为你付出的代价之二。这次他失去的，比代价一还要重要。"

"箱子里有比珠宝更珍贵的东西？"春荼蘼一下就猜到了。

所以，罗大都督急成那个样子，近乎疯狂地要找到那个东西，理智尽丧，昏招频频。甚至，后来想杀掉她泄愤。幸好韩无畏保护了她，终让罗大都督住手。只是直到今天，他是否还惶惶不安呢？

珠宝箱中的，到底是什么东西？为什么锦衣会认为，夜叉为救她而失掉了那宝贝？

"虽然我不喜欢你，但一直觉得你非常聪明。"锦衣嘲讽地说，"难道你就没有怀疑过，一个见不得光、隐身于江湖、能平安活着都很奢侈的男人，怎么会知道皇宫密道的？"

春荼蘼心头一凛。

她想过的，真的想过。只是，她下意识地不想深想。因为，有时候知道得太多，会给家人带来危险。也会令某些人……远离。

夜叉有胡人血统，虽然他努力隐藏尊贵的气息，但他不像常人，只是落拓于江湖罢了。可大唐立国已有两朝，以他的年龄来说，不可能住过皇宫的。

那么……

"罗大都督的珠宝箱内，有一张地图。"锦衣解开谜题，"那张地图本属于突厥王室，毕竟之前外族占据了汉地百年，大唐的皇宫，也曾是突厥人的皇宫。当年，没人知道突厥的开国之帝修建了那个密道是为了什么，但后来却成为了只有历代皇位继承人才知道的秘密。而韩姓入主大唐后，皇宫是大肆修缮过的，却从来没有发现这个秘密。"

春荼蘼明白了，有了那张密道的地图，就等于拥有了插入大唐国主心脏的尖刀。有兵有将有文有武又如何？大唐盛世即将开启又如何？当孤注一掷的时候，远水永远解不了近渴。很多时候，天下稳定就系于帝王一身。大唐才历两代，根基并不是很稳定，若失去名正言顺的国主，最后不管群雄并起时谁胜谁败，这份大乱是跑不了的。

而拿着这把刀的人，是力量，也是危险，可伤人，亦可伤己。但对于韩姓大唐来说，绝对是个威胁。所以，罗大都督怎么得到这份秘图不重要，毕竟他是武将，与突厥交战多年，当年也是他拖住突厥一支强大的力量，助韩姓夺天下，他有很多意外或者顺理成章的机会。关键在于，他留着那张图干什么，并且，看没看过。

"罗立没看过秘图，我们得到时，封印还在。"锦衣似乎知道春荼蘼所想，也不禁佩服她一个小小女子，反应能这般敏锐通透，"那张图是杀人刀，可也是保命符。罗立做封疆大吏多年，在朝中是谨慎忠臣，在外却是蛮横骄奢，单看他两个备受宠爱的庶女就知道了。"

春荼蘼点点头，想起那对姐妹花罗语琴和罗语兰来。她们二人想把韩无畏和康正源分而占之，可惜神女有心，襄王无梦，一番情意没着落，转而对她有了很深的敌意，典型的迁怒。也不知到了长安，有没有可能见到？阿弥陀佛，可千万别！

"罗立此人看似勇武，年纪大后却极为胆小惜命。而且，他眼光很好，却心胸不够，往往昏招频出。近年龙椅上那位重视律法规则，再无上代君王的宽容，律下愈严，权力也不动声色地收归君侧，已经夺了几个世家大族的特权。说起来，那一位真是本事，即位十七年不到，专拣难拔的老虎牙下手啊。"锦衣难得地夸了韩谋一句。

"罗大都督怕皇上那把火烧到自己身上，所以一边把两个儿子留在京中，表示忠诚。另一方面，怕皇上翻脸，或者他真做过什么可能导致满门抄斩的事。他不敢谋反，所以打算给自个儿弄一个免死金牌。到时候进可攻，退可守。既可以当成立功，献图于皇上，以功免罪。实在不行，又可以西逃于阿尔泰山，作为投靠突厥的投名状。"春荼蘼冷笑。

一脚踏两船，两头不到岸，这么浅显的道理，罗大都督居然不懂。这什么政治智慧啊，还不如她一介民女。可见，大人物什么的，不过如此。而人若糊涂起来，年轻时的果断勇敢全失尽了。大约是在富贵乡中泡太久，骨头都酥了。

"也不能怪他。"锦衣分析这些事时倒冷静，少了对春荼蘼时的激愤，"无欲则刚。他亏心事做多了，一介武将，镇守重镇，却与朝中大员联络密切。他可能只是为了使罗家声势更旺罢了，却不知韩谋最忌讳几大姓几大家的。当今龙椅上那位看似温和，其实为人霸道，家族势力太强大，皇帝到底算谁家的搞在一起？所以罗立怕猜忌嘛，这才弄根救命稻草抓着。"

春荼蘼想了想，脸色开始发白。

"你明白了吧？"锦衣一直观察她的反应，觉得和聪明人说话很省事，一点就透，"这是夜叉为救你付出的第二个代价！他用那个密道，令你成了福将、功臣，在韩谋面前保住了你的小命。你以为，你的功劳只在于救驾吗？不是！你暴露了那个密道，令韩

·143·

谋发现了唯一可直接置他于不利处境的漏洞。等那个密道被堵死,这把多少人想要的刀就成了废物!"

"他要那张图干什么?"春荼蘼面色如雪。

他,不是想谋反吧?

"那也是他的保命符!"锦衣声音中带着恨铁不成钢的意思,"本来,我们筹谋多年,那图本是为别人偷的。但他突然摆脱了萨满的控制,手握秘图,立即变被动为主动。谋反?哈,好像那个龙椅有什么好似的。他其实只是想平静地生活而已,种种田,或者打打铁。但就是很多人不允许他这样活着。所以丢了这图,他就失了筹码。你懂了吧?他是用他的命换你的命,而且半点也没有犹豫。你说,到底是他欠你,还是你欠他?!"

脑袋里轰的一声,春荼蘼彻底清醒了。

夜叉的身世,绝对不简单,能活下来,恐怕已经耗尽了心力。若不是为她,可能还轻松些。

到今天这一步,全是她的错!若说以前是夜叉主动,而到长安后,是她不该想尽办法来找他。她应该保持理智的,那不是她引以为傲的吗?她不是劝过自己吗?夜叉对她来说,太像另一个世界的人。其实,她也知道彼此断绝来往更好,可又为什么任性了,只由着自己的心意?甚至,这心意她都不明白?是喜欢吗?她不知道。她是理智的人,从来不会相信一见钟情。但,是好奇吗?是觉得神秘吗?那就更可悲了。

尤其是,面对一个为她可以随时牺牲的男人,虽然她不知道那执念由何而来,她却不能坦然接受。她可能冷情,却绝不自私。特别是,夜叉对她的无私是那么珍贵。也许,是就算活几辈子也遇不到的幸运。

既然还不起,就不要再欠了吧?她凭什么要求别人只付出,而没有回报呢?对韩无畏和康正源,她都有报答的机会,唯夜叉没有。

"谢谢你。"她深吸一口气,压下心中莫名其妙泛滥的心潮,整个人冷得像冰一样,"我不会再来找他了。"这个答案,是锦衣要的吧?也是他告诉她这么多秘密的原因吧?

"有什么用?他会去找你。"锦衣叹息,"我知道我太苛刻了,可是,我只是想他活下去。"

"那我给你一个承诺。"春荼蘼站起来,面向后院的方向,因为,这承诺不是给锦衣的。

"办完皇上指定的诈骗案,我立即回洛阳,永远也不再来长安。"怎么办?说这话时,她也心痛。而距离,早晚会分隔曾经彼此熟悉的人,最后让双方逐渐淡忘,彼此成为生命中的过客。

"我管不住他,但你走了,他会明白。"锦衣又叹口气。

他的目的达到了,但他并不感到高兴。他从来没有伤害春荼蘼的意思,也不想夺走殿下的仅有快乐。只是有时候,他必须做恶人。

春荼蘼不知道自己怎么离开叶记的,只应付过儿和小凤的问题就很头疼了,最后只得以和掌柜的发生争执而结束话题。

"那咱们再也不来这破地方了。"过儿说。

"嗯，不来。"春荼蘼用力点头，心中万分不舍。甚至，眼睛都湿了，只能迎向阳光，晒干。

两天后，十月初十，是春荼蘼的十五岁生辰，她终于及笄了。

及笄礼非常复杂，三加三拜什么的，参加的宾客也有讲究。但此时的春荼蘼身在长安，亲长只有祖父，又人生地不熟的，无亲无友，也找不到德高望重的女性长辈，干脆就自家人摆桌酒，热闹一下就算了。

春青阳为此觉得特别对不起小孙女，不过春荼蘼根本不怎么在乎这些，还安慰说："我才不要不认识的老太太们给我穿礼服、戴钗冠呢。凡事，心诚为上。这世上，还有比祖父更疼爱我的人吗？所以，由祖父亲自为我行及笄礼，带着祖父全心全意对我的疼宠，最真心实意的祝福，我就能承接好大的福气，比什么都强！"

"你这孩子！"春青阳被她说得露出笑容，心下宽敞起来。

"可不是么，虚礼哪比得上真心呀。"春荼蘼狗腿地抱住祖父的胳膊。

哄春青阳，她是一绝，往往三两句就能让老爷子由忧愁变成心花怒放。宝贝孙女、开心果什么的，就是说她这种人。

不过，一家人才准备好，不速之客来了。

春荼蘼及笄宴选的时间是在中午，地点就在官驿自家住的小院正房正厅内，菜品是从附近最有名的酒楼订的。虽然他们一家总共只有六个人，菜量却足够十人吃的，并不是提防有人来，而是人家只订整桌的菜，而一桌就是十人份儿。春青阳一向节俭，但给孙女花钱，却是连眼也不眨一下。就这，还觉得亏待了自己的心肝宝贝。

然而酒席还没到，韩无畏和康正源却先来了，把春荼蘼吓了一跳，还当又出了什么事，连自己的及笄礼都不得消停。但当她看到两个穿着便装，一人手里还抱着个礼盒，就知道他们是来贺她的及笄的，不禁又是意外，又是欢喜。意外的是，没想到他们知道她的生辰，欢喜则是人之常情。任谁被如此重视，都很难不开心。

韩无畏虽是便装，却还是军中打扮，枣红色下裤，窄袖宽肩，腰扎巴掌宽、黑中带银的腰带，同色的军靴和细细的抹额，看似普通，但精致华贵的墨玉冠却为他平添了贵气。而康正源则是石青色宽袖偏衽襕衫袍，黑色幞头加文士靴，腰系灰蓝色丝绦。

两个人，一个奔放如烈火，英气逼人。一个温润如美玉，谦谦君子风。他们表兄弟，好像是两个极端，但并肩站着却相当惹眼，又奇异地和谐，似乎一眼望去就遍览天下美男似的。

真是……令人赏心悦目啊。

而他们看春荼蘼，同样满心悦之。因为到底是自己的成人礼，春荼蘼认真打扮了一番，穿着桂子绿齐胸瑞锦襦裙，胸前系着豆绿飘带，外面套着粉霞牡丹花纹长衣，脚上是粉红花罗高底鞋。她本就略有高挑，此时粉粉绿绿，更显修长，衬着白嫩嫩一张脸，端的是青春逼人，虽不施粉黛，仍然明艳无比。怨道人说十七八岁无丑女，何况她本身长得不错，而且天生讨喜无害的模样，甜甜一笑，让韩康二人都错不开眼珠。

"你们怎么来了？"她迎上前问。

"你的及笄礼，若在别处办就罢了，既然在长安，哪有不来观礼的道理？"康正源温言道。

"怎么知道是今天？我也没发请帖呀！难道查了我的户籍证明？"一连三个问题，纯粹是她的职业病，其实并无敌意。

可春青阳却瞪了孙女一眼道："今天起就是大姑娘了，还这般没有规矩。两位大人前来观礼是给你面子，说话怎能如何随便？"

"不碍事，反正都这么熟了，她换个样子对我，我倒不习惯了。"韩无畏笑道。

"你那是贱。"康正源凉凉地来了一句，过儿和小凤立即笑了。

"先办正事要紧。"韩无畏不以为意，"然后不贱的可以随时走人，多你一个不多，少你一个不少的，也就是个摆设。"

两人互掐，连春青阳也不禁莞尔。但他注意到"正事"二字，立即恭敬起来，问："二位大人有何贵干？可是特别重要的事？"

韩无畏看了眼康正源，做了个"你来"的手势，康正源就上前一步，神色正然道："皇上口谕，春荼蘼听旨。"

春家人闻言，都吓了一大跳，春荼蘼就情不自禁就向韩无畏望去，但见他痞痞地眨了下眼睛，立即知道不是坏事，暗松了口气，拉着祖父跪下接旨。小凤、过儿、大萌和一刀随后。

"及笄之礼，乃女子一生大事。春氏荼蘼，为我大唐第一位女状师，以运用律法为职，以保护律法为己任，是我大唐女子之楷模。今，特赏赐小烧尾宴一席，以示鼓励。"康正源端端正正地念完，等春家人磕头谢了恩，立即就搀了春青阳起来，笑道，"今天皇上给我了半日的假期，我就厚颜叨扰一顿了。"提前说好，省得春青阳为难，不知要不要塞银子。毕竟宣旨的人都要得好处，这是不成文的定例。

"请还请不来呢。"春青阳挺高兴，既觉得小康大人体贴，心存感激，又在震惊之后觉得倍有面子，心中喜悦异常。

皇上说孙女是大唐的女子楷模，虽然如今只是口谕，但也很快会有人知道。有皇上给孙女正名，谁还敢说孙女做的是贱业中的贱业？这样一来，怎么会嫁不出去？只怕到时候求娶者要踏破自家门槛呢。

说来说去，春青阳不管表面上多么看得开，其实内心深处还是担心孙女的姻缘问题。这会儿他兴高采烈，春荼蘼却知道皇上这是敲打她，要她好好给韩影子打官司呢。不过今天是她的大好日子，她不愿去想工作上的事，再努力忘记心里空落的部分，要无忧无虑地过一天。

"烧尾宴，我听说过！"她把注意力转移到吃上，"是说士人新官上任或官员升迁，招待前来恭贺的亲朋同僚的宴会吧？"

"小姐，这名字好怪，烧什么尾？"过儿问道。

"这名字的起源有三种说法：一说老虎变成人时，要烧断其尾；二说羊入新群，要烧焦旧尾才被接纳；三说鲤鱼跃龙门，经天火烧掉鱼尾，才能化为真龙。"

"听起来很吉利。"小凤挺高兴，"皇上是期望小姐将来有大出息呢。"

这话，又听得春青阳眉开眼笑。

春茶蘼配合着露出喜悦的神情，心中总有点不安。对于烧尾宴，她还真听说过，但小凤和过儿都没有听说过，证明只在上流社会流行，民间还不太知道。也就说，这是很高级的宴席，而她一介民女，及笄礼至于惊动大唐最高主人吗？

"那个……听说烧尾宴有好多好多大菜，真正的豪华大宴。咱们就这几个人，吃不了多浪费啊……再说我们也订了一桌酒席了。"她为难地说。

"所以叫小烧尾宴嘛。"韩无畏似乎知道她的不安，解释道，"正式的烧尾宴，连我也只参加过两次，那可是有几百道菜式，极度华丽壮观，算得大场面。不过皇上一向反对奢侈风，所以宫里研制了小烧尾宴，每次科考后任命新的官员，皇上会赐下几十桌。你虽然不是官，但皇上爱你于律法之上的表现，特别赏赐。"他安慰春茶蘼，也是让她别以为是极为特殊的待遇，只是表达重视罢了，坦然接受吧。

他这样一说，春茶蘼放下了心，下意识地摸了摸胃。要知道那种宴席，就算是吃货，也会有很大压力。

"放心放心，只十五道菜而已，正合你的年纪。"韩无畏一脸精通的样子，报起菜名，"有通花软牛肠、光明虾炙、白龙曜、羊皮花丝、雪婴儿、仙人脔、小天酥、箸头春、过门香、金铃炙这十道菜，外加六道饭食点心和汤品。十个人吃刚刚好，既不会浪费，也不会不够吃。至于你早订的酒席，现在派人去说一声，退掉就是，了不起损失了订金银子，也没多少吧。"

"可算上你们俩，也才八个人。"春茶蘼跟他抬杠。

"我一个人能吃出三人份儿，放心吧。"韩无畏哈哈笑，看起来真是高兴。

得了准信儿，春青阳就带着大萌和一刀出去做准备，留孙女带着两个丫鬟，陪着客人先坐坐。春茶蘼打发小凤和过儿先给两人上些茶水点心，趁着屋内只有三人时问韩无畏："你不是让皇上发配到大兴苑守林子去了，怎么能来找我的？"

"皇上没发配我，是护着我呢。"韩无畏也不避讳，"诈骗案的事，虽然外面传得凶，但皇上的真正心意一直没透露出来，只等着哪天正式宣旨再处理。其实这事动摇不了国本，徒增笑话罢了，只是必须得办好。那些个丁点大的本事没有，只会揣摩上意的家伙私下等着看热闹，皇上怕他们来找我瞎打听，偏有些因为地位或者亲戚的关系，我不好直接拒绝，到时候又烦又为难，干脆就让我先躲躲。"

"皇上真疼你。"春茶蘼由衷地道。

但她也想得到，皇上一直拖着此案，一是因为韩影子重伤，暂时无法上堂。二是因为忙着彻查和封堵皇宫密道，事有先后。三是想暗中看看朝臣们怎么蹦跶吧？谣言传得越凶，越能看出每个人的细微反应。所以说皇上既好当，也难当。好当的是，上岗后能使唤的人多，难当的是，光应付这些人就得耗费一大半精力。

而皇上这么做还有一层意思：韩影子的案件是面子工程，一定得说圆了，不然会死人。

等了不久，十五道精致菜肴的小烧尾宴送来了，人也到齐了，及笄礼正式开始，先由女方家长讲话。

"荼蘼啊，祖父这辈子再无所求，只愿你一生平安喜乐就好。"春青阳说得简单，但长辈对晚辈的满腔疼爱却道尽了。随后，他先是拿出一只碧玉藤花佩，说是春家的祖传之物，送与孙女做及笄礼。

春荼蘼不懂玉，但这玉的颜色翠得纯净，水色又透亮，绝对是上等的美玉。对她而言，对春家而言都是极为贵重的，当下认真收好。

随后，春青阳又只拿出一个式样比较老，但依然精美的红漆小盒子来："这是你爹从洛阳托人捎过来的。他女儿成为大姑娘的好日子，可惜他有军令在身，不能前来，但东西却早早就送到了，嘱咐我今天交与你。"

春荼蘼心中感动，突然想念起父亲来，眼圈就有点发红。除了老周头看着宅子，全家人都在长安，就把父亲孤零零地扔在德茂折冲府里……

"拿着。"春青阳催促。

她接过盒子，下意识地摩挲了几下，见上面有一个暗扣样的锁，才要打开，春青阳却拦住她："你爹的意思，是叫你自个儿偷偷地看。"犹豫了一下才说，"这是……你亲娘留给你的东西。当年她去时曾经说，希望你好好保管，嫁人的时候再示于人前。"

听这话，春荼蘼不禁有些诧异，但她并没有当场反驳，只把那红漆盒子交给过儿，先放在一边的小几下，然后伸出手来，手掌向上，对着饭桌上的其他人团团一伸，笑道："都有礼物给我吗？拿出来吧，别客气，就算寒酸点，我也不嫌弃的。"她这样说，逗得大家都笑起来。

过儿和小凤率先捧出一个锦盒，过儿就说："没见过这样没脸面的小姐，不打赏我们丫头东西就算了，还要伸手占我们的便宜。唉，没办法，只好勉强凑一凑了。小姐可真别怪罪，我们丫鬟没有多少闲置银子，就能送点入不了眼的。"

"你这是送礼呀，还是借机抱怨月钱少了？哼，小姐我有名的吝啬，你装怪也没用的。"春荼蘼伸出食指，虚点着过儿的额头道。

小凤但笑不语，把锦盒打开，里面是一对富贵双喜的步摇。虽然只是银的，但做工讲究，显见两个丫头是上首饰楼精挑细选的，所费不菲。

春荼蘼取出步摇，做势放到唇边去咬，唬得实心眼儿的小凤急忙去拦："小姐，这个不是吃的，小心硌了牙！"

"我咬咬看是不是纯银，谁知道你们有没有偷工减料啊。"春荼蘼又哼了声，却郑重地收起。而对于送礼的人来说，没有比礼物合收礼者的心意更开心的事了。加上春荼蘼故意耍宝，露出贪财的样子来，大家再次笑起来，两个丫鬟也很开心。

接着，就是大萌和一刀。这两人原是军中汉子，被韩无畏调来帮助春荼蘼。开始时，他们是有些不乐意的，毕竟暗卫出身，却要化暗为明，帮助一个无权无势的小姑娘，不仅觉得自己大材小用了，还没什么前途。但后来，他们帮春荼蘼查案查上了瘾，倒真心佩服起这个年方十几岁的小姑娘来。

回长安时，韩无畏问过他们的意思，如今他们已经决定脱离军籍，成为自由人，算是春大状师的私人调查员，单领薪俸的。当然，"调查员"三个字也是春茶蘼发明，听起来很是正式、正规。而他们这样做，是考虑到边疆无大战，在军中很难熬出头。可跟着春茶蘼做事，是另一种形式的除暴安良，贴合了他们心中的英雄情结，行动又相对自由。最重要的是，每个案子的侦破过程都非常具有挑战性，实在很有意思。再说了，调查员的薪俸还比军俸高，大萌要养活妻儿高堂，一刀要存钱娶媳妇，谁和银子有仇啊？何况韩无畏还言明，若哪天想继续从军，只管开口，立即就能重新归队。

这两人感激韩无畏和春茶蘼给了他们崭新的选择机会，一直想有所表示。可惜都是粗鲁的武人，不知道买什么礼物送给小姑娘合适，干脆一人封了个大红包，权当礼物了。

春茶蘼拎着两个沉甸甸的钱袋子，像个财迷一样，乐得见牙不见眼，春青阳就揶揄道："快把银子收起来，这么干举着，回头闪了小手腕子，还得祖父我花银子请大夫去。"因为气氛活跃，老人家也忍不住说了笑话，同时，还从桌下拿出一个尺长并五六寸宽、厚的小竹箱。

竹箱碧绿，四角圆润，外表打磨得光滑无比，还编出了花纹，竟十分精巧。春茶蘼见之心喜，打开一看，里面套着个小一号的。再打开，里面的更小。这样，一共是大小不一的六只整套，但编法各异，用了十足心思。

"这是你老周叔送的。"春青阳解释，"他在咱们家这么多年，只求温饱，那点子月钱都拿去怜老惜贫，行善积德了，所以送不起你贵重东西。但想着你爱吃零嘴，他又手巧，就亲手做了这套小竹箱，跟你爹的及笄礼一并送了来，下面垫了干荷叶，给你装吃食用。"

春茶蘼难得地脸一红，对自己的吃货本质有点不好意思。不过她很喜欢这种小工艺品，当下也收好道："回头我写信回去，谢谢父亲和老周叔。"

她很感叹，老周叔贫苦，但心肠却特别好，再想想那些为富不仁的，人品实在是天与地的判别。当然，她从不仇富仇权，因为有钱人中也有很好的人，只是如果世界上有一种规则，善良人有钱，凶恶的人穷死，该有多好。

最后，她看向韩无畏和康正源，笑得奸诈："两位贵公子，有什么大元宝、大珍珠、翡翠玛瑙的尽管扔过来吧，我不怕砸的。砸轻了，我还不干呢。"

她在他们面前头一回这么活泼甚至是耍赖的样子，瞬间就软化了两个男人的心，韩无畏顿时就埋怨康正源："我说抬两箱子珠宝来，任她挑呢？你偏说茶蘼不是寻常姑娘，送礼讲究贴心。现在怎么办？明显金银珠宝才真是贴她心，我们没有，怎么办？"

"我很俗气的，最爱银两发出的光芒，太高雅的，我无福消受。"春茶蘼眯了眯眼睛，看向两人带进来的盒子。

"若你不喜欢，我明年保证送你一个晃得眼睛睁不开的。"韩无畏连忙把自个儿的礼物拿出来，放在桌上，"至少……我的盒子比他的大。"

康正源咳了两声。

韩无畏立即拆台道："你别装虚弱，荼蘼目光如炬，一下揭穿你。病人怎么了？病人犯罪也得受罚，也得坐大牢。你干脆直接承认你送的礼物最不合心意，还连累了我，荼蘼说不定就原谅你。荼蘼，对哈？"

论起耍宝，韩无畏可比春荼蘼精通多了，而且还能踩另一个人以抬高自己，这样皮厚心黑的，倒把春荼蘼逗笑了。于是趁机，韩无畏和康正源也送上自己的及笄礼。

康正源送的是一顶软脚幞头帽，看似普通，但无论用料还是手艺，都极讲究，比春荼蘼自己的，不知强多少。而韩无畏送的则是翻领窄袖袍衫，下面有襕边，同样是特别高级的用料和做工。一看便知，所耗费的银子不是小数目，而且还是有钱没地去买的。刚才他两人做出拿不出手的样子，纯粹是给春家人看，为了让春荼蘼安心收下的。

不管是幞头还是袍子，全是天青色。春荼蘼当场换来给大家看，一副俊俏小郎君的模样，既清爽利落，又风姿优雅，颜色也和她的肤色极相衬，赢得一片赞扬之声。

春荼蘼知道，这是他们送给她，好让她在为韩影子诈骗案辩护时穿的。服饰这种东西，在某些场合很能武装人，她这样一打扮，通身气度，在高官大佬前也不逊色。不得不说，其实他们的礼物真的很贴心。

及笄之礼，没有人帮她插戴，因为她的头发还没有长到够长。但她的心暖暖的，就算在这初冬的长安，也不觉得寒冷。她春荼蘼何德何能？老天待她真的不薄，不仅给她开始的机会，还给了她这么好的家人和朋友。若她不努力做出回报，真是连自己也辜负了。

一桌酒席，自中午一直吃到傍晚才散。席间气氛，一直和乐融洽，不管是身为天潢贵胄的贤王世子和大理寺丞，还是曾经不得见光的暗卫们；不管是社会地位最低的奴籍丫鬟，还是操贱业的春家祖孙，同桌而食，言笑无忌。

或者，只能在这种特殊场合才能如此。或者，仅此一次，但对春荼蘼而言，这是值得纪念的一天。

韩无畏和康正源走后，天色全黑。因为春荼蘼有点微醺，过儿和小凤就侍候她泡了个热水澡，然后盯着她钻进早就焐热的被窝。而等两个丫头反手带上门，也回了自个儿屋，春荼蘼就又爬起来，打开亲娘白氏嘱咐父亲送给她的红漆木盒。

盒中，垫衬的织锦有些陈旧了，但仍然可看出是市面上难见的好东西。而织锦上，躺着一支缠枝牡丹的金簪子。但凡长眼睛的人就明白，这不是凡物。

材质，自然是符合北方审美的、厚重大方的金石。但做工，却极为繁复与精美，有着南方细腻惊艳的特色。那牡丹花形，逼真华贵，栩栩如生，连花枝花瓣花叶上的纹理，以及花蕊中的露珠儿，都制作得细致入微，而且毫无匠气，只显得富贵大方。

如果说，韩无畏和康正源送的衣服和帽子是有钱没处买的，那么这支簪子简直就不是普通人能拥有的。这令春荼蘼万分费解：亲娘白氏，到底是什么人？

第四十八章 人生如戏

百思不得其解之下，春荼蘼只好先把簪子收了起来。

她从来没有问过祖父和父亲关于母亲白氏的事，毕竟她对母亲的记忆不深，而春氏父子摆明不想提，她又何必要揭他们的心头疮疤呢？特别是对春大山来说，他正值青壮年，长得伟岸英俊，却除了被徐氏设计外，一直没有再娶妻，这其中有担心女儿受气的原因，但未尝不是对死去的白氏长情。

对于一个男人而言，是什么样的感情才能令他这样做，还无怨无悔？

于是，春荼蘼现在的想法变了。她很想调查一下亲娘白氏的事，想知道白氏是如何与春大山成就的姻缘？怎么去世的？她是什么样的人？为什么她的存在是个禁忌？但，要从哪里开始查起呢？又要怎么才能保证不让祖父和父亲伤怀呢？

她正坐在床边出神地想着，忽然听到窗户上传来响动。不是敲击，像风吹的，又像有人抚摸了一下窗棂，却又很快缩回了手。

她的心神猛然一震，张了张嘴，喉咙却像堵住了，没发出任何声音。

然而，外面的人却轻轻推开窗户，跃了进来，无声无息，就像夜里的一片暗影。

下回要记得闩紧门窗啊，怎么总是忘记。她心里想着，却没有赶那人离开，只僵着身子坐在那儿，似乎全身所有的反应神经全罢工了。

面对夜叉，从第一天开始，她就总是会不知所措。

"是我唐突了。"夜叉的声音压得很低，被呼啸声掩盖，"但……起风了，外头太冷。"如今已是初冬，西北之地开始多寒风，让没有武功傍身的人半夜外出，确实很不人道。

春荼蘼没说话，只拉过被子，包在身上。她确实超级怕冷，而他，记着这一点。

夜叉灭了灯火，两人就在黑暗中一坐一站，沉默着，过了好半天，夜叉才突然没头没脑地低声道："荼蘼，记着，你并不欠我的。"

他似乎不知道如何开口，但春荼蘼几乎瞬间就明白了，是锦衣把那天和她的对话告诉了夜叉。他来，是要解释。只是要她怎么说呢？跟他相处有压力？这样的话太没有良心了！是，韩无畏和康正源帮她很多，可夜叉为她，每次都是以性命相搏。不仅如此，他之前拿出了关于英家的重要情报，后来舍弃了他自己的保命符，就为了让皇上架在她脖子上的刀远离。

三条命吗？好像数目早就混乱了。

最难消受美人恩。对女性来说，美男恩也很难消受。但人家是拼了命救她，她还能嫌七嫌八的不识好歹吗？所以，自诩伶牙俐齿的她，却说不出感谢或者拒绝的话。哪一种，都伤人。

"知道活死人是什么感觉吗？"夜叉忽然问，因为压低着声音，有一种让人浑身酥麻的感觉,而且虽然看不到,春荼蘼却似乎感觉到他唇边扬起苦涩的笑意,淡淡的,也无力。

"和你一样,荼蘼,和你被人关到一个封闭的地方是一样的。黑暗,全是黑暗,暗到你觉得这世上从来不曾有光,绝望得认为死亡才是幸福。"

春荼蘼心尖上像被快快地刺了一下似的,很疼,却又捕捉不到。她是因惧怕而远离黑暗和封闭的人,而夜叉,却是身在黑暗与封闭之中。两个截然相反的人,此时却奇怪地产生了强烈共鸣,好像面对同样的命运。

"在幽州的时候,怎么会那样?"她问。

那天,他差点被大雪埋葬,直到现在,她还记得他毫无生气的、狼一样的眼睛,还有他突然咬住她手指的雪白牙齿。

"我练的功,叫无妄神功。"夜叉艰涩地说,回忆很痛苦,"其实,功法只是初成,并没有大成。"他要如何对她说,若大成,他可能控制不住自己,极可能会伤害她?

"我被萨满以邪术控制,可化身为魔,为他及他背后的主人做任何伤天害理的事,为他们四处杀人、排除异己。该骄傲吗?我从来没有失手过,没有人是我的对手,只要我在运功后的一定时限内,回到安全的地方,'死'上几天就行。我想摆脱,只要我死,他还能控制我的尸体不成?可是,我不能死,因为我妹妹在他们手里。我妹妹是这世上唯一真正爱我的人,我不能让她有事。可是在幽州遇到你之前十天,我得到了妹妹的死讯。"说到这儿,他哽了一下,害得春荼蘼莫名心酸。

"我从不会坐以待毙,所以早有安排,暗中培养自己的力量,也有自己的情报来源。萨满威胁我,若我不顺服,就把我妹妹奉献给狼神,也就是活祭。我一直暗中安排人手,想方设法要把她救出来。我快要成功了,你知道那有多不容易吗?可她没有等我。"他的声音恢复了冷静,却冰寒得像万年不融的雪。那是刻骨的仇与恨,那是被伤害到极致的痛,那是深深埋于心底深处的冷意,最后连血液全结冻了,伤人,却更伤己。

"我不怪她没等我,因为有时候等待,可能比死还痛苦。可是,她还那么小……那么小的人怎么会想要自尽,想要结束自己的生命……"

春荼蘼再也听不下去,猛地从床上跳下来,扑过去抱紧夜叉的腰。同样是同胞!同样是手足!夜叉和龙座上那位有什么区别?他们都有自己的无可奈何,都不得不去伤害。只是,夜叉从来没有过选择。她懂他的心痛,这一刻,她完全懂。

"本来,无妄神功不动用,我就不会变成活死人。可得到我妹妹自尽的消息,我心情太过激荡,感觉出了身体的变化。我强行克制,我想挣脱邪术的魔咒,那样,萨满就将被反噬。没有人可以在操纵我后全身而退,因为,我不允许!"夜叉身体僵着,并没有因为春荼蘼的拥抱而软化下来,而是满身散发着强悍凌厉的气息。他是如此骄傲与尊贵,他是狼神之子,那种被人当成武器的侮辱,那种被人当狗养活的日子,他忍耐却不忍受,也必十倍奉还!

"萨满可能感应到了什么,瞒着锦衣他们派人追杀我。那时,我只要动用一点武功就会控制不住自己，话也不能说，就像个又聋又哑，只有一把子力气的傻子。"夜叉把那种极致的痛苦说得极为平板，好像是与他无关的事，"为了躲避追杀，熬过活死人的发作期，我不得已混在军奴中，因为那是萨满唯一想不到我躲藏的地方。可惜我再怎么压抑，战马和猎犬那种有灵性的动物还是感觉到我身体里的凶气，所以我被军营里的兵士怀疑、攻击。我稍没控制好自己的行动，动手伤人，引发的后果却是致命的。"

春荼蘼明白了，这就是夜叉当时变成"雪人"的原因！他没有运用魔功，却因为亲生妹妹之死而激发了身体里的魔气。他努力克制，因为只要他熬过去，用邪术逼迫和控制他的萨满就会受到反噬，他就报了仇。这个煎熬的过程很长，足足有十天，他一直面对着非人的折磨，不仅是肉体上，还有精神。而事实上，后来锦衣能轻易除掉萨满，正是因为夜叉成功地反制了萨满。

"所以，你明白了吧？荼蘼，你从来不曾欠我。"夜叉轻轻拉开春荼蘼，凝视着她。就算在黑暗中，他的眼神也闪着暗碧的微光。

"那时，我想过放弃，就这么沉在黑暗里，跟着我妹妹去那黄泉路多好。算了吧，生得悲哀，死得无聊不是正好？可是你出现了，我也不知道你怎么叫醒我的，因为在活死人的状态下，我感知不到外界。但，我就是感觉到你拍打我，还跟过儿说，要让这个雪人好看点。"夜叉突然笑了下，昙花一现般的，春荼蘼适应了黑暗的眼睛也只能看得模糊，却觉得极美，冰山消融，化为春水一般。

"我醒了，意味着萨满全身的邪术告破。他极力隐瞒自己变成了废物的事，但我又怎么可能饶恕他？你还对我说'活下去'！而我的活，也意味着敌人的死。所以……"他的大手抚在春荼蘼的面颊，第三次说，"你不欠我！荼蘼。从来不是无缘无故的报恩，因为你不知不觉中给了我摆脱的机会。荼蘼，你给了我自由！比所有生命都珍贵的自由！"

春荼蘼惊讶了，身上的热流乱窜。尽管是无意的，能帮到夜叉真好。她不知道他承受了多少痛苦与折磨，不知道他面临什么样的黑暗与绝望，但他能摆脱，未来就会有机会。

此时，两人离得非常近，近到呼吸相闻。有那么一瞬间，春荼蘼觉得夜叉想吻她。可是他却没有，而是突然后退一步，疏离的气息顿时暴露在空气中。

"三次救你，不敢说还了你的恩，至少可以两不相欠。荼蘼，我走了，保重。"说着，他闪身消失了，就像来的时候一样突然，也像来的时候一样，令人无法阻止。

春荼蘼立即明白，夜叉不会再回来了，因为是她决定要远离，所以逼出了他内心深处的秘密。他信任她，却不会再与她有瓜葛。

这不是她想要的吗？可这时她发现，并不知道自己要什么。今天是她的成人礼，她是个可以嫁人的大姑娘了。但，就在这天，在黑暗中，她泪流满面，仿佛永远失去了什么。

心情不好的时候，只有寄情于工作。恰好，春荼蘼及笄礼过后的第三天，皇上的旨意终于下来了：定于十月二十五，由大理寺卿与刑部尚书、侍郎会同御史中丞三司会审。对"普通人"来说，审判的待遇可谓很高了，大约因为这是惊天之骗吧，本案，皇上亲自听审，点官十名同往。堂审虽然不开放于百姓，但允许二十名学子参加，并对外说明审理期间的各种细节。

离公审还有十二天，春荼蘼急忙通过整件案子的联络人，大理寺丞康正源，申请探望犯人影子。皇上剥夺了影子的姓氏，从此他就是有名无姓之人。

再见影子，他虽断一臂，曾经大量失血，但后来恐怕调养得极好，身处地牢，居然还长胖了些，气色更是不错。

"看起来你心情很好？"春荼蘼不知是该惊讶还是佩服，还是为了能见识到第一皮厚之人而感到荣幸。在这种情况下，他仍然吃饱了睡，睡饱了吃，没心没肺到一定程度了。

"我的愿望就要实现了，为什么心情会差？"影子坐在粗大的木栅栏之后，优哉游哉地抿了一口茶。虽然春荼蘼不习惯喝茶还要放香料，有时候甚至是放胡椒和食盐，但她分辨得出，影子喝的是当代名茶。

而且这天牢的条件也太好了些，除了有些阴暗潮湿，一切全是崭新干净的。皇上也不怕遭人诟病，现在身边更连半个狱卒也没有，都躲到远得听不见里面说话的地方去了。

太优待了！

"你的愿望就是骗得惊天动地，然后让人五马分尸？"春荼蘼冷笑，不满这个人给她带来的一切麻烦。他虽不是皇上，却有皇上病，想怎么做就怎么做，完全不顾及别人的感受。

"我以为你是熟知唐律的，却原来是唬人的吗？"影子甩甩空着的袖管，"咱大唐没有那种惨无人道的酷刑，顶多就是砍头而已。"

"顶多？哈！你觉得自己死不了，所以有恃无恐？"

"我有你做状师。"

春荼蘼挑挑眉，从不知道她给人如此的信心："你高估我了。"

影子却不搭她的话茬，只心满意足地道，"我这辈子的愿望就是站在阳光之下，不再做无主无魂的影子。现在，我逼得他让我站出来了，又能保住性命，所以我真的很高兴啊。"

"有阳光，才有影子，哪怕是被遮挡在阴暗的角落中。你早就拥有的东西，我不明白你为什么还要强求？"春荼蘼毫不犹豫地打击他，"说实在的，你已经很幸运了。"

"你把被囚困着，连名姓都不能有，对别人来说都是不存在的，活得如同行尸走肉称为幸运？不是锦衣玉食地苟活着，就叫人生在世。"影子突然有点激动。

但春荼蘼想起夜叉，毫不留情地驳回去："至少你不需要用这么激烈的方式，还把很多人牵连进来，更让在意你的人为难。这世上有很多人，连活下去都很困难，要承受很多痛苦。听说过'挣扎求生'四个字吗？真这么愤懑不甘，觉得人生无趣，你直接去死好了。没有骨气和勇气去死，却活得像个任性的孩子。那样大闹一场，你觉得是个成年男子该做的事情吗？到后来，还不是要别人帮你擦屁股，难道你觉得自己很了不起？有这时间和精力，你知道皇上能救多少灾民？你知道我能为多少蒙冤之人找回清白？你知道你浪费了多少司法资源？"

影子怔住，不怒反问："我错了吗？"

"世上的事，难道是非黑即白，非对即错吗？亏你一把年纪，比我爹还老，居然说出这么幼稚的话。每件事、每个人都有千丝万缕的联系，都有错综复杂的利益纠葛，所处的位置不同，态度和观点就不一样，彼之蜜糖，我之砒霜。"春茶蘼想拍死影子。

若不是因为他，她也不必到长安来，不会见到夜叉，不会现在心中如一团乱麻。要是能一直保持那种若即若离，多好。也许多年后会淡忘，但至少会是一生中最美好的回忆。更也许几十年后，她会对自己的小孙女说：祖母年轻的时候，曾经遇到一个特别英俊的绿眼睛男人，他欠祖母半条命，总是在夜里和最危险的时候出现。说的时候，满心满眼的温柔。

可是现在……

"但我既然接手了你的案子，就会尽一切力量帮你争取最大的利益，这叫职业道德。"她甩甩头，把没用的情绪全摒除在外。这个时候，容不得她伤春悲秋的，分分钟可能小命不保。

影子脸上的得意没有了。他活了快四十岁，从没让一个才十五岁的小姑娘数落过，还被说得哑口无言。而在天牢外的隐蔽处，韩谋和韩无畏静静站着。

听到那番话，韩谋不禁点头："这个丫头聪慧，说的话硬是直达本质，好多人自诩为有识之士，都未必强过她。无畏，她真是才过了及笄之礼吗？"

"皇上，这世上总有天才的。也是大唐国运昌隆，才有此奇女子。"韩无畏大拍马屁。

韩谋不置可否，继续听，仗着自己武功好，耳聪目明，摆明欺侮人。

牢里的二人不知道被监视了，其实春茶蘼也无所谓。反正皇上本来就是要徇私，不过想做得光明正大，所以才找了她。这时候，是她发挥把黑说成白，把弯说成直，把死说成活的本事了。

"给我讲讲你的故事。"她问影子。

"你还嫌死得不够快？"影子诧异，"你有多好的运气，才能误打误撞地立了功，才算有了一块免死金牌啊。现在，还来？"

"你想赢官司吗？"论起公事，春茶蘼很正经严肃，"告诉你，你诈骗的事实清楚，证据确凿，人证物证都无可辩驳，这场牢狱之灾是跑不掉的。所以我必须另辟蹊径，保证你不掉脑袋就是胜利。而人只要活着，后面就有希望。为了赢，只要是于案件有利的，事无巨细，我都得打听打听，然后把事实化为武器，并把小武器磨炼成必胜之利刃。"

"为此，不怕猜忌吗？"

"怕。"春茶蘼老实地承认，"所以，你不用给我讲你的生平，只讲那些看似最不经意的琐碎事,我看能不能找到可以帮你的地方。"

笑话,身为皇家双生子的影子能活下来,就是个大秘密。他还能平安长大,更是巧妙的安排。他一直在哪儿生活?为什么会逃掉?照理,皇上让他能偷生,就不会让不相干的人知道完全的底细。可是他不但逃出生天,在外面还有人可以安排支使。就拿他诈的那笔巨款来说,居然安排得妥妥当当,官府大张旗鼓地查,都没有查到。这其中有他的先谋后动,却肯定也有一股不小的势力为他所用。后来他被皇上抓回来,成了废棋。就算如此,当他被扔到不知多少年没人来的冷宫里躲藏,却还是有高手潜入,摆明要杀人灭口。

影子不可怕,可怕的是后面操纵的人。大唐看似江山和皇位都稳当,但哪朝哪代没有意图篡位的人呢?何况立国也才两代而已。还有之前,他出现时,皇上正好"病"了,太巧了吧?

这些,都是不能闯的禁区,那些政治角力、围剿与反围剿,都不是她掺和得了的,是她绝对玩不起的。影子到底向皇上招了没有,皇上到底有没有开始追杀那些意图操纵影子的人,也是与她无关的,是她根本不关心的。她只是在走钢丝,于是只能揣着明白装糊涂,只拣踩不到雷的地方走,还得赢了官司,实在是太难了。

所以,她只打听生活细节。别的,一概不入耳。

而既然她这样要求,影子也明白她的意思,就尽拣这么多年来的软禁生活中,那些好笑或者有气的事说,包括吃了什么奇怪的东西,看了什么歌舞,遇到什么玩伴。

"我六岁的时候,有一次看到一件特别好玩的事……"

他越说,越回忆,越发觉其实有很多快乐的事,只是越长大,这种快乐越少。但这些仍然令他说到眉飞色舞,情难自禁。而外面,韩谋也听得津津有味,直到韩无畏扯他的袖子,低声说:"皇上,快回吧,天牢阴冷,再说太阳马上就要落山了。"那意思:皇上您偷听也要有个限度,太不像话了啊,失了为君的风度。

韩谋这才意识到在侄子面前做了丢人的事,当下咳嗽两声,一脸正色地离开,好像刚才他是在为国操劳似的。

只是君臣二人回到皇宫,才经过御花园,一身微服还没有换下,迎面就遇到左仆射大人。

"参见皇上。"从二品的大员上前施礼,"微臣有要事禀奏,恭候皇上多时了。"

"哦,你去甘露殿的书房等着,朕马上就到。"韩谋对政事,还是很勤勉的。而且尚书省左仆射是他的近臣,君臣相处比较随意。

只是韩无畏望着那道清癯儒雅的背影,突然想起什么似的一拍脑门,有口无心地道:"哎呀,我一直觉得荼蘼很面熟,原来跟白相的面容有几分相似啊。"

甘露殿,是皇上在内宫的书房。

夜已降临,殿内除了近身侍候的高福高公公,就只有韩无畏和康正源二人陪王伴驾。

"人走了吗？"韩谋抿了一口茶，问。

"才离开天牢不到半个时辰。"康正源答道。

韩谋挑眉："有什么好聊的，居然说了好几个时辰？"

"她常说，魔鬼藏身于细节之中。真理，也是在平凡细微处发现。恐怕是聊起琐事了，自然用的时间长了一点。"

"她说的话总是古古怪怪，却不难懂。再细琢磨，还真是这个道理。"韩谋饶有兴味地以食指敲桌，"小正，你一脸为难，是她又提要求了吧？"

"皇上英明，一猜就中。"

"那丫头的花样还真多。"韩谋笑笑，"实话说，朕从没见过这么麻烦的女子。"

"皇上，她是为了案子。"韩无畏连忙说好话。

韩谋却不理他，问康正源："可是要你提供方便？"

"她要见白相。"

"哦？"康正源说完，韩谋和韩无畏叔侄，同时诧异。

韩谋笑说："刚才无畏还说春家的丫头和白相长得有几分相似，她这就要求见，倒真是有缘分哪。"

"她为什么要见白相？这个案子与白相一点关系也没有啊。"韩无畏插嘴。

韩谋年已不惑，为了皇家血脉和士族势力的平衡，广纳后宫，仗着身体好，也曾广播龙种。可惜，如今生了十几位公主，皇子却只有两位，还都在幼年时夭折了。所以，他极爱这个小他十八岁的侄子。

正因为如此，韩无畏和皇上相处时比较随意。人嘛，都会恃宠而骄，韩无畏也不例外。而韩谋，偏就爱这份自然而发的亲情，所以对这种任意插话的行为也不以为意。好在韩无畏做事极有分寸，在外臣面前绝对尊君重礼，让人挑不出半点毛病来。而康正源虽然也受宠信，却毕竟是外姓，他本身又谨慎端方，行事看起来就规矩得多。

"就如她所愿。"韩谋想了想说，"只要是为了案子，就为她大开方便之门。这件事闹得沸沸扬扬，必须有一个结果了。而且，需要不流血却让人心服的结果。"又想了想，问，"她会做得到吗？"

韩无畏和康正源同时点头，都没有犹豫。

"你们两个这么相信她？"韩谋露出怀疑的神色，"都凭什么？"

"凭臣与她录囚时所办的案子。"

"凭臣对她的了解。"

康正源和韩无畏先后说，之后，韩无畏又找补了一句："皇上，您不知道她的鬼主意有多多，往往是预料之外，却在情理之中。而且，很有说服力。"

"朕却不知道，你是军中将官，却与一介民女、刀笔状师这么亲近来着。"皇上意有所指。

大约韩家的皮厚是有遗传的，韩无畏似乎没听到讽刺之意，笑道："她父亲正是我的下级军官，倒是经常来往。"

韩谋哼了声，望向门外。

春荼蘼要见白相，他却明白是为了什么，只是没必要向面前的两个小辈说明。好在他们都是聪明伶俐的，也都没有追问。

影子与他是双生子，影子是哥哥。照那个陋习的常理来说，被溺死的应该是他。可是，他生来身体比较强壮，于是成了幸运的那个。母后慈母之心，舍不得亲生骨肉才降临人世就被溺毙，不惜动用逆天之力，用个死婴把大儿子换了出宫。

白家……是母后的母族，虽然表面上关系不密切，却是母后最信任的人。现在，也是他最信任的人。所以他的大哥一直在白家隐居，也可说圈养，直到他逃走，闯出这通天大祸。而此事的知情者，绝不超过五个人。

原因、目的、手段，他都成竹在胸，只是还不到揭破的时候。他像是在熬一服能治愈多年顽疾的苦药，一切都到了火候，就只差一味药引子了。

春荼蘼，你可别让朕失望。他暗暗地想。

而被寄予厚望的春荼蘼，第二天下午得到了皇上的许可，以及康正源的引见，拜会了尚书省左仆射大人，人称白相的白敬远。

白敬远六十不到的年纪，个子瘦高，一派温文儒雅的气质。他出身名门望族，却不是依靠家族荫庇，而是凭真才实学，通过科举走入官场，算是纯正的儒生。虽是文臣，早年却曾随太祖皇帝南征北战，后来又辅佐当今圣上即位。如今，被封为从一品的安国公，除了少数几位封王的正一品皇族，是最高的爵位，算得上功勋卓越、地位显赫。偏偏他行动举止有雅士之风，又有名臣风度，所以人称白相。还因为在多次政治斗争中泰然若素，也被称为朝廷不倒翁。

白敬远有三个儿子，大儿子白世玉，尚了公主为妻，一直留在京中，授中散大夫的文散官品阶，基本上是不管事的，只等着将来承爵。二儿子白世林，掌管户部，皇上倚重的重臣。三儿子白世遗，则受封定远将军，镇守安西，抚宁西域，统辖龟兹、焉耆、于阗、碎叶四镇，治龟兹城，统兵二万四千人。

除此外，还有一嫡女，于十八芳龄之际病亡。庶女四人，两个年纪大的已经出嫁，联姻的是不在朝中的书香之家的子弟。还有两个小的，一个十五，一个十三，还待字闺中。

本来，春荼蘼对白家的人事问题没有兴趣，但既然要打交道，还要商谈点秘密的事，还是知己知彼的好。所以，提前下了一番功夫。

而白家，那是相当大，就像一座园林，从大门进来，必须要改乘轿子，或者经由专门的车马道骑马乘车。春荼蘼很想参观一下，在洛阳时，英潘两家已经够奢华了，但如今和白宅一比，根本不够瞧的。不过考虑到她是办正事来的，必须庄重，她硬忍着端坐在马车中，没有向外张望。

康正源与她同车，虽然有点不合规矩，好在大唐的礼法并不严苛，况且她是男装，又以那件冒充皇上的诈骗案的状师身份而来，倒也说得过去。

"白府有几处景致算得上长安名胜。"康正源看她一本正经的模样不禁微笑道，"等你打完了这场官司，我找个因由，带你来参观一下便是。白相为人随和，断不会不允的。"

"你怎么知道我好奇白府风景？"春荼蘼有些纳闷。

"你不知道吗？你强迫自己时，总会特别严肃。"康正源咳了声。

"被你看出来，我真是太失败了。"春荼蘼呼了一口气，肩背就有点垮下来，"是我的城府不够深，也是你观察力太细致了。康大人，您没有战斗在破解冤案第一线，真是太可惜了。"

"城府太深的人都很累的，你这样肆意张扬，其实不错。"康正源说得半真半假。

春荼蘼牵了牵唇角，却没说话。不是她喜欢这个评价，而是康正源虽然善意，却并不了解她。她这哪叫肆意张扬，她叫如履薄冰好不好？只是她有立场、有胆量，很多时候不肯退，有攻击性，习惯火中取栗，所以看起来很强大。事实上，每一步她都走得无比紧张和艰苦。

但愿，这次她能顺利过关。

看吧，连她拜会一下白敬远，皇上都得派康正源作陪。虽然康正源说了，她和白相说正事的时候，他会暂时回避，可是皇上的姿态做出来了，那就是：给她支持，但有限度。摆明监视她嘛。而她可以随意辩护，掀起风浪却是要把自己吞没的。

足足走了约莫半盏茶时间，轿子才停在外书房。这还没进内院就如此之远，白府简直就是把家安在花园中，而不是家里有个花园。

而康正源也好，春荼蘼也好，论官职和爵位，还有年龄辈分，都远低于白敬远，所以两人被管家请进了书房。白敬远只站在屋中迎接，算是给有皇家血统的康正源一点面子。康正源和春荼蘼施半礼，因为是办公事来的，论私交……至少春荼蘼攀不起。

寒暄过后，康正源被突然跑来的白府长孙白毓秀叫走看一匹新得的宝马，书房内只剩下白敬远和春荼蘼两人。这样的安排，未免太"巧合"了。

"不知春小姐的名字是哪两个？"白相开口，神情温和，但疏离是骨子里的。站在这种高位的人，不会凶巴巴，暴发户才那样。因为，真正的看不起就是不在意。

"荼蘼。"春荼蘼恭恭敬敬地答。

她从不畏权贵，但不知是不是白相和自己的娘亲同姓白，而且还莫名其妙地有点面善的缘故，她对眼前的老爷子有几分亲切感。

同姓嘛，五百年前是一家。

"荼蘼……春荼蘼……"白敬远喃喃念着，似乎深深盯了春荼蘼一眼道，"你家里为什么给你起这样的名字？荼蘼花，佛典中说它是天上开的花，白色而柔软，见此花者，恶自去除……是一种天降的吉兆，可是这吉对于尘世中的人来说，却是大大的不利。虽美，却是末路。"

"白相原谅我小儿之见。"春荼蘼稳稳当当地道，"要我说，除了死，世上哪来的末路？只要一直闯，前面总有柳暗花明之处。"

"果然是年轻，真好。"白敬远不置可否地微笑，突然话题一转，"找我，可是那桩案子有什么需要相帮之处？"

从白府出来，春荼蘼连夜就忙活开了。

还以为这个案子会比较轻松,但做起来才发现,掩盖比揭露更难。更何况,她要鼓动三寸不烂之舌,把一件坏事说成是好事,从而法外施恩,令影子逃脱罪责。

转眼间,就到了十月二十五。

皇上定的三司会审,是由大理寺主审,因它的职能本就是审核各地刑狱重案的。不过大理寺本身没有下属监牢,所以借用了刑部的大堂。由于早就有圣旨诏告天下,又有皇上来亲自听审,安保工作自然做得格外细致,头一天开始,刑部附近就开始戒严,影子也被从天牢提到刑部大牢内。这天早上,这里已经能达到水泼不进的最高境界了。

打过这么多场官司,春茶蘼第一次由整队皇家侍卫保护,或者说押送入场,身边只留了当助手的小凤和过儿。临出门前,望着祖父担忧的脸,她忽然有了第一回上公堂的紧张。

当然,她准备的那些"证据",也随后被带到刑部大堂的侧门内等候。

之前她从来不怕在公众场合被注目,但今天盯着她看的,全是朝中大员和讲究礼仪规矩的学子们,于是她感觉到了轻视或者敌意。这让她开始有些发毛,随后就被激发了斗志。

看不起女性?认为状师是贱业?男尊女卑?重视道德教化而轻视律法规范?她无法与传统和制度抗争,但她要用实际行动明明白白告诉这些人,没有比律法更高贵而不可侵犯的东西!状师是值得尊重的行业!无关男女!而不管是这件案子还是她的意识和观念,只要被龙椅上那位认同,慢慢地就会被整个社会接受。

一声鼓响,三班差役就位,内外侍卫严阵以待。

二声鼓响,人犯影子及其状师春茶蘼上堂,影子以青纱蒙面,面目模糊不清。春茶蘼穿着韩无畏和康正源送的及笄礼物,英姿飒爽。而看审者,则分别站立在两侧特设的座位边。

三声鼓响,大理寺卿于大人与刑部尚书万大人、御史中丞夏大人隆重登场,并肩站在加长的公座之后。康正源担当了书丞的工作,就在公座侧面的书记席。

所有人各就各位,却并不坐下。而就在公座后,竖着一道镂空玉屏风,等一道明黄色身影被簇拥着坐到那后头,堂上的人就呼啦啦跪倒一片,山呼万岁。春茶蘼跟着行礼,心里觉得这位皇帝实在是矫情。那些大员早就见过天颜,不用再避讳学子们吧?

"平身。"温和而浑厚的声音传来,发自很具有欺骗性的皇帝金口。明明是杀伐果断、绝不会拖泥带水的主儿,偏偏相貌和声音都儒雅随和,好像很好说话似的。

皇上,才是天底下最棒的演员啊!

站起来的时候,春茶蘼略一抬头,看到皇上带了以心腹高公公为首的四名太监,还有四名贴身侍卫。其中有一名侍卫是老熟人——韩无畏亲自担当。看到春茶蘼的目光扫过来,他几不可见地翘翘唇角,无声鼓励。

春茶蘼深吸一口气,瞬间平静下来,气势蕴于胸臆。因为律法,就是她的武器。现在,她相当于腰里揣着刀呢,神挡杀神,佛挡杀佛!

"堂下何人?"惊堂木一拍,这是所有公堂的开场白。虽是三司会审,却是由大理寺卿于大人主持。

所谓程序，就是既定的东西，不管什么案子都得经过这一套规矩。本案没有民事原告，所以，春荼蘼和影子报上姓名后，案由和事实，以及诉讼请求、要达到的目的由康正源代表官方说明和提出。

这一阶段进行得很快。因为这个案子轰动一时，虽然没有造成可怕的后果，但影子的行为胆大包天到如此地步，百姓们很热衷地八卦个不停，所以任何一个细节都被熟知，被放大，甚至到了失真的程度。康正源的叙述，提供了官方的确切说法，所有人心中都冒出了一句话：哦，原来如此。

而当于大人问起人犯影子有何可辩时，春荼蘼上前一步："状师春荼蘼，有隐情回禀。"之前她上堂时都自称民女，此次既然皇上钦点，她就改了自称。而且，也不用因为没有功名在身而背着既定的那顿打，或者要以赎铜相抵。

"据实细讲。"

春荼蘼优雅大方地略施一礼，神态自信地侃侃而谈："皇上，主审大人，堂上其他各位大人和先生，我以为，凡事有因才有果，哪怕是触犯刑律之事，也不会逃脱这个规律。比如杀人大罪，就分为故杀、戏杀、过失杀，还有因反抗恶行而过量之杀。所以，并非杀人就一定要偿命，案件性质的确定，应该在量刑之前。"

屏风后的皇上，一直习惯性地以手指轻敲桌面，那是他听奏或者读书、思考时的习惯，但此时突然停了，显然是注意到了春荼蘼的话。

"定性先于量刑吗？"他喃喃低语，看神色，更深以为然。

"你是说，人犯冒充皇上，诈骗民间之财，数额巨大，还是有情可原的吗？" 御史中丞夏大人冷哼一声道，显然非常气愤，"你，调词架讼，哗众取宠，纯粹狡辩。"

"夏大人，我知道您嫉恶如仇。"春荼蘼完全不被官威所折，正色道，"正因为如此，才应该听听下情，您既然嫉恶如仇，就应该做到不放过一个坏人，但也不应当冤枉一个好人。"

"事实俱在，可曾冤枉？春状师，要为人犯辩解，也要有根据的。" 刑部尚书万大人冷冷地道，眼神中有掩饰不住的不屑。

只一个回合，春荼蘼就判断出来了，大理寺卿于大人是比较冷静理智，御史丞夏大人性烈如火，是硬骨头，刑部尚书万大人高高在上，最不好说服，因为可能他是最听不进别人的话的。

"好吧，先说结果。"春荼蘼话题一拐，站到影子身边。

"此人冒充皇上，是天大的罪过，若要归类，应该是诈伪之罪。"她声音清亮，举止大方，完全没有某些讼棍那种撒泼耍赖，强词夺理的样子，倒让那些学子的抵触情绪稍减。

"只是，我仔细研读过《大唐律》，并没有明文规定此类行为该受到何种惩罚。"她继续说道，"不知哪位大人告诉我，要适用哪一条哪一款之条文？"

"虽无明文规定，但其情当诛。"夏大人喝道，"天子之威，岂容他人冒犯？冒犯天子，等同于冒犯大唐的脸面，等同于叛国之罪，等同于谋反！"

嚄，这大帽子扣的。

"对啊。"万大人道,"律法,总是先有犯罪,才于其后弥补,再成文,规范其他之行。大不了此案审毕,在唐律中加上这一条。另外,唐律中连伪造文书和官印都要严惩,何况冒充天子,行骗于民?"

"我的委托人对所犯之罪行并无不认,但前面说了,先说结果。三位大人对此提议既然默认,就该听完我方的陈述才是。"面对轮番打压,春荼蘼并不退缩,并看向主审于大人。

果然,于大人咳了下,对夏、万二人道:"二位大人,咱们先听完春状师怎么说,再行讨论可好?"说着,眼神向后一瞄。

夏、万二人会意,其实两人也有在皇上面前表现的意思,但这时候当要适可而止,也就点点头。

"说到后果,就是要看其危害性。"春荼蘼一伸手,旁边的过儿立即递过来一摞纸,"除却刚才说的冒犯天颜天威,影子之行为,使其得银三百万两。但每一分一毫,都以飞钱的形式汇到淮南灾区,用之于民,而且是以皇上的名义。我手中的,是那笔银子的去处的证据,都记录得清清楚楚,可以查证。"说着,把纸证交给差役,再转交到康正源那里。

康正源一脸公事公办的样子,心中却有些兴奋:终于,终于又看她打官司了!

"哼,但是他的诈骗之行已经败露,民议纷纷,百姓只会以为他是大大的善人,于皇上何干?"夏大人终是忍不住,又呛了一句。

还有一层意思他没敢说,赈济灾民本来是朝廷的事,可朝廷机构繁冗,政令一层层下达到其下府县,往往过了最佳救济期。此骗子这么做,百姓会以为皇上不仁,官府不力,好处只让那骗子一人得去。所以,他的行为无异于拆皇上的台,拆官府的台,绝不能姑息!

"可是,真正伤害到谁了呢?"春荼蘼反问,"不仅没有伤害,反而使不少人获益吧?至于夏大人和万大人说伤了皇上和朝廷的脸面,我却不敢苟同。"

"理由呢?"于大人立即插嘴,怕事情又胶着上。

"我口说无凭,不如演示给皇上和诸位大人和先生看?"

演示?审官三人,堂下诸人和屏风后的皇上都很诧异。

韩谋几不可闻地轻咳一声,于大人立即揣摩到上意,点头道:"准。"

春荼蘼转过身,对大堂的侧门处拍了拍掌。立即,装扮好的歌舞伎者鱼贯而入。

所有人,都莫名惊讶,包括皇上在内,唯独韩无畏露出笑容。他突然想起昨天他去给荼蘼鼓励时,她说过的一句话:人生如戏,全靠演技。

当时他有点不懂这句怪话,现在明白了。这个丫头,总是能独辟蹊径,让他如何能不折服和喜爱啊。

第四十九章　赐婚

"春荼蘼,你要干什么?公堂庄严之地,怎可如此轻侮?"刑部尚书万大人拍案而起,"正在审案之中,你弄来歌舞是什么意思?嘲笑我大唐律法吗?"

"万大人,您别阴谋论好不好?"有皇上壮胆,春荼蘼毫不客气地顶回去,脸上却笑眯眯的,让人无法继续生气,"凡事,您总是往坏处想,好像我身为小民,就一定要和当官的作对。"

"那你这是……"大理寺卿于大人又来打圆场。

"大人,我这样做,绝不是戏耍于公堂的意思,只是要说明本案之因。"春荼蘼正色,"很多时候,口说无凭,不如让大家亲眼验证。这还有个说法,叫案件重演。事实上,这是刑侦手段的一种,能做到心明眼亮,比任何言辞都更有说服力。"

"这丫头,花样真多。"韩谋低语,是第二次给春荼蘼这种评价。

三位审官距离他很近,所以虽然他很小声,可那三人耳朵却竖得比兔子还要长,此时完全听到,又体会到他语气中并无怒意,反而很感兴趣的样子。于是,于大人就连忙说:"好,那你开始。但若无的放矢,必追你之责。"

"是。"春荼蘼敛衽为礼,回身挥挥手。

公堂中间巨大的空地上,有十几个人来回穿梭,摆上了简单的布景。接着,在众人惊异的目光中,歌舞者上前,照之前的排练,开演。

大唐的歌舞表演造诣很高。皇家的歌舞乐坊和教坊,归掌陵庙群祀,礼乐仪制,天文术数及衣冠之属的太常寺统管。具体的,由下属的太常礼乐官负责。除此外,民间的乐坊、教坊也很多,达官贵族之家,更多有蓄养私人乐舞者的。

这些表演不仅仅是唱唱诗词歌赋,或者跳跳春花秋月,也像现代的歌舞剧一样有故事、有情节,目前民间最流行的,就是太祖皇帝大败突厥的戏。

春荼蘼接到这个案子,很清楚核心的一点就是说服力,就算影子有罪,也要让人觉得有情可原,能说服所有参与审判的人,觉得他其实无辜。尽管他并不无辜,可是要让人明白,他这样做有充分的理由,因而值得原谅。

她想过很多辩护的方法,最后在天牢见过影子,又求见过白相之后,突发奇想,决定要排一出戏,把前因后果演出来。因为……艺术嘛,容易加工润饰。艺术家做了不着边际的事情,也比较容易让人放弃追究。

这些天她忙得晨昏颠倒,双眼红如兔子,不是埋首于律法书卷中,而是写剧本、排歌舞剧。当然这都是在暗中进行的,而且大萌和一刀则奉命去寻找证据支持。十天的时间,她一共写了三出戏,排演了这一出,另两出花钱印了数十册。要知道书是多么贵的奢侈品啊,春荼蘼下了血本,希望之后能把皇上要回来。

而且,无论剧本还是演出环境,她都力求做到最好。比如那些立体布景,她亲自画好后，由韩无畏找最好的木匠做出来，还上了颜色。而歌舞者，是康正源从太常礼乐宫借来的人，个个都很有才华，歌舞配乐什么的，根本没让她操心，她只负责写了故事。所以，这出戏在大堂上一演起来，很快就吸引了所有人的心神。包括，看起来很不配合的万大人和夏大人在内。韩谋更是对韩无畏使了个眼色，把屏风都撤掉了，以便观赏得清楚明白。可惜众人的注意全在歌舞上，竟然都没人注意皇上露了天颜。

故事很简单，但配上音乐舞蹈，还有演员的投入，真的很引人入胜。是说在突厥人被驱走之前，镇守南方蛮夷之地的一位汉王，打算推翻突厥的暴政，恢复汉人江山。这位汉王手下有一个白姓军师，无意中救了一队流落四地的乐舞者，就收留了，打算排演歌舞，留作慰军或者接待来使之用。而乐舞者中，有个六岁的小男孩，长得很漂亮。巧合的是，与那位汉王最喜欢且被封为世子的儿子，长得特别相像。

有一天，汉王的儿子到白军师家里去玩，那个小舞者远远看到小世子，立即为小世子天生的威仪所震慑，突然生出强烈的仰慕和崇拜之心，想做小世子的手下，追随他、忠于他，为他鞠躬尽瘁、死而后已。

可惜，他只是乐舞者，地位非常低下。他也没有练武，不能做小世子的侍卫或者士兵。于是他着魔一样地模仿小世子的行为举止，想耗尽自己的一生去扮演那个小世子，让人们知道小世子的各种好，不因为地位太崇高而被人误解。他还愿意代替对方做任何事，用这种方式效忠和为小世子做事。因为他知道身份地位会束缚人的行动，他可以做到小世子所想却很难做到的事。

他愿意成为小世子的影子，于是也改名为影子。

时间一天一天地过去了，因为白军师与汉王世子的关系亲近，所以影子得到好多偷偷观察和模仿的机会，多少年下来，他沉浸在这个角色中，把自己当成了替身。但，也是随着时间的推移，影子长得与汉王世子越来越像，甚至相像到会让人认错的地步。白军师发现了，觉得有些不妥，可他是忠诚又仁慈的人，既不能驱赶影子离开，怕他被人利用，又不愿除掉他，犯下杀孽。没办法，只好把影子软禁于府中，想着只要他不露面，就不会造成伤害。

开始，影子安心留在白府，从不曾惹麻烦。他看着汉王世子帮助父亲夺取天下，看着大唐建立，世子变太子，很快又在太祖宾天后即位为帝，仅十几年时间，就把大唐治理得天下升平，四海归心。

本来，他会这样一直生活下去。可是这一年，淮南道遭遇天灾，颗粒无收。他看到私访到相府的皇上忧心忡忡，却因为国库不丰盈而呕心沥血。于是，他想出一个主意，偷跑出相府，扮演为皇上，到除京都外的首富之地，说服士家贵族捐银赈灾。那些望族，本来就很有社会责任心的，只是无人挑头，才一直没有动作。现在皇上亲临，哪有不伸援手之理。短短十数日，就筹得三百万两白银，解了淮南灾民之苦。

就在影子要完结这出戏时，忠心耿耿又聪明伶俐的小将军发现了端倪，把影子捉拿回了京城。于是，成就了惊天大案。

这个故事，半真半假。故事里的人物虽然没有点名道姓，但明眼人都知道是谁。其实这种隐喻式的手法，更容易让人深信不疑。至于白军师收留一队乐舞者这段，水分很大，但是确有其事。她就是在听影子说起这件童年趣事，又从白相那里知道其中一个小舞者后来莫名其妙地失踪之后，才决定了打这场官司的方针和方法的。

失踪，意味着影子可以顶上那个人的身份，只要白相配合，点头认下。而白相，当然不会拒绝，毕竟影子的真实身份他知道，还一直是关在他府里的秘密院落。最后，更是从他那里逃脱，他也正等着将功折罪。另一方面，大萌和一刀已经从被取消贱籍，回到家乡养老的乐舞者领队那里，得到了所谓辅证。于是，故事的逻辑就圆满了。

歌舞完毕，春荼蘼给了扮演皇帝的演员一个眼色。这个眼色值一个自由的身份，康正源会帮着办到。所以舞者得了暗示就突然匍匐于地，叩头如捣蒜。

正当堂上众人诧异又糊涂之际，春荼蘼像男人那样深施一礼，越过三位审官，直接对皇上请罪道："皇上，民女找人扮演皇上，虽然是为了说明事情的前因后果，虽然只是故事，可却没有事先征得皇上的同意，请皇上降罪！"

韩谋明知道那个故事除了影子爱模仿他，以及影子被软禁在白府这件事外，全是假的，却仍然忍不住心情起伏，遂摆摆手道："歌舞罢了，何罪之有？"话音一落，略略怔住，突然明白自己掉进了春荼蘼的陷阱。

春荼蘼等的就是这句话，这句不能推翻的金口玉言！于是，她当即跪倒，大声接道："皇上圣明！歌舞罢了，扮演而已，能有什么罪？影子冒充皇上，从洛阳之地取财，用于灾难中的淮南道，且是以皇上的名义，是因为他常年揣摩皇上的心意，深知皇上是先天下之忧而忧，后天下之乐而乐，所以才行此举！因为他知道皇上必会这么做的，只是国事繁重，暂时没有精力。"

"好一个先天下之忧而忧，后天下之乐而乐！"混在看审大员中的白敬远，非常巧妙地插了句嘴。看似情不自禁，却是恰到好处。而且，他确实喜欢这句话。

春荼蘼对白相点头致意，接着道："影子有错吗？有！他错在太投入，误把这个天下当成舞台，让所有参与者都成为了乐舞者，共同演出了这个故事！皇上，各位大人，影子之罪在于混淆了现实与歌舞，却罪不在欺诈，更不及其他。他在卖命地表演，为皇上，为大唐、为天下！他，只是一个沉溺于故事中的乐舞者，努力扮演好他所扮演的人。所以皇上说，他何罪之有？！"

全场静默！

所有人，都被春荼蘼绕里面去了。明明是诈骗的惊天大案，为什么被她说呀说的，就成了一个乐舞者向皇上致敬的愚蠢行为？大家这么想着，目光就情不自禁地集中在公堂正中站着的年轻姑娘身上。

对，这就是春荼蘼的目的，转移视线和重点。在她的辩护观念里，影子是一个演员，一个艺术家，一个有些癫狂的人。好吧，就说他是疯子也没关系，主要就是要说明他没有恶意，而是混淆了戏剧与现实。他只是在扮演，而不是在诈骗。

而在此之前，她已经提到两个观点。一、影子此举没有造成危害社会的恶果。伤的，只是皇家和官府的威严和面子而已。二、定性很重要。所以演员过界和骗子行诈，绝对会指向截然相反的判决结果。前者，可能只是劳役。后者，严重的是要砍头的。

天差地远。

韩谋眯起了眼，心念急转。他知道交给春荼蘼的任务有点难完成，却没想到，这丫头把他也算计了，可算是诡计多端，胆大包天。

影子的事，在母后去世时，他才知道。当时他很震惊，也感觉到危险，觉得肯定会有人利用这件事来危害他的地位和利益。但他承诺母后要让影子活下去，而且母后也说，白敬远绝对可以信任。

从十四岁掌兵起，他就不是个爱猜忌的人，奉行疑人不用，用人不疑的原则，因为他自信自己可以折服众臣，可以压下一切针对他的阴谋。而父皇去得突然，白敬远当时手握大权，还软禁影子多年，完全能做到挟天子以令诸侯，弄个冒牌货上台，自己做背后的皇帝，甚至操作十几年，慢慢让大唐姓了白。要知道，他的三个儿子都极为出色。

但，白敬远在夺位的关键时刻，毫不犹豫地选择了他、支持了他。白家为此所冒的风险，所经历的血腥争夺，不可谓不惨烈。所以，他信任白相，而且到现在也没有怀疑过白相。后来，赐给白家那样一所大得有些违制的宅子，也是为了让影子的藏匿更容易，让白家的禁地更隐蔽。

影子逃走的当天，白相就密报上来了。他没有派人去追，只布置人手，密切监视长安附近的军事调动和皇宫内廷的安全。同时，称病不朝。他深知白相谨慎，而影子的事太过秘密，能利用此事的人，必定不简单，这也是不安分的力量在蠢蠢欲动。他不露面，就是没有态度，就能给对方折腾的机会。而对方有动作，他才能找到蛛丝马迹。

然后很快他发现，军队没有任何异常动向，就确信对方只是想宫变，并无实际力量。对方应该是打算在他身上下手，在宫内行动，然后神不知、鬼不觉地扶傀儡上台，之后再徐徐图之。这说明对方没有实权，但与他比较接近。

不久后，对方沉不住气了，开始四处寻找影子。他一边来一招螳螂捕蝉，黄雀在后，跟踪过去找人。另一边顺藤摸瓜，要揪出意图宫变的幕后主使。但谁也没料到，他的双胞胎哥哥居然没有逃到偏远之地，居然不怕死地到洛阳大闹一场，白白让追他的人到天涯海角去找人了。洛阳权贵遍地，本来是放弃寻找的地方。更没想到的是，捉回影子的人是无畏这小子。

而长安城里，他也查到了幕后人。令他痛心的是，居然是他的妹妹静宁公主和驸马白世玉。

他一直担心此事与白家有关，毕竟影子存在于世的秘密，知情者少之又少。偏偏，影子在白家被圈养，由极忠诚的仆人照顾侍候。但天长日久，其他白家人能探知到事实，并且有能力动手脚的可能性最大，那人在白家的地位也绝不可能低。

白世玉，是白相长子，从小文武双全，是有名的神童和才子。但白相怕白家再出一位不世之臣，最后功高盖主，惹来帝王猜忌，于是有意不让长子施展，这才尚了公主，地位崇高，却没有实权。

白世玉表面上顺从了父亲的决定，可压抑的雄心在遇到合适的机会和爱弄权的、不想当公主，却想当皇后的静宁后就变了。他也许在想，这些人压迫他、不让他一展长才、让他庸庸碌碌地活着，那么，他要反抗，他就要做个操纵皇帝的幕后人！

得知这个消息,白相后悔到一口鲜血吐于金阶之上。他错了吗?为了家族,牺牲儿子,这才造成了恶果。只是他没有求一句情,仍然选择了忠君,内心滴血,但表面平静地把白世玉和静宁公主看管了起来,只等一纸圣谕。

帝王业,容不得半点软弱。虽然他同情白相,但白相钟爱的这个儿子是不能留的,公主也一样。只是,他会让他们死得"自然,安静",看起来像个事故,把这件事从头到尾遮盖得彻底。而帮着白世玉和公主的人,早就已经全部秘密处死。

至于影子……

把影子关在皇宫废院中时,他们第一次深谈。虽然之前他多次到白府,彼此见了很多次面了。影子不肯帮助白世玉害他,夺他的江山,当个傀儡。但也不肯供出幕后人来,毕竟他是利用对方的力量逃离了,违背了约定。直到最后,白世玉怕事情败露,不惜铤而走险,利用静宁公主安排在宫中的力量,想杀人灭口,影子也没吐露半个字。

其实这正是他等的机会,他像个猎人,等着猎物一点点掉进陷阱。若白世玉没策划那起皇宫内的刺杀,他也不能完全确定主使是谁。意外之喜是,春茶蘼是个福将,误打误撞地发现了密道,消除了他另一个隐忧。

所以,他就原谅她算计他吧。到底,她硬生生扭转了局面。他知道这件事的前因后果、目的手段,只缺一个平息的借口。而这个丫头,成功地给了他这个借口。

想到这儿,他勾了勾手指。

春茶蘼立即机灵地快步上前,低头垂目地站在他身侧。

"你说服了朕。"他平缓的声音里有隐隐的威仪,"不过……依律,影子之罪不为欺诈,可朕若圣裁其死呢?"

春茶蘼心头凛然。

君要臣死,臣不得不死。她应该顺从皇上的决断。只是身为状师,不管前面有什么危险和威胁,也要维护当事人的利益才是。于是,她咬着牙根,控制自己双腿不发抖,直言道:"皇上,大唐律法是您制定颁布的,若连您也随便违背,凌驾于律法之上,又如何让天下人信服?"

韩无畏一边听到,顿时捏了一把汗,祈求的目光就望向了韩谋。那意思:皇上,您原谅她!

韩谋只当没看见,温言道:"你还真是胆子大。"脸上虽笑,却让人骨头缝里发寒,"可是朕若毫不处罚,以后世人都来扮演朕,天下不是乱了吗?"

"皇上,您的威仪神圣不可侵犯,就算是歌颂您的故事,也不能随意让人扮演,必须下旨严禁。"春茶蘼一边大拍马屁,一边说出早与影子商量好的话,"但是你的丰功伟业,也应该在民间传扬,不如您就罚影子此生不得离开长安,做您私人的乐舞者,常年居于乐坊,专门表演您的故事,传扬您的威名,岂不是两全其美?"伤疤,摊在阳光下面容易愈合。而秘密一旦不成为秘密了,也就折腾不出阴谋了。

"容朕想想,但他胆大妄为,不得不罚。"韩谋点头。

"皇上,您任命三位大人会审,民女相信,他们会依律判决,绝对公正无私。"春茶蘼再次吹捧,心中恶心连连。

身为状师，她容易吗？整出戏，就是马屁戏，每个有幸客串的人都是大好人。皇上英明神武，白相仁慈善良，被骗了银子的士族们心系灾民，连韩无畏都是聪明伶俐的。这样，大家都被吹捧，自然会高兴，也不会太紧盯着影子的罪过不放。

这是一件捅破天的诈骗案，却让她扭转成娱乐的性质。她偷换了概念，是基于没有事实上的危害后果，也是基于皇上背后的支持。但，终于她成功了。所以她总说，打官司是一件有意思的事——斗智斗勇，怪招频出，其乐无穷！那种满足感，真是无法言喻。

"影子，摘下你的面纱。"韩谋站起来，命令道。

一直真的像影子一样无声无息的影子，依言而行。当众人看清他的脸后，纷纷发出了惊叹之声。但很快就发现，两个人从气势上来看，完全不可同日而语。

春荼蘼知道，这是影子在表演，他是故意的，因为影子模仿皇上真的极为神似，一时片刻很难分辨。最高贵的龙种和最低贱的乐舞者对他来说，实在是没什么区别。

难得的是，皇上是真的英明，不是多疑心狠之辈。而且血浓于水，虽然天家无骨肉，但到底一奶同胞，总有些亲情在的。特别是，彼此没有危害到对方的时候。

看到影子露了脸，韩谋摆驾回宫。

三位审官都是人精似的，再正直正派的大员，若没点眼力也坐不到那个位置，所以很快审判结果出来了：影子被轻判为做苦役三个月，并笞五十。他的两个随从，随刑。

之后他私下对春荼蘼说，当时飞钱汇到灾区，根本没找什么人帮他。只要他透露一切是皇上的意思，所有事都办得很利索，没有怀疑和置疑，所以当事情被揭穿后，银子早分到灾民手里了。

这就是皇权哪。

官司打赢，看到孙女平安归来，春青阳提着的心才算放下来。老人家立即收拾行装，打算尽快回到洛阳去，和留在德茂折冲府的儿子一家团圆。

京城、长安、孙女接手的那些案子，实在让老人家心惊肉跳。他总觉得，会有坏事发生。

可是春荼蘼是皇上钦点上京的，虽然事情办完了，但皇上不吐口，春家一行人就没法随意行动，只能干等着。偏偏最近朝廷有暗流涌动，韩无畏和康正源被支使得脚不沾地，春荼蘼想托人打听一下情况，或者递几句话提醒皇上都做不到。

十一月，京城飘下第一场雪的时候，白相的长子白世玉突染急病，不到两天，人就撒手归西。静宁公主与驸马伉俪情深，抵不过失偶之痛，居然当天就殉情而去。一时之间，白家满府缟素，鲜花着锦、烈火烹油般的往日盛景被悲伤所笼罩。

白世玉是白相最疼爱的长子，此时白发人送黑发人，心痛之下也病倒了，并递了致仕的辞表。可是皇上却未允，只命他在家休养三个月，之后复职上朝。因白相已授封安国公，是异姓中的最高爵位，无法再加封赏，只赐金银绢帛，并派贤王亲往吊唁。

真假皇帝的案子，闹得天下皆知，民间自然相信了春茶蘼引导的那套说法，但最上层的勋贵之间，还是有猜测的，特别是白世玉和静宁公主之死，透露了一丝非比寻常的气息。但皇上随后对白家的表示，显示出了极度恩宠，让那些看风向的人犹豫了半天，最后认定白家没倒，朝中稳定，都歇了那些有的没的心思。

春茶蘼对白家的事，隐约有些明了，但她聪明地保持沉默，以前她往外跑，现在天天关在官驿中，实在闲得无聊，学绣花实在没天赋，就认真研究起厨艺来。

她只怕皇上把她丢在这儿不闻不问，变相软禁。但又觉得以皇上之英明，还不至于把个大活人忘得一干二净，也不至于过河拆桥。之前她还期望着赏赐，后来已经不指望了，只要让她回洛阳就行。

她最近不爱出门，还有一个原因，就是她彻底出名了。人怕出名猪怕壮，她只有大萌和一刀两个护卫，怕应付不了好奇而热情的民众，所以还是等气氛冷冷再说。

以前不管是在幽州还是洛阳，她只是地方上的名人，如今却是全国知名，可惜名声仍然好坏参半。好的是说她聪明漂亮，举止大方优雅，还算是才女。毕竟，能掌握律法的人给人感觉特别有学问。坏的是……女子为状师，抛头露面的实在失德失礼，而且这么厉害泼辣，诡计多端，嘴皮子又那么利落，谁敢娶回家？也就是说，她成亲的行情越来越差。

春青阳愁啊……

进了腊月，春茶蘼终于坐不住了，难不成皇上把她关在这儿不管了？她还要回家和父亲一起过年呢。因为康正源是文职，比身为武将的韩无畏好找，她千方百计搭上了话，请康正源过来一趟，好歹拜托他问问皇上的意思，这么不上不下地吊着她，什么时候是个头儿？

结果康正源还没等到，影子却来拜访。他被判苦役三个月，笞五十，可皇上有心保他，自然打得不重，苦役也才做了一个月就被找个因由放了回来。

"你不是写了三出歌舞？"他问春茶蘼，"另两出就给了我吧？年关将近，我好好排演排演，过年时可以献给皇上。"

"你去了太常礼乐宫吗？"春茶蘼有些讶然，这人洗白太快了吧？

"嗯，还有职位的，任乐生，管着一个单独的小乐坊。"他如今有了正式的身份地位，似乎很满足，并不为身为龙子却做了乐舞者而郁闷自卑。况且他隶属皇上私有，捞到个良籍，衣食无忧，本身又喜欢乐舞之事，简直活得滋润。

春茶蘼写的那两出歌舞是当今圣上年少时领兵打仗的事，夸奖的是少年英雄，拍的是龙屁，本来就是为影子脱罪用的，留着也没用，当下就给了他。虽说剧本印了好多册，花的银子很令人肉疼，但没用的东西，再值钱放在手里也是废品，她是很想得开的。

送影子离开时，她张了张嘴，却终究没有拜托影子去求皇上给她放行。一事不烦二主，已经找了康正源，再托人就是多事了。不过影子出门时又回过头来，神色奇怪地看她："我还没有对你说谢谢吧？"他仰着头深深呼吸，"谢谢你让我能喘口活人的气儿，其实你是救了我的命。"

"感谢不是只动动嘴皮子就行的。"春茶蘼哼了声,"以后皇上要赏你大珍珠金元宝的,想着转送给我就行了。"

影子哈哈大笑,头也不回地走了。不得不说,他虽然是上了年纪的大叔,还是独臂大叔,但真的很养眼,性格也奔放自由,相处起来非常舒服。只希望,他以后能过得好吧。

然而春茶蘼没想到的是,她居然跟影子还会有瓜葛。见到影子的转天下午,皇上身边的高公公亲自到了官驿,宣春茶蘼进宫。

"放心吧祖父,一定是褒奖我几句,然后赏点金银,就让我们回洛阳啦。"春茶蘼兴高采烈地说,在过儿和小凤的围绕下,麻利地梳妆打扮。她穿了银朱色绣银蝶的偏衽小袄,松花绿八幅泥罗裙,六合小靴,因为天气冷了,披了兔子皮的雪白小斗篷。半长不短的头发梳了个低髻,侧戴蝴蝶串花小金钗,一身的伶俐喜气,活泼可爱。让人见了,忍不住嘴角都要往上翘。

进了宫,还是往甘露殿去,就见皇上坐在御书案后,身着单薄的明黄色常服,做派很家居,身边并没有内侍和宫女侍候。只是,他一左一右站了哼哈二将,正是韩无畏和康正源。

韩无畏见了她就咧嘴笑,露出满口雪白的牙齿。康正源则优雅地点头示意,风度好他那表兄许多。

皇上显然心情不错,很快免了春茶蘼的礼,还和声细气地问她外面冷不冷,这些日子逛了长安哪处景致什么的。最后,才想起什么似的道:"说起来,那个案子你办得不错,朕还没有赏你呢。"

来了来了,要发财了!哈哈哈哈……

春茶蘼心里乐开了花,却死命控制着脸上的肌肉,不让自己笑出来,嘴里也恭恭敬敬地道:"为皇上办事是民女的荣幸,哪敢讨赏。"这话,就这话!说得多有水平。不敢讨赏,但如果皇上您不赏,就是小气了哦。

果然,皇上微笑着嗯了一声道:"朕可不做赏罚不明的昏君。"说着,朝门外望了望,"今天早上,朕见到喜鹊冲着朕叫,想来应该是有喜事的。所以朕想,赏你金银财帛,实在是太俗气了些……"

不俗气啊皇上,民女就爱那黄白俗物。当然,若是有珍珠玛瑙翡翠钻石什么的也行。

"可惜你是女子,又无法封你官爵。虽然你于律法一道,比那些朝廷命官还有见解。"

您可以御笔手书:天下第一大状师。这样也很不错哇,绝对的金字招牌。

"后来朕听闻,你已经及笄,却还没有定亲。因为上了公堂,姻缘事有些个艰难,不如朕就为你赐婚,找个好男人嫁了,岂不是最好的赏赐?"

啊?!春茶蘼向来反应很快的,但此时却全然蒙了,怀疑自己听错了。

看到她的愣怔傻样,皇上以为她是欢喜的。毕竟,一介民女能得皇上赐婚,那是极大的荣耀,因而直截了当地道:"朕将你赐婚于影子,择日完婚。"

轰隆一声，春荼蘼感觉脑袋都炸开了。什么什么？赐婚？嫁给影子？为什么为什么？到底哪里出了问题，虽然影子言语调戏过她，但那只是他的轻佻，两人之间既没有情意，她也没当回事，现在这是怎么了？！

慌乱之下，她突然害怕极了。原来，对于女人而言，婚姻不如自己的意，是最大最深的恐惧。都说这嫁人有如第二次投胎，意味着后半辈子的幸福！

"请皇上收回成命！"她扑通跪倒，顾不得膝盖砸上金砖，疼入了骨髓，"请皇上收回成命！"

韩谋沉下脸。

他没指望春荼蘼欣喜若狂，但也不该是这个态度。就算不乐意，这么直眉瞪眼地拒绝，也太拿他的金口玉言不当回事了吧？

让春荼蘼嫁给影子，他自然有他的道理。冒充皇帝案的内情，别人不知，这丫头却从头到尾清清楚楚。他可以杀她灭口，偏她立有大功。他不做兔死狗烹的帝王，却不意味着会放任秘密流落于外。而影子，也似乎只有这丫头能克制得住。两人成婚，就是两全其美。

从另一方面讲，保了春荼蘼的命，给她赐了婚也让他安了心，不再生杀意。影子下半生不再孤苦，安安分分地留京。一举数得的事，怎么让这丫头一口就回绝了呢？她到底还有没有点规矩，知不知道他是皇上，一言九鼎的皇上！再说，她那么聪明，性命和嫁人之间，孰轻孰重分不清吗？而这桩婚事，他也不是乱点鸳鸯谱，是很合适的，哪里辱没她了？至于这样激烈地反对吗？

"春荼蘼，你真的太大胆了。"他第三回说她的胆子大，但这一次，寒意十足，"难道，影子还配不上你不成？"到底是他的亲生哥哥，高贵的龙种。春家呢？军籍出身而已！敢看不上皇族中人吗？

"不是的，皇上！"春荼蘼急坏了。

"你是嫌影子断臂，或者年纪太大了吗？"韩谋看到春荼蘼娇嫩的容颜，小小地心虚了一下，"或者，你是嫌他是乐舞者，并非良婿贵婿？"

"也不是这样……"

"他是良籍，正值盛年。"韩谋再度试图说服，"而既然朕是赐的婚，朕会要他保证不纳一妾，终生只守着你一人。还会赐你府邸，金银珠玉，让你安享富贵。假以时日，整个太常礼乐宫，也可能让他来掌管。顶多，朕下旨不禁止你打官司，你往后的生活，可自行做主。"

韩谋不断开出条件，不可谓不优厚。而且他是天子，这样哄着说话，已经非常难得。但春荼蘼不能答应，仍然摇头。

韩谋怒了，沉声道："难道你想抗旨？"

"民女不敢。"春荼蘼仍然一个头磕在地上，也仍然是那句话，"请皇上收回成命！"

"你到底有什么理由？"韩谋气得一掌拍在书案上。亏得这春荼蘼是个女子，不然，他这一盏热茶就直接砸过去了！要知道就算是天子，打一个小姑娘也太说不过去

"民女要嫁心仪之人。若没有两情相悦，宁愿老死不嫁！"第三个头，叩在地上，分量极重，令春荼蘼只觉得额头又热又痛，眼冒金星。

"女子自主择夫，不合礼法。就算是我大唐公主贵女，也有个限度。难不成，你还要嫁豪门权阀，贵族公子不成？"冷笑。

"民女不求权贵，只求两心相悦。"

"你可有心悦之人？"

"暂时……没有……"

"那为何不能心悦影子？"韩谋大声问，"他长相英俊潇洒，才华横溢，且有包容心。你身为女子却行走于公堂，你以为是个男人就能接受吗？"有人娶就不错了，还挑！但说影子容貌生得好，有自夸的嫌疑，毕竟是双生子，咳。

"皇上，人的心和感情是世上最真实的东西。喜欢就是喜欢，不喜欢就是不喜欢，无关所有的条件！"春荼蘼被逼得心头火起，不管不顾地说。

咣当一声，不是韩谋终于忍不住拿茶盏砸春荼蘼，而是韩无畏腰上挂的刀掉在地上。放眼全大唐，只有他才能在与皇上近在咫尺的地方带着武器，那是绝对的信任和荣宠，但自从听到口头的赐婚圣旨，他下意识地抓紧了衣摆，直到把刀扯下去而不自知。

他是惊了，惊到不知如何是好，但这声脆响似乎撼动了他的神魂，他立即跑到春荼蘼的身边，直挺挺跪下，说着和春荼蘼一样的话："请皇上收回成命！"

"你！无畏！"韩谋又惊又怒，那盏茶不好意思砸一个小姑娘，却不留情地扔在自个儿的亲侄子面前。只是到底不舍得，手略偏了偏，茶盏擦着韩无畏的肩膀，摔在地上。

"皇上，我喜欢她。您要赐婚，也要赐给我啊。"韩无畏不怎么怕，混赖着说了一句。

春荼蘼却不知韩无畏的意思，生怕因自己而牵连别人，急着道："皇上息怒，韩大人与民女并无瓜葛，只因是朋友，想帮助民女说项，这才如此。若皇上请降罪，请罚民女一人！"

"哼，降罪？你可承受得起！"韩谋再次拍桌。其实，他已经恨不得掀桌了。

康正源暗叹一声，满心的无可奈何，也缓缓走到下面，跪倒。这时候，他得有个姿态啊。

"怎么？你也叫朕收回成命？你也喜欢春荼蘼？"韩谋气得没办法。

这算什么，叔侄争妻？

"皇上，臣是喜欢她。但这种喜欢，是欣赏，是认可，无关男女私情，就像是长辈对晚辈，也像是朋友之间。她就是与众不同的女子啊，若真和普通姑娘一样，皇上也不会在之前那个案子中重用她了。"两句话，不似韩无畏那样火上浇油，把气氛缓和了稍许。

"是啊，皇上有海纳百川的胸襟，岂能容不下特立独行之人？"韩无畏刚才是急的，这会儿很快脑子清醒，立即拣好听的说，"荼蘼对自己的姻缘有想法，也是可以允许的吧？"

"你何时变得如此会花言巧语?"韩谋目光凌厉地瞪着韩无畏,"刚才,你又是说的什么话?有本事,再给朕重复一遍?"

韩无畏才要开口,见旁边的康正源对他连使眼色,就没有出声。

康正源却以所有人都听得到的"小声",骂春荼蘼和韩无畏:"你们两个真不识好歹,皇上有意赐婚,本是一片好意。你们不能体会圣意,不能领情就算了,怎么还出言顶撞?这是皇上仁厚,不与你们计较,不然你们像猫一样有九条命,此刻也不够用的!"

这话,义正词严,但意思却七扭八拐。先是捧了皇上,之后说是"有意赐婚",而不是下了明旨,这样就没有抗旨一说。然后又说皇上不计较,逼得皇上不能真正发怒,不然就是失了风度。最后,话里话外的意思,是提醒此事有商量的余地。

韩谋哪能不知道康正源动的小心眼儿,只是他没想到春荼蘼反抗得这样激烈,还搭上了自个儿的侄子。而康正源这话,却正是给了他台阶,毕竟他也不想把事情弄僵,明明是喜事,最后闹成逼婚,就绝非他意。再者,若太偏向影子,就又给了别人揣测的机会,惹来不必要的麻烦。可他必须要让春荼蘼被拴住,不管是谁,不管是什么事,总不能天高任她飞。否则,他就算不是多疑的人,也不能容忍手中有掌控不了的人和事。

"春荼蘼,朕意已决。"他站起身,冷冷地道,"除非你在十天之内,给朕一个收回成命的理由,不然,年前就等着嫁影子吧。你若不担心家里祖父和父亲,尽管抗旨不遵!"

对啊,他是皇上,他可以不讲理的,也可以威胁人的!哼哼,之前的案子让春家的丫头玩手段,天大的事居然轻轻松松蒙混了过去。现在,他倒是很好奇,看她还有什么办法!

春荼蘼松了口气,但随即就是绝望。

打官司,操纵律条,是她的拿手。但她到哪儿去找理由,把这件婚事推掉?若说之前的案子顺利,那是因为有皇上撑腰,她只要找个说得过的借口就行。可是现在,皇上摆明是刁难人,她该怎么办?

焦虑不安中,她被韩无畏送回了官驿。这边,郁闷气愤的皇帝由康正源陪着,在御花园里走动,泄泄胸中那口恶气。

"春家的丫头,到底是怎么养出来的?别看恭恭敬敬的,其实她就不怕朕。刚才那样,朝中大员也不敢,她就那么直接驳朕的面子。"韩谋随手拉了拉衣襟,好像那里顶着一小股火。

"她毕竟是个姑娘。"康正源赔笑道,"别看在公堂上冷静理智,但牵扯到姻缘事,立即就是不识大体的小女儿态。可是皇上,您不能怪她,到底事关嫁人。"

"你也为她说好话,我看她是野性难驯,娇娇柔柔的,脾气倒硬。"韩谋停下脚步,望着康正源,"小正,无畏说喜欢她,朕瞧着不像是假话。其实朕早有察觉,只是以为无畏会重大局。年轻人,谁没从这时候过来过,风流些不要紧,喜爱一两个姑娘也没关系,但事关他的婚事,朕自有打算。若要把春荼蘼赐他为妾,朕又觉得辱没了那丫头。她在律法上的见解,朕确实心喜。可入了贤王府,她就再不能上公堂,岂不可惜?

影子，是会包容她的，朕是为她好。"

康正源垂着眼睛，怕被自己英明的舅父看出心思。但他确实很惊讶，因为皇上居然认为给表兄做妾，是看低了荼蘼。要知道表兄是天潢贵胄，荼蘼只是军籍出身，所以，这个评价真的很高啊！也证明皇上是真的看中荼蘼。他忽然感觉到，皇上突然赐婚，肯定是有私心，但未必没有替荼蘼考虑。

"小正，你也心悦于她，是不是？"正沉默，韩谋突然又问。

康正源一怔，决定不说谎，点了点头。因为在皇上面前耍花枪是很有压力的，也很容易被识破，不如老实些。

"只是……"他话题一转，"我对荼蘼发乎情、止乎礼，知道我的婚事该由皇上决定，所以……既然不能相守，不如远离，免得陷下去。如今做朋友知己也不错，不似表兄那么烦恼。"

"那丫头长得还不错，又神采飞扬，骨子里桀骜不驯，也难怪你们动心。"韩谋叹气，似烦恼又似赞赏，"少年人，只觉得胭脂马驯来才有滋味，这样的女子岂是普通士族家养出来的可比？一个个只会梳妆打扮、争风吃醋，在长安策马扬鞭，就觉得是天之骄女，还要沾沾自喜。和春荼蘼比起来，倒是那丫头才像我大唐贵女。"

这话，春荼蘼没听到，不然会深感欣慰，也会感到前途光明。因为大唐的皇上，竟然是思想极为开明的人。在这样的最高领导人的统治下，大唐的律政事业一定会有大发展的。

"无畏怎么就不像你，理智一些呢？明知不可为，而非为。"

"那是因为表兄与她相处的时日多，情难自已。"康正源摊开手，同情地道，"之前，他也曾保持距离的，还以韩叔叔自居来着。"

第五十章　失去你，赢了世界又如何

此时，"韩叔叔"已经送春荼蘼到官驿门口，顺手递给她一瓶药。

"这个……"他指了指春荼蘼的额头，"从御医局拿的上好伤药，两天就会好了，也不会留下疤痕。"

虽然有额前碎发挡着，但刚才叩头太用力，春荼蘼脑门上青紫一片，还隐隐有血丝渗出，看得人分外心疼。

春荼蘼点点头，实在没心思再说客气话。

只是当她转身就走之际，韩无畏突然拉住她的手："你放心，我不会让你随便嫁给什么人的。大不了……你可以嫁给我。虽然你长得也就算将就能看，但为了挽救你，我可以勉为其难地娶了你做……正妻。"他开玩笑说似的，其实只是保护自己，不是不真心，而是害怕。

他喜欢她，却知道她对他没有别的心思，若被拒绝，他怕承受不起，将来见面时会尴尬。他是个勇敢的人，偏偏在这个时候胆怯了。可能，因为从小到大习惯一切都顺理成章，习惯所有东西都是别人主动给予。要知道没有经受过挫折的人，是无法面对不确定的东西的。

"谢谢你，许我正妻之位。"春荼蘼深吸一口气，真心感激，"但还有十天时间，我会想出办法，让皇上收回成命的！"

不是她不领情，而是两人的身份差异太大，所以她从未把双方的关系往那方面想过，从一开始她的定位就是朋友。如今韩无畏虽是好意，但她怎么能为了一己之私，断了人家的前程和姻缘？韩无畏是皇族中人，是贤王世子，将来会承爵，会被皇上重用，必定要娶士族贵女。而她若占了正妻之位，也许会让他以后的几十年都后悔。

那时，长辈们不喜欢她，官场上的人会嘲笑他妻子的出身，而她又是不允许自个儿的男人娶妾的"妒妇"。可以想见，两人的后半生就要在互相不满和伤害中度过，所以她宁愿留一个朋友，也不愿意毁掉一个男人。哪怕，她现在特别需要人来救她。

害怕吗？害怕！可是她要装成无所畏惧，然后用尽一切方法。

韩无畏嗯了一声，其实很想说：他那位皇叔固然英明神武，同时也是绝对不容人违逆的性子，说一不二。如果不是他死赖活挨的，如果不是明旨还未下，这件事就如板上钉钉，再无余地。荼蘼虽然聪慧，于律法一道更有独到见解和手段，但终究皇命不可违，很难找到说服皇上的办法。另一方面，他隐约有些不希望荼蘼成功，因为那样，她就不得不嫁他……只要她成了他的人，他会用尽一切办法让她开心，让她也喜欢他。

可是，他还没想完，再抬头，心上人已经进了官驿。

春荼蘼回到自家住的小院，就见春青阳迎了上来。

她努力控制脸色，不想让祖父看出焦虑，但毕竟是祖孙，哪瞒得了？春青阳怔了怔，立即就问道："出了什么事？"

春荼蘼知道隐瞒没有意义，干脆拉祖父进屋，实话实说。春青阳听到，又惊又怒，惊的是春荼蘼带来的消息，怒的是自家孙女明明帮了皇上，可龙椅上那位怎么能恩将仇报？

这场惊动天下，却以玩笑形式结束的官司，别人不知，春青阳还是隐约猜到点什么，只是孙女不说，估计也是怕因为知道得太多，终究会有麻烦，所以他就不问。但这不代表，他完全蒙在了鼓里。也因而，他知道影子是什么人，不提影子年纪太大，还断了一臂，单说他的身份地位，就已经极为不合适了。

他的孙女，是他捧在手心里的宝贝，就算他军籍出身，还操了狱卒的贱业，可也不能容自家的宝贝这辈子成为牵制他人的棋子。他的孙女要嫁给个大好青年，被如珠如宝地爱护着，夫妻恩爱，将来生儿育女，白头到老。可不是嫁入皇家，而且还是见不得光的！万一有个宫变什么的，孙女生的孩子都可能不得善终。所以，他拼了老命，也不会让这桩婚事成功。

只是，要赐婚的那个是皇上啊！他一个平头百姓，要怎么抗衡？一个不小心，送了他的老命倒好，可却会连累到儿子和孙女！

"祖父，还有十天时间，我会想想办法的，您不要着急。若气出个好歹，孙女就更没人能指望了。"看到春青阳面色发白，手也抑制不住地颤抖，春荼蘼怕了。

实在不行，就顺从了吧？影子还是不错的，假如不是作为老公的人选，还挺可爱。她不能为了自己自私的、想寻找真爱的、幼稚可笑又不切实际的愿望，伤害到祖父和父亲。以卵击石这种事，她自己做来没有压力，但若伤害家人，她宁愿放弃。

只是说完这话，她的眼圈就控制不住地发红。一想到要放弃爱情，一想到要被一个当成叔辈的男人抱在怀里，她真的、真的绝望又害怕。她才发现，其实她并没有多强大，在这个男尊女卑的社会，她的发展是在有人支持的基础上，父亲、祖父、韩无畏和康正源、皇上，甚至是夜叉，一旦离了这些因素，在制度的不完善下，她真是脆弱到无能的地步。

其实她这么抗拒嫁给影子，也不只是因为感情因素。而是她知道一旦那样，她也成了困在笼子里的小兽。被皇上操控着、监管着，就像进了监狱，表面自由，甚至还能拥有荣华富贵，但实则不能擅动分毫。还能上公堂又如何？还能以她喜爱的律法为业又如何？不过成了皇上的御用状师，她要除暴安良的理想也破灭了。

这时候，她突然理解了影子不管不顾大闹那一场的心思，那种要鱼死网破的决心。原来被困住是这样一种感觉，令人恨不能毁灭一切才好。

可是，她却不能。

"我去翻唐律。"她努力表现出有信心的样子，"户婚律中有好多法条，规定了能成亲或者不能成亲的条目，我一定能找出漏洞可钻的。"说完，她就跑到自己房间，开始苦读。就算她能把唐律倒背如流，就算她明明知道没有任何律法条款是针对皇上赐婚的，但这是她唯一能做的事，因为熟练运用律法是她最擅长的事。如今，她也只能沉浸在律法世界里逃避现实！

她废寝忘食，头不梳、脸不洗，也不好好睡觉，困极了就趴在桌子上眯会儿，而且谁也不见。若不是小凤和过儿逼着，可能连饭也不吃，只不停地喝水。一连五天，她着魔般，好像要把韩无畏送的那套唐律看穿，找出根本不存在的法条。她这样，弄得两个贴身丫头也掉了眼泪。

她们当然也知道了事件的起因，心中虽然不满，却没有办法，只能跟着发愁，最后小凤一咬牙道："不如由我代嫁，洞房之夜一刀宰了那个影子。小姐救了他，他为什么还起这个歪心思？太没有良心了！"

"他未必知道这件事，是皇上乱点鸳鸯谱。"过儿咬着牙道，"我看皇上是根本没谱，这样的人还当什么皇上？"

"嘘，小姑奶奶，你小声些。"窗外传来一刀压低的声音，"还嫌不够给小姐添麻烦吗？小凤的主意也趁早歇了。你那样做，等于打皇上的脸，春家不满门抄斩才怪了。"

"那怎么办？总不能看着小姐跳火坑！"过儿气得哽了声。

"未必就是火坑，再说不是有韩大人吗？"一刀道，"大萌已经到韩大人那儿去了，随时注意动向，随时通报消息呢。你们两个老实点，别再出幺蛾子！"

"你才要老实点。"过儿推开窗子，对站在窗根儿下的一刀低吼，"小姐才累极了，歪在榻上睡会儿，吵醒了她，我先找你算账！"

而春荼蘼尽管疲惫之极，但却因为心中有事，睡得极浅。不过，过儿他们离得远，她并没有听到争执声。反而是一种感觉，一种突然有人贴近的感觉，好像有异样的冷风，吹拂着她半边身子，又像有阴影把她温柔地拥抱，正是那种感觉，惊醒了她。

她坐起身子，怔怔望着面前的男人，近乎迷茫地低语："上回你说了那些话，我以为你不会来了。"沉默了片刻，又不确定地轻声叫，"夜叉？"

"我在。"

"来干什么？"

"跟我走吧。"夜叉上前一步，伸出手，却没有向前，而是停在半空，"韩谋逼你嫁人，如果你不喜欢，跟我走吧。"

"要我嫁你？"她有点迷糊，有点不明白，忽而又觉得好笑，"算上赐婚，最近有三个男人要娶我呢。"何况，她现在蓬头垢面，这样子都有人求婚，难道她不该得意一下？

"不是嫁我。"夜叉屏住呼吸，说得有些艰难，"是带你远走高飞，离开大唐。如果你放心不下祖父和父亲，我可以安排他们也安全离开。来时我看过，韩谋并没有派人监视你，大约觉得你逃不掉，所以时机正好。"

一瞬间，春荼蘼有点动心。

对啊，离开，只要离开大唐，皇上就拿她没办法了。但她随即就想到，那意味着祖父和父亲从此要过颠沛流离的生活，无国无家无根，被人随意欺侮。为了她的婚事，至于做这样的牺牲吗？人都是有弱点的，亲人就是她的弱点。皇上就是知道这一点，才这么不给她留余地吧？

有句话叫两害相权取其轻，和嫁给影子比起来，父亲和祖父的幸福更重要。困了自己足足五天，实际上她已经有点绝望，想妥协了。嫁人而已，有什么了不起。只是爱情和事业的梦想破灭罢了，又死不了。

人生不就是如此吗？在不断的妥协中进行选择，所以古语有云，人生不如意事，十之八九。

于是她摇头："我不能跟你走。"理智的选择，却不知为什么泪流满面。

夜叉上前几步，站在榻前："你……你别哭……"知道要她作出离开的决定不容易，但却没想到她这样无助。他想出的办法当然不好，却是目前唯一可行的。

心绞成了一团，他伸出手，似要抚摸她泪湿的面庞，最后却顿了顿，只碰了碰她鬓边散掉的头发。突然想到他的放弃是对的吗？如果他有权势和地位，他就可以保护她，可以接近她而不用紧张，不用像现在，那般地无能为力，只要摊在阳光下的事，就不能为她做。

此刻,他纠结万分,目光不知道要投向哪里,眉头皱得死紧,呼吸也不平稳起来。一边的春荼蘼从模糊的泪眼中看到他的神色,脑海中突然灵光一闪,有了个主意。虽然是个极馊的主意,虽然很无耻、很下贱、很没脸见人、很……很应该找条地缝钻进去,但如果成功,就可以逃避这次婚约了!

咬了咬牙,她冲动地从榻上跳下来,站在夜叉面前,举着双手,挣扎片刻,才非常突然地揪住夜叉的衣领。

夜叉略惊,一时怔住,不知道她要干什么,身体更是僵着。他是高手,从来不会让人贴近而不能反应,可眼前的姑娘,却像是蛊惑了他……

"你要干什么?"他涩声问。

"你怎么知道我要被赐婚的事?"因为不是明旨,知道的人应该很少,皇上也肯定不会传扬开。可见,皇宫里有他的内应,而且无限接近皇上。

"有关系吗?"他被她弄糊涂了。她早知道他不是常人,却从来没向外透露过,现在这是要干什么?动用他的力量?他不是没想过,但,于事无补。

"有……没什么关系。"她只是紧张,找话说而已。因为下面要说的,实在太难以启齿了。

深深吸了几口气,她带着豁出去的决然:"你要了我吧。如果我不是完璧之身,皇上就不能给我赐婚了。"大唐风气虽开放,但皇家血脉是不能娶一个不洁的女子的。

虽然这话听起来像求欢,不,实际上就是求欢,但,真的,她真的很难说出口。于是当她终于说出来时,她自己都吓到了。还因为语速太快,令她有瞬间的愣怔。说了吗?她真的说了?还没有是不是?只是心里想想……

她下意识地抬头,就见到夜叉的绿眸似乎瞳孔放大,比她还要惊讶。显然,他有点被吓到了。

真的太丢人了!尽管,她似乎有正当理由。

而夜叉的目光太灼人,她根本无处躲藏,脑浆都沸腾一般,下意识地双手扣住夜叉的后颈子,往下一拉。夜叉根本没有防备,冷不丁被拉得低下头来,春荼蘼的唇就毫无预警地印上他的……

两人都僵住了,就像有无形的霹雳在他们的头顶炸开。

夜叉本能地就想捕捉住那迷人的气息,可他才要吻过去,残余的清醒就强行令他掰正脖子,以至于用力到差点扭伤了自己。而春荼蘼已经"啊"地叫了一声,跳回榻上,背转过身,简直无地自容到了极点。

天哪,她都做了什么?求欢!强吻!而且不是在打扮得漂漂亮亮的时候,反而像个乞丐婆子般。夜叉会怎么看她?会觉得她是个下贱的女子吧!

不不不,不要这样想。一个吻而已,不,算不得吻,只是嘴唇的轻轻触碰,肉碰肉嘛,没什么了不起的。她拼命这样想,可却觉得一把火从脚底一直烧到脸上,经久不散。

难耐的沉默,诡异的静谧,空气似乎闷闷地烧着,弥漫着暧昧的气息。好半天,春荼蘼浑身热得受不住，只能转过身来，低声道歉："对不起，当我没说吧，我是太急了些，并没有要侮辱你的意思。我……我……请你原……"

"我的荣幸。"夜叉打断她，"你选我，是我的荣幸，你不必觉得……觉得丢脸，是我……"

两个人都有点语无伦次，因为实在是太尴尬了。夜叉干脆往外走，才走到门边，却又顿住脚步，突然问："如果不是我来，你不会选别人吧？"

就算在黑暗中，春荼蘼的脸也噌地再红了一遍。而正当她理解错误，以为夜叉在暗示她是个随便的女人时，他却又说："不要选别人。"这话，他说得非常认真，声音低沉，仿佛包含着一种浓烈的情绪，叫春荼蘼无论如何没办法生气。

"我会做好准备。"夜叉离开前，声音再起，"五天后，如果你想不出别的办法，我就来接你离开。放心，你家里人也不会有事的。相信我。"

春荼蘼坐在黑暗中，很久很久，身上的燥热才散掉。可她这是做的什么事，完全没有经过大脑。时至今日她才发现，虽然她在法律上很有天赋，但于感情一道，情商低至负数。

接下来的三天，春家的上空照旧愁云惨雾。不过夜叉真的没有再出现，韩无畏也没有。甚至连祖父都闷在自己房间里不出来。春荼蘼觉察到有些不对劲儿了，毕竟别人不关心还有的说，头几天她把自己关起来时还不觉得，现在却发现祖父的行为不正常。

还有两天，她就要被迫嫁人了，祖父不是愁坏了吧？

她跑去找祖父，哪想到门居然从里面锁住了，吓得她立即砸起门来，生怕祖父一时想不开，叫喊得都岔了声音，把过儿、小凤、一刀也惊动了过来。

"小姐别担心，老太爷早上还出来过，饭量很好，吃的是平时的两人份呢。"过儿连忙劝。

"可是祖父为什么不开门？"春荼蘼急得眼泪汪汪，脑海里瞬间涌出无数可怕的想象。

过儿还没回答，门却开了，春青阳站在房间门口，像是堵着门似的。他脸色很差，显然是没休息好，但神色间却无病态，让春荼蘼第一时间放下心。

"祖父，大白天的，您锁门干什么？"春荼蘼问。

"怕你吵。"春青阳似乎没好气地瞪了孙女一眼，"有什么话进来说，天气这样冷，门窗大敞四开的，想冻死祖父不成？"

"好。"春荼蘼乖巧地应下，感觉祖父像给她使了个眼色。

"你们都回屋吧，看样子又要下雪了。"春青阳对跟来的三人说，之后就又关上了房门。

"祖父，您这是……"春荼蘼还在纳闷祖父的奇怪行为，就被春青阳拉着进了里间。

看到屋里坐着的那个风尘仆仆、满脸憔悴的英俊男人，春荼蘼惊得伸手按住了自己的嘴，以免发出声响，随后才快步走过去，拉住对方的手臂，压低了声音问："爹，您怎么来了？"说完，眼眶就一热。

"我若不来，岂不让我女儿受欺侮？"春大山苦笑，伸手摸摸女儿的头发，满是爱怜。

头发长长了不少，衬得那张小脸有了大姑娘的清秀。可为什么，他的心肝宝贝要经历这些事情！难道，这是宿命的轮回吗？到头来，不属于他的，就真的什么也留不下。他不愿意，可是为了女儿，却不得不如此。是他强求了，放在手心里爱了十六年，终于，要放开了。

"爹，您快回去，趁着没人发现！"春荼蘼突然想起了一件事。

父亲是折冲府的军官，非公务调令，擅自离开是违反军法的。现在看父亲藏在祖父的房间中，连过儿他们也瞒着，肯定是偷跑出来的。这样的事可大可小，若被有心人捉住，再借题发挥，那就麻烦大了！

"荼蘼，别急。"春大山的声音很坚定，"爹没事的，有人在德茂那边为爹遮掩。"

"可是……"

"是我把你爹叫来的。"春青阳插嘴，"为人父母者，子女有难，哪能袖手旁观？"

"祖父……"

"把你及笄时，爹代你娘送的发簪拿来。"这一次，是春大山打断她。

"爹，您要那个干什么？"春荼蘼纳闷，又觉得一定有原因。

"不用管，只管拿来就是。"

春大山求见了白相白敬远。

以他的身份地位来说，本来连白府的大门也进不了。但他通过一刀，拜托了韩无畏，因此顺利成行。而他的所作所为，都是瞒着春荼蘼的。除了贡献出那个精巧至极的花簪外，春氏父子什么也不许春荼蘼问，什么也不许她管，只让她乖乖待在家里等消息。

春荼蘼的心七上八下的，有非常不舒服的预感。可是这一次，祖父和父亲的态度出奇地一致，而且不肯妥协，她也只好把满腹狐疑全压在心底。若她知道春大山找韩无畏，一定不会答应的。韩无畏是军中的高级将领，就算现在不再是春大山的直属上司，但春大山违反军规的事也不应该让他知道。否则，他会为难，不知道是不是要公事公办，军法处置春大山。

春大山这一去白府，就是整整一天，临到天色渐晚才回来。春青阳一直坐卧不宁，隔三岔五就到门边去张望。此时见到儿子，他用眼神询问，见春大山点了点头，眼圈立即就红了。他又是高兴孙女躲过一劫，又是痛苦不舍，感觉整颗心都被碾碎了。

"祖父，爹……"春荼蘼也迎出来。她感觉气氛不对，似乎有莫名的哀伤弥漫在周围的空气里，以至于连呼吸都透着一股子不安和分离的味道。

"听说你最近研究过做菜？"春大山突然问，"不知现在食材可全？"

"爹要吃女儿亲手做的饭？"春荼蘼有些纳闷。

她有闲时是喜欢研究做菜，虽然水平不高，但架不住她知道几道新颖的菜式，所以显得花样创新。可是父亲若在，就很少让她下厨，生怕粗了她的手。

春荼蘼经常觉得，她就是那种"穷家养活了富孩子"，身为军户之女，之前就有丫鬟侍候着，虽说过儿只是春青阳救下的孤儿。而且，别人家的女儿都会帮衬家务，只有她十指不沾阳春水，至今连双像样的鞋子也不会做。

有时候她想，祖父和父亲对她是太娇惯了些，却又隐约觉得有一种弥补的意思。尤其是春大山，好像要在她身上，把没有给过她亲娘白氏的宠爱都加上。

可现在，又是怎么回事？

"爹跑了一天，还真饿得很了，想试试女儿的手艺。怎么，不肯做？这么不孝啊。"春大山呵呵笑，可不知为什么，却害得春荼蘼鼻子发酸，当下就点了头。

官驿管饭，也可以预订酒席什么的，但像这种一家子包了个小院的，也自备了厨房。春家这几天愁云惨雾的，过儿和小凤为了给大家提神，在饮食上很是费了一番心思，所以食材倒是备下了不少。

春荼蘼略想了想，怕做菜太浪费时间，干脆叫小凤和了面，自己亲自调了馅料，然后叫麻利的过儿帮忙，很快就包了顿饺子。只是饺子并不算饭食，而只是主食，所以同时烧了旺旺的火，把昆仑瓜（茄子）切片，夹了猪肉末在炸着吃。再炒了鸡蛋和绿色蔬菜，并一盘炸豆腐配蒜泥和酱料，看起来倒像模像样的。而当饭菜上了桌，春大山又让过儿开了一小坛子酒，却不让人侍候，只一家三口围坐，显得非常正式。

春荼蘼觉得祖父和父亲有很重要的话要对她说，很可能与那支簪子和她亲娘白氏有关。只是她猜不透，这和父亲冒着触犯军法的危险来长安有关系吗？和她那桩赐婚的事有关吗？若说没有，父亲和祖父的行为就太奇怪了，若说有，她实在想不出其中的关联。

饭桌上，她几次想开口询问，但一直没有机会。祖父和父亲似乎很专注地品尝着她做的饭菜，好像那是天底下最了不起的美味。而她心里搁着事，反倒食不下咽。当她看到祖父和父亲吃得超过平时的饭量，却还舍不得停下时，终于忍不住了。

"祖父，爹，晚上不要吃太多，对身体不好。"她挡住他们的筷子，"若你们喜欢，以后我经常做给你们吃就好了嘛。"

无心的一句话，春青阳却再也不能控制自己，老泪纵横。

春荼蘼慌了："祖父，您这是怎么了？是不是荼蘼有做不得好的地方？您说，我一定改。"

春青阳哽咽，说不出话，只是摇头。随后，起身出去了。

春荼蘼没抓住祖父，只好反手抓住父亲，生怕他们消失："是不是因为赐婚那件事，不还有一天时间吗？还不到绝望的时候。再说，嫁给影子也没什么不好……祖父和爹不是一直怕我嫁不出去，有人抢着要我，不是很好？"

春大山抹了一把脸，似乎要把悲伤和痛苦全挥去似的："荼蘼，爹跟你说件事。"

"什么事？你别这么严肃好不好，我害怕。"她真的怕了。或许是女性的直觉，她觉得祖父和父亲要抛下她了。

"荼蘼，事关你的亲娘。"春大山脸上肌肉僵硬，努力控制着不要哭出来，可双眼却红红的,"你这个丫头,真是个小没良心的。从小到大,除了五岁那年,从来没有问过你娘亲的事。"

"我怕爹伤心,所以不敢问。"春荼蘼只感觉喉咙发干。

"如今你已经及笄,好多事应该知道了。"春大山伸出手,摸摸女儿的脸庞,小心翼翼地,好像春荼蘼是一个幻影,稍不慎就会不见了似的,"你娘,本是千金小姐出身,她是白相唯一的嫡女。你,其实是白相的亲外孙女。"

啊?!春荼蘼完全惊呆了。之前在洛阳遇到个研究西域文明的白先生,她甚至联想到白先生和娘亲是一个姓氏,但对于白相,她却从来没多想。毕竟,他们是有如云泥之别的两个阶级啊。

瞬间,她有点不相信,还以为自己是在做梦。但很快,白敬远的脸浮现在脑海里。为了影子的案子,他们是见过的,现在她突然明白那种自然而然的亲切感是怎么来的了!她和白相的眉眼,很有几分相像之处!

看着女儿先是愕然,随即就想起什么似的表情,春大山就知道自己这聪慧的女儿明白了什么,于是苦笑着继续道:"我与你娘,相处不到两年的时间。但在爹的心里,那就是一辈子的事。而她,还给我生下了你。荼蘼你知道吗?你是上天给我,给春家最好的礼物。她去世的时候我答应她,要好好待你,让你幸福,可是爹无能,保不住你。"

"爹你别说了。"春荼蘼扑到春大山的膝头,把脸贴在父亲的膝盖上,"你是天下间最好最好的爹,祖父是天下间最好最好的祖父。荼蘼有你们,可以什么都不要!不然,咱们逃吧好不好?我有朋友,可以带咱们远走高飞。再不然,咱们东渡到日本怎么样?"

她有点语无伦次,该说的、不该说的全冲出口而出。而春大山根本没注意她说了什么,只沉浸在自己的回忆里,慢慢地道:"那年我才从军,是军府里最低级的士兵,做着跑腿的杂事。有一次上峰要我送封公函到幽州城罗大都督处,我快马加鞭地去了,就为挤出一天时间,好在幽州城多玩玩。就在那天,我遇到了你娘。若我不多逗留,兴许不会有以后的事,但,爹不悔!"

春大山拉女儿起来,露出温柔的微笑:"你娘,叫蔓君。她是典型的大唐贵女,勇敢又泼辣,策马飞驰、神采飞扬,遇到喜欢的事,有着飞蛾扑火般的不顾一切。不过,你不要以为她很任性,事实上,士族贵女里,我没见过比你娘更心软、更善良的。她从不像其他贵女那样喜欢打猎,有一次我们到蓟州去,结果迷路,在山里困了三天。我要打一只野羊给她吃,可她硬是不肯,宁愿饿死,只因为那只母羊身边有三只小羊。"

春荼蘼从开始的抗拒,到现在静静地听着,脑海中勾勒出一个少女的形象。贵气、天真又真挚,心肠软,有坚持,一旦选择,就义无反顾。矛盾的性格,但无比动人。怪不得父亲一往情深,就算后来也有红颜知己,却始终忘不了白氏蔓君,她的亲生母亲。

"我遇到你娘时,才十五岁。她比我大一岁多,不到十七。她是跟着她三哥白世遗偷跑到幽州来玩的。"春大山继续说,"那时我特别笨,不懂得让着姑娘家。我们从辩论一匹马的优劣认识,开始相斗,凡事都针锋相对,直到在蓟州的那次纵马跑山的比赛后……我们彼此心喜对方,只是我明白我们不是一路人,不能在一起。可是她不管,回到长安后,居然带了自己的私房银子,偷跑到范阳来找我。荼蘼,我们成了亲……我们是成了亲的,你不是私生女。只是她隐瞒了身份,对你祖父都没有明言。否则,你祖父也不肯我们成亲的。而没有父母之命,媒妁之言,这亲事也为世间所不容。所以,我才从来不肯对外说起你娘亲的事。而她在临去之前再三嘱咐我,不要让白家知道你的存在,否则,他们会把你要回去。白家因为出了一位皇后,也就是当今圣上的亲娘,祖上还出了一位名声显赫的女将军,所以,格外珍惜女儿家。哪怕是庶出的,哪怕是私生女,也不能流落于外。"

"我不去什么白家!"春荼蘼突然就明白了。

"荼蘼,白家是你娘的娘家,无论什么时候,你都不准用这样不敬的语气说白家。"春大山板起脸来,从小到大,第一次对女儿这样严厉。

春荼蘼哇一声就哭了,并不是因为训斥,而是有了一种失去的感觉,那感觉真的痛彻心扉,分外恓惶无助。

白家是什么人家?他们可能迎回私生女,却绝不会和春家攀亲。难道,她貌似掉进了富贵窝,却要失去最重要的亲人?不!她绝不能答应!祖父和父亲是她活下去并且活得好的动力,她不能让自己走到那样孤单的境地。

如果不能和父亲与祖父在一起,她所有的努力都没有了意义。

看女儿哭成这样,春大山心疼了,手足无措,不知道要怎么哄才好。荼蘼从小就是个乖巧好带的孩子,不爱哭,安静,虽说一场大病后,性子发生了天翻地覆的变化,但仍然是他放在掌心的宝贝女儿,懂事又顾家。如今这样,他同样心如刀割。可是,有什么办法?

"我去找皇上。"春荼蘼突然做了决定,带着一股要鱼死网破的戾气,"他要我嫁给谁,我就嫁给谁。但是,谁也别想抢走我祖父和爹!"

她说着就要往外跑,激动得丧失了理智。春大山一把拉住她,急道:"荼蘼,糊涂!你怎么能嫁给影子?白家是外戚,虽然只是远支,但你娘和当今皇上是同辈分的表兄妹,你大舅舅白世玉娶的是皇上的妹妹。影子……你知道他是谁!所以,哪有表舅舅娶表外甥女的道理,不仅差着辈分,还是有血缘之亲的!"

春荼蘼顿了顿,这才有些清醒,很多平时有些不对劲儿的事,都有了答案。

怪不得祖父和父亲一直不愿意她与权贵建立关系,怪不得就算白氏逝去,他们也绝口不提她的外祖家。因为,他们知道,只要她露了形迹,白家就要把她抢走。当初娘亲算是私奔出白家,和父亲成亲生女的,恐怕到死时,也没泄露过她的存在,不然她不可能平安在春家过了十几来年。

而今,父亲为了把她从那桩赐婚中解救出来,不得已,要把她送回白家。这对于祖父和父亲来说,简直是剜心之举。

"那个簪子是信物吗?为什么我娘要我成亲后再显露于人前?"她抽抽搭搭地问。她不想这样,她想保持平时的冷静理智,可是控制不住声音的发抖。踏上状师之路后这么久,她第一次面对这种要撕裂般的为难和痛苦,但她心里清楚,家人,她永远也不会放弃。

"那支花簪有机关,能够对折,翻转过来后,花瓣的纹理会变化出一个'白'字,是当年白相送给你娘的及笄礼,找能工巧匠特制的,全大唐只此一支。白相一见,就不会怀疑我说的话。因为就算簪子是偷来的,我若不是你娘的夫君,也不会知道机关所在。"春大山深吸一口气,下意识地看着女儿的脸。

这模样,是另一个强有力的证明。荼蘼越长越像白氏,所以他与白相一提,白相根本没有半点怀疑。之前他们祖孙见过,那时怕就有天然的好感了。

蔓君及笄,可以得到堪称宝贝的花簪,而荼蘼生日,他只能给女儿打一支银钗。为了那微不足道的小礼物,他陷入官非,还是女儿抛头露面地把他救出来,从此,走上当状师的不归路。

也许是他太自私了,只要女儿留在自己身边,保住蔓君唯一存在过的痕迹,却没想过,如果荼蘼从小生长在白家,如今可能是另一番情景。她会锦衣玉食,不为生计奔波。她会有最好的先生,教她琴棋书画,而不是每天抱着《大唐律》来读。她会早早定下亲事,将来风光出嫁。也许会嫁给韩无畏和康正源这样的长安双俊,而不是被迫嫁给一个独臂的半大老头子!

是啊,他错了,错得离谱。可是,他真的舍不得。哪怕女儿如今已经成年,可看到她,他仍然觉得她是那个比他的手掌大不了多少的小东西。

荼蘼,是他的命啊。

"之所以要你嫁人后再示于人前,因为你娘不想让白家左右你的亲事。若你嫁了人,尘埃落定,就算被认出来也没有关系了。"春大山无奈摇头,再一次感受到命运的捉弄。蔓君不想让白家决定女儿嫁给谁,可到最后,他却不得不利用白家,让女儿不嫁给谁。

"可是爹,既然我的身世是这样的,未必我要进白家才行。"春荼蘼像往常那样,拉住春大山的袖子,"只要把这件事报告给皇上,他就不会再乱点鸳鸯谱了。"

"荼蘼,你别天真。"春大山平静了些,拉女儿坐下,"如果白相不认,皇上是不会相信这些话的。毕竟,当初你娘离家出走,白相编了个很圆的谎言,全长安的人都知道你娘病了,人证物证俱在,从没有人怀疑过,直到她十八岁去世,还发丧过。这会儿她突然冒出个女儿,白相不点头,你和白家的那层关系就不能确定,你嫁给影子的事还是摆脱不了。"

"我不信他能看着他的亲外孙女嫁给表舅舅。"春荼蘼犯了拧,"大不了跟他对赌!"

"荼蘼,这个赌局,你爹我输不起!"春大山抿了抿唇,"你不知道这些达官显贵,为了家族利益,什么都可以牺牲,了不起,就绝了你一条命,抹平了这桩丑事便罢。知道吗?当初你娘私奔出府,自然是因为与我两情相悦,但她本可以不用这么激烈的手段,曾希望徐徐图之。但那时朝廷要拉拢安国,以牵制突厥,意欲以皇亲贵女和亲。白氏一门显赫,有人妒恨之下,提了你娘。白相推辞不得,已经打算舍了亲生女儿……"何况，现在还隔了一层血缘？但这句，春大山闷在肚子里，没说出来。

女儿聪慧，性子也强，除了家里人外，很难对别人很快热络起来。若他表现出太多不满和不喜，很可能影响女儿对外家亲戚的认同和接近。但若什么也不说，又怕女儿因为不了解这些大人物的狠毒心思而吃亏。人都说养儿一百岁，常忧九十九，今天他深刻体会到了。那个大宅门，人际关系复杂，他不怕女儿过得好，忘记春家，就怕她不快乐。

"您今天是去找白相了吗？"春荼蘼这会儿真的冷静下来了，遂追问细节。

"是。因为爹想不出其他办法来救你于水火。"

"他怎么说？"

"他说只要你回白家，必保你无事。也……"犹豫了一下，"也保我无事。"没有军令，私出军府，若细究起来，被判重罪也有可能。何况他是私入京都长安，被人诬为有谋反之意，到头来春家满门抄斩，也很有可能。

他不怕死，可是上有老父，下有幼女……就算荼蘼进了白府又如何，难道就不是他的亲生女儿了？所以，他也要拼命活着，在暗中保护着女儿，让她一生安好。

春荼蘼皱眉。

她不明白白相为什么要认回她，难道是对嫡亲女儿的怀念？还是另有目的？但她明白他的威胁。这威胁不是对父亲，而是对她，若她不听话不顺从，管不管她嫁人的事先放在一边，至少春大山一定会人头落地。自从父亲不顾一切出手要保护她，春家就落在了下风。

好狠啊。不动声色间就杀意凛然！

"我以什么身份进白家？"她又问。

既然，她的娘曾经作为和亲的备选，后来突然生病，直到逝世，白家一定多有掩盖。当然了，和亲的事也被别人家的女儿顶了。现在再说出白蔓君有个私生女儿，前面的布置就全破了局。弄不好，还要落个为避免和亲，欺上瞒下的罪名，毁了白家几代人的经营。

白家，承担不起这个后果。

所以，她必定有个新身份，一个说得过去的身份，哪怕只是对外。对皇上，也许会说实话的，毕竟那一位实在不好糊弄。

"白世遗，你三舅舅的庶女。"春大山垂下头。他的女儿啊，要喊别人爹。

白敬远的儿子全是嫡子，白世遗排行第三，受封定远将军，镇守安西，抚宁西域，统辖龟兹、焉耆、于阗、碎叶四镇，治龟兹城，算是一方军政大员。不过他常年在外，有十几年没有回过京城了，在外面肯定有侍妾或者如夫人、外室。如今多个女儿，很好解释。

只是……

"我做状师这么久，好多人认识我，要如何瞒过去？"

"早年，碎叶城发生过暴乱。"春大山道，"你三舅舅在平乱时，确实死过妾室和女儿。白相打算说孩子被拐，后来辗转卖到范阳。"

"可是我生在范阳,很多人可是知道的啊。"

"你娘生下你不久就去世了,我……我可以说女儿其实也没了,但怕你祖父受不了,所以买了个长得很像,看着相仿的孩子。反正当时见到你的人不多,小孩子,长相又难分辨……"春大山的声音越来越弱,感觉对不起女儿。

明明是自己正大光明的亲生孩子,以后要改做白姓。明明是嫡外孙女,却成了庶孙女。

第五十一章 条件

"我要见见白相。"春荼蘼决定。

"荼蘼,你要听话,不然爹这番折腾,不是白费了吗?"春大山有点发急。

春荼蘼倒冷静:"爹,我不是闹事,但我必须与他亲自谈谈,才能听话。不然,我就是成了忤逆不孝女,宁死也不进白家的门!"

春大山沉默了,半天才叹息说:"不愧是亲外祖孙,心里想的一样。之前我回来时,白相曾对我说,你一定会要求亲自见面,才能点头或者摇头。"

"爹!"春荼蘼嗔怪道,"我们之前见过!白相是什么人,在朝堂这么多年,阅人无数,见我的行事就知道我的性格,所以,他才能料定我会怎么样,与有没有血缘之亲无关。或说有,也是我和祖父有,和爹您有。到底,白家是外家,我可是正牌春家人。"

"明天爹送你去。"春大山答应了,心中不知是什么滋味。

春荼蘼知道这时候安慰无用,当下也不多说,只嘱咐父亲好好陪伴祖父,自个儿回房,在黑暗中静坐良久,考虑之后要怎么办。

第二天一早,春荼蘼见到了白相白敬远,她的外祖父。

两人对坐在书房里,身边没半个人侍候。春荼蘼有些紧张,大约是本能反应,毕竟血浓于水,她远没有自己想象的淡定。

而她不说话,白敬远也保持着沉默,但心里,却是极欢喜的。他深知外孙女是个顺毛驴,侥着她,用这种方法逼她就范,认回白家,她必会强烈地反抗。虽然这样做有点乘人之危,可为了达到目的,他顾不了许多。

要让荼蘼回白家,原因有三。

一、因为他那不成器的长子,皇上多少对白家有些猜忌。而皇上要赐婚荼蘼和影子,是想拴住荼蘼,让皇家的秘密不得外泄。之所以没有选择更有效的杀人灭口的方法，不是因为这丫头救驾有功。对于皇上而言，这点功劳抵不过威胁。上位者，观的是大局，哪会在乎一子一地之计较。而皇上之所以没这么做，别人不知，他却明白，是因为皇上极喜爱荼蘼。那么，在这种时候白家认回荼蘼，相当于用白家拴着她，加上皇上爱屋及乌，信任会重回白家身上。

二、皇上可以说是他看着长大的，所以深知皇上的治国之论。皇上一直想以律法规范上至百官，下至黎民的行为。上回康正源代天巡狱归来，曾经说起十六字真言，正是出自荼蘼的原话：有法可依，有法必依，执法必严，违法必究。对此，皇上很是认同。在他看来，大唐以后会加强律法治理，那时，荼蘼就是很重要的人物。虽然她是女子，但皇上胸襟广阔，兼收并蓄，未必女子就做不出大事来。他也不是那些凡夫俗子，认为状师行是贱业。因为皇上说它不贱，它就是世上最高贵的一行。

三、他才经历了丧子之痛，就得到一个从未听说过的外孙女。虽说算不得补偿，却是意外之喜，至少令他老怀大慰。特别是，荼蘼还是他唯一的嫡外孙女。她那张酷似母亲的脸，让他见之心喜，从第一次见面时就有天然的好感。

所以，荼蘼必须是白家的人！当然了，荼蘼真正的身世，他是不会瞒着皇上的。遇到了英主，任何耍花样的行为都是愚蠢之极的。他人称朝廷不倒翁，就是因为看准了人之后会以真心相待。

"我有条件。"沉寂了好长时间的书房，传来春荼蘼冷静的声音。

白敬远忍不住露出微笑。

这个孩子可惜不是个男孩！做事干脆利落，不拖泥带水。该硬的时候，不会心软。该坚持的东西，不会放手。她大约明白回白家是势在必行，所以不哀求，也不绕弯子，直接谈条件。

不错！真是不错！

"说来让老夫听听。"他语气温和，与往日的虚假伪装不同，是真的耐下了性子。

"第一，我爹不能有事。"春荼蘼伸出一根指头。

白敬远也不多说，直接从袖筒里拿出两个信封，放在桌上，轻轻推了过去。

"这是？"春荼蘼狐疑。

"一个是公务令，从你父离开德茂折冲府那天算起，只因你被钦点为影子一案的状师，他就被秘密召来长安，从而协助你。"这是补上的公务信函，表明春大山没有擅离职岗，不会被军法处置。真是朝中有人好做官，白相动用一点关系，春大山来长安就完全合法化了。

"这个是正式的调令。"白敬远指着另一个信封，"你父春大山从范阳折冲府平级调动到德茂折冲府任队正，是正九品下阶，现在调为亲王府队正，从八品下阶。"

呀，连升两级？春荼蘼多疑的个性冒了头，眯着眼睛看向白敬远。

白敬远坦然："我听闻你与贤王世子相熟，这一次恰逢贤王府府卫队正升职到外地任旅帅一职，空出了位置，就把春大山补了缺。"

"为什么？"无缘无故的爱与恨，总是令她警惕。

"你这么聪明，难道不知道外祖父在讨好你吗？"白敬远似无奈地叹息，"倘若你是个贪慕荣华富贵的,老夫哪用费这番心思?国公府锦衣玉食,还怕拉拢不了你?可是我虽只见过你一面,却知道你重情,这么不问青红皂白地让你和亲生祖父与父亲分开,你岂会答应?还不闹腾得白府鸡犬不宁?没办法,我只有先向你这个外孙女低头,把你父调来京城长安,让你们相距近些,以后方便来往。"

欸?!春荼蘼心里一动,却不是放松,而是更提防了。

不愧是白相,揣摩人心,细致入微,不与她硬碰硬,而是手腕怀柔。知道她最在意的是春氏父子,就连着让步,而且是很重要的让步。这样一来,她就不好太过分,拒绝进白府,显得不通情理。等进了白府,也不好横眉冷对。

对外,国公白家也不会落个强霸人家子女,不通情理的名声。毕竟,养恩大于生恩,找到自家骨肉就分隔人家亲情,恶霸和没底蕴的人家才会那么做。

这老人家,一招儿就把她的劲儿泄了。她满心是斗志,到头来却是拳头打棉花。

其实白敬远的这种大方,是真正的高傲,因为在他看来,春氏父子不足为虑。他这样做也是极明智的,否则越是堵、越是禁、越是分隔开,甚至强令她断绝联系,反而越坏事。

"那……我的第二条要求,想必外祖父也会答应吧?"春荼蘼问,改口称外祖父。哈,她也会表面示好,内心戒备啊。

白敬远听到"外祖父"三个字,愣怔了片刻,显然还不能适应新角色,但马上,他的心里就隐约有着一种欣喜,问道:"可是要你的祖父进国公府陪伴你?"

果然人老成精,何况是浸淫权力旋涡中心的权相?所以,他直接猜出她的想法,她已经不那么惊奇了,只点点头。

"可以。"白敬远点头,"不过荼蘼,私下,你和你祖父和父亲如何相处,外祖父不管。亲情割不断,外祖父不做那种违背人伦的事。若你是轻易会抛弃他们的,说实在的,也不配做我的外孙女。只是在旁人面前,他们只是你的养祖父和养父,这一点你必须牢记。孝顺、敬爱都可以,但名分,不能有!"

呀?宽容大方又人性化之后,还有不容人越过的底线和界线。话,也是一软一硬地说个清楚明白,这份谈话的艺术和技巧,就连伶牙俐齿的她也有所不及,实在是了不起。

春荼蘼有点佩服,但她也有底线,就是暂时接受安排,因为事情逼到这儿了,不得不先低低头。至于以后怎么做,就要审时度势、权衡利弊再决定。来时,她的谈判方案就是先争取父亲和祖父的权益。若要她和祖父与父亲彻底分开,她是绝对不干的。

她觉得自己就是在怒海狂涛中滑水的人,难道要一头扎到水里去死吗?当然不!她要借着风声与水势,最后到达提前选好的岸边。

"我答应。"于是她也点头,"第三点,自由。外祖父知道我是状师,我不会因为进入国公府,成为白家的庶孙小姐而放弃律法。"她不要困在后宅里,跟那些女人斗来斗去。斗赢了又如何?总共那么一亩三分地儿,还觉得自己多了不起似的。她春荼蘼,看不上!

白敬远再度伸手入袖筒。这回,拿出的是一块黑不溜秋的金属牌子来:"这是自由出府的令牌，全内宅就这一块。"

春茶蘼才要拿过来，白敬远手上却是一顿，似感慨，似怀念地喃喃道："这块牌子曾经为你母亲所有，就是因为她爱往外跑，我禁不住她缠磨，这才给了她。"若是不给，女儿就不会和老三那混账跑到幽州去，也就不会遇到春大山，就不会离开他身边了。

想到这儿，白敬远眼圈一红。

春茶蘼看到他这种真情流露，终于有点不忍心。其实白敬远和春大山有什么区别？都是个爱女儿的父亲罢了。只是白敬远身在高位，束缚就多，不像自个儿的美貌老爹，为了女儿豁出命也没什么，没有家族和荣辱要背负。

从这一点上，白敬远比较可怜。白世玉之死，也让他满心痛苦和苍凉吧？

照理，这时候她不该对老人家太残忍，不过对方的意图显然不只是认回骨肉那么简单，那她也要维护自己的利益，所以有些话，必须说明白。先小人后君子，是她的一贯作风。

"外祖父，还有两件事，我得和你提前说说。"她改了语气，商量的口吻，不再以条件来论。人敬我一尺，我敬人一丈，如果大家态度好，自然凡事能解决。

"尽管说。"白敬远挥挥手。

"第一，我不改姓，仍然姓春，以示对'养父'的尊重。"春茶蘼语气温和，但眼神中透着不容人反对的坚决，"其实这样对白家，对外祖父也有好处。人家说起来，只能说我们白家知道感恩，行事大方，不愧为第一士族大家。"

这个条件显然是白敬远没想到的，于是他静默了片刻，没有出声。

春茶蘼安然等待，并不急躁或者急切。好半天，白敬远突然笑了："你这丫头，为达到目的，居然不惜说好话，什么第一士族大家？还嫌其他人对我们白家不眼红？得了，你说得也有理，我既然大方了，不如大方到底，里一半、外一半，反而显得小家子气。行，依你。"

"谢谢外祖父。"这句，可是发自真心，白敬远如何看不出来，不禁也跟着高兴，心里暗道：我终于可以接近这个外表看似圆滑，实则满身生刺儿的外孙女儿了。早晚有一天，他能把这丫头培养成真正的白家人。

"这第二嘛，我将来的亲事要由我自己做主。如果我不点头，外祖父就不能逼我。"

这个条件，饶是白敬远城府极深，喜怒不形于色，也不禁眯了眯眼。

这是怕拿她做联姻的工具，巩固白家的势力范围啊。这丫头想得倒是远，可却太小看了自己，她本身就是块瑰宝，说不定能令白家再增添荣耀，哪里用得着依附于婚姻？白家出过一位女将军，一位皇后，说不定就能出一位无双国士，虽然他是有点期望过高，但他相信自己的眼光。

"行，也依你。"白敬远又点了头。

茶蘼和蔓君不一样，她冷静理智，不是飞蛾扑火的性子，做不出私奔的事。所以所嫁必定不差，他不必担心白家再出丑事。

"祖父，请受孙女一拜。"这个称呼，是连冒充的地位也承认了。至此，算是谈妥。

之后春茶蘼就离开了，没有多待。双方都心有智计，又都痛快，并不需要多说。至于何时进白府的具体细节，还要先报知皇上，再通告京城权贵圈子，最后选黄道吉日认亲。这些都由白敬远负责，春茶蘼乐得清闲。

虽说国公府才办了白事，哀伤未去，但白敬远打算大办认亲礼，春茶蘼虽然觉得麻烦，却没有拒绝。她是好人家的好女儿，就算由嫡变庶，由外变内，她也不需要偷偷摸摸的。内敛低调也得分时候，这次她要风风光光进白府。否则，委屈了自己，也让别人低看。

这是一种态度。而态度，很多时候真的决定一切。

回到家，她叫来祖父和父亲，把和白敬远商谈的事说了。本来，春氏父子一直处于悲伤难舍的情绪之中，听到春茶蘼争取来的，确切地说是白相亲自给的待遇，两相对比之下，虽说还是相当于把孙女送了人，却仍然大喜过望。

对他们来说，名分什么的根本没关系。重要的是，一家人还是在一起。就算寄人篱下，但好过骨肉分离。而最近边境无战事，春大山的升官之路基本断绝，现在能入驻长安，还升官两级，又能时时回家，也算不错的结果。

"爹，您看这个。"春茶蘼去向过儿、小凤、一刀、大萌宣布消息时，春大山小心翼翼地拿出个尺长的卷轴，在书桌上打开来，"这是蔓君从前画的。那时，她想念父亲和家里，为解思念，就把国公府的景致图画了出来。据她说，没有一处遗漏，连仆人居处、大厨房、马厩的所在都标得清清楚楚。"

"你是要替茶蘼选住处？"春青阳说着，俯身在图上，问。

"茶蘼这孩子看似随和，可实际上很不好糊弄。我琢磨着，白相肯定会迁就她，不然也不会什么都答应，还事事想在前面。"说到这儿，春大山抿了抿唇，对女儿成了白家的人，仍然心中耿耿，却不得不压下这份心痛，"所以，她要自己选个住处，白相也必会答应。您看这一处……"他指了指地图。

"有点偏远了吧？正挨着侧门。"春青阳心中虽然也是撕裂般不舍，但事已至此，也只好事事为孙女考虑，"虽然茶蘼是冒充白世遗的庶女，可那些没见识的深闺女子和她怎么比？又是白相硬要认回的，自然比嫡小姐还尊贵。"

"爹，您不知道，这个院子叫凌花晓翠，正是蔓君之前住的。"春大山道，"蔓君曾经告诉过我，白相最爱牡丹，所以内宅院落的名字，都与牡丹有关。这处地方看似偏，地势却是最高的，又正对着白相住的正院瑶池贯月，而且，它也不是直对侧门，要经过一个小花园。到了晚上，花园那边有巡逻的府卫和陷阱机关，那处院子反而是最安全的所在。"

"你想让茶蘼住她亲娘的院子？"春青阳了然。

春大山神情郁郁："就算她代她娘骨肉还家，尽个心罢了。而且，住在那里非常方便出入。我想，白相允许爹您和茶蘼同住，但毕竟是外姓旁人，太靠近内宅中心不适合。再者，我是不能去与你们同住的。我打算在附近租个房子，不当差的时候，接您和茶蘼出来……"

"苦了你了，大山。"春青阳不忍心道。

就算离得再近，哪怕是大山当差的时间更少，到底也和以前一家人团团圆圆是不同的。也许，是时候再给大山说一门好亲，有妻子儿女围绕着儿子，他在外面守着孙女也安心。

之后才过了不到三天，以"冒充皇帝诈骗案"而名扬四海的大唐第一位女状师，被爆出真实的身世，简直比乐坊的曲目故事还曲折离奇，居然是白相的第三子，定远将军遗失多年的女儿，凭借孩子身上的独有信物和当年的拐子证明，才得以相认。

此事造成的轰动比那桩案子也不遑多让，白相当着外人的面儿，喜得老泪纵横，隆重祭拜祖先，感谢白氏骨肉寻回。而皇上听闻此事，竟然亲自下旨道贺，定于腊月二十二之吉期，迎春荼蘼入国公府。同时，此女的养祖父也一并入府，白相许此女不改姓氏，以报养育深恩。

百姓们对此议论纷纷，春荼蘼有幸成为庆平十六年冬的两件八卦大事的主角。关于她从出生到长大所经历的事，都被编造出很多版本，绝大部分是连她自己都不知道的。当然，那桩从没有明示的赐婚告吹。

腊月二十的下午，影子求见，送了她一盒金珠："就知道你这丫头爱财，来点实惠的。"他一点不尴尬，好像他这表舅舅从来没求娶过表外甥女一样。皇上赐婚，他虽然一直没露面，但不可能不知道。

只是这人被圈养得有些怪异，虽然才华横溢，却也不知礼法为何物。说好听点，就是潇洒不羁。说不好听点，就是有点浑不吝。若没有赐婚那个威胁，其实这人还挺可爱的。

"没想到我们还有血缘之亲，我很高兴。"影子说得很真，便随即又伸手捏了下春荼蘼的鼻子，举止轻佻。

正当春荼蘼诧异这个逾矩的举动时，影子又突然严肃了面色，压低了声音道："丫头，不知道说这些，会不会让你认为我心黑。只是，看在我们的情分上，我不得不说。"

情分？我跟你有什么情分啊，只是算熟人，彼此不讨厌而已。春荼蘼想着，却没吭声。因为她知道，影子虽然癫狂，却不会无的放矢。

"不能说白相错了，他首先考虑的永远是家族，并不是六亲不认。白蔓君的事当年是，白世玉之前是，现在你也是。"影子直言不讳，"只要你还做状师，早晚能影响大唐的律法，而有白家做后盾，你就能把权贵拉下马。皇上早就想以法治国，要拿几个人开刀。明白了吧？你就是那把刀，而刀出自白家，皇上会对白家如何？至于你是不是太辛苦，白相没有考虑，这就是白相和春青阳的区别，一个是真心疼爱你，一个是真心喜欢你，两字之别，天差地远。"

"谢谢你。"春荼蘼沉默半晌才道，眼神清亮，"我从没有认为一个没用的我能值得如此对待。但我不觉得屈辱，不会因为我是有用之人而惭愧。对别人有价值，是好事。只是你放心，我不会吃亏，付出多少就要多少回报。"

影子挑了挑大拇指。

番外·现代启示录

一个剧烈的颠簸，令春荼蘼猛然睁开眼睛。

她有瞬间的迷糊，茫然地望着四周。

机舱，头等舱的机舱。

此时她正倚在宽大的座椅中，惊醒过来。

"女士，需要我给您拿点饮料吗？"英俊的空少弯下身子，温柔和气地问。

"水就行了。"她下意识地开口。

可她为什么会在这里？她不是做了女状师吗？

如果她在这儿？春大山呢？春青阳呢？过儿呢？白相呢？

还有夜叉……

她狠狠掐了一把自己，直接疼得轻呼出来。

这是无比的真实。

难道过去的一切都只是她的梦境？没有别样的人生？！

为什么这是个梦？为什么？如果那是个梦的话，她宁愿永远也不要醒来！

在那个梦里有疼爱自己的父亲和祖父，有追随自己的小丫鬟过儿，还有让她彻底心动，深深爱上的那个男人。

她想回去……

"女士，您的水。"空少拿着小托盘送了一杯水过来，依然是温柔和气。

望着他英俊的脸，夜叉的影子却在春荼蘼心中更明显地浮现。

只有分离，才会令思念更加的深刻，更能认清自己的心，知道什么是无法替代的东西。

"目的地是哪儿？"她呆呆地问。

"米兰。意大利米兰。"空少诧异地望着春荼蘼。

而空少的嘴唇每动一次，春荼蘼的心就更沉一分。

她不知道什么时候飞机落了地，只是行尸走肉般的随着人流下了飞机，无意识地到处乱走，甚至都忘了取行李。

忽然身边传来一串女人说话的声音。

完全听不懂，大约是意大利语。

那是免税店里的导购，正拿着一瓶什么东西，对她比划着说。

"谁能告诉我，她在说什么？"春荼蘼被拦着走不掉，只能下意识地问。

"她说，这是很好的防晒霜，小姐你要不要带一瓶？"身边传来一个好听的男声。

春荼蘼转身望去，整个人就像被雷击中那样，当场呆住了。

不能动，不能说，连半张的嘴巴都没办法合上。

夜叉！

夜叉！

夜叉！

至少是他的脸！而且他穿着制服，配着他高大笔直的身姿，还有那大长腿，英俊的面容，简直太帅气了。

"又是一个花痴女，制服控！谁让你没换成便装呢？"旁边一个拿着相机的男人说，"自己长成这样，就不要出来随便和女人搭话。"

这个胖胖的男人，不是锦衣是谁？！

"恰好我会中文，帮个忙而已。"夜叉，不对，长着夜叉脸的男人耸了耸肩说。

然后对春荼蘼略点了点头，抬腿就走。

眼看着他越走越远，仿佛只要走出她的视线就会走出她的世界似的，春荼蘼从呆愣的状态，忽然变得焦虑至极。

她站在原地喊了两声夜叉的名字，但除了超大的声量引起了周围人的侧目之外，那男人完全没有反应。

证明这个名字，他完全没有意识和印象。

可是长得那么像，不可能是两个人！也不可能完全是巧合，何况旁边还有锦衣！

总之他就是夜叉，夜叉就是他，不会是第二个人！

情急之下，春荼蘼顾不得其他，急忙奔跑着追去，一把扯住夜叉的衣袖。

"你相信我，我们是见过的。不对，我们是认识的。"她急切地想解释，"你仔细想一想，你看看我，肯定会有印象！"

"小姐，你这个搭讪的方法很老套啊。"酷似夜叉的男人说，"我真的真的没有见过你，请你不要再骚扰我了好吗？"

"那至少留个电话……"春荼蘼几乎哀求了。

男人的脸上流露出一点点的不耐烦之意，同时摇了摇头。

他想走，可是发现衣袖还被春荼蘼紧紧抓着，连扯了两次才扯出来。

"大家都是中国人，友情提示你。"旁边"锦衣"说，"见到他就扑过来的女人可多呢，没机会的。相逢何必曾相识，小姐你别再纠缠了，很丢中国人的脸啊。看你的穿着打扮也是一位精英女士，矜持一点，矜持！"说完，也走了。

春荼蘼呆呆站在那里，失魂落魄。

如果说相逢何必曾相识？她却相信，每一次相遇都是重逢。

可是如果夜叉不记得她，那么这重逢还有什么意义？！

难道他们只有一世之缘吗？

可就算在那个世界，他和她的爱情也还没有进展啊！

她想回去！

因为她知道，那个人她必须要拥有！这份爱情，她绝对不会放手！放手了，也许就再也没有机会。

但是人家就是不理她呀！她只能这么眼睁睁地看着他消失……

怎么办？怎么办？！

春荼蘼心里又急又痛，眼泪情不自禁地掉了下来。

于是她就站在原地，凝望着那个高大帅气的背影，泪眼婆娑。

"夜叉"正在前面走得好好的，此时莫名其妙仿佛心中有什么感应，情不自禁回过头来，正看到春荼蘼哭得不能自已。

他下意识地伸手按住胸口，皱紧了眉头。

"你怎么了？"旁边的"锦衣"问。

他摇摇头，呢喃："不知道，我就是莫名其妙有奇怪的感觉。心有点痛。好像，也许，我真的是见过这位小姐的。难道，是那些我记不住的怪梦里？"

"那你要怎么样？""锦衣"也向后张望，看到春荼蘼哭得好不可怜，不禁赞叹，"哎哟，这个段位高。怎么，看到眼泪就心软了吗？话说这姑娘好像不错的样子，你可以试……咦，你要干什么？"

眼见"夜叉"的脚步顿住，好像犹豫着要不要回去的时候，几个孩子打闹着跑过来，忽然撞倒了春荼蘼。

春荼蘼的头狠狠撞击到了地上，感觉有温热的液体从额头上流了下来。

真是疼啊！

意识涣散之前，她看到有人跑了过来，焦急关切的声音在她耳边响起："这位小姐，你怎么样了？能听到我说话吗？"同时一双有力的臂膀把她抱扶了起来。

一下子，她抓紧了那只大手。

这就是夜叉的手！

"我不会放开你的。"她努力微笑着说。

之后，她就陷入一片彻底的、完全的黑暗。